T0267065

Al otro lado de la calle

JENN BENNET

Al otro lado de la calle

Traducción de Alicia Botella Juan

>|< PUCK

Argentina – Chile – Colombia – España
Estados Unidos – México – Perú – Uruguay

Título original: *Chasing Lucky*
Editor original: Simon Pulse, un sello de Simon & Schuster Children's
Publishing Division
Traducción: Alicia Botella Juan

1.ª edición: julio 2024

Copyright © 2020 *by* Jenn Bennett
© de la traducción 2024 *by* Alicia Botella Juan
Translation rights arranged by Taryn Fagerness Agency
and Sandra Bruna Agencia Literaria, SL
All Rights Reserved
© 2024 *by* Urano World Spain, S.A.U.
Plaza de los Reyes Magos, 8, piso 1.º C y D – 28007 Madrid
www.mundopuck.com

ISBN: 978-84-19252-81-4
E-ISBN: 978-84-10159-53-2
Depósito legal: M-12.106-2024

Fotocomposición: Urano World Spain, S.A.U.

Impreso por: Rodesa, S.A. – Polígono Industrial San Miguel
Parcelas E7-E8 – 31132 Villatuerta (Navarra)

Impreso en España – *Printed in Spain*

Para todos los bibliotecarios a los que he amado

Capítulo 1

Febrero

En mi familia existe desde hace tiempo la creencia de que todas las mujeres Saint-Martin están malditas en el aspecto romántico. Somos desafortunadas en el amor, estamos condenadas a acabar solas y desgraciadas. Supuestamente, una antepasada mía de Nueva Inglaterra hizo enfadar a una vecina (qué sorpresa) que le pagó a la mujer sabia del pueblo para que nos maldijera. A *todas*. Generación tras generación. Algo tipo: «Ninguna encontraréis un final feliz, así pues, disfrutad de la angustia».

Tengo diecisiete años y nunca he tenido novio. En realidad, solo he tenido un amigo verdadero y eso fue hace mucho tiempo. Así que tampoco he tenido la oportunidad de poner a prueba personalmente la maldición. Sin embargo, a pesar de que mi familia es supersticiosa hasta rozar lo ridículo, sé que todo lo malo que nos ha pasado es fruto de una serie de desafortunadas coincidencias. Mudarnos de nuevo aquí, al lugar de origen de la maldición, no es el fin del mundo, diga lo que diga mamá.

Estoy ante el cartel que señala la frontera de Beauty y saco la foto que siempre hago cuando nos mudamos a un lugar nuevo mientras ignoro las lamentaciones irracionales de mi madre sobre el amor y enfoco el objetivo en lo que este letrero significa para mí: mi futuro.

Mi madre y yo nos mudamos mucho. Y con «mucho» me refiero a que van siete veces en los últimos cinco años... siete ciudades diferentes de toda la costa este. Ya somos profesionales. Podemos salir de la ciudad más rápido que un mafioso al que acaban de avisar de que la policía va de camino.

Todos los lugares son como los demás y, al cabo de un tiempo, empiezan a parecer lo mismo.

Menos Beauty.

Aquí han tenido lugar todos los acontecimientos importantes de mi vida. Aquí nací, como todas las mujeres Saint-Martin desde esa estúpida maldición romántica. Aquí vivimos mi madre y yo hasta que tenía doce años y aquí terminaré el instituto el año que viene. Crucemos los dedos.

Pero lo más importante es que, si todo sale como espero, también es el lugar en el que me cambiará la vida. Drásticamente. Tengo planes épicos para el futuro y todos empiezan con este letrero, justo aquí. Todo el mundo verá «Te damos la bienvenida a Beauty», pero yo no. Lo que yo veo es:

Hola, Josie Saint-Martin. Bienvenida al principio de tu vida.

—Hace mucho frío aquí, señorita fotógrafa —dice mamá desde el pequeño camión de mudanzas estacionado a un lado de la carretera. Nuestro coche, también conocido como la Pantera Rosa, un VW escarabajo rosa chicle de los años ochenta con demasiados kilómetros en el contador, está enganchado detrás—. ¿No has sacado ya esa foto otras veces? Olvida esa tradición, no sirve para nada. Ya harás la foto en otro momento.

—No me metas prisas, mujer —le contesto tapando el objetivo de mi antigua Nikon F3 antes de guardármela en la funda de cuero marrón que llevo colgada del cuello.

La foto de la frontera del pueblo es tradición, sí, pero fotografiar los carteles es mi visión artística como fotógrafa. Hay gente a la que le gusta captar paisajes, personas o animales, pero a mí no. A mí me gustan los carteles, los mensajes sarcásticos de las iglesias, los odiosos letreros de neón de los restaurantes, los carteles de la calle plagados de agujeros de balas. Cuentan historias. Comunican mucho con pocas palabras.

Y mi madre tiene razón en una cosa. A diferencia de la gente, los carteles están siempre ahí, veinticuatro horas siete días a la semana, esperando a que les saques la foto. No tienes que escribirles para preguntarles si van a ir a cenar a casa. No tienes que enfadarte contigo misma por decepcionarte cuando contestan: «ADELANTE, PIDE COMIDA Y CENA SIN MÍ». Los letreros son dignos de confianza.

Vuelvo a subir al camión de mudanzas y, mientras me abrocho el cinturón, veo que una extraña emoción parpadea en los ojos de mi madre. Su aspecto es exactamente lo opuesto a la ilusión. Su ansiedad por el traslado a Beauty ha empezado con «levemente estresada», ha llegado a «ansiedad alta» de camino aquí, pero ahora creo que ha escalado hasta «acojonada».

Y a Winona Saint-Martin no le da miedo nada, así que eso me lleva a creer que aquí nos espera algo grande, algo que mi madre no me ha contado. Otra vez.

Sea lo que sea, debe de ser algo malo. Peor que una antigua historia familiar sobre el amor condenado.

—Estás empezando a asustarme de verdad —le digo—. ¿Por qué te pone tan nerviosa volver a vivir aquí?

El motivo por el que nos marchamos cuando tenía doce años se ha ido temporalmente: la matriarca de la familia Saint-Martin, la abuela Diedre. La madre de mi madre. Tuvieron una pelea

11

muy fuerte. Gritos. Lágrimas. Policía. Fue un gran drama y en parte fue por mí. Desde entonces se han reconciliado... más o menos. Pero cada vez que hemos venido de visita ha sido solo para uno o dos días y siempre había un ambiente tenso.

Nuestra familia es un poco complicada.

Mamá está distraída y no me hace caso, como de costumbre.

—Mierda. Creo que acaba de adelantarnos una de las amigas de tu abuela —comenta mirando por el retrovisor—. Probablemente, ya esté al teléfono llamando a todo el pueblo para avisarles de que la perra de la hija de Diedre está atravesando la frontera.

—Estás un poco paranoica. La abuela nunca diría eso de ti.

—Probablemente. Eso creo.

Mi madre resopla.

—Ay, qué joven eres. Deberías alegrarte porque te haya protegido de ese viejo murciélago los últimos años. Dale las gracias a Mongolia.

—Nepal. Sabes que la abuela está en Nepal.

Mi abuela y la hermana mayor de mi madre, Franny, se han unido al Cuerpo de Paz y la semana pasada se fueron a Nepal a enseñar inglés. Y así sin más, la abuela ha abandonado temporalmente la librería independiente que pertenece a nuestra familia desde hace generaciones y le ha entregado las llaves a mi madre, alguien en quien normalmente no confía ni para dejar una carta en el buzón, mucho menos para dirigir un negocio. Y, que quede entre nosotras y este camión de mudanzas a precio de ganga, pero mi madre no es la persona más digna de confianza del mundo.

Por eso, el hecho de que la abuela y la tía Franny se hayan ido a Nepal y nos hayan dejado a cargo de la librería familiar ha sido una sorpresa para todas. La hija de mi tía Franny, mi prima Evie de diecinueve años, se ocupa actualmente de la librería y ayudará a mamá a llevarla mientras va a la universidad y se aloja con nosotras en el piso de mi abuela, situado encima de la tienda.

—No tienes motivos para estar nerviosa. La abuela no está. La tía Franny tampoco está. Puedes empezar de cero aquí, en Beauty...

—Sigue soñando, pequeña. —Mi madre busca un lápiz labial llamado Golpe Rubí en su bolso. Nunca se la verá en público sin los labios pintados y sin su delineado de ojos puntiagudo—. No tienes ni idea de dónde estamos a punto de entrar. Tenías doce años cuando nos marchamos de este maldito pueblo de condenados. No recuerdas cómo es. Beauty es un nido de víboras para la gente como nosotras, Josie.

—Pues no les demos motivos para cotillear.

—¿Qué se supone que significa eso?

Sostengo con fuerza la funda de la cámara.

—Ya sabes lo que significa.

Se puede echar la culpa a la estúpida maldición romántica de las Saint-Martin, pero a mi madre, joven y soltera, nunca le duran los novios. Nunca trae hombres a casa. Pero utiliza aplicaciones y queda con chicos... con mucha frecuencia. Antes me gustaba llevar el control del número, pero se volvió deprimente. Es decir, sé que no vivimos en la Francia feudal del siglo XI, sé que las mujeres pueden y deben tener la vida sexual que deseen. Pero es mi madre y sé que no es feliz. Además, están las mentiras. Si no es para tanto, ¿por qué tiene que mentir al respecto?

Si acabo con problemas de confianza, este es el motivo.

De todos modos, mi madre insinuó que dejaría las aplicaciones de ligue si nos mudábamos aquí. No es que lo habláramos directamente porque no hablamos de temas incómodos, así que tampoco fue una promesa firme. Pero me dirigió un asentimiento silencioso que significaba: «No me acostaré con todo el mundo en nuestro pueblo natal, donde la gente nos conoce a nosotras y a nuestra familia, y los chismes están a la orden del día». Yo también asentí en una respuesta que quería decir: «Vale, bien, pero sobre todo porque estoy harta de que me mientas».

Por el modo en el que se está mordiendo un padrastro, me doy cuenta de que he herido sus sentimientos al sacar ahora este asunto, el tema prohibido de las citas que en realidad no tiene. Y, como siempre me veo obligada a ser la adulta, opto por calmar el ambiente y cambiar de tema antes de que acabemos discutiendo antes incluso de llegar al pueblo.

—Me has asustado con lo de las víboras, los nidos y los agujeros negros —comento intentando transmitir alegría—. ¿De verdad será tan horrible?

—Será peor, señorita fotógrafa. Mucho peor. Todavía estamos a tiempo. Podemos dar media vuelta y volver a Thrifty Books en Pensilvania.

Mi madre ha administrado todas las cadenas de librerías de la costa este junto con algunas librerías independientes maravillosas… y un par de infiernos. La que acaba de dejar en Pensilvania era de las infernales.

—Le enviaste un correo al gerente del distrito con la canción *Take This Job and Shove It*[1] y te largaste en mitad de tu turno, lo que dejó al personal sin supervisión —le recuerdo.

Levanta la comisura de la boca.

—Bueno, vale. Puede que no haya vuelta atrás con lo de Pensilvania, pero sí que podemos atravesar el pueblo e ir directamente a Connecticut. Te gustaba Hatford, ¿recuerdas?

—Demasiados asesinatos. Y demasiado caro. Estuvimos allí cinco meses y nos desalojaron.

—Podríamos ir más al sur. ¿A Maryland?

—O podríamos simplemente quedarnos aquí y hacer lo que hemos planeado. Vivir en casa de la abuela sin pagar alquiler

---

1. N. de la T.: Canción de Johnny Paycheck, cuyo título significa «Toma este trabajo y quédatelo».

durante un año y ahorrar para irnos a Florida. Es tu sueño, ¿recuerdas? ¿Palmeras y playas de arena blanca? ¿No tener que sacar el coche de la nieve?

—Palmeras y playas de arena blanca... —murmura.

—Y me prometiste que podría acabar el instituto aquí. Henry dijo...

—Por Dios, Josie, ¿en serio? No menciones a tu padre cuando estoy en mitad de un ataque de pánico.

—Vale —respondo cruzando los brazos sobre la funda de cuero de mi cámara con aire protector.

Es uno de los pocos regalos que me ha hecho, la Nikon es mi posesión más preciada... y un punto de discordia entre mi madre y yo. Mis padres se enrollaron en la universidad cuando ella estuvo matriculada en una prestigiosa escuela de arte estatal durante un par de cuatrimestres. Él era un profesor de fotografía treintañero y ella una alumna rebelde de diecinueve años que posó desnuda para él y acabó siendo una situación de una cosa lleva a la otra.

No estoy segura de qué opino al respecto, pero intento no pensarlo demasiado.

Sin embargo, nunca han vivido juntos y mucho menos se han casado. Ahora, Henry Zabka es un célebre fotógrafo de moda en Los Ángeles. Lo veo una vez al año más o menos. Creo que a mi madre le gustaría que me olvidara de su existencia.

—Oye —le digo con aire diplomático—, no hay necesidad de entrar en pánico. Esto es sencillo. No es un nido de víboras. Además, aunque lo sea, Evie cuenta con nosotras. Está sola. Ayuda a Evie. Ahorra dinero. Déjame acabar el instituto. Y luego podrás irte a Florida como siempre has soñado.

—No me voy a ir sola.

Se me escapa una risa nerviosa que espero que no capte.

—Iremos las dos... A Florida... sí. Estaba implícito.

Vaya, ha faltado poco. Debo tener más cuidado.

—Vale, tienes razón. Podemos hacerlo —asegura intentando tranquilizarse mientras aparecen edificios con gabletes y vallas más adelante—. Y Beauty es solo un pueblo, ¿verdad?

—Como cualquier otro.

Pero no lo es. Ni por asomo.

Beauty es un lugar extraño con una historia larga y dramática que se remonta a la América colonial. Fue fundado a finales del siglo XVII por un hombre llamado Zebadiah Summers, que ayudó al rey Carlos II de Inglaterra a «comprar» las «excelentes» tierras costeras de aquí a dos tribus en guerra de Nueva Inglaterra, los narragansett y los pequot. Una gran cantera de mármol de alta calidad a las afueras del pueblo enriqueció a los colonos ingleses. Y el puerto azul digno de postal, que se extiende más allá de la luna de nuestro camión de mudanzas, mientras mi madre conduce por la sinuosa carretera que rodea la costa; atrajo más adelante a otros miembros de la alta sociedad de Nueva Inglaterra, quienes construyeron aquí sus casas vacacionales en el siglo XIX y ayudaron a hacer que esta fuera de las comunidades más prósperas de Rhode Island.

Como es un pueblo portuario, Beauty tiene mucha actividad náutica. Un club náutico privado. Regatas. Fiestas en barcos… Una avenida peatonal pública llamada Harborwalk que rodea el agua a lo largo de varios kilómetros. Y, si te gustan las playas de arena y el agua salada, también las encontrarás aquí.

Sin embargo, a mí lo que me gusta son las partes excéntricas de Beauty. Detalles como que el apodo del pueblo desde los años veinte ha sido, y no miento, «Pueblo Almeja» porque tiene más puestos de almejas fritas per cápita que cualquier otro pueblo de Nueva Inglaterra. (¡Chúpate esa, Providence!) O que un poeta gótico estadounidense bastante famoso vivió aquí durante el siglo XIX y que está enterrado en el Cementerio Eterno de Beauty, un cementerio histórico. Y ahora viene lo más raro: la tumba de una de las colonas originales que se descubrió que no era una bruja cuando se ahogó en una de esas pruebas de «si flota, es bruja» que hacían los primeros habitantes paranoicos de Beauty.

Dejando de lado los cementerios y los puestos de almejas, el corazón de Beauty es su histórico distrito portuario. Emergen a la superficie recuerdos borrosos de mi infancia bajo el sol poniente mientras mi madre adelanta a un carruaje tirado por caballos que trotan bajo la luz de las farolas de gas. Abro la ventanilla y aspiro el conocido aire salado. A lo largo del embarcadero Goodly, los veleros se balancean en sus amarres invernales y las tiendas para turistas que hay junto al paseo marítimo empiezan a cerrar. Hay establecimientos de sopladores de vidrio y fabricantes de velas frente a una hilera de mansiones históricas cerradas, algunas de las cuales ocupadas por familias cuyos hijos estudian en escuelas de la Ivy League.

Es otro mundo. Una extraña combinación de dinero y rareza.

Nos dirigimos al lado sur del puerto por una calle de sentido único todavía pavimentada con adoquines de granito del siglo XVIII. South Harbor es la parte del pueblo habitada por la clase media y la clase trabajadora. Es un barrio bonito. Tranquilo. Hay algunas tiendas. Almacenes frente al mar. No obstante, mi madre detiene el camión de mudanzas delante de lo mejor que hay en todo South Harbor.

El negocio de la familia Saint-Martin.

RINCÓN DE LECTURA PARA SIRENAS

LA LIBRERÍA INDEPENDIENTE MÁS ANTIGUA DEL ESTADO MÁS PEQUEÑO

Nuestra librería familiar, conocida por los locales como «el Rincón», ocupa la planta baja de una casa blanca con ventanales que está incluida en el Registro Nacional de Lugares Históricos por su relación con la Guerra de Independencia. En el segundo piso hay una vivienda privada, un piso al que se puede acceder por un tramo exterior de escaleras desvencijadas sobre un callejón adoquinado de trescientos años de antigüedad. Mi madre y yo estuvimos viviendo aquí con la abuela hasta sexto, pero como la abuela Diedre y mamá acababan tirándose de los pelos cada vez que pasan tiempo de calidad juntas, ahora nos quedamos con la tía Franny cada vez que venimos al pueblo, cosa que no sucede a menudo.

Aun así, la pintoresca librería está exactamente igual.

En este edificio han vivido generaciones de Saint-Martin.

Un gran escaparate muestra un expositor de libros de temática náutica y, sobre la puerta empotrada, hay una sirena de hierro forjado con un libro abierto que sobresale horizontalmente de un poste que hay en la acera.

—Sally la Salada —comenta mamá alegremente dejando atrás su ansiedad—. Las tetas de la sirena parecen contentas, como siempre. Supongo que volvemos a estar aquí atrapadas juntas. Al menos, de momento.

Al abrir la puerta, me envuelve el aroma a papel nuevo y viejo. Papel mohoso. Tinta. Cuero gastado. Barniz naranja para madera. Tiene un olor acogedor y la música *folk* que suena a través de los altavoces me resulta familiar y evocadora, la abuela Diedre colecciona grabaciones de canciones marineras tradicionales y baladas locales.

Durante la Guerra de Independencia, este edificio albergaba tanto la oficina de correos de Beauty como una imprenta (provengo de una larga estirpe de amantes de las palabras impresas) que no solo publicaba el periódico local, sino también folletos que animaban a los rebeldes que vivían en nuestro pueblo leal a la monarquía a «levantarse contra los gobernantes supremos, los casacas rojas». Muchos de estos folletos están enmarcados en las paredes. Tenemos la imprenta original del siglo XVIII en mitad de la tienda y ahora sirve como soporte para exhibir libros sobre la historia de Rhode Island.

No hay clientes en la librería cuando mi madre y yo rodeamos la imprenta para dirigirnos al mostrador. Detrás de la caja registradora, recostada en un taburete que chirría cuando se mueve, hay una estudiante de colegio universitario con las largas piernas de su madre y la piel bronceada de su difunto padre afroamericano. Tiene la nariz, llena de pecas como las que han heredado todas las mujeres Saint-Martin, enterrada en un libro de romance histórico con un pirata en la cubierta.

Evie Saint-Martin.

—Solo aceptamos tarjeta, nada de efectivo. Cerramos en dos minutos —informa con voz aburrida desde detrás del libro del mismo modo que respondería un espeluznante mayordomo en una película de terror sobre una casa encantada. Una taza de té de cerámica humea junto a su codo, su propia máquina de humo.

—Tengo que pagar la mitad con un calcetín lleno de centavos y la otra mitad con un cheque que parece sacado de un contenedor —contesto.

Baja el libro hasta que unos grandes ojos delineados con maquillaje al estilo Cleopatra me miran desde debajo del espeso flequillo que se ha alisado químicamente con la plancha.

—¡Prima! —saluda con alegría. Sonríe ampliamente mientras me abraza por encima del mostrador. Por poco no tiramos un expositor de bolígrafos con forma de sirena que hay junto a la caja registradora—. ¿Ves? Por eso deberías publicar más *selfies*. No tenía ni idea de que ahora tenías el pelo más largo que yo. Tendrías que dejar que te lo cortara y te hiciera algo raro y precioso —comenta con un brillo de científica loca en la mirada.

Evie se corta el pelo ella misma. Es rara en el buen sentido y un millón de veces más guay que yo. Y, aunque sus padres se mudaron de Beauty a Boston, que está a unas dos horas, lo que hizo que no pasáramos tanto tiempo juntas mientras crecíamos, hemos desarrollado una buena amistad a distancia los últimos años.

Me da un empujoncito.

—Me cuesta creer que estéis aquí. ¿No ibais a llegar por la noche?

—Nos hemos descargado una aplicación para esquivar los radares de la policía —explica mi madre inclinándose sobre el mostrador para rodear a Evie con sus largos brazos—. Nunca has vivido hasta que has conducido un camión de mudanzas a ciento veinticinco por hora en una zona de ochenta.

—Ha sido aterrador —le digo a mi prima—. En serio, creía que la Pantera Rosa iba a soltarse y a salir volando.

—Que mi madre y tú seáis hermanas me sigue pareciendo un auténtico misterio, tía Winona —comenta Evie inclinándose sobre el hombro de mamá para mirar por la ventana—. Eh... ¿sabes que te van a multar si aparcas aquí sin permiso? Es una multa bien gorda.

Mamá gime.

—Vaya. Beauty. Nunca cambia nada, incluso el taburete del mostrador sigue chirriando igual que siempre. ¿Qué diablos hago aquí de nuevo?

—Ahorrar para las palmeras y las playas de arena —le recuerdo.

—Y salvarme —añade Evie—. La abuela Diedre me ha dejado demasiadas instrucciones... hay que cambiar el escaparate cada mes con su lista exacta de libros aburridos porque Dios no quiera que se cambie algo por aquí. Y, a pesar de que lo he contado todo cientos de veces, hace dos días que faltan 6,66 dólares de la caja porque el espíritu vengativo del pueblo nos está atacando por vender ficción con palabras marranas en un pueblo habitado por puritanos y fanáticos de los yates.

—¡Ja! ¡Lo sabía! —exclama mamá—. Justo estaba recordándole a Josie que este sitio está construido sobre un auténtico portal al infierno y que todos los que viven aquí son secuaces del señor oscuro.

Un tablón del suelo cruje cerca de la antigua imprenta y hace que nos giremos todas a la vez. Un chico más o menos de mi edad nos mira... me mira.

Lleva unas Dr. Martens grandes y negras. Una chupa de cuero negra. Las ondas oscuras del pelo se le arremolinan al lado de la cara como niebla rodeando una farola y superponiéndose a una red de cicatrices que le cubren un lado de la cara y la frente. Le falta parte de la ceja. Tiene un gatito negro tatuado en la mano, entre el índice y el pulgar.

Con un libro en la mano, agarra la correa de un casco de moto con las palabras LUCKY 13 escritas en la frente con una fuente retorcida. Me observa con los ojos entornados a través de un abanico de pestañas negras. Se fija primero en la cámara que me cuelga del cuello y luego en mi rostro.

Me mira como si fuera el fantasma de su perro muerto. Como si se sorprendiera de verme.

Como si fuéramos viejos amigos... o enemigos.

Me siento como si me acabaran de hacer una pregunta en un idioma extranjero y me costara distinguir entre una maraña de palabras, sílaba a sílaba, buscando el significado. ¿Quién eres y qué quieres de mí?

Noto una sensación extraña en la boca del estómago. De repente, hay un acertijo en mi mente y los espacios en blanco se llenan lentamente hasta que me doy cuenta de cuál podría ser la respuesta al enigma. Porque a pesar de que he pasado los últimos cinco años lejos de Beauty, estuve aquí toda mi infancia. Y durante ese tiempo, tuve un mejor amigo. Sin embargo, no lo he visto desde que ambos teníamos doce años y...

Madre. Mía.

Lucky Karras.

Ha crecido. Bien. Muy bien. ¿Cómo ha podido crecer tanto? Tiene un aspecto intimidante y parece... enfadado. No creo que algo como «¡Hola, viejo amigo! ¿Un abrazo?» sea la respuesta más adecuada.

Se enfadó bastante conmigo cuando me marché del pueblo. De eso han pasado cinco años. Y no fue culpa mía. No creo que me guarde rencor. Ojalá me hubiera dado tiempo a cepillarme el pelo. No sabía que iba a salir de un camión de mudanzas y encontrarme con... Lucky 2.0.

Sin embargo, mi madre la Obvia no se da cuenta del intercambio eléctrico que está sucediendo justo delante de sus narices. Ella tampoco lo reconoce y empieza a bromear falsamente arrepentida.

—Vaya, lo siento. Tú no, claro —le dice alegremente—. Estoy segura de que tú no eres un secuaz demoníaco.

—Claramente, no me conoces —responde con una voz ronca que suena a humo y a grava, una voz que ha cambiado tanto como su cuerpo.

—Pero me gustaría. Winona Saint-Martin.

Le tiende la mano, pero él no se la acepta.

—Ya sé quién eres —responde él desviando su fría mirada hacia mi madre brevemente.

Cuando pasa por mi lado, ralentiza para que le dé tiempo a murmurar:

—Hola, Josie. Bienvenida de nuevo al portal del infierno.

A continuación, deja el libro sobre la imprenta y sale por la puerta de la librería.

Suelto un suspiro largo y tembloroso.

—Vaya —dice mamá—. Ya estamos alejando a los clientes. Seguro que la abuela estaría orgullosa.

Evie agita la mano con desdén.

—Solo es Fantasma.

—¿Quién? —pregunta mi madre.

—Lucky Karras. ¿Os acordáis de los Karras? Sus padres tenían un pequeño negocio de reparación de barcos a una manzana de aquí. Compraron el gran astillero de enfrente. El padre es mecánico naval y la madre administra el negocio.

—¿*Ese* era el hijo de Nick y Kat Karras? —inquiere mamá—. ¿El Lucky de Josie?

Noto cierto calor en el pecho.

—No era *mío*. Solo éramos amigos. —Buenos amigos.

—¿Tú lo has reconocido? —pregunta mi madre y, sin dejarme tiempo para contestar, agrega—: No creo que él te haya reconocido a ti.

—Sí que lo ha hecho —respondo algo mareada.

—Ha estado mucho rato aquí mirando por la ventana esperando el camión de mudanzas —murmura Evie con una sonrisa sugerente a espaldas de mi madre.

—Pues me habría gustado enterarme de esto antes de llegar —le digo frunciendo los labios.

—La última vez que lo vi era un gamberro mocoso con la cabeza llena de rizos negros. ¿Cuándo ha crecido hasta convertirse en un Holden Caufield oscuro y sin encanto?

Evie suelta una breve carcajada.

—Pues… ¿un par de años después de que os marcharais? Yo digo que es el fantasma de la librería porque está aquí todo el tiempo reflexionando por ahí detrás.

—Creía que los Karras se habían mudado —comento todavía sorprendida.

—Y lo hicieron —confirma Eva—. Como ya he dicho, ahora tienen el negocio aquí enfrente.

No me refería a eso. Creía que se habían ido del pueblo. No tenía ni idea de que todavía vivieran aquí. De todas las veces que hemos venido algún finde a Beauty los últimos años, no lo he visto ni una sola vez ni he oído nada de los Karras.

—Estuvo en aquel incendio antes de que nos marcháramos —señala mi madre—. En la casa del lago.

—Sus cicatrices… —susurro.

La última vez que lo vi fue más o menos una semana después de ese incendio. Estaba en el hospital cubierto de vendas y esperando noticias sobre la cirugía. Recuerdo a sus padres preocupados, susurrando con los médicos cuando iba a verlo todas las tardes al Beauty Memorial durante las horas de visita, pero me decían que se pondría bien.

Mi madre y yo nos marchamos tan rápido del pueblo que no tuve la oportunidad de despedirme.

—Le hicieron muchos injertos de piel —explica Evie—. No sé... Creo que eso lo cambió porque en cierto modo se aisló desde entonces. Ha tenido algún problemilla desde entonces, pero...

—Vaya. ¿Qué tipo de problemilla? —la interrumpe mamá.

—Cositas. Ya sabes cómo es Beauty —responde Evie encogiéndose de hombros—. Cuesta distinguir los rumores de la realidad.

—Este pueblo te come vivo de un modo o de otro —declara mi madre—. Espero que sus problemillas se queden fuera de la librería.

—No te preocupes —le asegura Evie—. Solo lee y se enfurruña.

Miro a través del escaparate de la librería y veo a Lucky montándose en una vieja motocicleta roja aparcada al otro lado de la calle, delante de un edificio con un cartel que dice: ASTILLERO DE NICK. REPARACIONES Y MANTENIMIENTO. Hay un auténtico gato negro como el de su tatuaje sentado en la ventana de las oficinas del astillero al sol.

¿Cómo puede ser ese el niño al que conocí? Imposible.

Se ata el casco LUCKY 13 y mi madre se aclara la garganta para llamar mi atención.

—No. Ni se te ocurra —me advierte.

—Por Dios, solo estaba mirando por el escaparate.

¿Es calor lo que noto en el cuello? La abuela Diedre debería invertir en un buen aire acondicionado moderno para esta tiendecita vieja y mal ventilada.

—Aquí la maldición romántica de las Saint-Martin es más fuerte que en ningún sitio —insiste mi madre—. Mira nuestro historial en Beauty. Mi abuelo tenía tres amantes en un hotel al otro lado del pueblo. Mi padre dejó a mi madre por un negocio en California. Mi hermana Franny… bueno —dice girándose hacia Evie—, ya sabes lo que le pasó a tu madre.

—Mamá —espeto bruscamente. Uf. Mi madre no sabe cuándo callarse.

—No pasa nada —asegura Evie.

¿De verdad? Su padre murió el año pasado por un derrame cerebral. Pasó un par de días en el hospital, pero no sobrevivió. El funeral fue horrible. De hecho, esa fue la última vez que estuvimos en el pueblo y fue por un corto periodo de tiempo. Evie se las ha arreglado bastante bien, pero su madre sufrió una crisis nerviosa y no ha llegado a superar su muerte. Mi madre cree que por eso la abuela la animó a alquilar su casa, irse a Nepal y dejar a Evie con nosotras en el piso que hay sobre la librería. Mamá siempre dice que la madre de Evie es la favorita de la abuela. Cabría pensar que dos adultas cada una con su hija ya habrían superado la fase de celos, pero supongo que eso nunca se supera.

—De todos modos —continúa mi madre algo avergonzada—, en Beauty todos saben que a mí también me afectó la maldición. Intento abandonar el pueblo para escapar de ella y acabo soltera a los treintaiséis años con una hija de diecisiete. Ahora imagínate qué te hará la maldición aquí a ti, Josie. El pueblo rompecorazones, eso es lo que es.

Antes de que pueda protestar, Evie agarra su novela de romance de piratas y la agita mientras sus anillos de plata tintinean en su pulgar y su índice. Solo lee libros de romance histórico. Condes e institutrices. Príncipes e institutrices. Institutrices e institutrices. Si hay páramos y un castillo gótico, mejor aún. Hace poco que decidió renunciar al amor en la vida real a cambio de vivir romances indirectos a través de las páginas.

—Sin relaciones y sin arrepentimientos.

O eso dice ella…

—No he venido aquí buscando ningún tipo de relación —informo a ambas.

Nunca he tenido una, nunca he querido una.

Sinceramente, lo único que me importa ahora es hacer mi *portfolio* para que mi padre acceda a tenerme como aprendiz de fotografía en Los Ángeles el año que viene cuando termine el instituto. Pero eso no lo digo en voz alta. Es mi secreto. Si hay algo que pueda romperle el corazón a mi madre no es un romance, sino la idea de que la abandone. La peor de las traiciones.

Sé que esto me convierte en un monstruo. Lo sé. Pero la cuestión es que, aunque podría estar maldita por un lado de la familia, hay otra rama que ni siquiera conozco. Abuelos que no sé quiénes son. Tías. Tíos. Primos. Mi padre tiene incluso una esposa nueva, una pintora. Y cuando cumpla los dieciocho, mi madre no podrá impedirme viajar para ver a mi padre. Solo he hablado con él en términos generales, pero creo que puedo convencerlo de que me deje ser su aprendiz. Y aprender fotografía con un verdadero maestro… sería todo un sueño.

Igual que aprender a ser una verdadera hija en una verdadera familia.

Quizás una familia que se comunique mejor que esta.

Esa es mi estrategia de salida. Beauty es mi último pueblo de escala. Luego me iré todo al oeste que pueda en busca de conexiones significativas. Gente que cene junta y hable de sus problemas. Gente que haga cosas de familia normal como barbacoas en el jardín o excursiones al zoo. Padres enseñando a sus hijos a nadar y a subir en bicicleta. Lo quiero todo.

Y tengo un sólido plan de tres pasos para lograrlo.

Paso uno: demostrarle a mi padre que estoy motivada y tengo talento.

Paso dos: ahorrar dinero suficiente para ir a Los Ángeles.

Paso tres: graduarme en el instituto antes de que la abuela vuelva de Nepal.

El último paso… es complicado. El verano que viene, terminará el viaje de la abuela Diedre a Nepal y Beauty pasará de ser un pueblo de escala para ser una zona de guerra familiar. Mi madre sabe que nuestro tiempo es limitado.

Beauty es una bomba de relojería. Solo estoy preparando el camino a seguir antes de que explote.

—No he venido aquí en busca de ninguna relación —repito para mi madre y Evie. Me da igual lo mucho que haya crecido, Lucky Karras puede hacer gala de su mal humor en la librería de otra familia—. Solo quiero aguantar lo suficiente para terminar el instituto de una pieza.

Pero cuando veo el brillo lastimero de la mirada que me dirige Evie, es como si mi plan de tres pasos y el futuro se hubieran extendido ante ella como una mala lectura del tarot y empiezo a preguntarme si podré sobrevivir siquiera en este pueblo hasta que termine el verano.

Capítulo 2

Junio

Las primeras impresiones pueden ser engañosas. Quizás no debería haber mostrado entusiasmo por volver a Beauty porque han bastado cuatro meses para acabar con mis ilusiones iniciales y ahora funciono en modo de ahorro de batería y rezo para que no se me agote por completo.

Entre la tercera y la cuarta clase del último día de instituto antes de las vacaciones de verano, reúno lo que me queda de energía, me encojo todo lo que puedo y camino por el pasillo oeste de Beauty High. La música que suena por mis auriculares bloquea el caos de los pasillos: los portazos de las taquillas y los futbolistas gritando a sus colegas, las risas y el entusiasmo por las fiestas de graduación, el chico de primer año que llora en el baño, los planes de verano definiéndose, los trapicheos de drogas.

Me mantengo lo más lejos posible de esas personas. A algunos los conocía de cuando éramos pequeños, otros podrían estar bien ahora, pero tengo una mentalidad de supervivencia total y no puedo arriesgarme. Cada vez que mi madre y yo nos mudamos a algún lugar nuevo, suelo mantenerme aislada y no hago muchos amigos. Las personas no son desechables. Duele encariñarse con alguien y tener que separarse unos meses después, algo que mi madre no parece entender.

Sin embargo, a diferencia de otros lugares en los que he vivido, los alumnos de Beauty no me dejan en paz. Me empujan y me pinchan como si fuera un caniche que se ha topado con una especie de competencia para ver quién es el peor de todos. Desde el día que me matriculé en la escuela he recibido una gran cantidad de preguntas invasivas: ¿De verdad estuviste dos meses viviendo en un motel barato? ¿Te daban vales de comida? ¿Tu madre es adicta al sexo? ¿Es cierto que tu padre conoce al príncipe Enrique? ¿Por qué se ha ido tu abuela a Nepal a vivir con los *sherpas*? ¿Está metida en una especie de secta?

Miradas lascivas, mensajes con rumores que se esparcen por todo el instituto… A veces, al ir de un aula a otra me siento como si estuviera atravesando una zona de guerra. Podría pisar una mina y perder un pie… o tener un hijo ilegítimo, nunca se sabe. Cada vez que suena la campana, vuelvo a ser dueña de mi vida y de mi frágil reputación.

En los otros lugares en los que hemos vivido mamá y yo nadie nos conocía. Pero aquí la gente sabe. Conocen detalles íntimos de nuestra vida y los airean para entretenerse. No todo lo que dicen es verdad, pero hay cosas sí que lo son. Y algunas duelen.

Empiezo a pensar que tal vez no valga la pena aguantar esta tortura un año entero para poder ahorrar e irme a Los Ángeles a vivir con mi padre. Al menos, tengo el verano para recargar energía. Para refugiarme en la librería y la fotografía.

—¿Josephine?

Y puede que tenga también otra cosa… y esa otra cosa está justo aquí.

Por favor, quiero conseguir esto.

Me quito los auriculares y corro por el pasillo hasta el aula de periodismo para encontrarme con un profesor de mediana edad con una brillante calva: el señor Phillips. Está a cargo del anuario del Beauty High y del periódico escolar. Y lo más importante es que su mujer trabaja en una revista regional que se publica aquí, en Beauty: *Coast Life*. Viajes, comida y estilo de vida de Nueva Inglaterra, ese tipo de cosas. Lo que más me interesa es el trabajo de su mujer porque donde hay una revista, hay fotografías. Y donde hay fotografía, hay becarios.

Las prácticas de verano en Coast Life son buenas.

—Señorita Saint-Martin. Veo que has logrado pasar a tercer año. —El señor Phillips sonríe mientras se ajusta unas gafas redondas con montura dorada que están a medio camino entre las de John Lennon y las Harry Potter—. ¿Algún plan para el verano?

Siempre tengo planes.

—Trabajar en el Rincón a tiempo parcial —le digo, nerviosa porque me dé la noticia.

—Suena divertido. ¿Y qué hay de la fotografía? ¿Sacarás más fotos de carteles de Beauty para tu portfolio?

—Siempre estoy buscando buenos carteles. Es la forma de comunicarse que tiene la humanidad, yo solo soy la mensajera con la cámara.

—Me encanta —comenta.

¿Quiere entretenerme con una conversación banal para decepcionarme fácilmente o para aguantarse la buena noticia algo más de tiempo? No tengo ni idea, pero me está poniendo nerviosa. El señor Phillips es amable y uno de los pocos profesores que me caen bien de aquí. Pero la verdad es que necesito su ayuda si quiero irme a Los Ángeles el año que viene.

El problema es que mi famoso padre es conocido por una razón: por ser especialmente duro. Necesito demostrarle que tengo lo que hace falta. A ver, sé que puedo hacer fotos. Prácticamente, soy autodidacta (mi padre solo me ha dado algunos consejos), pero tengo buen ojo y he sacado miles y miles de fotos a lo largo de los años. Revelo mi propio carrete al estilo de la vieja escuela, en un cuarto oscuro. Tengo incluso una cuenta de financiación en línea, Photo Funder. Es un página para aficionados a la fotografía en la que publico fotos exclusivas para suscriptores anónimos de pago. La mayoría de los meses consigo solo unos cien dólares y estoy bastante segura de que la mayoría de los suscriptores son amigos de mi madre y mi abuela. No es suficiente para demostrarle a mi padre lo que valgo.

Para eso necesito algo más. Como unas prácticas de fotografía en el currículum. Necesito demostrarle que hay otra gente que piensa que tengo talento suficiente para aceptarme. Y, a finales de verano, *Coast Life* contrata a jóvenes brillantes para ayudarles en las sesiones fotográficas de moda para la semana de la regata. Gente rica de fiesta en barcos. Sinceramente, me parece una auténtica pensadilla, justo lo contrario a mis intereses artísticos; pero probablemente quede genial en un currículum, más aún si es con un fotógrafo de moda más o menos conocido o de renombre. Alguien a quien mi padre respete.

—¿Cuál es el veredicto? —le suelto al señor Phillips con un nudo en el pecho, incapaz de seguir manteniendo esa conversación insustancial.

Vacila.

—Lo lamento, Josie.

Se me cae el alma a los pies.

Y se hunde más aún…

—No tiene nada que ver con la foto que enviaste, les encantó —me asegura—. Normalmente, las prácticas son para gente que estudia en la universidad y consideran que eres demasiado joven.

—Pero tengo casi dieciocho —replico—. Y saben quién es mi padre, ¿verdad?

Odio tener que mencionarlo, pero es una situación de emergencia.

—Por supuesto, el nombre de tu padre ayuda, pero... —Pero—. No debería decirte esto —añade en voz baja—, pero si quieres saber la verdad, iban a dártelas a ti. No obstante, el jefazo de la revista entró en la reunión de la junta directiva. El señor Summers es muy estricto con las reglas y aún eres menor de edad.

—¿El señor Summers?

—Levi Summers. El jefazo —explica.

Ah. Claro. Summers. Su nombre aparece en todos los edificios del pueblo. Es descendiente del fundador de Beauty. Un privilegiado. No tenía ni idea de que fuera también el propietario de la revista. Error de principiante.

El señor Phillips levanta las manos.

—Levi Summers rechazó tu solicitud, así que me temo que no podrás hacer las prácticas este verano. Lo siento.

La rechazó. Así como así. *¡Puf!* Otra cosa más que sale mal estos últimos meses en Beauty.

El señor Phillips empieza a decirme otras cosas que apenas escucho acerca de que las prácticas son en agosto y durante cuatro días, que es un trabajo duro que empieza bien temprano por la mañana hasta medianoche, así que de todos modos habrían surgido problemas por las leyes laborales y las restricciones de edad.

—Además, puede que sea lo mejor porque si no te habrías perdido la flotilla del Día de la Victoria.

—¿Cómo?

—Al final de la semana de regatas, la gran celebración del Día de la Victoria. Seguro que fuiste a la flotilla nocturna de pequeña.

Ah, sí que fui, claro. Rhode Island es el único estado de Estados Unidos que todavía tiene un día festivo oficial para conmemorar el final de la Segunda Guerra Mundial. Y en Beauty eso implica una flotilla patriótica extravagante. Al anochecer, todos los barcos se cubren de guirnaldas de luces blancas y se encienden las grandes hogueras del puerto. Es como si la población de Beauty se sentara y dijera: «¿Cómo podemos superar el cuatro de julio y fastidiar a esos imbéciles de Boston robándoles todos los turistas a finales de verano?»

—Si estuvieras haciendo las prácticas, no podrías disfrutar de la flotilla —declara solemnemente el señor Phillips como si ese fuera el sueño de mi vida.

Sí, vale. En realidad, no me importan los yates cubiertos de lucecitas. Las prácticas iban a ayudarme a irme a Los Ángeles y ahora me siento como si mi barco se estuviera hundiendo en el puerto con todos mis sueños. No puedo explicarle al señor Phillips que el regreso de mi abuela de Nepal es una bomba de relojería ni hablarle de lo mal que se llevan mi madre y mi abuela. Pero ya estamos en verano y no estoy más cerca de irme a Los Ángeles que hace unos meses.

Un grupo de chicos de último año pasan por el pasillo irradiando arrogancia y una risa tóxica y, aunque intento girarme, el cabecilla me ve. Es un futbolista imbécil que juega en un equipo universitario al que todos llaman Big Dave.

—Josie Saint-Martin. —Mi nombre suena espeso en su boca, demasiado familiar. Ni siquiera me conoce, ni de cuando era pequeña ni de ahora—. ¿Vienes a mi fiesta esta noche? Te dejaré hacerme una foto —añade lanzándome un beso al aire—. Una sesión privada.

Sus amigos se ríen.

—Paso —contesto esperando sonar dura.

—Es suficiente, señor Danvers. Puedes seguir caminando —le ordena el señor Phillips señalando el pasillo.

Se alejan arrastrando los pies. Big Dave finge sacar fotos mientras uno de sus colegas hace gestos sugerentes a espaldas del señor Phillips. Los odio a todos. Odio al señor Phillips por disculparse en silencio por su desagradable comportamiento, como si acabara de salvarme, pero ya se sabe, son cosas de chicos. Odio que no tenga ni idea de que he tenido que soportar esta basura día tras día durante meses cuando los profesores no prestan atención. Odio estar enfadada todo el tiempo.

Pero detesto especialmente haber visto una silueta con una chaqueta de cuero negra al otro lado del pasillo cerrando su taquilla después de que pasara Dave con su panda de idiotas.

Lucky Karras.

Vaya donde vaya, ahí está. En la librería. En la acera de enfrente, donde aparca su antigua moto roja. En la ventana de las oficinas del astillero, acariciando al gato negro. En la cola de la tienda de rosquillas que hay en la calle de al lado. En el instituto.

Nunca hablamos. No de verdad. Nunca me ha dicho «pongámonos al día» o «cómo te va la vida». Nada normal de ese estilo. No reconocemos que una vez fuimos mejores amigos y que nos pasábamos los días juntos al salir de clase, que todos los domingos iba a cenar a su casa, que quedábamos a escondidas después de clase en un cobertizo de cedro abandonado al final del Harborwalk (nuestro código secreto era: «nos vemos en la Estrella Polar») para escuchar música o llevar a cabo horribles campañas de D&D sobre Harry Potter.

No. Simplemente está... por ahí. Como ahora. Mirándome con esos ojos oscuros desde el otro lado del pasillo.

¿Ha oído a Big Dave hace un momento? Lucky siempre es testigo de mis pequeñas humillaciones en el instituto y no sé si me siento enfadada o agradecida porque nunca intente intervenir. Lo único que sé es que estoy harta de pensar en él todo el tiempo, harta de preguntarme por qué no me habla. Y harta de soportar sus miradas inquietantes.

Me alegro muchísimo de que se haya acabado el curso.

Cuando suena la última campana, todos salen del edificio de ladrillos centenario como hormigas saliendo del hormiguero. Sintiéndome patética, recorro las cinco manzanas que llevan al barrio de South Harbor intentando no pensar en que me han rechazado las prácticas. Al fin y al cabo, he superado tormentas peores. Solo necesito otra perspectiva. Hablar con alguien más. Mostrar mi trabajo a la persona adecuada, a alguien que esté dispuesto a luchar por mí y enfrentarse a Levi Summers y sus estúpidas restricciones de edad. Algo. Me las arreglaré.

Tenaz. Astuta como una comadreja. Maquinadora. Conspiradora. Esa soy yo.

Cuando llego al Rincón y paso por debajo de Sally la Salada, la sirena, miro hacia la puerta y veo a mi madre hablando con un cliente. A continuación, me doy la vuelta y subo por los escalones torcidos que están permanentemente cubiertos de excrementos de gaviotas. Ahí está el viejo piso de mi abuela, donde viví de niña. Tiene una cerradura vieja y complicada y un nuevo sistema de seguridad en el que introduzco un código antes de cerrar la puerta de una patada detrás de mí.

La parte delantera del piso es básicamente una gran sala de estar con chimenea y una pequeña cocina abierta. La decoración es una mezcla de los muebles que dejó mi abuela (antigüedades de Nueva Inglaterra, alfombras desgastadas sobre suelos de parqué y su colección de sirenas) y las pocas cosas que trajimos nosotras en el camión de mudanzas de un estado a otro. Una lámpara con una chica *pin-up* de los años cincuenta que descubrí en una tienda de chatarra y que se parece asombrosamente a mi madre, fotos enmarcadas que he sacado en todos los lugares en los que hemos vivido los últimos años y Cosa Fea, la manta que tejió mi madre en una de sus fases artesanales. Vayamos donde vayamos, estos objetos se vienen con nosotras. Son la señal de que estamos en casa.

Al menos, se supone que debería ser así. Ahora mismo, parece que se estén peleando con las cosas de la abuela en un recordatorio constante de que vivimos invadiendo el espacio de otra persona por un periodo de tiempo limitado.

Arrastro los pies por un pasillo estrecho, paso por delante de la habitación de Evie (taxidermia extraña y espeluznante, estantes de ropa retro y pilas de libros de romance histórico desgastados) y me meto en la mía, que contiene un cien por cien menos de taxidermia de ardillas y cobras.

De hecho, mi antigua habitación podría ser perfectamente una habitación de hotel porque solo hay ropa y artículos de fotografía. Tengo una sola estantería llena de libros esenciales sobre fotografía, incluyendo el libro de mi padre de fotografía de moda y todas mis cámaras antiguas. La más vieja es una Brownie 2 de 1924 (no funciona) y la más especial es una Rolleiflex Automat de 1951 (esta sí que funciona). Por supuesto, también tengo mi Nikon F3, la cámara que más utilizo. Mis fotografías digitales las almaceno en Internet, como todo el mundo, y la mayoría de los carretes que revelo los tengo organizados en recipientes apilados en una esquina. Sin embargo, la pared que queda sobre mi cama está llena de fotografías seleccionadas que he decidido exhibir colgadas de cuerdas con pinzas de madera. Puedo quitarlas y guardarlas en menos de un minuto. Lo he cronometrado.

Aquí todas las habitaciones son muy pequeñas, pero la mía tiene un ventanal que da a tejados a dos aguas y a los campanarios del pueblo. Me quito los zapatos y me dirijo allí, al asiento de la ventana lleno de cojines acolchados, un rincón en el que me he pasado una gran parte de los últimos meses leyendo y observando a las gaviotas.

Tal vez también autocompadeciéndome.

Sin embargo, aunque estoy totalmente dispuesta a quedarme en casa enfurruñada toda la noche, Evie aparece al cabo de una hora con otros planes para las dos. Me saca de la habitación para comer restos de fideos fríos mientras mi madre está ocupada en la librería con un problema de contabilidad.

Evie cierra los ojos y se lleva un dedo a la sien.

—Madame Evie la Grande está teniendo una visión del más allá. Los espíritus me están mostrando... espera. Nos veo a ti y a mí en la Primera Noche.

—¿Eso es una versión bíblica del fin de los tiempos?

—Aquí es tradición que todo el mundo celebre fiestas de la Primera Noche en casa. Es la primera noche de verano. Se han acabado las clases, los estudiantes vuelven a casa de la universidad y la temporada turística está a punto de empezar.

—¿Y todo eso equivale a una excusa para desmelenarse y hacer fiestas salvajes?

—Eso es —confirma.

Así que, tras meses de verme sufrir por los chismes en el Beauty High y malinterpretar mi estado depresivo por no haber conseguido las prácticas en la revista, Evie piensa que una fiesta de la Primera Noche, la fiesta adecuada, mejorará mi situación social, que es inexistente por decisión propia. Pero ella piensa que, si intentara acercarme a la gente, no cotillearían tanto.

Vale, bien, pero está claro que no puedo explicarle por qué no voy a quedarme en Beauty el tiempo suficiente para hacer amigos debido a mi estrategia para marcharme a Los Ángeles. Y adoro a Evie, pero como todos los demás, siempre me dice que soy demasiado joven y que le haría mucho daño a mi madre. Ella no entiende lo que es vivir con Winona Saint-Martin. Solo ve a la Winona divertida. O a Winona la administradora dedicada, que es inteligente, está determinada a llevar la librería y se esfuerza mucho por no pensar en ligar con desconocidos en bares de todo el pueblo en este mismo momento.

Evie no conoce a la Winona que nunca está ahí.

Ni a mi favorita, la Winona «aquí no se habla de eso».

—Porque, oye, tengo una invitación para ir a una fiesta fantástica. No es una fiesta del Beauty High. Iremos juntas. Conocerás a gente nueva. Puede que yo también. Aquí no todo el mundo es horrible, por mucho que te cueste creerlo.

Evie ha salido brevemente y acaba de romper con un tipo de Harvard llamado Adrian, que ha estado acosándola discretamente y siendo un imbécil total. Evie no me ha contado mucho al respecto, pero creo que está empezando a molestarla.

—Creía que los romances literarios eran mejor que los reales —le recuerdo.

—Me están enseñando a tener mejores relaciones en la vida real.

—¿Porque te cruzas con muchos duques oscuros y viudos góticos en Beauty?

—El mundo es un castillo encantado en un páramo —me dice—. Tu duque podría estar en cualquier parte. Tal vez incluso hoy en la fiesta de la Primera Noche. Solo tienes que estar receptiva y dejarlo entrar en tu vida.

—Hasta que actúe la maldición de las Saint-Martin y mi duque se ahogue en un lago o me engañe con tres amantes.

—Ya no estoy tan segura de lo que opino de la maldición de las Saint-Martin.

—¿No crees en ella?

Se encoge de hombros.

—Sí y no. Creo que todas las mujeres de nuestra familia somos un poco raritas, pero ese es otro tema —declara con una sonrisa—. Venga, vamos. Salgamos de esta casa. Un poco de aire fresco y ver caras nuevas nos vendrá bien a las dos. Vamos a relajarnos y a pasar una velada tranquila, ¿de acuerdo?

Bien.

La casa en la que se celebra la fiesta no está muy lejos, a unos quince o veinte minutos, así que decidimos caminar por Lamplighter Lane, una estrecha calle que va desde nuestro barrio hasta el casco histórico, que está lleno de tiendas antiguas y donde hay un museo de cera que, según mi supersticiosa madre, es la ubicación real y precisa del portal al infierno de Beauty.

—No estoy segura de que te lo haya mencionado —le digo a Evie—, pero mi madre asegura que, si te detienes en esta esquina a medianoche, te encontrarás con el diablo y te hará una oferta por tu alma.

—¿Hay que participar en un concurso de violín para ello? —pregunta mi prima divertida mientras da un paso a un lado para evitar una grieta de la acera.

—Probablemente —contesto—. ¿Sabes que se desvía dos manzanas cuando va al banco para evitar pasar por esta calle? Lleva haciéndolo desde que yo era niña.

—Organizan paseos fantasmales por aquí en Halloween. Tal vez se asustara de pequeña. Se lo preguntaré a mi madre la próxima vez que nos llamemos por Skype. Mientras tanto, si ves una silueta diabólica con violines, avísame. Venga... por aquí.

La fiesta es en el extenso patio trasero de una de las mansiones históricas que hay cerca del centro del pueblo. No sé ni de quién es la casa, de una de las antiguas familias adineradas de Beauty con una mansión multimillonaria. Evie entrega una invitación en una avenida cerrada llena de coches de lujo y nos dejan pasar. Se nos indica que sigamos un camino que lleva a una piscina y a una casita junto a esta... que parece más grande que nuestro piso de la librería.

—¿Evie? ¿Quién es esta gente? —pregunto mientras nos dirigimos a la piscina de agua azul, rodeada de montones de adolescentes riendo, bebiendo y bailando con la música alta.

—La mayoría son Golden —responde. De la Golden Academy, la escuela privada de Beauty. Son de la élite. Se preparan para la Ivy League. Están fuera de nuestro alcance—. Hay muchos universitarios que han vuelto a casa para el verano. Harvard está solo a un par de horas. Ojalá pudiera permitírmelo.

¿Mi prima la Gótica en una Ivy League? Me pregunto si será por ese chico de Harvard con el que ha salido brevemente. Lleva un par de años yendo a clases de biología básica en el colegio comunitario local, pero quiere ser antropóloga forense. O historiadora. O escritora. Como suele ser la norma en las Saint-Martin, siempre está cambiando de opinión. Incluso su madre, Franny, la hermana tradicional en comparación con mi madre, cambió de profesión un montón de veces antes acabar alquilando su casa y huyendo a Nepal con la abuela.

Me voy poniendo nerviosa conforme nos acercamos a la piscina en la que están todos reunidos. Estos tipos no solo parecen ricos, también se ven más mayores. Más guapos. Más grandes. Más rápidos... Mejores. Los veo pavoneándose por el pueblo, pero se me hace raro invadir su territorio personal. Me siento como una intrusa.

—Eh... ¿Evie? ¿De qué conoces a toda esta gente? ¿Es por ese chico con el que saliste?

—Adrian. Sí, más o menos.

—Si rompiste con él, ¿qué hacemos aquí?

—Él es solo una persona. Hay muchos más peces en el mar. Además, me han asegurado que no está invitado, así que no me cruzaré con él. Una hora, ¿vale? Si después quieres irte, nos largamos.

¿Una hora? Sigue soñando. Veinte minutos abriéndome paso entre bikinis y mocasines y oyendo fragmentos de conversaciones sobre el equipo de remo de Harvard, veranos en playas del norte y viajes a Europa... y ya es suficiente. Demasiado.

Sin embargo, Evie encuentra a los suyos. Hay una chica agradable de ojos marrones de Barcelona llamada Vanessa que va a la uni con ella y sabe bastante de mí como para pillarme por sorpresa.

—Me da la sensación de que ya te conozco —comenta con un bonito acento español.

Lo cual me resulta extraño porque Evie no me ha hablado nunca de esta chica. Supongo que son buenas amigas, ya que entrelazan el codo y Evie se relaja visiblemente a su lado. Hay otra chica con ellas que irá a Princeton el año siguiente, pero no oigo su nombre cuando se presenta. Fingen intentar integrarme en su conversación de manera forzada, pero son mayores que yo y queda bastante claro que no les importo por el modo en el que giran los hombros para excluirme.

Mientras Evie queda atrapada en una conversación intensa con Vanessa sobre activismo ambiental y el aumento de las temperaturas en el puerto, yo me paseo alrededor de la piscina fingiendo que sé a dónde voy, moviendo los pies al ritmo de la música que resuena por unos altavoces escondidos. Y, tras cometer el error de entrar en la casita de la piscina (hay bebidas y un baño, pero también demasiados ojos desconocidos mirándome), atravieso unas puertas francesas que llevan a un patio apartado en la parte trasera.

Está oscuro, únicamente iluminado por unas pocas luces redondas. Un laberinto de arbustos protege el patio trasero de la piscina y está segmentado en un par de zonas para sentarse. Hay vasos de plástico y colillas sobre una mesa auxiliar de vidrio junto a una silla de exterior. Supongo que es una zona no oficial de fumadores. Me dejo caer en la silla y suspiro profundamente. Es un buen lugar en el que lamerme las heridas por no haber logrado las prácticas en la revista. Tal vez se me ocurra un plan B. O incluso hasta un plan D.

Casi de inmediato, siento un cosquilleo en la nuca y me doy cuenta de repente de que mi oasis apartado no es tan privado como me lo había parecido en un primer momento.

No estoy sola.

Capítulo 3

—Bueno, bueno, bueno —dice una voz ronca.

Me sobresalto y miro hacia la oscuridad. Hay alguien sentado con las piernas extendidas con aire casual en un sofá de exterior de dos plazas, escondido detrás de un arbusto alto. Cuando se inclina hacia adelante y apoya los antebrazos en las rodillas, se iluminan los rasgos de un rostro lleno de cicatrices.

Lucky Karras.

¿Por qué está en todos los lugares a los que voy de este maldito pueblo?

—Josie Saint-Martin en carne y hueso —comenta.

—No te había visto —añado rápidamente—. No estaba…

—¿Siguiéndote? ¿Acosándote? ¿Intentando toparme contigo cada vez que salgo de casa?—. No me había dado cuenta de que estabas aquí fuera. Ni aquí, en esta fiesta. En ningún lugar de por aquí.

Madre mía, parezco idiota.

—Ah, estoy aquí, sí —anuncia con sarcasmo levantando ligeramente ambas manos y dejándolas caer a continuación. Su mirada recorre la larga trenza que me cae por el hombro—. La pregunta es ¿qué haces tú aquí? No te tenía por una fiestera. Me sorprende especialmente verte en un evento de los Golden.

—He venido con Evie —explico señalando las luces y sonidos de la piscina que se filtran entre las densas ramas de los arbustos que tengo detrás. Intento recordar los nombres de sus amigas—. ¿Vanessa? ¿De Barcelona? Creo que va a clase en el colegio comunitario con Evie. Supongo que son amigas o compañeras de clase o lo que sea.

Lucky se ríe. La sombra de sus pestañas negras se proyecta sobre sus mejillas cuando baja la mirada.

—¿Qué? —digo a la defensiva.

Él niega con la cabeza.

—Nada.

—Oye, solo estoy esperando a prima, ¿vale? —le digo con total naturalidad.

Mi intención es que eso sea una señal que diga «mira, lárgate y únete a la fiesta, déjame algo de privacidad». ¿Qué hace aquí sentado en la oscuridad lejos de todos los demás? Está usurpando mi trono de la soledad y eso no me gusta.

Lucky y yo teníamos una clase juntos este cuatrimestre en Beauty High: Redacción de Textos. Como nuestra profesora hacía cualquier cosa por evitar dar clase, veíamos muchas películas antiguas, adaptaciones de los libros que estudiábamos, y Lucky se dormía sobre su pupitre cada vez que se apagaban las luces. Una vez le presté mis apuntes y me los devolvió en la librería con un par de correcciones de sabelotodo escritas en boli rojo. Esa ha sido la interacción más íntima que hemos tenido en los meses que llevo en el pueblo. A menos que se tengan en cuenta las miradas silenciosas. Miradas desde el otro lado de la calle. Miradas en la librería. Miradas en la cafetería del instituto.

Si se tienen en cuenta las miradas, interactuamos de forma regular.

Como ahora, por ejemplo. Me recorre con la mirada como si estuviera jugando a un juego de memoria y ganara puntos por recordar cada detalle de mi aspecto: la trenza despeinada de cabello castaño que me cae por el hombro, la camiseta de rayas, los pantalones ajustados con un agujerito en la rodilla izquierda y las zapatillas planas rojas.

Nadie me mira como Lucky.

Me desarma. Es demasiado íntimo. Y hace que se me acelere el pulso como si estuviera corriendo un maratón. Sobre todo, teniendo en cuenta que es la primera vez que estamos a solas desde que volví al pueblo.

No quiero estar aquí con él. Quiero estar en casa intentando averiguar cómo conseguir esas prácticas en la revista. Buscando galerías locales que me permitan exhibir mi trabajo. Revelando un carrete. Haciendo cualquier cosa menos soportar el interminable ritmo de la música electrónica y la mirada dulce e intensa de Lucky.

Ha sido un mal día. Cuatro malos meses. Y algo dentro de mí... se rompe.

—¿Tienes algo que decirme? —espeto, exasperada.

—¿Disculpa?

—Te pasas el día mirándome y apenas me has dicho dos palabras desde que he vuelto al pueblo.

—Supongo que no tengo nada que decirte. En realidad, ya no te conozco, ¿verdad?

—Antes éramos mejores amigos. —*Antes eras mi chico.*

—Cuando teníamos doce años —replica con los ojos entornados—. Yo estaba en el equipo de matemáticas y construía robots los fines de semana. No había descubierto cómo desactivar el control parental del móvil para tener acceso libre a pornografía en Internet. Eran otros tiempos. —Se encoge de hombros.

44

Vaya. Bien…

—Si intentas sorprenderme, tendrás que esforzarte un poco más —le digo algo molesta.

—Creía que éramos mejores amigos y que podíamos decirnos cualquier cosa. No se puede tener todo, Saint-Martin.

—Mi exmejor amigo no era un imbécil.

—Tu exmejor amigo ha pasado por cosas muy turbias —dice tensando la cara de modo que sus rasgos afilados hacen destacar las cicatrices irregulares de su frente, blancas sobre su piel olivácea—. Así que tal vez quieras pensártelo antes de ponerte en modo altivo y orgulloso y señalarme con dedo acusador.

Sé de qué habla. Claro que lo sé. Me fijo en el gato negro que tiene tatuado en la mano.

—Lamento mucho lo del incendio y todo lo que has sufrido. Sé que cuando me marché del pueblo no… no acabamos en los mejores términos…

Me incomoda hablar de esto ahora. El sudor me perla la frente y siento un fuerte impulso por levantarme de la silla y alejarme de esta fiesta sin mirar atrás.

Se queda parpadeando unos momentos y se mira las manos.

—Sí, bueno, era un crío estúpido y estaba sufriendo física y mentalmente. Era más fácil apartarte. Supongo que creía que te estaba castigando, pero no me daba cuenta de que también me estaba castigando a mí mismo. Porque, cuando te marchaste, no tenía a nadie.

Su confesión me pilla por sorpresa. Una parte de mí desea tener la Nikon conmigo para esconderme detrás de ella porque sería más fácil… más seguro. No estoy acostumbrada a que nadie me haga confesiones de nada. Nunca. Creo que he olvidado lo que es hablar abiertamente con alguien.

He olvidado lo que es comunicarse con un ser humano.

Nos miramos el uno al otro unos instantes hasta que digo:

—Creía que tal vez me odiabas.

—No te odio —replica y una leve sonrisa tira de las comisuras de su boca—. Ya no. No mucho. A menos que tú me odies a mí. En ese caso, me gustaría cambiar mi respuesta porque evitaste a mi madre cuando fue al Rincón a llevaros comida cuando volvisteis al pueblo.

Ah, sí. Sí que lo hice. Apareció con un montón de comida griega y me escondí arriba. Me pasé años cenando en su casa todos los domingos. Era como mi segunda madre. Y luego ya no estaba.

—Fue un clásico movimiento de cobarde —admito—. Muchos sentimientos. No sabía qué decirle, era una situación rara.

—Supongo que los dos somos unos tontos.

—Puede ser, pero esa era tu madre y estos somos nosotros. Podrías haber dicho «Oye, Josie, arreglemos este asunto entre tú y yo». Y podríamos habernos peleado a puñetazos cuando llegué al pueblo o tal vez resolverlo con una carrera al Mario Kart o con unas horas de D&D en la Estrella Polar...

Suelta una pequeña carcajada.

—...y el ambiente se habría destensado. En lugar de eso, he estado dándole vueltas a la cabeza porque apenas me hablas y estaba intentando averiguar por qué siempre me estás mirando...

—¿Mirando?

—Bueno, sé que es complicado resistirse a la belleza Saint-Martin y todo eso...

Por supuesto, estoy bromeando, pero me resulta raro lo bien que me sienta volver a bromear con él. Muy bien. Una parte del hielo empieza a derretirse en mi pecho.

—Eres tú la que me está mirando siempre.

Me quedo boquiabierta.

—¿Disculpa? Creo que es al revés. Eres tú el que mira. Yo solo te devuelvo la mirada porque tú empiezas. Yo soy la observada.

Suelta un resoplido, divertido.

—Oye, yo miro muchas cosas. Motos antiguas restauradas, puestas de sol en la playa… y problemas.

—Ah, ¿y yo soy los problemas? —inquiero señalándome a mí misma—. ¿Yo?

—Tienes una sirena justo encima de la puerta de tu casa, ¿verdad? Podrías poner también una luz roja intermitente.

—Ah, claaaaaro. Las Saint-Martin somos tentadoras. Eso no lo había oído nunca.

—Me has preguntado por qué te miro. Estoy siendo sincero. Reconozco la tentación cuando la veo. Talento. Una cara bonita. Y misteriosamente reservada. Todas mis debilidades. —Lucky extiende ambas manos con las palmas hacia arriba—. Hay que conocer al enemigo.

—Un momento, ahora somos enemigos en lugar de amigos… ¿porque tengo una cara bonita? Me parece que debería sentirme ofendida.

—¿Por qué? Era un cumplido.

—No me ha sonado a un cumplido.

—Bueno, lo he intentado —añade—. Probablemente, se te dé mejor flirtear que a mí.

Resoplo.

—¿Eso es lo que estamos haciendo?

—Dímelo tú…

No lo sé. Noto una sensación extraña en el esternón. Nunca hemos flirteado antes. Nunca. Jamás de los jamases. Jugábamos a videojuegos y leíamos. Pintábamos telones de fondo para obras de teatro del colegio. Cuando salía gente besándose en alguna película, los dos poníamos los ojos en blanco.

Tal vez debería pensar al respecto… sobre qué es esto antes de hacer algo de lo que me arrepienta. Al fin y al cabo, es Lucky. Eso es lo primero. En segundo lugar, esto no se me da bien. En tercero… la maldición romántica de las Saint-Martin. Y en cuarto, el pánico absoluto que siento en mi interior, una combinación entre miedo y emoción.

Me aclaro la garganta en silencio.

—Eh, acabo de recordar que estoy casi segura de que no estás soltero, así que probablemente debería... —farfullo del modo más torpe posible intentando hacer memoria de lo que oí sobre Lucky en el instituto—. Creo que tienes novia, ¿no?

—No tengo novia.

—¿Y novio?

—Tampoco.

—Ah. —Titubeo al borde del asiento—. Vale. Supongo que me confundí con los chismes.

—Venga, Saint-Martin. Creo que tú más que nadie sabes que no hay que hacer caso a los rumores —replica—. Pero si puedo aclararte algo, pregunta.

Evidentemente, tiene razón. No debería hacer caso a los rumores. Pero la mayor parte de lo que sé sobre Lucky 2.0 lo he sacado de los murmullos que he ido captando por el Beauty High y que, sorprendentemente, no son la fuente de información más fiable. Dicen que estuvo una temporada en un reformatorio. Y que una vez tuvieron que hacerle un lavado de estómago después de pasarse con las drogas.

También dicen que dejó embaraza a Bunny Perera a principios de año.

¿Algo de eso es verdad? No lo sé. Pero Beauty es un pueblo extremadamente chismoso y cotilla, que ha hecho un arte de evitar a los marginados desde que era una aldea colonial y se juzga a la gente públicamente, haya hechos o no. Se airean más trapos sucios antes de las nueve de la mañana que en la mayoría de los pueblos en todo el día.

Sí que sé que más de la mitad de las cosas que se dicen sobre mi madre y sobre mí no son remotamente ciertas, así que me imagino que este porcentaje general de veracidad podría aplicarse también a Lucky. Simplemente no sé qué partes de su historial de chismes son inventadas y qué partes están basadas en hechos reales.

Esto es lo que sé de Lucky Karras: (1) su familia es propietaria de un negocio de reparación de barcos desde hace generaciones que ha estado en varios lugares del pueblo; (2) viven en una casa al oeste del puerto, en una pequeña zona residencial llamada Greektown; (3) Lucky trabaja a tiempo parcial como mecánico naval en el astillero después de clase; (4) lee mucho en el Rincón, aunque casi nunca compra nada; (5) es solitario como yo; (6) le gusta el mismo chicle de uva que masticaba cuando éramos pequeños y solo lo sé porque dobla el envoltorio ceroso de forma diminuta y lo deja en el pupitre de clase a modo de origami.

La música se detiene momentáneamente y se oyen chapoteos y risas desde la piscina. No soy lo bastante valiente para pedirle a Lucky que confirme o niegue los horribles rumores que corren sobre él. Decido probar un tema más seguro y le planteo:

—De todos modos, ¿qué estás haciendo aquí solo entre los arbustos?

—Meditar sobre el significado de la vida y cómo vivirla.

—¿Qué significa eso? ¿Es una especie de eufemismo para decir que estás fumando?

—¿Me estás ofreciendo?

—Tengo un caramelo de menta en el bolsillo.

Suelta un suave silbido.

—Ahora sí que es un fiestón.

Sonrío. Solo un poco.

—En serio —insisto—. ¿Qué estás haciendo aquí?

—Me ha invitado Antony. —Al ver mi cara de incomprensión, agrega—: El primo de Adrian.

Ah. Espero que no sea el mismo tipo al que Evie intenta evitar.

—¿Qué Adrian?

Me mira como si fuera una alienígena de ojos gigantes que acaba de salir de un platillo volante.

—¿Adrian Summers? ¿El descendiente del fundador de Beauty? ¿El hijo de Levi Summers? Esta casa es de su primo.

Miro a Lucky, parpadeando.

»Sabes que Evie acaba de romper con Adrian Summers, ¿verdad? —comenta Lucky—. Creía que estabas más unida a tu prima. Vivís en la misma casa y trabajáis juntas.

Oh.

Estoy atónita. ¿Por qué Evie no me ha contado esa parte? Intento fingir que la temperatura de los mofletes no me ha subido diez grados disimulándolo con sarcasmo, una técnica Saint-Martin para evitar la humillación.

—Así que te han invitado personalmente a una fiestan Golden, ¿eh? No sabía que formaras parte de la *crème de la crème* de Beauty.

—Pues no. Mis padres me han obligado a venir —admite—. Nos ocupamos de todos los barcos de los Summers. Tengo que mostrarles mi precioso careto a estos futuros propietarios de yates para algún día cobrarles precios ridículamente caros por cambiarles el aceite y repararlos cuando supuestamente me haga cargo del negocio familiar, cosa que no sucederá. —Se lleva un dedo a los labios y se encoge de hombros.

—¿El ciclo de la vida y todo eso?

—Todo eso —confirma—. ¿Y qué hay de ti, señorita fotógrafa?

Lo miro con el ceño fruncido.

—No me llames así.

—Tu madre lo hace.

Por supuesto. Ese ha sido mi apodo desde que fui lo bastante mayor para robarle el móvil y sacarme fotos de mis pies. Él lo sabe. Lo que me sorprende es que haya oído a mi madre llamándome así recientemente.

—¿Cuánto oyes cuando merodeas por la parte trasera de la librería?

Entrelaza los dedos.

—Oigo algunas cosas y deduzco otras. Tengo algunas teorías sobre ti.

—Ah, ¿sí? —le digo—. Pues ilumíname. ¿Cuáles son tus teorías?

—Creo que sabes que Beauty no será el hogar permanente de tu madre, así que cuando vuelva tu abuela y tu madre se mude inevitablemente, creo que tienes planeado irte al oeste para quedarte con tu padre.

Se me tensan todos los músculos del cuerpo.

Esboza una sonrisa lenta y engreída.

—Lo sabía.

—¿Qué diablos?

¿Ha desarrollado habilidades de *hacker* los últimos años? La paranoia me recorre la espalda.

—Libros de viaje sobre Los Ángeles —explica—. Te he visto hojeándolos en el Rincón cuando crees que nadie te ve y tomas notas a escondidas de tu madre. Tu padre es fotógrafo de moda en Los Ángeles, tiene una mansión multimillonaria en la playa de Malibú y tú siempre has querido ir allí. Solo había que unir los puntos para deducir tu plan secreto de irte a California...

Se me revuelve el estómago.

—¿Me espías en la librería?

—Tengo ojos, Josie. Eso no es espiar.

—¡Es exactamente espiar!

—Si no quieres que nadie te vea, deja de hacerlo en público. Siempre se te ha dado fatal esconder cosas, eso no ha cambiado, solo para que conste. Hace un par de semanas dejaste una copia impresa de una comparación de precios de vuelos a Los Ángeles. La recogí y la tiré a la basura antes de que la viera tu madre. De nada.

Estoy asombrada… atónita. Y furiosa.

—No te he pedido ayuda.

—¿Lo siento?

Bajo la voz y lo señalo con el dedo:

—No puedes decir nada, ¿de acuerdo? No es broma. Solo… solo estoy mirando billetes. ¡No es ningún delito mirar!

—Guau —espeta frunciendo las cejas oscuras—. Madre mía, ni que te estuviera acusando de asesinato.

—No tengo planes definidos ni nada —insisto—. Pero sabes que mis padres no se llevan bien, ¿verdad?

—Lo recuerdo.

—Bueno, pues mi madre se enfadaría mucho si se enterara de que me lo estoy planteando. Por favor.

Se endereza y levanta ambas manos en señal de rendición.

—Oye, no te juzgo. Y no diré nada. Simplemente lo he descubierto, eso es todo. No estaba husmeando, lo he visto de casualidad, ¿vale?

Asiento y me rasco el brazo sintiéndome expuesta e incómoda.

No decimos nada. Detrás de los arbustos, la música continúa.

—¿Has podido conocerlo mejor? —pregunta finalmente Lucky.

—¿Qué? ¿A quién?

Lucky levanta la barbilla.

—A Henry Zabka… tu padre. Ha trabajado en muchos proyectos grandes los últimos años. Su trabajo es maravilloso.

—Ah, sí. Es fantástico. Aunque es… duro.

—Duro —repite Lucky.

No sé cómo más describir a un hombre al que apenas conozco. Es sincero tanto en sus fotografías como en su actitud. Los entrevistadores siempre dicen que es antipático.

—Todavía no he podido verlo mucho. Una vez al año más o menos viene de visita y quedamos en algún sitio para pasar el finde. Me llevó a ver un puñado de galerías fotográficas en

Nueva York el año después de que nos marcháramos de Beauty. Tenía trece años. Le di un apretón de manos a Annie Leibovitz.

—¿En serio? —Parece impresionado.

—Estuvo bastante bien —le digo.

A decir verdad, estaba tan nerviosa que me cuesta recordar algo más aparte de que me sentí abrumada y de que ella tenía la mano fría.

Lucky me mira fijamente. No es nada fácil descifrar su expresión.

Resoplo y me rasco la nariz.

—Pero de todos modos... sí. Henry... mi padre. Sigue siendo... poco cariñoso. No regala nada. Acepta aprendices todos los años, pero tienes que ganártelo. Los aspirantes a fotógrafos luchan muy duro por conseguir esos puestos.

—¿En su casa de Malibú?

—Sí.

—¿Y eso es lo que piensas hacer cuando vuelva tu abuela?

—¿Recuerdas lo que pasó la última vez que mi madre y mi abuela pasaron más de unas pocas horas juntas, ¿verdad?

Son una bomba de relojería.

Algo encaja en su mirada.

—¿Por eso vas a huir a Malibú?

—No voy a huir. Y no está del todo decidido, pero sí. Quizás después de la graduación. No lo sé.

—Tienes planeado irte a vivir con tu padre.

Madre mía, sí que es entrometido.

—Puede ser, si me acepta como aprendiz.

Lucky hace una mueca graciosa.

—¿«Si»? Por Dios, Josie, eres su hija.

—¿Y? Solo por ser de su sangre no significa que vaya a recibir un trato especial.

—Supongo que no —contesta Lucky, pero no parece muy convencido.

—No quiero limosna —replico sintiendo la necesidad de explicarme—. Quiero ganármelo y haberle demostrado que valgo la pena cuando termine el instituto el verano que viene.

—¿Cómo?

—Por ejemplo, haciéndome un portfolio. Y... esperaba... conseguir unas prácticas de fotografía en la revista.

—¿La revista? —Baja las cejas—. ¿Te refieres a... *Coast Life*?

—¿La conoces?

—Es la única revista del pueblo. Lleva unos años ya. —Ah—. No tenía ni idea de que ofrecieran prácticas —comenta.

—Para ayudar al fotógrafo que se encargue de la semana de la regata a finales de verano —confirmo—. Son las únicas prácticas de fotografía que hay por la zona, así que conseguirlas sería algo muy importante. Mi padre lo respetaría —le digo sintiéndome algo abatida, pero incapaz de admitir que ya las he perdido por ser demasiado joven.

—Oye, la semana de la regata es muy importante para todos los que tienen cierto estatus en Beauty. Se desperdicia más dinero en un solo fin de semana tonto que en guerras enteras y no muere casi nadie. Buena suerte con eso si es del tipo de cosas que tu padre respeta.

Me parece que está menospreciando las prácticas. Estoy bastante segura. Casi convencida.

—Y supongo que eso confirma lo que ya sospechaba —agrega.

—¿El qué? —pregunto.

—Que es igual que la otra vez —contesta y se le oscurece la mirada—. No hay que encariñarse con Josie Saint-Martin porque solo está de paso.

Vale, es justo...

Pero también me sienta como un puñetazo en el estómago.

Un grito llama nuestra atención desde el otro lado de las puertas francesas. Alguien se está peleando. No es una pelea de patadas y puñetazos, sino de insultos y llantos. Normalmente, sería el tipo de drama que intento evitar, pero reconozco el timbre de una de las voces amortiguadas al otro lado de la puerta y se me acelera el pulso.

—Ay, no —susurro.

Me levanto de un salto, corro a la casita de la piscina y abro las puertas. Un grupo de curiosos apartan la mirada de la gran pantalla de televisión para ver qué está sucediendo en la sala abierta. Hay una pareja discutiendo cerca de la zona de la cocina. La mitad de esa pareja es mi prima.

—¡Déjame en paz! —grita Evie a través de una encimera de granito repleta de vasos de plástico y platos de comida medio llenos.

Tiene rastros de lágrimas en las mejillas. No está llorando en este momento, pero ha llorado recientemente. Ahora solo está enfadada.

Y el objeto de su ira es un tipo muy alto y musculoso con el pelo rubio corto y una mirada intensa. Su camiseta carmesí de Harvard Crew se extiende sobre sus hombros, que son tan anchos que podrían sostener el mundo entero.

—Eres tú la que se ha presentado en casa de mi primo después de haber roto conmigo —grita él, señalándola agresivamente sobre la encimera—. Me estás enviando señales contradictorias, Evie.

Madre mía. ¿Ese es Adrian Summers?

—Aquí tienes una señal bien clara —replica ella, enseñándole el dedo corazón—. Déjame en paz.

Mientras ella rodea la encimera, el borracho le dice:

—Qué típico. Las Saint-Martin sois unas payasas, ¿sabes? Diedre es la mayor hipócrita del mundo. Tu madre es una sociópata. Tú eres una montaña emocional. Y ahora Winona la Salvaje, la puta de Babilonia, ha vuelto al pueblo con su pequeño desliz, la fotógrafa aficionada.

Emito un ruido y su atención pasa de Evie a mí.

—Aquí está. ¿Y a quién no le gustan las aficionadas? Por ahí dicen que tus mejores fotos están en una página de pago en Internet. Con veinte dólares se puede acceder a todos tus desnudos.

—¿Qué? —pregunto, pero me sale como un susurro.

—¿No es así como tu madre conoció a tu padre fotógrafo famoso? ¿Posando en bolas para él? De tal palo tal astilla, ¿eh? —Adrian saca el móvil—. Esta noche nos los estábamos pasando muy bien con una imagen, ¿verdad, chicos? ¿Dónde estaba? Ah, aquí la tengo.

Le da la vuelta al móvil y me enseña la pantalla. Es un desnudo, sí. Uno que vi por accidente de pequeña. Es mi madre fotografiada por mi padre cuando tenía diecinueve años. Está en blanco y negro y tiene la mitad de la cabeza cortada, así que cuesta identificar que es ella. De hecho, sería fácil confundir a la chica de la foto conmigo.

Pero yo sé que no soy yo. Aunque eso aquí no le importe a nadie.

Adrian pone morritos y hace una mueca de besos.

Se oyen risas sombrías en la casa de la piscina.

Se me genera un terremoto en el estómago y me sube hasta el pecho. Me siento asqueada. Humillada. Y totalmente incapaz de hacer nada al respecto. Así que me quedo quieta contemplando una foto de mi madre desnuda. Odiándola ligeramente por arruinarme la vida una vez más. Odiando a toda esa gente por tratarla como un objeto. Deseando arrancarle el móvil a Adrian de la mano y estampárselo en esa cara de engreído.

Adrian apaga la pantalla, me da la espalda y concluye el gran discurso que le está dando a Evie diciendo:

—Sí, tu familia está maldita. Sois una plaga para Beauty.

—Y tú eres un imbécil —espeta una voz ahumada por encima de mi hombro.

Miro hacia atrás y veo a Lucky fulminando con la mirada a Adrian.

—Mantente al margen de esto, mono grasiento —dice Adrian—. Esto está por encima de tu nivel salarial.

Uno de los amigos de Adrian le pone una mano en el hombro.

—Vale, colega. Estás borracho. Mañana te arrepentirás de esto.

Adrian empuja a su amigo.

—De lo único de lo que me arrepiento es de volver a casa este verano. Tendría que haberme quedado en Cambridge. Sois todos unos pringados. ¡Todos!

Tras eso, rodea la encimera tambaleándose y sale por la puerta hacia las luces y la música de la piscina, donde el grueso de la fiesta se mantiene ajeno a lo que acaba de ocurrir aquí.

Evie se abre paso entre la multitud y me agarra del brazo.

—Lo siento muchísimo —me susurra al oído—. ¿Estás bien?

No. No lo estoy. ¿Cómo es posible que Adrian, un rico estúpido al que no conocía, tuviera una foto de mi madre desnuda? ¿Y cómo se había enterado de lo de las suscripciones de pago en Photo Funder y lo había confundido todo?

Era una completa y absoluta mentira. Nunca me he sacado fotos desnuda. Ni siquiera me saco fotos vestida. De hecho, es muy raro que fotografíe personas.

De repente me acuerdo de Big Dave en el instituto pidiéndome una sesión fotográfica privada… lanzándome un beso en mitad del pasillo como acaba de hacer Adrian. Ahora me doy cuenta de que eso es lo que la gente se piensa que hago. Y no solo los imbéciles del instituto como Big Dave, sino todos los Golden. Me pregunto hasta dónde habrá llegado esa foto. ¿Todo el pueblo cree que me ha visto como llegué al mundo?

No sé si quiero darle un puñetazo a algo o llorar.

—Estoy bien —le digo a Evie, aunque no es cierto—. ¿Y tú?

—El drama de siempre. —Mira alrededor y, al ver que todos nos observan, grita hacia la piscina—. Aquí no hay nada que ver.

57

Esa foto es falsa. Adrian está borracho y suelta cosas sin sentido porque está dolido. ¿Qué hay de nuevo en eso? Disfrutad de la fiesta, colegas.

Bueno, para mí no es lo de siempre, muchas gracias. Quiero preguntarle más cosas, quiero decirle que estoy preparada para marcharme y alejarme de toda esta gente. Puede contármelo todo de camino a casa y...

—Lamento mucho haberte arrastrado a esta mierda. No le hagas caso y no te preocupes por la foto.

—Evie, sabes que no soy yo, ¿verdad? —susurro.

—Calla. Lo sé. Voy a ver si puedo averiguar de dónde la ha sacado. —Mira hacia sus amigas, que le están diciendo algo—. ¿Puedes aguantar un poco más? Es que... necesito... Ahora vuelvo, lo prometo.

Antes de que pueda protestar, se aleja mientras la consuela Vanessa de Barcelona.

Y me quedo sola. Aturdida. Confundida. Aguantando miradas y susurros.

Y muy enfadada.

Veo a Lucky entre la multitud, pero no puedo lidiar con él en este momento. No puedo lidiar con nada. Estoy completamente abrumada y no puedo «aguantar». Necesito salir de aquí. Alejarme de todo. Podría llamar a mi madre para que viniera a recogerme, pero, sinceramente, es la última persona a la que quiero ver ahora mismo. Así que no la llamo. Salgo de la casita, rodeo la piscina y el césped perfectamente cuidado mientras los sonidos de la fiesta se desvanecen lentamente a medida que me alejo por un camino de grava lleno de coches aparcados. En unos minutos, he salido por la puerta y estoy andando por la acera oscura de camino al pueblo.

Todavía no es medianoche, pero Beauty se enorgullece de ser un pueblo seguro, así que no me preocupa volver sola a casa. No está lejos. Aun así, intento mantenerme alerta y caminar cerca de las farolas siguiendo la calle principal del barrio histórico.

Adrian Summers. ¿Quién diablos se cree que es? Quién sabe cuánta gente lo habrá oído decir esas tonterías esta noche y cuánta gente habrá visto la foto. Probablemente, un buen puñado de hijos e hijas de las otras familias ricas del pueblo… gente que cotilleará sobre el tema mañana mientras toma un *brunch* en la cafetería del faro o unos cócteles en el club náutico. Supongo que esto significa que puedo ir haciéndome a la idea de que los clientes de la librería se rían de mí desde detrás de las estanterías.

Cuanto más lo pienso, más me enfado. Cuanto más me enfado, más rápido ando. La luz de la luna ilumina los tejados de estilo georgiano mientras atravieso la manzana y paso junto a la estatua de mármol de uno de los ancianos del pueblo, probablemente, uno de los que hizo ahogarse a la supuesta bruja que hay enterrada en nuestro cementerio. Todas las vallas blancas están perfectamente pintadas. Todos los escaparates están relucientes. Pero cuando doblo la esquina y me dirijo al patio cubierto de césped del casco histórico, ralentizo el paso frente a un edificio de ladrillos de varios pisos.

Grandes almacenes Summers & Co.

Réplicas furiosas retumban en mi interior. Aprieto los puños para evitar que me tiemblen las manos mientras observo las letras *art déco* que se curvan alrededor de la fachada del antiguo edificio. ¿Por qué existe esto? Parece el decorado de una película por el que podría pasar Cary Grant. Un dinosaurio que debería haber muerto hace décadas. Aquí en Beauty, todavía se mantiene fuerte. Enormes escaparates de vidrio de los años veinte, maniquís con pantalones cortos marineros de color pastel y vestidos veraniegos de un amarillo brillante. Y todo para llenar los bolsillos de la familia Summers.

Por un momento, el estruendo de mi pecho parece tener un eco en la vida real en algún lugar a mi alrededor que no logro ubicar. Entonces veo una sola luz y oigo un zumbido como el de un insecto proveniente de un antiguo motor de moto. Una Superhawk roja se acerca a la acera.

—¿Me estás siguiendo? —le grito a Lucky por encima del rugido de su moto.

Apaga el motor.

—Es tarde y vamos en la misma dirección. No deberías ir sola. Me viene de paso dejarte en casa.

—No, gracias.

—No quiero nada raro. En serio. La semana pasada atracaron a alguien por aquí.

—Aprecio tu preocupación —le digo—, pero puedo cuidar de mí misma, teniendo en cuenta que soy una emprendedora que vende su propia pornografía en línea. Aunque no era... ¡joder!

Genial. Ahora estoy llorando.

—Oye...

Pone el caballete y se levanta.

Me limpio las lágrimas... lágrimas de ira, como las llama mi madre, y son lo peor. Le doy la espalda y ando en círculo para alejarme.

—No era yo la de la foto —aclaro. Para él. Para mí. Para el pueblo vacío y oscuro.

—No importaría si lo fueras. Es un imbécil y, si tuvieras un abogado, podrías demandarlo.

—¡Pero no soy yo! Lucky, ¿no lo entiendes? Es la foto de mi madre de la universidad.

Se tensa.

—Mierda.

—Sí, mierda —replico, observando su expresión cuando lo comprende. Lo sabe todo de mi origen. Al menos lo sabía. Supongo que se acuerda o que ha oído los rumores porque ahora mismo parece muy incómodo—. En cuanto a lo otro que ha dicho

Adrian, sí que tengo un servicio de suscripción en línea, aunque no hay desnudos. —No puedo poner énfasis suficiente en esa afirmación—. Pero no tengo ni idea de cómo se han podido enterar. Llevamos años viviendo lejos de aquí. Y sé que Evie no esparciría rumores sobre mí.

—No es Evie —confirma quitándose el casco, el del diseño LUCKY 13.

—No puede ser su madre. La tía Franny es un poco estirada, pero no es cruel. Es una persona que no se mete en los asuntos de los demás.

—Y hace una tarta de zanahoria deliciosa —comenta él.

Sí que la hace.

—¿Es posible que mi abuela hablara de mi servicio de suscripciones y que la información se distorsionara con los rumores?

Emito un gemido de frustración al cielo nocturno.

Estoy cansada. Estoy cansada de los rumores. Y de Beauty. Y de mi madre. Y de defender a mi madre. Y de nuestra comunicación horrible y casi inexistente. Estoy cansada de mudarme. Cansada de demostrarle a mi padre que soy digna. Cansada de sentirme demasiado joven para empezar mi propia vida y demasiado mayor para aferrarme a cómo eran las cosas antes. Y estoy cansada de sentirme tan inestable e insegura respecto al futuro.

Estoy cansada de perder todo lo que me importa.

Pero, sobre todo, en este momento, estoy cansada de mirar las letras pulidas del letrero de Summers & Co. ¿Por qué esta familia ha conseguido estar en lo alto de la cadena alimenticia?

Su padre tiene la culpa de que no haya conseguido las prácticas.

Y ahora el estúpido Adrian «yo remo en Harvard» me humilla a mí y le hace daño a mi prima y yo me escabullo entre las sombras para esconderme.

La familia Summers. Los odio a todos.

Y odio a Beauty.

Furiosa, agarro una piedra que hay junto a mis pies. Su peso me resulta agradable en la mano.

—Eh... ¿Josie?

Echo el brazo hacia atrás, reúno todas mis fuerzas y lanzo la piedra contra las brillantes letras del letrero de Summers & Co.

—¡Espera, espera! —dice Lucky levantando las manos para detenerme. Pero es demasiado tarde.

Es lo curioso de la rabia. Te hace pensar que tienes más poder del que tienes en realidad. Efectivamente, mi brazo escuchimizado envía la roca a través del aire nocturno, pero no logra llegar al letrero *art déco*. En lugar de eso, aterriza justo en mitad del gigantesco escaparate.

Se rompe violentamente. Los cristales caen en cascada. Por todo el pueblo resuena un eco horrible. Los maniquíes se desploman. Algunos fragmentos rebeldes que se han quedado pegados caen unos segundos después como si fueran carámbanos derritiéndose.

—Me cago en la... —murmura Lucky.

Qué.

Acabo.

De.

Hacer.

Se me endurece el pecho como si la lava del interior se estuviera enfriando a medida que la conmoción se expande por mis extremidades. No es un simple escaparate antiguo. Es una leyenda local. La gente recorre kilómetros para ver a los modelos que posan en él cada otoño y las lujosas exhibiciones de orquídeas en Pascua. Cada diciembre, desde hace casi cien años, la gente se ha reunido en esta calle para ver la inauguración del escaparate navideño anual.

DIOS MÍO. HE ARRUINADO LAS NAVIDADES.

No tengo tiempo para darle vueltas a este pensamiento porque, cuando cae el último fragmento de vidrio y se rompe sobre el cemento con un horrible crujido, llega un sonido todavía peor:

La alarma de seguridad de la tienda.

Ruge y cobra vida como un oso dormido al que acabaran de pinchar y emite un sonido chirriante propio de una arpía que suena como una sirena de defensa durante la guerra advirtiendo a todo el pueblo de que se acerca una bomba atómica.

El pánico me ancla en el sitio. «¡CORRED!» les digo a mi piernas. «¡POR EL AMOR DE DIOS, MOVEOS!». Pero lo único que puedo hacer es mirar la ventana rota con estupor.

—¡Josie! —grita Lucky tirándome del brazo—. Sal de aquí. Venga. En la moto.

Pero es demasiado tarde. Un guardia de seguridad aparece de la nada iluminando con una linterna los cristales rotos... y nuestras caras.

Estoy perdida.

Capítulo 4

E l Departamento de Policía de Beauty es un ejemplo de eficiencia para un pueblo pequeño. Una hora después de que mi alocado momento de rabia haya acabado mal y todo se haya desmoronado, ya me han asustado, me han hecho un test de alcoholemia y me han metido en un coche patrulla a esperar mi destino. Estoy segura de que en cualquier momento me sacarán una foto como a una estrella del pop que se ha portado mal tras un fin de semana de borrachera, estríperes y carreras de coches en Miami.

Pero no estoy sola. Nos han llevado a los dos a comisaría.

A mí y a Lucky.

Ahora estamos aquí y nos han metido a los dos juntos en una celda de detención. No creo que la puerta esté cerrada, supongo que piensan que no hay riesgo de fuga. Pero peor para ellos porque eso es exactamente lo que estoy pensando ahora mismo, en salir pitando de aquí en cuanto me surja la oportunidad. En salir corriendo y no mirar atrás. En olvidar el instituto, el Rincón y a mi familia. Ya es demasiado tarde para salvar algo.

Voy a tener que cambiar de identidad y subirme a un barco rumbo a Islandia. Josie Saint-Martin está muerta, larga vida a Jamie San-Miguel.

Incluso la mujer de pelo esponjoso del mostrador, la señorita Bing, me ha mirado cuando nos ha traído el agente y ha negado lentamente con la cabeza como si quisiera decir: «Ah… la pequeña Saint-Martin. No puedo decir que me sorprenda». Y, en cierto sentido, teniendo en cuenta el historial de mi familia y todos los rumores que corren por el pueblo sobre nosotras, a mí tampoco me extrañaría.

Pero no creía que fuera a ser yo la que lo fastidiara.

Como los dos tenemos diecisiete años y somos menores, a Lucky y a mí no nos arrestan directamente ni nos acusan de ningún delito, al menos, no todavía. Es todo muy confuso. El guardia de seguridad de los grandes almacenes no ha podido contactar con nadie de mayor rango por lo que, siendo fin de semana y tan tarde, nos va a tocar esperar para saber qué nos va a pasar… O eso creo. Ha sucedido todo muy rápido y tampoco es que nos mantengan informados.

Lo único que sé es que, de momento, tenemos que quedarnos sentados hasta que lleguen nuestros padres. Lucky ha podido contactar con los suyos al primer intento. Por supuesto, mi madre no ha respondido. ¿Dónde está Winona Saint-Martin a medianoche? Es una buena pregunta y, a pesar de sus promesas de dejar las aplicaciones de ligue, estoy bastante segura de que sé qué está haciendo ahora mismo. Pero, bueno, tampoco puedo dar lecciones de responsabilidad desde una comisaría.

Y, esté donde esté, finalmente he logrado que conteste Evie y ella ha encontrado a mamá, así que supongo que no me voy a quedar encerrada en la celda toda la noche. Un pequeño milagro.

En este momento estoy sentada al lado de Lucky, en una silla incómoda y dura de plástico azul delante de una mesa que huele asquerosamente a humo de cigarrillo. No nos hemos dicho mucho el uno al otro. No he tenido oportunidad. Ahora que estamos los dos solos, me sabe mal que haya acabado aquí.

Al fin y al cabo, él no ha tirado la piedra.

—He intentado decirle al guardia de seguridad que he sido yo… —murmuro. Me sale la voz ronca.

—Lo sé —me dice—. No tenía buena pinta para ninguno de los dos.

—Madre mía —gimo—. Lo siento muchísimo. ¿Puedes explicarles a tus padres que tú no has tenido nada que ver? Seguro que ellos pueden hablar con la policía y te dejarán irte.

—¿A mí? —emite un gruñido burlón con la garganta—. ¿Has oído algo de mi reputación últimamente? Apesta más que el contenedor que hay detrás del restaurante de marisco antes del día de recogida de basura.

Suelto un quejido.

—No quería que pasara nada de esto. Ni siquiera sé por qué lo hice. ¡No soy una gamberra! Nunca me han castigado en clase.

Suelta una pequeña carcajada.

—Bien por ti. En mi caso es la primera del mes. Oye, esto es terreno conocido para mí. Ya he estado antes en esta celda. Todo acabó bien, solo tuve que hacer un poco de servicios comunitarios. Eso es todo.

—Dudo que me hagan cortar el césped —murmuro.

Él niega con la cabeza.

—Probablemente no.

Me cubro la cara.

—¿En qué estaba pensando? Mi madre me va a matar. ¿Me enviarán a un reformatorio? ¿Tendré antecedentes? Así nunca podré convencerles de que me den otra oportunidad de conseguir las prácticas en la revista.

Lucky se rasca la barbilla.

—Creía que habías dicho que ibas a intentar conseguirlas.

—Me rechazaron. Levi Summers acudió a la reunión y es muy estricto con las reglas. Descartó mi solicitud porque soy demasiado joven.

Exhala larga y lentamente.

—¿Por eso estabas tan enfadada?

—¿Necesitaba otro motivo? —espeto y las lágrimas de ira amenazan con volver cuando recuerdo la cara de borracho de Adrian.

—No —confirma—. La verdad es que no. Lo siento.

—Por Dios. Estoy jodida —susurro—. Mis grandes planes... Ahora mi padre no me dejará irme a vivir con él. No si tengo antecedentes policiales. Estoy aquí atrapada. Probablemente, no iré nunca a la universidad y acabaré como mi madre, resentida con mis decisiones vitales e incapaz de mantener un trabajo.

—Vaya —dice Lucky—. Relájate. No adelantemos acontecimientos.

—Puede que las mujeres Saint-Martin sí que estemos malditas románticamente. Mi madre tiene razón... todo el pueblo está maldito.

Me mira con los ojos entornados.

—¿Esa estúpida maldición romántica? No me digas que ahora crees en ella.

—Es lo que tú mismo has dicho... tenemos la palabra «sirenas» justo encima de la puerta. Tentación, ¿eh? ¡Estamos malditas! ¿Quieres saber un secreto? Soy virgen. Qué ironía, ¿verdad? La hija de Winona la Salvaje, la que tiene un sórdido servicio en línea de suscripción en el que expone sus desnudos según las pruebas proporcionadas por Adrian, es virgen. Ahí tienes tu maldición. ¿Contento?

—Por Dios, Josie —suelta avergonzando mientras examina los rincones de la estancias. Como si tal vez nos estuvieran grabando o vigilando—. Yo no...

¿Y bien? Antes nos lo contábamos todo. Además, él es el que ha sacado el tema de la pornografía delante de la casita de la piscina. Ya no sé ni lo que estoy diciendo.

—¿Sabes qué es lo más gracioso? Entre mi madre y yo, la adulta soy yo —le digo—. La responsable que se queda sola en casa y hace los deberes y tiene que recordarle a su madre que pague la factura de la luz a tiempo para no quedarnos a oscuras o ir a un Starbucks a buscar wifi hasta que volvamos a tener.

—Josie.

No sé si le doy pena, si me está suplicando que calle... me cuesta saberlo.

Pero ya es demasiado tarde para eso. He mantenido un control estricto durante demasiado tiempo sin hablar con mi madre ni con nadie, y ahora se ha roto la presa.

Me inundan las emociones.

—Esta no soy yo. Soy una buena chica —insisto sintiendo que se me acumulan las lágrimas en los ojos—. Lo único que quería era salir de aquí antes de que explotara la bomba entre mi madre y mi abuela al finalizar el viaje a Nepal... y aprovechar la oportunidad de tener una auténtica familia con mi padre en Los Ángeles. No me sorprendería si mi madre vuelve a meterme en la Pantera Rosa y me arrastra a otro pueblo en cuante se entere de lo que he hecho aquí, en el portal al infierno.

—¿De verdad lo haría? —pregunta con aspecto asombrado—. ¿Obligarte a marcharte de Beauty de nuevo?

—¿Quizás? No lo sé... Estaba... intentando pasar desapercibida y ocuparme de mis propios asuntos. Ahora todo el mundo va a pasárselo bien mirando una foto de mi madre y pensando que soy yo. ¿Qué le pasa a este pueblo?

—La pantalla del móvil de Adrian es tan pequeña que probablemente la mitad de la gente que había en la casita de la piscina no la viera.

—¿Tú has mirado?

Con la cara larga, apoya la cabeza en la mesa y eso solo me hace sentir más desgraciada.

Se abre la puerta de la estancia. Un agente le dice a Lucky que sus padres han venido a recogerlo y que puede marcharse con ellos de la comisaría. Me invade una pequeña oleada de pánico cuando Lucky se levanta para irse. De repente, no quiero que se vaya. Es como si los últimos años hubieran desaparecido y tuviéramos de nuevo doce años... dos niños frikis y tímidos unidos por los libros, los videojuegos y las horribles campañas de D&D que jugábamos en el cobertizo de la Estrella Polar, al final del Harborwalk. Esta noche me ha revuelto entera.

—Oye —me dice en voz baja—, no te preocupes. Todo va a ir bien. Una de las cosas buenas que tiene Beauty es que, si la gente de aquí espera que seas algo, es fácil que sigan creyéndolo.

—¿Cómo? —pregunto, confundida.

Sin embargo, no me contesta. Se limita a salir de la habitación y se detiene brevemente para añadir:

—Por cierto, las maldiciones no existen.

—Dice el chico que lleva un gato negro tatuado y el número 13 en el casco.

—Mantén la cabeza bien alta, ¿de acuerdo?

En lugar de decirme adiós, me hace un gesto con la barbilla y, cuando el agente se olvida de cerrar la puerta, observo con envidia el recibimiento de sus padres. Una oleada de nostalgia me golpea justo en el plexo solar cuando los veo. Su padre, Nick Karras, es el hombre más amable del pueblo. Sus largos rizos canosos le rozan los hombros y brillan bajo las luces de la comisaría. Y su madre, Kat, con su pelo negro corto y los mismos pómulos afilados que Lucky. Los dos están claramente preocupados por su bienestar. Lucky no opone resistencia cuando su madre lo abraza y le llena la frente de besos ni cuando le desliza un brazo por los hombros con actitud protectora como si fuera algo frágil y muy valioso.

Los dos me abrazaban así a mí. Y cuando Kat mira hacia arriba, me ve y me saluda con la mano; estoy a punto de echarme a llorar de nuevo.

Ya se han alejado de mi campo de visión.

A continuación, hay un poco de caos con el agente que nos ha traído, pero no logro descifrar lo que están diciendo ni veo nada. Está sucediendo algo dramático, pero no estoy segura de qué.

Sin embargo, diez minutos después, veo a Lucky y a sus padres marcharse.

Mientras sufro un pequeño ataque de pánico intentando descifrar lo que está pasando, veo por fin unas gafas felinas y unos labios rojos entrando al vestíbulo de la comisaría y respiro aliviada. Cuando miro a los ojos de mi madre, veo todo lo que está sintiendo al mismo tiempo: alivio porque esté entera, asombro por la máscara de pestañas que llevo corrida por toda la cara, decepción por haberme arruinado a mí misma y a nuestra pequeña y orgullosa familia.

—¿Estás herida? —pregunta preocupada.

Niego con la cabeza.

—Físicamente no. Mentalmente, es como si me hubieran pasado diez coches por encima.

Mi madre asiente cortésmente.

—¿Puede irse? —le pregunta al agente que hay detrás de ella.

—Solo tiene que firmar para que podamos soltarla. ¿Ha traído un abogado?

—No creo que sea tan grave. —Mi madre lo mira por encima del hombro tanto física como espiritualmente—. Solo es un delito menor. Una broma.

Ese hombre sombrío de bigote oscuro dice en voz baja:

—Como ya les he dicho a los Karras, Summers & Co pertenece a Levi Summers, señora. Es un lugar histórico y seguro que cuesta una fortuna reparar ese escaparate. Le aconsejo encarecidamente que se busque un buen abogado de defensa antes de la lectura de cargos.

¿Habrá una lectura de cargos?

—Levi Summers no es Dios —espeta mi madre con frialdad.

—¿En Beauty? Se le parece bastante —contesta él, metiéndose el pulgar en la hebilla del cinturón.

Mi madre lo señala con el dedo.

—Cuando mi madre me dejó a cargo del Rincón de Lectura para Sirenas me traje a mi hija pensando que este iba a ser un Beauty mejor y más amable. La junta de concejales me dijo que me iban a aceptar de nuevo como un miembro respetado de esta comunidad…

—Señora —la interrumpe él, impaciente.

—Nada de «señora». Tengo treinta y seis años, no soy una solterona decrépita en su lecho de muerte.

—Yo no he…

—Y, además —añade en voz más alta para hablar por encima de él—, no voy a permitir que Levi Summers me pase por encima en una exhibición de dominio. Así que puede hacerse un favor a sí mismo y largarse con su superior.

—Mamá —la advierto, pero está demasiado ocupada siendo mi heroína.

¿Esto? Es justo nuestro problema. Nos enfadamos rápido, nos ponemos demasiado a la defensiva cuando se trata de la otra. Después me echará la bronca en privado, pero no admitirá ni en un millón de años delante de otra persona que he hecho algo mal.

—Un momento —dice otro agente entrando en la celda—. Puede irse. Karras ha admitido que ha sido él.

—¿Qué? —exclamamos mi madre y yo al mismo tiempo.

—Los Karras han dicho que se buscarán un abogado y han accedido a venir a la lectura de cargos. Está todo arreglado. Puede llevarse a su hija, señora Saint-Martin —le dice a mi madre—. ¿Me permite darle un consejo? Manténgala lejos de Lucky. Buenas noches.

¿Qué narices está pasando?

«Si la gente de aquí espera que seas algo, es fácil que sigan creyéndolo».

La gente cree que Lucky 2.0 es polémico.

Le ha dicho a la policía que él lanzó la piedra.

¿Me ha salvado?

Una curiosa sensación de pánico me revuelve el estómago y me aprieta el pecho. No lo entiendo. Nadie es nunca amable conmigo sin un buen motivo y Lucky no parece el tipo de chico que va por ahí haciendo buenas obras. Un instante estaba en mitad de un festival de llantos diciéndole cosas que no tendría que haberle contado y al siguiente...

Ha cargado con la culpa por mí.

Por mí.

¿Por mí?

—¡Gracias a Dios, gracias a Dios, gracias a Dios! —exclama mi madre sacudiendo los hombros—. Claro que tú no has hecho nada, ¿verdad?

—Eh...

—Por Dios. Me has asustado de verdad. Venga. Vayámonos a casa antes de que alguien vea mi coche aparcado aquí —declara con una risita nerviosa.

Mareada, salgo por la puerta e inhalo una profunda bocanada de aire veraniego. Libertad. Solo la libertad tiene ese sabor tan dulce. Miro el aparcamiento en busca de Lucky y sus padres, pero hace mucho que se han ido.

Paranoica, me subo al asiento del copiloto de la Pantera Rosa y cierro de un portazo sin saber qué decir cuando mi madre se sienta al volante. Suelta un largo suspiro y se queda sentada en silencio mirando por la ventanilla.

—¿Dónde está Evie? —le pregunto.

—En casa. Está asustada porque te hayas marchado de la fiesta sin ella y quería venir, pero le he dicho que se quedara. ¿Señorita fotógrafa?

—¿Sí?

—¿Por qué me has enviado esos mensajes si tú no has roto el escaparate?

Cierto. Los montones de mensajes de pánico que le he enviado desde la comisaría. Mensajes que decían «He hecho una estupidez» y «Vas a matarme».

¿Cómo puedo explicarlos?

—Solo estoy confundida —dice mamá—. Evie me ha dicho que se ha peleado con su ex en la fiesta y que él ha dicho cosas que pueden haberte hecho enfadar.

Me froto los nudillos con el pulgar.

—Es un idiota, mamá. Estaba borracho y... —Por Dios, no quiero hablarle de su foto desnuda. No puedo. Sería muy humillante para ella y no quiero herirla. Por mucho que me haga enfadar no quiero hacerle daño. Así que no lo hago—. Estaba soltando pestes sobre nuestra familia. Ni te lo imaginas.

Da golpecitos en el volante con un dedo.

—Ah, sí que me lo imagino. ¿No te había dicho que este lugar está construido sobre un portal al infierno? Creía que lo había dejado claro.

—Sí que lo dijiste —respondo débilmente.

—Vale, así que te has enfadado y no le has dicho a Evie que te ibas de la fiesta con Lucky Karras. Por el amor de Dios, ¿cuándo has empezado a llevarte con él de nuevo?

—Pues...

—¿Es que no te lo había dicho? Desde el día que llegamos te he avisado de que no te juntaras con ese chico. Todos saben lo problemático que es. ¿Y ahora tira piedras a escaparates por ti? Es un romance un poco raro… una versión oscura de Bonnie y Clyde. Me parece algo super intenso y eso implica muchas cosas. No me gusta nada, Josie.

Madre mía, ¿eso es lo que se piensa?

Bueno, ¿qué otro motivo podría haber teniendo en cuenta las circunstancias?

Esto es horrible. Nunca me había sentido tan culpable en toda mi vida. Una mentira lleva a otra y se me acumulan todas en el estómago y se reproducen, y ahora hay una camada entera de mentirijillas saltando y dándome patadas en las costillas. No sé qué decirle que no sea otra mentira, así que hago lo único que sé y se lo devuelvo.

—¿Dónde estabas esta noche? —pregunto con aire acusador.

—¿Perdona?

—He intentado llamarte cuando me han traído a la comisaría.

—Estaba en la librería.

—¿No tenías una cita?

Me mira con esos ojos penetrantes.

—No puedes preguntarme eso.

—¿Crees que quiero hacerlo? Porque no es así. Solo digo que dejaste caer que te apartarías de las citas con desconocidos.

—¡Oye! Mi vida amorosa no es asunto tuyo —espeta agitando la mano—. Tengo permitido tenerla, ¿sabes? No soy ninguna monja y ¿cuándo me has visto tú en una cita? Nunca. Ni una vez. Porque puede que no sea la mejor madre, pero no mezclo mi casa y mis citas. Me aseguro de que nunca te afecte.

—Ah, ¿sí? ¿De verdad quieres saber por qué ha pasado todo esto? —pregunto, dejando escapar toda la frustración—. ¿Quieres? Todo esto ha empezado porque el ex de Evie ha dicho que eres «la puta de Babilonia». Y dice que yo publico fotos desnuda en mi servicio de suscripción en línea porque parece ser que sigo tus pasos de cuando hiciste de modelo para Henry. Todo el día en el instituto la gente habla de ti y de mí, y por muchas veces que les diga que se callen, no importa, porque ¿cómo voy a impedir que se salga el aire del globo si no dejas de hacerle agujeros?

La he dejado atónita. Lo veo en su rostro. También le he hecho daño. Y la satisfacción que viene con la victoria dura tan solo un milisegundo porque cuando estás muy unido a alguien y le haces daño, también te hieres a ti misma. Y ahora me arrepiento de haberlo dicho.

—¡No te atrevas a culparme a mí de tus errores! —exclama irritada y agraviada—. ¡No soy yo la que ha acabado encarcelada con nuestro vecino el delincuente por lanzar una maldita piedra al escaparate de los grandes almacenes! —Los rasgos alargados y normalmente elegantes de su rostro ahora están afilados por la ira, sus pecas destacan bajo las farolas que rodean la comisaría—. He hecho muchas estupideces en mi vida, pero nunca me han puesto bajo custodia policial. Ese ha sido tu error. Es culpa tuya, no mía. ¿Qué te digo siempre, Josie? Si vas a romper las reglas, hazlo bien. Ahora mírame a los ojos y dime que hay algo correcto en el hecho de destruir la propiedad de alguien.

Quiero enfrentarme a ella. Quiero que todo vuelva a tener sentido. Quiero retirarlo todo, rebobinar y empezar de cero. Pero nada de eso va a suceder, ¿verdad?

—Tienes razón, lo siento mucho —admito finalmente, derrotada—. Lamento ser una decepción.

Tras un momento largo y tenso, la ira se disipa y el silencio llena el espacio entre nosotros. Luego me golpea suavemente el brazo con el codo y dice con voz más suave:

—Oye, estoy decepcionada con tu elección de compañía, no contigo.

Bajo la mirada y jugueteo con el cierre de la guantera abriéndola y cerrándola varias veces.

—¿Sabes? Es el mismo Lucky de siempre. —El chico que mentiría para protegerme, aun cuando no me lo merezco.

—Es un gamberro, Josie. Ese escaparate era muy grande y costará mucho repararlo. Podría ser un delito grave. Probablemente, tendrá antecedentes por esto.

¿En serio?

Y esos antecedentes deberían ser míos.

Creo que estoy a punto de desmayarme.

—¿Josie? ¿Estás bien? —Se estira por encima de mí y baja la ventanilla dejando entrar una bocanada de aire frío—. Respira. Despacio. Inhala por la nariz y exhala por la boca —me dice acariciándome suavemente la piel de la muñeca con el pulgar—. Eso es. No pasa nada. No has bebido esta noche, ¿no?

Niego con la cabeza.

—Solo estoy… cansada.

—Ha sido una noche estresante. —Me comprueba la temperatura con el dorso de la mano en la frente y en el cuello. Me aparta el pelo de la cara—. Lamento que volver aquí haya sido… más difícil que nuestros traslados habituales. Y perdón por no haber respondido al teléfono cuando me necesitabas.

Perdón por haber cometido un delito grave y encima dejar que otro cargue con las culpas por mí, pienso. Pero no lo digo en voz alta porque soy una cobarde y una persona horrible.

—Ya lo hablaremos más adelante. Ahora vamos a casa, ¿vale? Evie estará preocupada.

Mi madre me da un apretón en el hombro antes de arrancar la Pantera Rosa. El motor ruge cobrando vida y hace vibrar los asientos y las ventanillas.

¿Cómo puedo guardarle rencor a mi madre por mentir cuando yo estoy haciendo exactamente lo mismo? Eso me hace tan mala como ella. Peor aún porque no solo me estoy haciendo daño a mí misma. También le estoy haciendo daño a Lucky.

¿Qué le va a pasar?

Capítulo 5

L legamos al Rincón pasada la una de la madrugada y aparcamos en la plaza designada, escondida en un estrecho callejón lateral que queda entre nosotras y la galería de arte de la Guerra de Independencia. En cuanto subimos las escaleras que conducen al piso de encima de la librería, Evie aparece en calcetines y me ataca con preguntas y disculpas. ¿Por qué me he marchado de la fiesta? ¿En qué estaba pensando? ¿Estoy bien?

—Sí, estoy bien —miento.

—No la han arrestado a ella —informa mamá—. Solo la han arrastrado por Lucky. Es él el que rompió el escaparate, no Josie.

—¿Lucky rompió el escaparate? —inquiere Evie con el ceño fruncido.

Uf. Ignoro la opresión que siento en el estómago y le susurro a Evie:

—No le digas nada de la foto. Perdón por haberlo empeorado todo.

Estoy a punto de echarme a llorar de nuevo.

—No seas tonta, tú no has hecho nada —dice mientras me rodea con sus largos brazos. A continuación, me murmura al oído—: Me he equivocado en todo. No tendríamos que haber ido a esa fiesta. Es la maldición. Actúa de modos extraños. Siento mucho que te haya acabado afectando a ti también.

Mientras Evie y yo nos apoyamos la una a la otra abrazándonos, mi madre le cuenta a mi prima la historia del escaparate y ella me va preguntando detalles de vez en cuando. Al igual que mamá, Evie parece tragarse la mentira. Y se lo permito, porque no sé qué más hacer.

Bueno, eso no es del todo cierto.

Sé que podría confesar. De hecho, hay varios momentos a lo largo de la conversación en los que pienso: «¡Ahora!» «¡Hazlo ahora!» «¡Díselo!». Pero dudo y esos momentos se me escapan entre los dedos como si fuera arena. Cuanto más tiempo me quedo callada, más me cuesta hablar y cada vez me siento peor.

Así que al final me disculpo diciendo que estoy cansada y que necesito dormir. Y como las dos son mejores personas que yo, no sospechan que puede haber algo más.

Si ellas supieran…

Estoy muy confundida con todo y lo único que puedo hacer es revivir lo que me ha dicho Lucky en la comisaría. Lo que hemos hablado allí… y lo que nos hemos dicho en la casita de la piscina en la fiesta. Nuestra amistad antes de que me marchara del pueblo. Lo mucho que ha cambiado.

Y el flirteo.

Pienso en el comentario de mi madre sobre Bonnie y Clyde.

Y el pánico que he sentido en la casita de la piscina me inunda el pecho de nuevo. Dios mío. Tengo que dejar de pensar en ello. No es posible que de repente Lucky esté repleto de deseo romántico por su exmejor amiga y que, por culpa de esos sentimientos, haya decidido cargar con la culpa de su delito.

Bueno, de su delito accidental.

De todos modos, ahora hemos vuelto a la casilla de salida.

¿Por qué demonios lo habrá hecho?

Creo que será mejor que lo averigüe antes de que esto llegue demasiado lejos.

. . .

Como ya han empezado oficialmente las vacaciones de verano, ahora hago turnos extra en el Rincón junto con Evie y otro par de empleados a tiempo parcial que tiene mi madre contratados. La temporada de verano es una época importante para todo el pueblo y, sin duda, también para la librería. Es el segundo paso de mi plan de tres partes: ahorrar dinero suficiente para comprarme un billete de avión a Los Ángeles.

Sin embargo, hoy preferiría abandonar el turno y atravesar la calle para ir al Astillero de Nick porque veo perfectamente desde nuestro escaparate que la Superhawk roja de Lucky está aparcada ahí, lo que significa que está trabajando para su padre.

Y me muero de ganas de hablar con él.

Pero ya me han advertido de que no lo hiciera esta mañana.

—Te digo muy en serio que no quiero que salgas por ahí con Lucky Karras —me ha dicho mi madre durante el desayuno—. No voy a preguntarte detalles sobre lo seria que es tu relación con él, pero lo único que sé es que está metido en movidas muy fuertes y que los rumores se expanden rápidamente por el pueblo.

No sabe ni la mitad.

—Puedo soportarlo.

—No me importa. No necesito que nuestro apellido se vea relacionado en todo eso —dice poniéndose nerviosa—. Así que mantente alejada. Y punto. Si hace falta, me pondré firme.

Esas son las órdenes más duras de mi madre. Cuando dice que se pondrá firme significa que habla en serio y que es una decisión definitiva. No hay discusión. Por una extraña vez, asume los privilegios de la maternidad.

Pero no es solo eso, es que no puedo verlo nunca más. ¿Hola? Trabaja justo enfrente, así que eso es prácticamente imposible. Además, necesito averiguar qué va a pasar con él. ¿Va a ir a la cárcel? ¿Al reformatorio? ¿Qué va a pasarle?

Al fin y al cabo, es mi delito. Tengo derecho a saberlo.

Y es amigo mío, no de mi madre.

Me lo saco de la cabeza por el momento e intento adivinar cuál de nuestros clientes habituales ha visto «mi» foto desnuda o ha oído el rumor de que vendo mis desnudos en Internet. Sin embargo, cuando veo que desvían la mirada no sé si es por ese rumor o por el de que anoche acabé en comisaría.

De vez en cuando, alguien pasa por delante de la librería y lo deja claro poniéndome morritos. Encantador. Simplemente encantador...

Cerca del mediodía, los turistas empiezan a irse a los *pubs* y a los puestos de almejas a comer y la afluencia se calma lo suficiente para que Evie pueda sentarse a leer en el taburete chirriante que hay detrás del mostrador del Rincón. Me apoyo sobre los codos a su lado y miro a través de la ventana intentando no estresarme al ver el Astillero de Nick. Debajo de mí hay una serie de postales doradas y verdes de Nepal: Katmandú, templos, monos y montañas. La abuela envía una cada semana para ponernos al día. Los clientes regulares sueltan exclamaciones de admiración por sus descripciones de la leche de yak.

—Deberíamos traer aquí uno de esos telescopios del Harborwalk que funcionan con monedas para que puedas ver mejor el astillero —comenta Evie con voz aburrida haciendo chirriar el taburete.

—Solo tengo curiosidad.

—Sí, yo también tengo curiosidad. Curiosidad por saber por qué un lobo solitario y duro como Fantasma destruiría de repente una parte pública de la historia del pueblo en un ataque de ira propio de Hulk.

Ay.

—Es muy raro —continúa sin levantar la mirada del libro.

Hoy lleva el delineado de ojos especialmente oscuro y se ha recolocado los broches y botones esmaltados que lleva en la cinta de la identificación del Rincón (la llevamos todas colgando del cuello) de modo que en el de más arriba pone «*When Doves Cry*» y en el de abajo «Heathcliff soy yo».

—Hay muchas cosas raras —respondo intentando imitar su tono frío y despreocupado—. Como que estuvieras saliendo con el príncipe de Beauty. Es decir, habría estado bien saber anoche que estábamos en una casa Summers, como Levi Summers, el rey del pueblo.

—¿Sí? Pues anoche estuvimos en casa de los hermanos de Levi Summers —dice con descaro.

—Vaya, ¿sí?

—Sorpresa.

—Es que… —Suspiro—. Ya sabes. Me sentí muy estúpida cuando me lo dijo Lucky.

Me mira a los ojos al oír el nombre de Lucky.

—En primer lugar, no pensé que importara y, en segundo lugar, yo tenía una vida aquí antes de que llegaras y probablemente seguiré teniéndola después de que te vayas.

Lucky me había dicho lo mismo. Supongo que todo el mundo se piensa que solo soy algo pasajero, una historia que desaparece al cabo de veinticuatro horas y no una parte permanente del pueblo. Y no lo dice en tono cruel, solo con sinceridad. Por eso me cuesta rebatirle.

—No tendrás por casualidad su número, ¿verdad? —pregunto con aire muy casual.

—¿El de Levi Summers?

La observo con una mirada traviesa.

—El de Lucky.

—Ah, el de tu viejo amigo Lucky —dice fingiendo comprenderlo ahora—. No, no puedo decir que lo tenga. No me hace falta llamarlo. Viene todas las tardes después de clase.

Pero ahora ya se han acabado las clases. Y además está el tema de que haya cargado con la culpa por mí.

Enfrente de la calle, la puerta de las oficinas del astillero se abre y salen varias personas. Los padres de Lucky, Nick y Kat, y una pareja mayor, sus abuelos. Salen también unas cuantas personas más de cabello oscuro con los mismos rasgos afilados y con expresiones sonrientes. Supongo que son tíos y tías. Tres niños. Y una latina alegre con un traje de aspecto profesional y un maletín.

Y luego sale Lucky. Casi no lo reconozco. Lleva unos pantalones de vestir negros, una corbata y una camisa abotonada.

—Vaya —exclama Evie inclinándose sobre el mostrador para mirar por la ventana conmigo—. Hay que admitir que Fantasma sabe arreglarse. No me extraña que vaya dejando embarazadas a chicas por todas partes. Es la versión masculina de Medusa. No lo mires a los ojos, podrías quedarte embarazada.

—Qué asco, Evie —murmuro. Sin embargo, me ha picado la curiosidad—. He oído hablar de Bunny Perera. ¿Cuántas chicas hay en total?

—¿Quién sabe? ¿Muchas? ¿Ninguna? Todo el mundo se quedó muy sorprendido con lo de Bunny. Hay ciertos remeros rubios que conozco y que ahora sé que no hay que nombrar nunca porque son unos imbéciles y no puedo creer que llegara a confiar en ellos…

Uf. Sinceramente, preferiría no volver a tener que hablar de Adrian Summers nunca. Jamás de los jamases.

—Esa gente decía que lo de Bunny y Lucky debía ser un rollo de una noche porque no se los veía juntos de normal. Tal vez solo sea un rumor. O quizás sea alguien que tiene citas en serie.

Eso no me gusta. En absoluto. Me recuerda a los hábitos de citas de mi madre, todas envueltas en mentiras y a escondidas mientras que en el colegio todos hablan de Winona la Salvaje. La verdad es que hace que se me revuelva el estómago.

No sé por qué me importa, Lucky puede hacer lo que le venga en gana.

—¿Por qué va vestido así? —pregunto irritada porque pueda ser de los que tienen citas de continuo.

También me irrita que me moleste. No sé nada del chico al que conocía y que se ha jugado el cuello por mí.

—Parece que vaya a la iglesia o a un funeral.

—O a una lectura de cargos —añade Evie—. Van al juzgado.

Se me forma un nudo el estómago. Culpa. Vergüenza. Preocupación.

—La familia Karras al completo —señala Evie—. Tíos y abuelos. Creo que esa es la hermana de Kat Karras con sus dos hijos. Vaya, no se andan con tonterías.

—¿Esa es su abogada? —susurro.

—Sí. Creo que es Gina García. No es nada barata, pero creo que es una buena opción para enfrentarse a la familia Summers.

Culpa. Vergüenza. Preocupación.

Observo a toda la familia subiéndose a los coches, dándole palmaditas en la espalda en señal de apoyo con aire serio pero optimista, todos dispuestos a luchar por él, un chico que ni siquiera es culpable y...

—Fui yo —susurro junto al pelo de Evie.

El taburete chirría cuando se pone rígida. No dice nada.

—Lo hice yo —vuelvo a susurrar—. Yo lancé la piedra. Yo rompí el escaparate.

—¿Qué? —articula, mirándome con los ojos como platos mientras comprueba si está mi madre cerca. A continuación, repite—: ¿Qué?

—¡No quería romper el escaparate! —murmuro mientras observo a Lucky entrando en la furgoneta de su padre—. Quería darles a las letras de metal que hay sobre el vidrio, pero supongo que no tengo fuerza suficiente y fallé. Y Lucky me siguió hasta ahí desde la fiesta en su moto. Supongo que le preocupaba que volviera sola a casa porque habíamos hablado en la fiesta. ¡Y apenas nos dijimos nada! Fueron solo unos minutos. Dijo que se me daba mal flirtear y yo no era consciente siquiera de que estábamos flirteando. En serio, ¿por qué tiene que estar tan bueno ahora?

—Ay, prima.

—Apenas hablamos. Te lo juro.

La conversación solo duró lo suficiente para que le contara todo sobre mi plan de irme a Los Ángeles.

Pero eso no se lo digo a Evie, por supuesto.

—Y luego me siguió y estaba tan enfadada por lo de la foto… que tiré la piedra y saltó la alarma —le digo—. El guardia de seguridad nos atrapó, pero a la policía le daba igual quién lo hubiera hecho, se nos llevaron a los dos. Dijeron que lo arreglaríamos en comisaría, así que nos encerraron juntos. Le dije a Lucky que aclararía la situación y que me aseguraría de que supieran que lo había hecho yo. Pero supongo que le dijo a la poli que había sido él y a mí me dejaron libre.

—Hijo de puta —murmura, mirándome sorprendida.

—Mamá se lo creyó —añado—. Y dijo que sería un delito grave, así que me asusté. No sabía qué hacer. Pero no quiero que vaya a la cárcel por mí. ¡Ni siquiera lo conozco ya! Ahora todo está fuera de control y ahí está él y ni siquiera puedo hablarle antes de que lo manden al corredor de la muerte…

—No va a ningún corredor de la muerte.

—No sé qué hacer, Evie. Antes éramos mejores amigos, pero ahora apenas nos conocemos. No puedo permitir que haga esto por mí. Es demasiado raro, ¿verdad?

Parece nerviosa. Ella nunca se pone nerviosa. Solo ha habido dos ocasiones desde que volvimos al pueblo en las que no la he visto imperturbable y equilibrada: anoche cuando estaba discutiendo con Adrian y ahora. Y esta vez es culpa mía.

—Lo siento —le digo—. Me enfadé mucho. Ese remero de Harvard cuyo nombre no vamos a pronunciar te hizo llorar en la fiesta y con lo de la foto...

No soy capaz de acabar. Ahora estoy demasiado enfadada. Gracias a Dios, no tengo que hacerlo porque los ojos de Evie desbordan emoción y sé que ahora mismo lo entiende.

—Mierda —susurra.

—Sí —le digo.

Las dos observamos por la ventana la caravana de coches de los Karras. El padre de Lucky gira el cartel de la puerta del astillero a CERRADO, cierra con llave y se mete en la furgoneta pasándose una mano por el pelo, nervioso y preocupado. Supongo que yo también lo estaría si estuviera llevando a mi hijo a una lectura de cargos por un posible delito grave.

De pequeña, a veces tenía la sensación de que los Karras eran más una familia que nosotras. No puedo permitir que estas personas tan agradables pasen por esto. Simplemente no puedo.

Con la adrenalina a flor de piel, corro hacia la puerta de la librería con la intención de detenerlos.

—¿Josie?

Me detengo de golpe con la mano casi en el pomo de la puerta y me giro para mirar a mi madre.

—¿Qué pasa, señorita fotógrafa? —pregunta desconcertada—. ¿Estás bien?

—Mamá... —digo incapaz de decir nada más.

Evie grita y corre detrás de mí.

—¡Para! Espera. Era broma, prima. Vuelve aquí, no tienes que, eh... traerme la comida. Podemos tomarnos un descanso después, cuando llegue Anna y se quede a cargo de la caja registradora.

Con el corazón acelerado, la miro a ella y luego miro por la ventana, donde los Karras se alejan. Madre mía. Ojalá Evie no me hubiera detenido... y me alegro tanto de que lo haya hecho.

Cobarde. Mentirosa. Floja.

Soy un desastre. Una gran bola de ansiedad y angustia. Lo he fastidiado todo.

Mi madre no parece darse cuenta. Su expresión se suaviza mientras dice:

—Evie tiene razón. Todo el pueblo estará hablando del escaparate roto y, aunque tú no lo hicieras, estabas ahí. Empezarán a correr rumores sobre ti y sobre Lucky, así que quizás lo mejor sea que te quedes en la librería y pases desapercibida. Solo un par de días hasta que pase un poco todo.

—¿Pasará?

—Claro —dice Evie.

—Por supuesto —confirma mamá asintiendo con entusiasmo.

Entonces, ¿por qué no las creo?

Capítulo 6

Evie y mi madre subestimaron el interés de la gente por un escaparate roto porque los rumores sobre mi delito no dejan de ser la comidilla del pueblo.

De hecho, es el único tema del que se habla en Internet durante varios días.

Se publican fotos del escaparate roto en Town Crier, la cuenta de redes sociales de Beauty para actividades relacionadas con el pueblo, turismo y actividades de interés comunitario. Al parecer, el escaparate lo es. Un puñado de alumnos del Beauty High comparten y difunden las fotos y lo siguiente que sé es que se ha convertido en meme y se está usando como munición contra los Golden de la academia privada. Luego empiezan a lanzarla como símbolo de un privilegio aplastante por un lado y como prueba de delincuencia obrera por el otro, y me pregunto si he iniciado una especie de guerra de clases discreta.

Pero no soy yo quien está en el centro.

Es Lucky.

Esto va a acabar matándome. Se me da mal mentir, se me da mal guardar secretos y me muero por saber qué pasó con Lucky en la lectura de cargos. Así que, tras varias noches dando vueltas sin poder dormir por la preocupación (y Evie no ayuda en absoluto diciéndome una y otra vez que es demasiado tarde para confesar), decido escabullirme de la librería y hablar con Lucky sobre todo este desastre.

Lamentablemente, solo veo su moto roja cuando estoy trabajando en la librería y escaparme del trabajo requiere cierto esfuerzo, pero Evie me avisa cuando mi madre se marcha a diario al banco a ingresar la caja, lo que siempre le lleva mucho tiempo por la superstición que le hace evitar Lamplighter Lane.

Es mi momento.

Después de tomar prestado de Evie un sombrero y un par de gafas de sol enormes que me cubren prácticamente toda la cara, salgo sin pensármelo y espero a que pare el tráfico para cruzar la calle corriendo. La ventana de las oficinas del astillero tiene la persiana medio cerrada y me cuesta ver el interior, pero me parece distinguir a la madre de Lucky delante de un gran escritorio y a uno de los muchos mecánicos que trabajan para los Karras. Sin embargo, no hay rastro de Lucky.

Continúo por la acera y me dirijo al callejón lateral que conduce a los muelles y a la parte trasera del edificio, donde hay un par de áreas de trabajo abierto. Hay unas pocas lanchas pequeñas dentro de esas gradas (en una hay alguien soldando algo) y las embarcaciones más grandes son elevadas por una grúa a una zona de dique seco junto a un muelle privado.

Desde ahí atrás se ve todo el puerto con el agua clara y turquesa. Es tan asombrosamente bonito con el sol reflejándose en las olas y el viento azotándome el pelo que casi puedo fingir que no sucede nada malo.

Ahuyentando a las gaviotas examino el astillero de cemento en busca del padre de Lucky, Nick, a quien me gustaría evitar, y busco también a Lucky, pero no encuentro a ningún Karras. No hasta que levanto la mirada y veo un par de piernas cruzadas con unas botas negras desgastadas. Se me ponen los pelos de punta al verlas.

Lucky está descansando en la estrecha cubierta superior de un barco que han sacado al cemento y que ahora está estacionado sobre bloques de madera como un coche viejo que no funciona. Me aseguro de que no haya nadie mirando en mi dirección y me acerco a una escalera rodante que hay en la base del barco.

—Eh, oye.

Me mira por encima de la barandilla con una piruleta morada en la oreja. Lleva una camisa de mecánico azul marino, con su nombre bordado en una tipografía antigua en el bolsillo junto al número 13. Al principio principio parece sorprendido de verme, aunque el asombro se desvanece al instante.

—Me suena tu cara —comenta con la voz impregnada de sarcasmo—. Quiero decir, por el enorme sombrero y las gafas me parece que estás escondiéndote de los *paparazzi*, pero no consigo ubicar tu rostro...

Frunzo el ceño.

—¿Podemos hablar, por favor?

—Josie Saint-Martin. La pobre y tímida corderita a la que metieron en la cárcel con el malvado lobo por pura casualidad. Menudo escándalo. Pero ¿cómo se vio metida en ese lío? Probablemente, él la obligara a hacerlo en contra de su voluntad. Dicho así es como si hubiera sucedido algo nefasto y sexy.

—¿Qué? ¡Nadie dice eso!

¿Lo dicen...?

—Y ahora quiere hablar conmigo. Vaya, guau... Es el día más emocionante de mi vida. —Chasquea los dedos—. Qué lástima, he olvidado mi libro de autógrafos.

—¡Lucky, por favor! —suplico.

Me dirige una mirada fulminante antes de echar un vistazo por encima del hombro, supongo que para asegurarse de que su padre no esté cerca. Cuando ve que está despejado, da unas palmaditas en la escalera.

—Permiso concedido para subir a bordo, señora Saint-Martin. Huye de tus fans en el S.S. Fun N Sun, que no se debe confundir con el Sun and Fun, que se sobrecalentó la semana pasada.

—¿Quieres que suba ahí?

—¿Has desarrollado miedo a las alturas estos años?

—No. Quiero decir... Está apoyado en unos bloques. ¿Es seguro? ¿Es una especie de barco muerto? ¿No se conduce?

Lucky se ríe.

—Se pilota. Los barcos se pilotan y los coches se conducen.

—Ah, sí. Lo había olvidado.

De pequeños, pasábamos la mayor parte del tiempo en el piso de la librería y correteando por el pueblo. El anterior puesto de reparación de embarcaciones de los Karras era mucho más pequeño y era el último sitio en el que queríamos estar. Pero este astillero es enorme. Y, evidentemente, tiene mucho más éxito. Es un territorio nuevo para mí.

Lucky le da una palmadita al costado del barco.

—En el mundillo esto es lo que nos gusta llamar una trampa mortal flotante. Pero aquí es totalmente seguro. Lleva apoyado en los bloques cerca de un mes porque el tacaño de su propietario no quiere pagar las reparaciones. Me subo aquí todos los días. No se irá a ninguna parte, te lo aseguro.

—Vale, subiré —acepto.

—Eh, ve con cuidado. Una escalera vieja y una mierda de gaviota pueden ser una combinación peligrosa.

—¡Acabas de decir que era seguro! —me quejo, tambaleándome por la cubierta.

—Bastante seguro. Siéntate antes de que te rompas el cuello y me acaben culpando por eso también.

Señala un lugar vacío a su lado con un asiento incorporado y aparta el libro que hay encima.

Madre mía. No era así como me imaginaba que sería. Se me encoge el estómago, tengo náuseas y estoy aterrorizada. Por Dios, hay muy poco espacio.

—Lucky…

—Josie.

Se recuesta contra el barco con las piernas estiradas y los brazos cruzados firmemente sobre el pecho, y me mira fijamente desde debajo de un mechón de pelo oscuro que le cae sobre la frente.

Me retuerzo en mi asiento e intento pensar por qué estoy aquí.

—¿Qué pasó en la lectura de cargos?

Se encoge de hombros y mira hacia el puerto.

—Bueno, fue una tontería. Da lo mismo. Mi padre tiene una abogada para el astillero, así que ella me dijo qué decir… que todo fue un accidente. Que no tenía intención de romper el escaparate, que ni siquiera apuntaba a su edificio porque nunca jamás haría algo que perjudicara al mejor cliente de mi padre.

—Dios mío —susurro.

—Así que dije que rebotó y golpeó el cristal. Que fue un error estúpido. Les dije que lo sentía mucho y todo eso. Y mi padre se disculpó. Y luego mi madre se disculpó. Fue un espectáculo repugnante de proporciones épicas y Levi Summers dijo «No pasa nada, no presentaré cargos…»

—¡Gracias a Dios! —exclamo.

—«…si Lucky paga la reparación del escaparate».

—Uf.

—Sí —dice Lucky con una sonrisa tensa—. El hombre más rico del pueblo. Pero no se ha enriquecido a base de regalar, ¿verdad? En absoluto. Cuida cada centavo. Y pretende que le devuelva cada centavo. ¿Sabes cuántos centavos son?

Cuando me lo dice estoy a punto de desmayarme.

—Eso es... —Hago cálculos mentales rápidamente—. Trabajando a tiempo parcial en la librería necesitaría un año para ganar esa suma.

Y eso contando con los beneficios de las donaciones de mi Photo Funder que han bajado este mes a un mínimo histórico de sesenta y cinco dólares. Supongo que no estoy proporcionando suficiente contenido nuevo a mis suscriptores porque un par lo han dejado. O tal vez no les gusten mis nuevas fotos de carteles de Beauty.

Quizá debería subir desnudos auténticos como dijo Adrian.

—Bueno —dice Lucky—, la tacaña de tu madre debe darte un aumento porque yo solo tardaría seis meses en pagarlo trabajando para mi padre. Nuestra abogada consiguió negociar que yo pagara el cristal y cubriera el coste de la mano de obra haciendo algunas tareas en los grandes almacenes. Mañana, por ejemplo, tengo que ir antes de que abran para aspirar el escaparate. Ya lo he hecho una vez, pero el gerente de la tienda quiere que lo haga de nuevo para asegurarse de que está todo limpio. Y también puedo hacer otras cosas útiles como: barrer la acera, repintar las líneas del aparcamiento, limpiar los escaparates con un elevador de andamios, sacar los nidos de gaviotas del techo... —explica mientras enumera con los dedos—. Ya sabes, un montón de tareas divertidas. Durante todo el verano.

—Es horrible.

—No te preocupes, tampoco es que tuviera planes —espeta con rencor.

—¡Oye! —exclamo, frustrada—. Yo no te pedí que hicieras nada de esto, ya lo sabes.

—Pero tampoco lo rechazaste, ¿verdad? No te opusiste. Ni siquiera me dijiste: «Gracias por cubrirme las espaldas, Lucky. Lo que has hecho por mí ha sido muy bonito».

—¡No tengo tu número!

Estira el cuello y finge mirar por encima del barco en dirección a la librería.

—Caramba. ¿Es impresión mía o vives extremadamente cerca del astillero? ¿A menos de dos minutos?

—Mi madre no me deja verte.

Arquea una ceja, la que le falta la punta y hace que parezca un apóstrofe.

—¿En serio?

Parece divertirse, como si le hubiera contado un chiste gracioso. O verde. Algo inapropiado y lascivo.

Levanto las manos.

—Vale. Ella cree que hay algo entre nosotros, ¿vale? ¿Contento? Y no le conté que yo había tirado la piedra porque… simplemente no se lo conté. Fui una cobarde. ¿Es lo que querías oír?

—Es un comienzo —comenta con aire engreído.

—Bueno, pues ahí lo tienes. Soy una cobarde. Una gallina.

—Si le contaras lo de la piedra tendrías que contarle también otras cosas, ¿verdad? Como que estabas intentando conseguir hacer prácticas en la revista para poder impresionar a tu elegante padre.

Lo miro y prácticamente siento que se me están a punto de partir las costillas por la presión de los latidos. En voz baja, admito:

—Es más fácil no decirle nada. No quiero hablarle de la foto que me enseñó Adrian en la fiesta. No quiero tener que contarle todo lo que dijo Adrian sobre nuestra familia. Y tampoco quiero explicarle por qué estaba enfadada con el padre de Adrian antes incluso de que empezara la fiesta…

—No, no puedes hacerlo —confirma con cierto matiz en sus palabras.

Lo dice como si estuviera insinuando que todo lo que quiero (las prácticas en la revista, Los Ángeles, ser aprendiz de mi padre… una familia de verdad) estuviera luchando en una balanza contra su valor y como si yo fuera una egoísta por elegir mis propias necesidades sobre las suyas.

Y, de acuerdo, lo soy. Sé que lo soy. Él también sabe que lo soy.

Y ojalá pudiera cambiarlo.

—No soy esa persona —argumento—. No me pongo a mí misma por encima de los demás a cualquier precio, maldita sea.

—Todo el mundo lo hace —declara él con total naturalidad—. Los humanos somos egoístas. Es nuestra naturaleza.

—La mía no. Oye, lo arreglaré. Voy a ir a la policía y a decirles que lo hice yo.

—No vas a hacerlo.

Asiento más convencida aún.

—Sí.

Se inclina hacia adelante hasta que su rostro queda a pocos centímetros del mío. Me aparto. Se inclina hacia adelante para volver a evadir la distancia, insistente. El dulce aroma de la piruleta de uva flota en mi dirección. Se me eriza la piel de los brazos y una cascada de escalofríos me recorre el cuerpo.

Es agradable. Demasiado agradable.

—No.

Una palabra. Se le cae de los labios, pero que me condenen si entiendo el significado. Huele a caramelo y, por primera vez en lo que parece una eternidad, no me invade el miedo y el pánico, y él está tan cerca…

—¿Eh? —murmuro.

—He dicho que no.

—¿No? —*¡Espabila, Saint-Martin!*—. Me… me estás diciendo que no puedo ir a la policía.

—Bingo.

—¿Y por qué no?

—Porque no he hecho pasar a mi familia por todos estos gastos y problemas en vano. ¿Sabes qué le ha hecho esto a mi madre?

Está estresada. ¿Y mis abuelos? Van a tener que defender mi honor en la iglesia este fin de semana cuando todo el mundo empiece a soltar mierdas sobre mí otra vez. «Ese Lucky no hace más que crear problemas. Míralo. Era un niño tan dulce. Qué lástima».

Habla del incendio… del que le dejó todas esas cicatrices a un lado de la cara. Veo la sombra de su dolor detrás de su mirada.

—Ya te dije que sentía mucho lo que habías tenido que pasar —le recuerdo.

—Sí, me acuerdo de que aquella vez también dijiste que lo sentías justo antes de largarte del pueblo, mientras yo seguía ingresado en el hospital, esperando injertos de piel para parecer menos monstruoso.

Ese comentario hace que algo se contraiga y me duela en el pecho.

—Como si hubiera sido decisión mía marcharme —replico—. Aunque estuvieras en el hospital, estoy segura de que oíste lo que pasó, seguro que todo el pueblo se enteró del disturbio doméstico del Rincón. La gran pelea madre e hija Saint-Martin… ¿te suena de algo? Iba en pijama literalmente cuando nos marchamos. No recibí ningún aviso. Ya se había pasado la hora de visitas, así que no pude ir a despedirme de ti. Además, creía que iban a arrestar a mi madre. O a mi abuela. Fue una pesadilla. Así que siento mucho tener una familia tan jodida, pero tenía doce años y no tenía ningún control sobre la situación. Lloré durante todo el camino.

Le envié un mensaje a Lucky desde el móvil de mi madre (recuerdo que me dio permiso) porque, a diferencia de él, yo no tuve móvil hasta los trece. También llamé al hospital al día siguiente, pero el teléfono de su habitación se quedó sonando.

—Y te mandé un correo electrónico cuando llegamos a Boston, pero no me respondiste. Nunca.

—Discúlpame por estar agonizando y cubierto de vendas.

—¿Crees que no me acuerdo? Mi mejor amigo estaba en el hospital con quemaduras horribles. Estaba muy preocupada por ti, iba a verte al hospital todos los días, ¿recuerdas? No sabía qué iba a pasar con tus quemaduras y nadie me decía nada porque solo era una niña. Y cuando mi madre y yo nos marchamos del pueblo a altas horas de la noche no pude ponerme en contacto contigo. Luego no me respondiste al día siguiente, ni tampoco al otro y pensé que tal vez no podías contestar porque te estarían operando o algo. Que quizás me escribirías al llegar a casa. Así que seguí intentando contactar contigo... durante semanas. ¡Semanas! Pero no me respondiste, Lucky. Simplemente... desapareciste.

—No, Josie. Tú desapareciste. Yo seguía aquí. Fuiste tú la que se marchó.

—Mi madre se marchó y me arrastró con ella —repito—. Te escribí para explicártelo. No me respondiste.

Noto una presión en el pecho al volver a pensar en ello y me sorprende lo mucho que me duele todavía.

—Oye, no quiero hurgar en el pasado —me dice repentinamente agobiado e intenso—. Lo de los grandes almacenes es ahora. Va sobre el presente. Es una cuestión de orgullo.

¿Cómo se ha vuelto esto tan serio de repente? Ahora está enfadado. Muy enfadado.

Levanta una mano.

—Y no puedes simplemente presentarte de repente y decidir que hoy te sientes generosa, señorita fotógrafa.

—No puedes llamarme así —susurro—. Ya no me conoces.

—Pues no me trates como si fuera basura. No menosprecies lo que hice. No era algo desechable. No lo hice para que pudieras esperar el momento oportuno y volver para recibir tu castigo.

Vale, ahora soy yo la que está molesta. Enfadada. Asustada. Y algo más... Ni siquiera sé qué es. Lo único que sé es que, si quiero discutir con alguien, ya tengo a mi madre. No necesito que Lucky 2.0, un completo desconocido, me haga sentir que nunca seré lo bastante buena.

Cada molécula de mi ser retumba de energía.

—Entonces ¿por qué?

—¿Por qué, qué?

—¿Por qué lo hiciste?

Me mira parpadeando, sus pestañas negras revolotean. Está tan cerca que puedo ver la pálida red de cicatrices de las quemaduras a un lado de su cara. El apóstrofe de su ceja desfigurada. Los profundos hoyuelos de sus mofletes. El modo en el que sus ojos penetrantes escanean mi rostro… y la duda tras ellos.

Oculta algo, pero no sé qué.

—Tengo que volver al trabajo —afirma con la mandíbula tensa—. Ahora tengo que hacer malabares con dos trabajos, así que me queda poco tiempo.

—Lucky —suplico.

—No quiero tu compasión, Saint-Martin. Ahórratela. Estoy bien.

Una parte de mí quiere gritar. Está amargado por haber asumido la culpa de algo que no ha hecho, pero no quiere que me entregue a la policía. Está enfadado porque no le di las gracias, pero no quiere mi compasión.

Cierro los ojos con fuerza y admito:

—He hecho muchas estupideces en mi vida, pero nunca lo había fastidiado tanto. Quiero arreglar esto. Déjame arreglarlo.

Cuando abro los ojos, me está mirando fijamente. Me contempla. En silencio.

—En serio, tengo que volver al trabajo —dice al cabo de un momento con un tono más amable, animándome a levantarme—. Y será mejor que te vayas antes de que mis padres te vean aquí arriba y empiecen a echarme la bronca. No eres la única a la que bombardean con preguntas sobre nuestra relación. «No vale la pena arruinarte la vida por ninguna chica» y esas cosas.

Se me calientan las mejillas.

—Pero eso es... —Balbuceo algo que parece una palabra completa, pero algo me falla en el cerebro y no consigo pronunciarla. Lo intento de nuevo—. Ridículo. —¡Eso es! Ya está dicho—. ¿Verdad? Nada de arruinarte la vida, nada de relaciones. Quiero decir, es evidente. —Suelto una carcajada vacía, nerviosa de repente—. Ni siquiera nos conocemos ya.

Serios y afilados, sus ojos me observan por debajo de un abanico de pestañas oscuras, la más rápida de las miradas enterrada en un abrir y cerrar de ojos.

Esa mirada me hace anhelar algo que no debería desear.

—Será mejor que te vayas —dice—. No les demos más motivos para especular de los que ya tienen.

—No —acepto—. Este desastre ya es bastante grande tal y como está.

Sin embargo, mientras bajo la escalera y atravieso sigilosamente el astillero, ansiosa por poner distancia tanto física como emocional entre Lucky, yo y todo este enredo, sus palabras retumban en mis sienes junto con mi pulso acelerado. Y me doy cuenta de algo.

Él también miente.

Sus padres no saben que él no lanzó la piedra. No saben que me está encubriendo. Eso me parece importante, pero no logro entender por qué.

Lo descubriré.

Capítulo 7

Al igual que la mayoría de las tiendas pequeñas de nuestra manzana, el Rincón cierra todos los miércoles a mediodía para tener la tarde libre. Esto tiene algo que ver con los granjeros del siglo XIX, pero no sé por qué. Sin embargo, después de hablar con Lucky el miércoles, lo agradezco. Si Lucky no me deja entregarme a la policía para calmar mi conciencia, voy a volver al plan original: Los Ángeles o nada. Solo tengo que hacer algunos cambios en el plan. Es un parche pequeño y diminuto.

Tal vez mientras lo soluciono pueda espiar un poco. Llevo demasiado tiempo encerrada en el Rincón.

Necesito salir y evaluar los daños. Y alguna cosa más…

—Puedes usar el cuarto oscuro si tienes que revelar algún carrete —me dice mi madre cuando salgo por la tarde, mientras saca lo de la caja registradora—. Hoy no va a llegar ningún libro que tenga que guardar ahí.

—No hace falta.

—Ayer me estabas rogando que lo despejara.

—Voy a…. hacer fotos a algunos carteles del centro. —Mentira.

—¿Sí? Creía que ya los habías fotografiado.

—Todos no. —Mentira doble. He sacado un millón de fotos de cada letrero del centro—. Tal vez vaya por el Harborwalk. Necesito material nuevo para mi Photo Funder. No dejo de perder suscriptores.

—Solo son perdedores que no aprecian el arte de verdad cuando lo ven. Conseguirás suscriptores nuevos. No obstante, no me gusta que vayas tú sola por el pueblo. Si alguien te acosa…

—Lo grabaré.

Lo que probablemente tendría que haber hecho con Adrian aquella noche en la fiesta. Aunque tendría que ver a todas horas esa foto de mi madre desnuda. Todavía no lo sabe, lo cual me parece un milagro teniendo en cuenta lo pequeño que es este pueblo. Solo espero que se quede entre los círculos de adolescentes y no llegue a sus viejas amigas.

Cuando estoy segura de que se ha llevado la caja al almacén y de que estará un rato ocupada, subo corriendo las escaleras a casa y busco entre mi ropa un conjunto que transmita profesionalidad y adultez sin que parezca demasiado forzado: pantalones negros, zapatos planos y blusa blanca. Una simple trenza en el pelo. No puedo hacer gran cosa con las pecas que me hacen parecer años más joven y, tras dos intentos fallidos, desisto de cubrirlas con maquillaje.

Satisfecha, agarro mis gafas de sol enormes y mi portfolio (una carpeta negra de cuero con veinticinco fotos impresas en el interior) y salgo corriendo por la puerta. Tomo el camino más largo por el callejón, para evitar que me vea mi madre o cualquier otra persona, y atajo por una calle estrecha en la que hay una tienda que siempre huele a Navidad y que vende velas artesanales de cera de abeja y arrayán, y una puerta oscura con un brillante letrero rojo de se alquila. Antes era el despacho de Desmond Banks, un detective privado. En Beauty solo hay una tienda que abra las veinticuatro horas del día, pero ¿necesitamos un detective? Tal vez no y por eso cerrara.

Quién sabe. Beauty es un lugar extraño.

Pero extraño no significa malo. Hace un día cálido y soleado, un día perfecto de junio sin una sola nube en el cielo, lo que me facilita el hecho de mentirme a mí misma y fingir que no estoy ansiosa. Mientras atravieso la plaza del pueblo, los turistas se protegen los ojos del sol para contemplar el histórico ayuntamiento y sacan fotos con el móvil de barras de hierro y de violetas rojas y moradas bajo las enormes hayas que trajeron las familias adineradas desde Europa en la Edad Dorada. Paso corriendo junto a ellos esperando que no me reconozca nadie y recorro una larga calle hasta mi destino.

La entrada de las oficinas de la revista *Coast Life*.

Respiro con dificultad cuando empujo las antiguas puertas de latón y entro a un vestíbulo silencioso con techos abovedados y suelos de mármol. Hay una recepcionista sentada detrás de un escritorio de vidrio vigilando una puerta también de vidrio. Las oficinas están al otro lado.

Todo está en silencio, solo se oyen mis pasos sobre el mármol. Cuando llego al mostrador, la joven de cabello corto levanta un dedo hasta que termina de hablar en voz baja y comedida a través de unos auriculares inalámbricos. A continuación, levanta la cabeza y sonríe.

Una sonrisa es buena señal. Significa que no me asocia con lo de la comisaría de policía. Ni con el escaparate roto de Summers & Co. Ni con la foto de mi madre desnuda que corre por el pueblo…

—Josie Saint-Martin. Quiero ver a Nina Cox —anuncio un poco nerviosa.

Parece confundida.

—¿Tienes cita?

—Eh… no exactamente, pero me estaba considerando para hacer unas prácticas de fotografía…

Antes de que Levi Summers retirara mi solicitud.

Pone una mueca de decepción y levanta una mano para detenerme.

—Lo lamento, pero la señora Cox ha cancelado todas sus citas de la semana. Su hija está en el hospital.

—Ay, no —murmuro.

—¿Tienes su correo electrónico?

—Creo que tengo su tarjeta, pero ¿podrías dármela otra vez? —No la tengo.

Rebusca algo en el mostrador y me entrega una tarjeta.

—Aquí tienes. Puedes enviarle un correo y preguntarle cuándo quiere reunirse contigo. Déjale tiempo para responder. Tardará un poco en ponerse al día, seguro que lo comprendes.

—Por supuesto —digo.

La recepcionista asiente una vez y sonríe.

—Que tengas una buena tarde.

—Igualmente —contesto, sintiéndome extrañamente rechazada.

Una vez fuera del edificio, me siento algo decepcionada, pero también esperanzada. Tengo una tarjeta de visita y una dirección de correo electrónico. Esperaré unos días respetables hasta que la hija de esta pobre mujer salga del hospital y luego atacaré. Le enviaré un correo y le pediré concretar una cita para que me reconsidere para unas prácticas que, definitivamente, no soy demasiado joven para hacer.

El que no llora no mama, ¿verdad?

A menos que Nina Cox haya visto el desnudo. O que haya oído que acabé en comisaría… Uf. Tras perder la mitad de la confianza, me meto la tarjeta en el bolsillo y me alejo de las oficinas de *Coast Life*.

Podría volver a casa. Eso es lo que me digo... otra mentira. Siento que me aumentan los nervios y aminoro la marcha en un intento de calmarme mientras paso junto a un par de turistas sentados en un banco del parque, que toman una limonada congelada.

Ahora mismo estoy a un único aparcamiento privado de la escena del crimen.

Summers & Co.

Ahí está, todo tapiado con madera contrachapada. Se me encoge el estómago y se me revuelve de un modo repugnante.

El aparcamiento lateral está acordonado y cerrado al público. Creo que ahí es donde dejan los vehículos los aparcacoches de los almacenes, pero ahora hay una única persona con vaqueros y una camiseta negra estrecha agachada sobre las líneas blancas recién pintadas del espacio, con un pincel en la mano. Reconocería ese cabello oscuro y despeinado y esa aura de inaccesibilidad en cualquier parte.

Pincelada, pincelada, pincelada.

Agarrando mi portfolio, intento calmar mi estómago revuelto y arrastro los pies hasta el aparcamiento acordonado, donde me quedo quieta unos instantes observando a Lucky. Está maldiciendo para sí mismo o para el pincel. Está diciendo cosas realmente horribles y blasfemas. Solo capto la mitad de lo que está farfullado, pero guau. Es muy soez, una habilidad que siempre he admirado de él pero que, ahora mismo, me intimida. No está de buen humor. Debería largarme. Cuanto antes.

A mitad de la pincelada, se queda quieto. Deja de soltar improperios y, antes de que pueda irme hacia las colinas con el portfolio, levanta la cabeza lentamente.

Lo saludo con la mano.

—Hola.

Mete el pincel en un cubo y se levanta.

—¿Sabes? Estaba pensando: «Oye, Lucky, ¿qué podría empeorar esta situación?». La respuesta es tener público. Pero no cualquier público. Josie Saint-Martin toda elegante. ¿Te has arreglado para mí?

—Debería irme —digo señalando vagamente el lugar por el que he venido.

—No te vayas. Te perderás lo mejor del espectáculo. En cualquier momento saldrá el gerente de la tienda para juzgar mi trabajo y decir que lo he hecho mal.

Se acerca a mí y se detiene justo delante de la cinta amarilla, limpiándose las manos sucias en los vaqueros. Su camiseta negra está salpicada de pintura blanca y le queda aún más ajustada de cerca. No me había dado cuenta de que estaba tan musculado. Es decir, Dios mío... ¿Eso es de trabajar en el astillero? No sé por qué me molesta tanto... por qué me he fijado siquiera. Ojalá no lo hubiera hecho.

—No importa —le digo algo nerviosa—. No quiero meterte en problemas.

—No, no. Quédate. La pérdida de mi dignidad en un espacio público es muy especial —declara besándose los dedos como un cocinero de dibujos animados—. Tienes que verlo. Te encantará. Supongo que por eso estás aquí, para regodearte en mi miseria.

Se me calienta el pecho de ira.

—¿Sabes qué? —espeto señalándolo con el dedo—. Eres un imbécil.

Le sorprende mi arrebato. A continuación, curva los labios y se le forman hoyuelos en los mofletes. Pero es una expresión más juguetona que enfadada. Y hay algo más... algo diferente que no he visto de verdad desde que volví al pueblo.

Creo que está... feliz.

Es una pizca mínima de felicidad. Se desvanece rápidamente, pero sé que la he visto. Es como encontrarte a Pie Grande en el bosque o un OVNI en el cielo nocturno. Es emocionante... y ligeramente sexy.

—Tendría que haber traído una cámara para hacerte fotos —comento tentando la suerte.

—Sí que tendrías que haberlo hecho —responde—. Podrías subirlas y conseguir un montón de «me gusta» y de corazones.

—Cierto. Ahora eres famoso. ¿Un héroe de la clase obrera rompiendo un antiguo escaparate como símbolo de protesta contra el privilegio y el pedigrí colonial? Bien hecho. Creo que todo el Beauty High se levantará y organizará una marcha por ti.

—Qué graciosa.

—Shepard Fairey hará pósteres con tu cara. La gente la llevará en camisetas y pintará murales a los lados de los edificios.

—¿Y preferirías que fuera tu cara? —replica—. ¿Quieres toda la fama y la atención?

—Atención no. ¿El dinero contante y sonante que conlleva la fama? Quizás. El material de fotografía es caro y, como tú mismo has dicho, el trabajo en el Rincón no está bien remunerado.

Suelta una carcajada.

—Vale, lo respeto. Yo mismo me he quedado en quiebra estos días...

Sí, eso. Miro el escaparate tapiado que está intentando pagar.

Él mira mi portfolio.

Nos miramos el uno al otro.

—En realidad, me alegro de verte —declaro como si hubiera llegado hasta aquí por casualidad y no como si hubiera venido a la escena del crimen con la esperanza de encontrármelo—. He tenido una idea que quiero contarte, si te interesa escucharme. No es perfecta, pero es algo.

Mira por encima del hombro.

—Acabo en media hora y puedo dedicarte algo de tiempo antes de que tener que volver al astillero para pasar el resto de la tarde. ¿Quieres que quedemos en algún sitio?

• • •

El Quarterdeck es una cafetería que hay junto al Harborwalk entre el barrio de mi familia en South Harbor y el corazón del centro histórico. Pero no es una cafetería antigua cualquiera: es una réplica atracada de un barco francés de 1778 de la batalla de Rhode Island. Los clientes atraviesan un puente en forma de tabla para llegar a la cubierta principal del barco, donde hay mesas debajo de los mástiles y aparejos y las banderas ondean con la brisa del puerto.

Para pedir hay que entrar al interior del barco (ahí también hay mesas y pequeños reservados) y Lucky me ha hecho un pedido muy específico e irritante: «Llena el vaso exactamente un cuarto de nata y luego añade café frío hasta el borde, sin hielo». El camarero me dirige una mirada apática cuando se lo repito, pero no lo cuestiona, así que le doy una propina extra.

A punto de derramar el estúpido café de Lucky que amenaza con salirse de la pajita como una ballena echando agua por el espiráculo, subo a la cubierta superior y encuentro una mesa vacía entre dos cañones que da al puerto. Cuando estoy a mitad de beberme mi café con leche no tan lleno, pero no tan bueno, Lucky toma asiento frente a mí. Lleva su chaqueta de cuero sobre la camiseta salpicada de pintura, así que al menos no tengo que admirar el contorno pornográfico de su pecho.

Inspecciona su vaso frente a él.

—Lo has pedido bien.

—No te sorprendas tanto. Puedo pedir una bebida en una cafetería… aunque sea una ridícula como esta. Olvidas que mi madre ha dirigido la mitad de las librerías de Nueva Inglaterra y que una buena parte de ellas tenía cafeterías en el interior. He hecho muchísimas veces los deberes en cafeterías mediocres.

—¿No hay que tomar café en las librerías? ¿Eso es lo que intentas decirme?

—Uf, no. Si supieras todas las veces que he visto violado el código sanitario…

—Bueno, te marchaste del pueblo antes de que abriera el Quarterdeck, así que debería haberte avisado de que lo único bueno aquí es el café frío. Porque prefiero tomar un café en una librería antes que en un barco turístico cualquier día de la semana —declara sacando la tapa de plástico para beber sin pajita, como si no le importara. Vacía la mitad en tres tragos—. ¿Qué es eso? —pregunta señalando mi portfolio con la cabeza—. ¿Es esa gran idea de la que querías hablarme?

—No es nada. —Lo tapo.

—Qué raro porque a mí me parece un portfolio. Y vas muy elegante.

—¿Y?

—Venga, Saint-Martin —dice estirando sus largas piernas por debajo de la mesa—. Creía que ya habíamos dejado claro que se te da fatal mentir.

—No creo que lo *dejáramos* claro.

—Dijiste que ibas a intentar que te dieran unas prácticas en una revista. —Entorna los rabillos de los ojos. Me está tomando el pelo y claramente eso lo divierte.

—Iba a intentar ganármelas, no que me las dieran.

—Porque cuando alguien le dice a Josie Saint-Martin que no puede tener algo es cuando más firme se pone y más se esfuerza. No has cambiado nada.

—Lo dudo. Pero vale, sí… —Miro a mi alrededor para asegurarme de que no haya nadie escuchándonos y le explico brevemente lo que ha pasado en *Coast Life*—. …y entonces te he visto de casualidad.

—Eso sí que no me lo creo.

—Es la verdad.

—¿Sabes? Antes nunca me mentías.

Asiento y noto algo de calor en el pecho, tan avergonzada como halagada.

—Me acuerdo.

—Me gusta que seas extremadamente sincera. Es parte de tu encanto. Cuando eres sincera, yo puedo ser sincero y me siento... No lo sé. Me siento como si hubiera un muro invisible derrumbándose entre nosotros. Es un muro eléctrico o de láser o algo así...

—Una pared invisible y eléctrica.

—Y tú eres la única que tiene la llave para apagarla. Cuando eres sincera ¡zas! Se derrumba y los dos podemos correr y hablar libremente. —Sonríe y se le entornan los ojos—. ¿Tiene sentido?

No estoy segura de cómo responder a sus divagaciones. Es como probar una rodaja de limón: es inesperadamente vigorizante, es demasiado. Pero... me acostumbro rápidamente a la extrañeza y me sorprende descubrir que quiero más.

—Eso creo —admito finalmente, todavía algo incómoda, pero intentando evitarlo—. ¿De un modo extraño?

—Tú no te contengas conmigo, ¿vale? De lo contrario tendremos un muro entre nosotros y nos impedirá la comunicación. —Señala la carpeta de fotografías—. ¿Puedo?

—¿Mi portfolio?

—Sí. A menos que sea privado.

Algo se marchita dentro de mí y toda la buena voluntad que hemos estado reuniendo está a punto de desaparecer.

—Era broma —aclara—. No estaba...

—Ya claro. Ha pasado toda una semana desde que la oí por última vez. ¿Cómo era? Ah, sí, la broma que dice que vendo fotos de mí desnuda en Internet porque mi madre hizo de modelo en la uni, así que soy una presa fácil.

—Guau —murmura frunciendo el ceño—. Espera un momento…

—Si crees que porque te conté temas personales sobre mí en un momento de debilidad puedes entrar volando en mi vida como una especie de superhéroe y rescatarme y que te estaré tan agradecida que haré cualquier cosa por ti, bueno… puedes esperar sentado.

Levanta ambas manos.

—Oye, he hecho una broma tonta. No estaba pensando en lo que dijo Adrian aquella noche. Culpa mía. Pero gracias por asumir que soy un cabrón que te «rescató» solo por tener la oportunidad de meterme entre tus piernas. —Tiene los hombros rígidos y una mirada tensa por la ofensa—. Sé que has pasado por cosas difíciles, pero tal vez podrías tener un poco de fe en mí.

—Bu-bueno… —tartamudeo porque me ha tomado desprevenida e intento defenderme—. He oído cosas sobre ti.

Lucky resopla.

—Claro que sí.

—No importa.

—No, no, adelante. ¿Qué has oído?

Noto que las mejillas se me ponen del mismo color que la cesta de geranios que cuelga del lado del barco, cerca de nuestra mesa.

—De ti y de esa Bunny Perera de Golden Academy. Que tú…
—No consigo terminar con «la dejaste preñada»—. Y que tal vez también con otras chicas.

Suelta una carcajada seca mientras se recuesta en la silla y sacude lentamente la cabeza.

—Por supuesto. No sé ni por qué me sorprendo. Te das cuenta de que tú has hecho exactamente lo mismo, ¿verdad? Solo que yo estaba bromeado y tú no. Estás repitiendo un chisme que de verdad te crees.

—¡No he dicho que lo crea!

—¿Y no lo crees?

—¿Es cierto? —pregunto.

—¿Por qué te importa?

—No me importa.

Se encoge de hombros.

—Bueno, ¿entonces…?

—¿Y bien? —insisto.

—¿Y bien qué? —pregunta con un destello de ira en la mirada. O tal vez sea desafío.

—Tregua —sugiero—. Ignoraré los chismes sobre ti si tú ignoras los chismes sobre mí. Y si prometes no contarle a nadie lo que te conté.

—¿Lo de tus planes para Los Ángeles?

—Y esa otra cosa que te conté en comisaría.

—¿Qué otra cosa?

No. No voy a decir que soy virgen en voz alta en una cafetería de un barco. Ni hablar.

Un par de adolescentes cuchichean algo al pasar junto a nuestra mesa y oigo el nombre de Lucky. A continuación, el más alto me mira y le da un codazo a su colega, quien me pone morritos.

Oh, no.

—Atrévete a hacerlo otra vez —desafía Lucky levantándose de la mesa y señalando en su dirección con el rostro deformado por la ira.

Los dos chicos lo miran, sorprendidos, pero siguen andando.

Lucky se sienta y, al cabo de unos momentos, la ira desaparece de sus rasgos.

—No hacía falta que hicieras eso —le digo en voz baja—. Pero gracias.

—Ni lo menciones. —Mira hacia el otro lado del puerto observando un velero—. Y en cuanto a lo que estábamos hablando

antes de que nos interrumpieran esos pedazos de estiércol...
Acepto tu tregua. Y no te preocupes por lo otro, ya está olvidado.
Tampoco tuvo nada que ver con la decisión que tomé aquella
noche en comisaría.

Vale. No sé qué responder a eso.

—Y ahora —continúa levantando una mano—, ¿puedo ver
tu trabajo, por favor? Es lo menos que puedes hacer, ya que yo
estoy pintando líneas en el aparcamiento de Summers & Co. Me
debes una gorda y te aceptaré ese favor.

—Creía que no eras un cabrón.

Y vuelve a aparecer esa sonrisa. Ligeramente, pero se ve.
Acciona algo en mi pecho y hace que me sienta como si algo
brillara en mí de dentro hacia afuera.

—Pero sí que soy un imbécil, ¿recuerdas?

Le paso el porfolio.

—¿Cómo iba a olvidarlo si no dejas de recordármelo?

Ríe brevemente y abre la cremallera de la carpeta de cuero
para ojear las páginas de fotos. Evidentemente, es solo una selec-
ción de mi trabajo y he incluido varias cosas fuera de mi zona de
confort para mostrar un mayor rango: una foto en blanco y negro de mi madre, un paisaje urbano nocturno, un gato en la librería y una toma de acción de tráfico. Pero la mayor parte de las
impresiones son de mis fotos de carteles. El trabajo de años. Y
observar a Lucky examinarlas atentamente con sus dedos salpi-
cados de pintura pasando con cuidado las páginas de las esquinas y el tatuaje del gato negro observándome desde su mano...
Me hace sentir cohibida y expectante. Expuesta. Es como si me
estuviera quitando capas de ropa conforme va pasando las páginas.

Quiero que diga algo. Quiero que me lo devuelva. Quiero
que le guste lo que he hecho. No sé lo que quiero.

—Guau... Son... —Asiente en silencio—. Muy buenas.

Ah. Exhalo, aliviada y girando como una peonza.

—¿Sí?

—¿Las haces con carrete? ¿Con carrete auténtico? ¿Por eso tienen este aspecto?

Me hace tan feliz que me lo pregunte. Todavía no había empezado con ese trabajo cuando nos conocimos. Apenas me interesaba la fotografía por aquel entonces. Todo esto son cosas nuevas que compartir con él y de repente me siento como si simplemente me hubiera ido una temporada de viaje y estuviéramos poniéndonos al día.

—No. Algunas son digitales. —Me seco el sudor de las manos en los vaqueros y paso las páginas para mostrarle cuáles—. En digital es más fácil, pero las mejores cámaras cuestan miles de dólares. El carrete tiene más carácter y me gusta el control de revelarlo. Me gusta saber que lo he hecho todo yo, desde el principio hasta el final. Sin configuración automática y sin filtros falsos. Solo mis ojos, mi visión y mis manos… Supongo que puede sonar algo arrogante o esnob, no sé.

Ahora me siento algo cohibida.

Pero él se limita a sentir.

—Lo respeto. Lo comprendo perfectamente. Hacer algo con tus propias manos es satisfactorio. Es una habilidad. Y, al ritmo que va el mundo, cualquier día nos despertamos y descubrimos que la red eléctrica no funcionada y que toda nuestra tecnología ha sido hackeada. ¿Qué haremos cuando no podamos preguntarle a un ordenador cuál es la respuesta? ¿Sabes quién sobrevivirá? La gente que puede pensar y la gente que tiene habilidades. No soy un gran pensador, pero tengo intención de sobrevivir.

Eso me parece raro. Cuando éramos pequeños, él era muy inteligente.

—Sombrío y oscuro. Muy típico de ti —le digo con una sonrisa—. Pero dudo que la fotografía sea una habilidad muy necesaria en la inminente apocalipsis zombi. A nadie que esté en apuros le importará lo más mínimo lo que pueda hacer con una cámara.

—Necesitamos arte que nos recuerde que vale la pena luchar por algo. Eso no cambiará nunca.

—¿Seguro que no eres pensador?

—Nadie de este pueblo me acusaría de ser un cerebrito precisamente —comenta con cierto aire de diversión en la mirada mientras hojea el portfolio—. Me sorprende lo curiosas que son algunas de tus fotos. Y tristes. —Señala una foto que saqué de un cartel de venta de objetos de segunda mano en Pensilvania: DENTRO DE TRES DÍAS NOS QUEDAREMOS SIN CASA. POR FAVOR, COMPRA ALGO—. Esta es desgarradora.

—Sí —respondo rascándome el brazo—. Mi madre le compró un puñado de cosas a esas mujer porque... ¿cómo podría no hacerlo? Nadie planea ser desahuciado. Eso no forma parte del sueño.

—No —contesta solemnemente—. Como muchas otras cosas en esta vida. Esa parte no te la cuenta nadie, ¿verdad?

Niego con la cabeza.

—Deberías fotografiar a gente al lado de los carteles —sugiere—. Sería interesante.

—Odio hacer fotos a gente. La gente es complicada. La luz... el entorno. —Río ligeramente, pero también lo digo en serio—. Tal vez podría conseguir experiencia en retratos con mi padre.

Me devuelve el portfolio.

—Definitivamente, entiendo por qué quieres ser su aprendiz. Hay muchos motivos. Ha conseguido cierto renombre los últimos años, ¿no? Pero...

—Pero ¿qué?

—He leído cosas de él en Internet. Si quieres saber mi opinión, me parece un poco idiota.

—Ah, lo es —admito con una sonrisa.

—Pero es el rey, ¿verdad? Supongo que es su privilegio.

—Eso es —digo y luego lo repito con más firmeza—: Eso es.

—Probablemente sea un tipo decente debajo de su brusque-dad… ¿no? Lo que dicen de que no pasa la manutención y esas cosas son solo rumores.

—Claro.

¿Por qué me hace estas preguntas? Me está haciendo sentir incómoda. Y, de todos modos, ya lo sabe todo. Mi madre no le pidió manutención. Durante años, no quiso que tuviera nada que ver conmigo. Creo que la primera vez que lo vi tendría unos… ¿tres años? Pero eso no implica que sea mala persona.

Supongo que Lucky se da cuenta de que el ambiente se está volviendo raro porque retrocede ligeramente y dice:

—Bueno, tienes que confiar en tus instintos. No me hagas caso. Yo no sé nada.

—Es mi padre —le digo.

—Es tu padre —repite encogiéndose de hombros—. Pero que te vayas a Los Ángeles hundirá a tu madre. Dos pájaros de un tiro.

—Esa no es la cuestión —replico—. No pretendo castigar a mi madre. Es solo por mejorar mis habilidades. La fotografía lo es todo para mí… —Y, por supuesto, es más que eso, pero me resulta extraño compartir con Lucky mi deseo por tener una familia real, así que cambio de opinión e insisto en la misma idea—. Lo es todo.

Levanta las manos en señal de rendición.

—Oye. Si yo tuviera esa oportunidad y tu talento, estaría ideando el mismo plan que tú. Es importante tener un buen profesor. Hay cosas que no se pueden aprender de un tutorial en vídeo. Y te lo digo por experiencia personal.

—Es lo único que quiero.

—Pues persigue tus sueños. Hazlo a lo grande o no lo hagas. Lo digo en serio. Bromas aparte. Sin chistes malos.

No sé qué decir a eso. ¿Está siendo amable conmigo? Creo que no puedo fiarme.

Hay demasiados líos entre nosotros para la amabilidad.

No puedo pensar mucho en ello, en lo bien que me hace sentir, así que no lo hago, me limito a cerrar el portfolio y cambio a un tema más seguro.

—Quiero ayudarte a pagar el escaparate.

—Ya te he dicho…

—Me has dicho que no fuera a la poli y me entregara, pero ahora estoy hablando de darte dinero para ayudarte a pagar antes el escaparate. Dos pagan más rápido que uno, ¿no? Tengo un servicio de suscripción en línea con mis fotos y ahora mismo tengo pocos patrocinadores, pero ganaré algo de dinero en unos días. Y también estoy cobrando de la librería. Aunque eso aparentemente es calderilla para un mecánico de barcos —añado bromeando.

Se ríe e imita a su padre usando sus frases dramáticas:

—«Joder, Lucky, es un buen negocio. Pase lo que pase, la gente siempre tendrá que reparar sus embarcaciones. Y ninguno de esos guapitos quiere ensuciarse las manos».

—También hay dinero siempre en el puesto de plátanos —contesto.

Los dos nos reímos y a continuación Lucky dice:

—En serio, no hace falta.

—Pero quiero hacerlo —insisto mirándolo directamente a los ojos para que lo comprenda. Él puede tener su orgullo, pero yo también. Y no puedo permitir que haga esto por mí—. No puedo dormir. Como no dejas de recordarme, no se me da bien mentir y soy horrible guardando secretos. Literalmente, hace que me entren náuseas.

No dice nada.

—Antes éramos amigos —agrego—. Asumo que por eso cargaste con las culpas por mí. Así que, si te importo algo, permite que te ayude a pagarlo. Por los viejos tiempos.

Me observa parpadeando lentamente mientras traza el borde del vaso de café vacío con los dedos. Se me acelera el pulso y, por un momento, no estoy segura de si voy a poder soportar la intensidad de su mirada. Una parte de mí quiere apartar la mirada como si fuera una especie de hechicero oscuro y me estuviera encantando con el poder de su mente.

Me vibra el móvil junto a la cadera y rompe el hechizo. Me lo saco del bolsillo. Es Evie.

—Hola —saludo agradeciendo la distracción—. ¿Qué pasa?

—La tía Winona no responde —dice agotada—. Necesito que vengas a por mí.

—¿Qué ha pasado?

—Estoy en el hospital. He tenido un accidente.

Capítulo 8

E l pánico me inunda el pecho. Sin pensarlo, me levanto antes de echar la silla hacia atrás y me golpeo dolorosamente los muslos contra la mesa de la cafetería.

—¿Evie? —pregunto masajeándome la pierna—. ¿Estás herida?

—Estoy bien —insiste—. Solo tengo un arañazo. No me he roto nada.

¡Está bien! Gracias a Dios.

—Un momento… ¿has chocado con la Pantera Rosa?

—No. Se la ha llevado la tía Winona cuando ha cerrado la librería. No sé a dónde. Me había dicho que tenía que hacer un recado esta tarde. ¿Puedes intentar llamarla? Quizás a ti te responda. Y si no, ¿puedes llamar a alguien que te traiga aquí y me recoja? Estoy en el Memorial, el hospital que hay al norte del pueblo. No quiero seguir aquí. Por favor. Sabes que detesto los hospitales y el personal de enfermería no deja de preguntarme cuándo va a venir mi madre a recogerme. Ya les he dicho que está en Nepal y yo solo… quiero irme a casa.

Habla como si estuviera a punto de echarse a llorar.

—Quédate ahí. Iré a por ti de un modo u otro cuanto antes —le aseguro y cuelgo.

—¿Qué pasa? —pregunta Lucky.

—Evie ha tenido un accidente —informo mientras busco el número de mi madre—. No sé cómo. No tiene coche. Me ha dicho que mi madre se ha llevado la Pantera Rosa porque tenía que hacer un recado… —¿Está mal querer estrangular a tu propia madre?—. Y encima no responde. Supongo que Evie está bien. Me ha dicho que solo tiene un arañazo. Pero su padre murió en un hospital, ¿sabes? Y se asusta mucho cuando está allí, es como una fobia, así que tengo que ir a por ella o al menos calmarla… ¿Qué diablos? ¿Por qué no contesta mi madre? Me va a tocar llamar a un taxi.

—Oye —dice Lucky con voz firme y calmada—. ¿Evie está bien?

Asiento. Me falta el aliento. Tengo que relajarme. Tengo que calmarme y respirar.

—De acuerdo. Eso es lo más importante. Tengo la moto aparcada justo ahí —dice mientras la señala. Se saca un llavero del bolsillo—. Yo te llevo.

Lo miro parpadeando, todavía con el móvil en la mano.

—No tengo casco.

—Puedes ponerte el mío. No discutas. Es una emergencia y tu cabeza es más importante que la mía.

No pienso que eso sea cierto.

—¿Cómo la traeremos a casa?

—Está asustada, ¿verdad? Pues te necesita ahí. Ve, cálmala y luego llamas a un taxi o contactas con tu madre. Pero así llegarás antes. Vamos.

Parece lógico. Y estoy demasiado preocupada para cuestionarlo. Agarro mi portfolio y sigo a Lucky por la cubierta del barco chirriante mientras él llama por teléfono. Creo que debe de ser su padre porque mientras bajamos por la tabla que lleva a tierra firme explica brevemente lo que está pasando en voz baja y dice que le volverá a llamar cuando lleguemos.

Una vez cruzamos el Harborwalk, veo la Superhawk roja a unos metros de distancia, aparcada en la calle. Saca el casco de un compartimento cerrado detrás del asiento con las mismas letras (LUCKY 13), me lo da y me ofrece guardar el portfolio en su lugar. El casco no me queda bien y me cuesta atármelo debajo de la barbilla porque me tiemblan las manos hasta que me ayuda a ponérmelo.

—¿Bien? —pregunta.

Cuando asiento, pasa una pierna por encima de la moto y me indica que me siente detrás de él. Apenas cabemos los dos en el asiento, así que tengo que enroscar las piernas alrededor de las suyas. Intento agarrarme ligeramente a sus brazos, me toma las manos y las pone en su cintura.

—Pon los pies en las clavijas. Eso es, bien. No los acerques a las ruedas ni al tubo de escape. Se calienta mucho. Levantaré una mano para señalar cuando voy a parar. No te preocupes por las curvas, te aseguro que no nos caeremos. Apóyate en mí si así te resulta más fácil. ¿Entendido?

—¿Has llevado pasajeros antes?

—Muchas veces —contesta poniéndose unas gafas de sol estrechas que se le ajustan perfectamente a los ojos—. Si te asustas, dímelo. Intenta relajarte.

No he viajado nunca en la parte trasera de una moto. Por el amor de Dios, si no sé ni montar en bici. Pero ahora ya es demasiado tarde. Gira el manillar y salimos a la calle. Me aferro como si me fuera la vida en ello y lo abrazo mientras nos alejamos a toda velocidad de la cafetería Quarterdeck.

El hospital no está lejos. Lucky toma caminos secundarios por fuera de la zona portuaria evitando el tráfico de los turistas y tomando la carretera principal que sale del pueblo. Es inquietante y extraño ir en moto y estar rodeada de coches grandes y camiones. Como si ellos tuvieran armadura y nosotros fuéramos desnudos como tontos expuestos al aire, al sol y a los estruendosos ruidos de la carretera.

Nos deslizamos sobre el asfalto montañoso y se me revuelve el estómago como si estuviera en una atracción de feria. Suelto ligeramente el agarre de su torso y cedo al impulso de apoyarme en su espalda. Es sólido y firme, y el sol calienta el cuero de su chaqueta que tiene, en cierto sentido, un aroma reconfortante.

Atravesamos un puente de varios carriles sobre un río a las afueras del pueblo. Las ruedas de la moto resuenan rítmicamente sobre las uniones del puente mientras el paisaje cambia de árboles a campo llano. Al cabo de unos tres kilómetros, Lucky reduce la velocidad cuando tomamos una curva cerrada y nos acercamos a unas marcas de derrape negras que se alejan de la carretera.

¿Es aquí donde tuvo lugar el accidente? Hay una señal de tráfico de metal aplastada, pero no hay rastro de ningún coche. Me pregunto si se lo habrán llevado o si eso será de otro accidente. Se me ha olvidado preguntar quién conducía. Tal vez fuera la tal Vanessa de Barcelona.

Me parece todo surrealista. Las marcas de derrape. La moto. La sólida presencia del cuerpo de Lucky debajo de mis brazos… parecido al chico al que conocía cuando éramos pequeños, pero diferente. Conocido, pero extraño. Me agarro con más fuerza.

El paisaje vuelve a cambiar a medida que nos acercamos a una comunidad apartada en las afueras de Beauty y, tras pasar una gasolinera y un par de centros comerciales, aparece un hospital rural. Lucky frena en la entrada del aparcamiento de urgencias, lleva la moto a una plaza vacía cerca de la puerta y apaga el motor mientras yo suelto mi agarre mortal de su cintura. Me faltan pies para bajar.

—Guau —dice mientras me bajo de la moto tambaleándome. Tengo las piernas entumecidas y Lucky me agarra por los hombros para ayudarme a mantenerme recta—. Estabilízate antes de intentar andar.

—Estoy bien —le digo mientras me quito el casco.

—¿Seguro? —insiste sacando mi portfolio del compartimento de la moto, y me lo aferro inmediatamente al pecho como si fuera una manta de seguridad.

—Tengo los pantalones calientes y todavía me tiemblan todos los huesos...

Asiente.

—Te acostumbrarás.

—No me volveré a subir a esa cosa en mi vida.

—Nunca digas nunca, Saint-Martin.

—Sí que lo digo. Nunca.

Guarda el casco sin comentar nada más y dice:

—Venga, vamos a buscar a Evie.

El hospital está reluciente y silencioso. Por el aspecto que tiene todo, debe ser de construcción reciente. La sala de espera de urgencias está prácticamente vacía, solo hay unas pocas personas y la mayoría parecen estar ahí por una gripe o un resfriado y no por haberse cortado un dedo. En la recepción hay un hombre muy amable que busca el nombre de Evie en el ordenador y, tras hacer una llamada y registrar nuestros documentos de identidad, nos acompaña a la segunda planta de un ala diferente.

Sinceramente, me siento muy agradecida de tener a Lucky conmigo. Me llama la atención recordar que hace cinco años, cuando me marché de Beauty, estaba en el hospital para recibir injertos de piel y curarse de todas sus quemaduras. Por un momento, me preocupa que Evie no sea la única con fobia a los hospitales, pero cuando intento encontrar su mirada, parece estar bien.

Tal vez no esté pensando en ello. Tal vez sea solo mi sentimiento de culpa.

Tras caminar en círculos, llegamos finalmente al área correcta. Sin embargo, una enfermera tiene que preguntar a otros dos miembros del personal para saber dónde han puesto a Evie.

—Creía que no estaba herida —le comento a la enfermera.

—Está bien. Su acompañante ya es otra historia... ¿Quiénes sois? Creía que había dicho que iba a llamar a su tutora para que la recogiera.

Por supuesto, mi madre sigue desaparecida... *Quiero estrangularla.*

—Soy su prima.

—De acuerdo. Te llevo con ella. —La enfermera nos conduce a una habitación privada y se gira hacia Lucky—. Os conocéis, ¿verdad? Solo familiares y amigos cercanos.

Lucky me lanza una mirada inquisitiva preguntándome con los ojos si quiero que venga.

En realidad, no quiero que se marche.

—Somos amigos —digo esperando que se quede.

—Sí —confirma Lucky—. Nos conocemos todos.

Bien. Me siento aliviada.

La enfermera asiente y me dice:

—Voy a preparar los documentos para darle el alta a tu prima. Mientras tanto, quedaos en silencio porque su acompañante necesita descansar. Le han dado muchos calmantes, así que puede que oigáis alguna barbaridad. Quedáis advertidos.

¿Qué acompañante? ¿Vanessa? ¿O la otra amiga de la fiesta?

Miro a Lucky. Él me mira. Cuando entramos, lo comprendo de repente.

Al fondo de la habitación, Evie está sentada bajo una hilera de ventanas. Tiene los ojos cerrados como si se estuviera echando una siesta bajo el sol, lleva el maquillaje de Cleopatra corrido y está acurrucada en una silla de visitas de esas en las que dormiría un cónyuge mientras vigila a su ser querido enfermo. Tiene una gasa estrecha alrededor del antebrazo y parece que le han tapado un pequeño corte de la cara.

A su lado está la persona de la que nos han advertido.

Conectado a un monitor y acomodado en varias almohadas, Adrian Summers descansa con los ojos cerrados sobre la cama de hospital, rodeada de soportes para sueros. Tiene un lado de la cara cubierto de laceraciones, un brazo muy vendado y bandas verdes elásticas en el tobillo izquierdo, apoyado sobre un par de almohadas.

—¿*Pero qué coj...?*

Evie abre los ojos de golpe.

—Josie —dice levantándose.

Corro hasta ella y nos abrazamos. Se aferra a mí como si el mundo se estuviera desmoronando. Por lo que se ve aquí, tal vez así sea.

—¿Seguro que estás bien? —susurro—. ¿Te has roto algo?

—Estoy bien, estoy bien —murmuro junto a mi cuello—. Solo unos cortecitos y arañazos. Gracias a Dios que has venido. No podía llamar a Vanessa. Me va a matar cuando se entere...

Me aparto para mirarla y le pregunto:

—¿Qué ha pasado?

—Naturaleza. Eso ha pasado —dice Adrian con voz ronca.

Suelto a mi prima para mirarlo. Tiene los ojos hinchados e inyectados en sangre y es evidente que está medicado a más no poder.

—Un ciervo se ha metido en la carretera. Viré para esquivarlo, pero el bastardo se chocó contra mi lado. Por suerte, Evelyn está bien.

—He intentado ayudarlo, pero... —dice Evie todavía sosteniéndome la mano con fuerza.

—Para —interviene él—. Era un ciervo con un trasero enorme. No podría haberlo levantado ni yo y los paramédicos llegaron rápido, así que todo bien. Bueno, menos por el tobillo roto, los cinco puntos del brazo y todo el cristal que se me ha clavado en la cara. Pero ahora mismo estoy en Ciudad Morfina, así que no me importa demasiado.

—Le importará —dice Evie—. Cuando se dé cuenta de que no va a poder remar en Harvard.

—Solo durante las prácticas del verano.

—Quizás tampoco en otoño. Ya has oído al médico —le discute—. Seis semanas con muletas.

—Harvard es más que remar. Solo tengo que convencer a mi padre de eso... —Hace una pausa frunciendo el ceño y sigo su mirada detrás de mí—. ¿Qué diablos haces tú aquí?

Lucky mira a Adrian con los brazos cruzados.

—Visitar a un imbécil.

—Me ha traído hasta aquí —informo.

—Bueno, pues ahora puede irse a casa —espeta Adrian—. Es un gamberro que lanzó una piedra al negocio de mi familia. No lo quiero aquí.

Lucky resopla.

—Pues ya somos dos. Aunque es entretenido verte inmovilizado.

—Que te den.

—¿Como te ha dado a ti el ciervo? —replica Lucky—. Supongo que te tocará esperar un poco más para conseguir la medalla olímpica.

—Seguro que consigo una antes de que tú termines la formación profesional, mono grasiento.

—Vaya, eso ha dolido. —Lucky se agarra el pecho dramáticamente—. Es una tragedia que tenga que trabajar de verdad para ganar dinero en lugar de remar en una canoa para conseguir medallas de oro o saludar a la multitud de la flotilla del Día de la Victoria desde la cubierta del yate más grande del puerto, mientras mi papá me compra deportivos italianos que yo estrello.

—Oye, que el primer coche que destrocé era alemán.

—¿Estrellaste otro coche? —pregunto asombrada.

Lucky ríe sombríamente.

—Este es el tercer accidente de Rompe Ralph. El segundo fue exactamente en el mismo sitio.

—Ninguno fue culpa mía —me asegura Adrian—. La última vez un camión se metió en mi carril y el primero fue cuando tenía quince años… ni siquiera estaba en una carretera pública.

—Destrozó el Porsche de su padre —informa Lucky—. Pero en Summers & Co no les importa porque siempre tienen a mano un cirujano de primer nivel y un coche de repuesto.

Adrian gime y coloca el hombro en una postura diferente.

—Al menos yo no tengo que buscar piezas en vertederos de chatarra para reconstruir una moto de mierda —suelta Adrian mientras los números que indican su presión arterial en la pantalla empiezan a subir—. Sé que tengo una vida de ensueño. Y estoy feliz de cojones con ella. No siento culpa. Y sé que, si tuvieras elección, ahora mismo estarías en mi posición.

—Pues ponte cómodo —dice Lucky—. Porque no creo que vayas a poder andar pronto.

—Me da igual. No necesito tirar piedras a los escaparates para divertirme. ¿Así les haces pasar un buen rato a tus amigas? ¿Destruyendo propiedades ajenas? Por cierto, quería preguntarte, Karras… ¿Qué pasa con tu familia y las Saint-Martin? ¿No podéis manteneros alejados?

¿Qué?

—Creo que la morfina te ha confundido el cerebro.

—Parad —les dice Evie soltándome la mano—. Los dos.

Está enfadada. Acaba de tener un accidente. Está en el hospital y odia los hospitales. Eso lo entiendo. Pero ahora mismo estoy muy confundida. Me giro hacia ella, me tapo la cara con una mano para intentar tener algo de privacidad y le pregunto en voz baja:

—Por el amor de Dios, ¿puedes explicarme qué hacías en un coche con un ex que hace un par de semanas se emborrachó y nos avergonzó a las dos en una fiesta?

—Josie —suplica Evie.

—Un ex que dijo cosas horribles de toda la familia y que básicamente nos llamó putas a mi madre y a mí delante de un montón de gente.

—No me siento orgulloso de ese momento —dice Adrian desde la cama—. Pero no recuerdo todo lo que dije aquella noche.

—Bueno, no voy a repetirte lo que dijiste de mí —espeto negándome a mirarlo la cara. *Ni a mencionar lo que les enseñaste a todos*—. Aunque puede que eso tampoco lo recuerdes.

—Creo recordar que algunos de los presentes me llamaron idiota —comenta Adrian dirigiéndose a Lucky.

Se gira de nuevo hacia mí para decirme algo más, pero Lucky lo interrumpe.

—¡Eh, eh! —exclama Lucky levantando las manos—. Oye, esa enfermera vendrá si nos oye y necesitas descansar. Quizá deberíamos dejarlo para otro momento.

Me dispongo a discutir, pero Evie me interrumpe y me mira mientras dice:

—Hoy le he pedido a Adrian que quedáramos para hablar, ¿vale? Se ha disculpado por... su comportamiento la noche de la fiesta, y estaba intentando preguntarle si podía hablar con su padre para que dejara pasar el tema del escaparate de Lucky. Eso es todo. ¿Contenta? ¿No es suficiente con que acabe de perder todo por lo que ha trabajado el próximo semestre en Harvard? Vosotros dos no sois los únicos que lo estáis pasando mal.

Estoy demasiado conmocionada para responder. Supongo que, durante un instante, todos lo estamos, porque solo se oyen los monitores de Adrian. Mientras cierro la boca, llega la enfermera con una silla de ruedas y los documentos del alta de Evie.

Evie los firma resoplando, ignora la silla de ruedas y sale enseguida de la habitación.

—Gracias por pasaros, ha sido un placer —dice Adrian cerrando los ojos—. Os aconsejo que os larguéis antes de que vuelva mi padre y os vea aquí. Puede que te haga pagar para reemplazar todos los escaparates de los almacenes y que así combinen con el nuevo. Solo por despecho.

Lucky no se molesta en despedirse. Simplemente sale de la habitación y se va en la misma dirección que Evie. Se detiene cuando la ve entrar en los servicios de mujeres.

—Bueno, ha sido divertido —murmura Lucky—. Supongo que le hemos quitado de la cabeza lo de su fobia a los hospitales.

Sí. Aunque no me gustan demasiado nuestros métodos. Hacer enfadar a Evie era lo último que quería. Y ahora que he salido de la habitación de hospital de Adrian me avergüenza haber discutido con un tipo que acaba de tener un accidente y se ha roto el tobillo, por muy imbécil que sea.

No lo he gestionado nada bien. En absoluto.

—Lo siento —dice Lucky—. Pero después de todo lo que te ha hecho… Si hubiera sabido que estaba ahí, no habría entrado. Espero que Evie esté bien.

Yo también. Exhalo un par de veces para recuperar el coraje y empiezo a decirle a Lucky que voy a ver cómo está, pero un movimiento cerca de las puertas del servicio me llama la atención.

Gafas felinas y un pintalabios retro rojo brillante. Mamá.

Se acerca a nosotros con el bolso debajo del brazo y la preocupación reflejada en el rostro. Va con un tipo al que no reconozco.

Lucky también la mira y prácticamente puedo sentir que la energía que lo rodea se retira como una tortuga al lado de una carretera que siente que un camión fuera de control se dirige hacia ella.

—Me largo. Parece que no le caigo muy bien a tu madre.

—Sí. —Suspiro largamente—. Me voy a meter en muchos problemas por estar aquí contigo.

—No me quedaré para verlo. Ya he tenido drama más que suficiente por hoy.

—¡Espera! —susurro con fuerza a su espalda mientras él se da la vuelta para marcharse—. ¿Qué hay de nuestro acuerdo de pago? Esto no cambia nada.

Gira la cabeza brevemente con la mirada gacha.

—Tengo que pensármelo.

Antes de que pueda responder, se mete las manos en los bolsillos de la chaqueta y sale corriendo por el pasillo. Cuando pasa junto a mi madre y el tipo pelirrojo que está con ella, dice algo brevemente, asiente de manera rígida con la cabeza y se va girando una esquina.

Maldita sea. Esto no va nada bien.

Ahora tengo que lidiar con mi madre, que ha llegado pavoneándose del brazo de un tipo joven y guapo con mocasines y un polo pastel delante de todo el mundo... No hace falta ser ingeniera aeroespacial para saber que él es el motivo por el que no contestaba al móvil esta tarde.

Así que, sí. Yo también he tenido drama más que suficiente por hoy. Desafortunadamente, no puedo permitirme el lujo de alejarme de mi familia extremadamente desestructurada.

Al menos, no todavía.

Capítulo 9

El acompañante pelirrojo de mi madre resultó ser un agente inmobiliario llamado Hayden Harwood. Después de que Lucky se marchara del hospital, mi madre estaba demasiado preocupada por sacar a Evie de los baños como para preguntar detalles incómodos como por qué iba tan elegante o por qué llevaba el portfolio. O por qué la persona a la que me había prohibido ver específicamente estaba merodeando por el hospital cuando ella había llegado. Bueno... esas cosas.

Cuando estuvimos listas, Hayden nos llevó al pueblo a todas en su deportivo increíblemente grande y caro y nos dejó junto al coche de mamá... que estaba atrapado en el aparcamiento de un hotel porque ella no había sido capaz de encontrar el ticket...

Vaya.

Su historia era, en el mejor de los casos, cuestionable. Hayden es mucho más joven que mi madre, más engreído de lo que debería y no parece nada cómodo con lo que es un secreto a voces... el hecho de que él fuera «el recado» de mi madre. Sinceramente, ya ni me importa. Evie no me habla y eso me estresa demasiado. Así que, cuando finalmente sacamos la Pantera Rosa del aparcamiento y nos separamos en casa (Evie se mete en su habitación a descansar y yo en el almacén de la librería a revelar una película), me alegro de no tener que hablar del tema con mi madre. Seguro que ella también está aliviada porque cada vez que intenta hablar conmigo encuentro una manera cortés de excusarme y así evito cualquier discurso de «Hija, lamento no haber estado ahí cuando me necesitabais».

¿Qué sentido tiene disculparse si vas a seguir haciendo lo mismo? Además, si me pide perdón también podrá preguntarme por mi situación incómoda: Lucky Karras.

Y puedo mentir acerca de por qué estaba en el hospital. Supongo que tendré que hacerlo. Pero si no me lo pregunta, no tendré que decirle nada y eso será más fácil para las dos. Quiero decir, al fin y al cabo, es lo que ella me ha enseñado, ¿verdad? Si finges que no ha pasado, no es una auténtica mentira.

Eso es lo que se dice a sí misma.

Y también es lo que me digo yo a mí misma.

Al día siguiente, el ambiente en la *Maison de Saint-Martin* sigue tenso, pero va mejorando. Evie me habla, pero se muestra quisquillosa y algo reservada. No reservada como de costumbre tipo «me gustaría vivir en un castillo gótico», sino que todavía me guarda rencor. Por primera vez me doy cuenta de que quizás no esté enfadada conmigo. Creo que también ha discutido con su amiga Vanessa a raíz del accidente. Quizás Vanessa también odie a Adrian. Si es así, me cae un poco mejor.

Mi madre se pone un pintalabios rosa brillante y esboza una sonrisa falsa para intentar ignorar las vibraciones incómodas. Yo no puedo hacer eso. Sé lo que intentó hacer Evie por Lucky al hablar con Adrian. Lo que intentó hacer por mí. Y ahora no solo está físicamente magullada por el accidente, sino que Adrian ha arruinado su temporada de remo en Harvard y ha destrozado un coche muy caro. El precio de la mentira. Estoy dejando un camino de destrucción total alrededor de mi familia y de la comunidad.

Soy un tornado andante.

Ahora mismo no puedo reparar los daños, pero puedo intentar reconciliarme con Evie.

Revolutionary Doughnuts está aproximadamente a una manzana de la librería. No me hace falta pasar por el Astillero de Nick para ir hasta allí, pero cuando reviso los lugares habituales en busca de la moto Superhawk de Lucky y no la veo aparcada (debe estar trabajando en los grandes almacenes), mis pies caminan en esa dirección lentamente por la acera, delante de las oficinas principales del astillero.

Ni siquiera sé por qué. Veo a su madre trabajando en el mostrador, sonriendo y hablando con otra muchacha de pelo oscuro. ¿Será una prima? Hay un niño pequeño que corretea alrededor del mostrador persiguiendo a un perrito negro que a su vez está persiguiendo al gato negro que duerme en el escaparate, y que Lucky lleva tatuado en la mano. Las dos mujeres ríen mientras el perro y el gato huyen por una puerta que conduce a las gradas que hay detrás y que dan al puerto. Sus carcajadas son tan fuertes que las oigo a través del escaparate.

A veces, cuando era pequeña, fantaseaba con cómo serían las cosas si mi madre y Henry hubieran seguido juntos y hubiéramos formado una familia… la imaginación de los niños. Es curioso, pero nunca nos imaginaba riendo así. Ahora casi lamento haber presenciado esa escena con el perro, el gato y los primos porque es otra cosa que nunca tendré.

Es más fácil cuando no lo sabes.

A pocos pasos de las risas del astillero veo la tienda de dónuts. Es conocida por tener muchos sabores especiales como mantequilla crujiente de caramelo, ángeles de sidra y unos dónuts griegos hinchados a los que llaman cucharadas de miel y que son los favoritos de Evie... y el motivo por el que estoy aquí.

El establecimiento es muy popular también entre los locales, así que siempre está lleno. Sobre todo, a estas horas en las que todos se pelean por comprar lo que quede. Cuando se les agotan, cierran. No siguen preparando dónuts todo el día como hacen las cadenas. Espero no llegar demasiado tarde. Rodeo un letrero de madera con dibujos animados de la Guerra de la Independencia luchando con dónuts en lugar de con pistolas y cañones, y entro.

Inhalo el aroma embriagador de la masa y la ralladura de limón mientras hago cola en una larga fila que serpentea por toda la tiendecita. Tengo bastante gente delante todavía, así que me pongo a leer artículos sobre equipo de fotografía en el móvil y, mientras lo hago, una chica con sandalias y pantalones blancos cortos tropieza conmigo.

—Ay, lo siento —dice y se da la vuelta mientras se echa el pelo oscuro sobre el hombro.

Mierda. La conozco. O al menos, sé quién es. Bunny Perera. La chica de Golden Academy que se rumorea que Lucky dejó preñada hace unos meses. Si alguna vez estuvo embarazada, ahora ya no lo está. La franja de piel morena que asoma debajo de su camiseta veraniega es mucho más plana y delgada que la mía.

Sonrío algo nerviosa. Bunny no es solo la chica que se quedó preñada. Su padre es embajador en Sri Lanka y la familia de su madre tiene una cadena de hoteles en el sur de Asia. Ayudaron a financiar una gran reforma del club náutico de Beauty el año pasado.

—Eh, hola... ¿Bunny? —pregunto.

—Eres la prima de Evie, ¿no? —dice ella con el móvil en la mano.

Asiento sin saber qué decir.

—Josie. Saint-Martin. Mi madre está, eh... haciéndose cargo del Rincón de Lectura para Sirenas mientras mi abuela está en Nepal con... la madre de Evie.

Uf. Qué incómodo.

—Sí, lo había oído. Y también he oído lo de tu visita a comisaría con Lucky después de la fiesta de Adrian —comenta. Sus pulseras doradas tintinean mientras toca la pantalla de su teléfono y pasa la mirada del móvil a mí—. Claramente empezaste el verano por todo lo alto.

Consigo esbozar una débil sonrisa.

—Ah, sí. Podría decirse que sí.

—Oye, he estado antes en tu posición —me dice sonriendo con amabilidad.

—Eh...

—Con todo el pueblo cuchicheando sobre ti.

—Ah —contesto—. No pasa nada. Creo que Lucky se ha llevado la peor parte.

—Tiene la costumbre de hacerlo. A veces creo que tiene complejo de salvador o algo así. Por cierto, espero que lo vuestro funcione. Se merece ser feliz.

Un momento... ¿qué? Miro a mi alrededor, doy un paso hacia adelante cuando la cola avanza y le digo en voz baja:

—Eh... creo que te has hecho una idea equivocada. Lucky y yo no tenemos nada. Si todavía... sientes algo por él o... bueno, no sé cuál es vuestra situación...

Frunce el ceño y luego añade:

—No, no. Tú te has hecho una idea equivocada. Supongo que no te lo ha contado, ¿verdad? Solo somos amigos. Nunca estuvimos juntos.

—¿Lucky y tú...?

—No era suyo —dice simplemente negando con la cabeza—. Lo conozco porque su padre hace el mantenimiento del yate de mi familia. Es lo que tiene este pueblo y sus rumores. Puede que se basen en cosas que la gente ha visto, pero dan cosas por sentado y a veces se equivocan por completo. Por ejemplo, tú dices que Lucky y tú no tenéis nada, pero todo el mundo sabe que os arrestaron juntos...

—Fue una coincidencia —insisto—. Nos encontramos de casualidad en esa fiesta y cuando me fui... es una larga historia.

—¿Lo ves? Eso es. Lucky solo ha sido amable conmigo y es mucho más de lo que se puede decir de otra gente.

Da un paso hacia adelante cuando avanza la cola y dice:

—Lucky es sin lugar a dudas uno de los chicos más amables que conozco. La gente lleva años diciendo de todo sobre él y no digo que sea un ángel, pero es un tipo más que decente y un muy buen amigo.

Me siento algo desconcertada por su apoyo entusiasta... y por todo lo que me ha dicho. No estoy segura de que alivio sea el concepto adecuado, pero reflexiono al respecto mientras Bunny llega hasta el mostrador, pide y se va con una bolsa buñuelos de manzana lanzándome unas últimas palabras de ánimo.

¿Será cierto? Quiero decir, ¿Lucky es bueno? Ha hablado de él como si fuera alguien ejemplar, un chico del coro humilde y elegante. Complejo de salvador. Tal vez ese sea el único motivo por el que cargó con las culpas por mí... porque es adicto a ayudar a ancianitas a cruzar la calle y yo solo soy otra chica en apuros a la que salvar.

No. No me lo creo. Oculta algo y le está mintiendo incluso a su familia para salvarme. Ha dejado que crean que él rompió el escaparate, al igual que yo he permitido que lo crea mi madre.

Yo lo hice para evitar los problemas.

Tal vez él lo haya hecho para atraerlos...

Porque, ahora que lo pienso, los elogios de Bunny sobre la bondad de Lucky hacen que me cuestione todos los otros rumores que he oído sobre él. Y me refiero a *todos*. Si no es el depravado que pensaba que era y nuestra excursión a la comisaría no fue solo otro punto más en su historial...

Quizás no sea de verdad el malote.

¿Y si solo intenta serlo?

¿Y si está arruinando su reputación a propósito?

¡PASEOS AL ATARDECER! PESCA — PAISAJES — UN PUERTO HISTÓ-
RICO — PASEOS ROMÁNTICOS — PAGO POR ADELANTADO — NO
SE DEVUELVE EL DINERO: Cartel metálico junto al embarca-
dero Goodly. Anuncia un servicio de alquiler de barcos
por hora que transporta a los turistas por el pueblo.
(Foto personal/Josephine Saint-Martin)

Capítulo 10

La excursión a la tienda de dónuts ha sido al mismo tiempo una revelación y un consuelo. Ha sido un consuelo
porque Evie ha aceptado mi ofrenda de paz con las cucharadas de miel y ahora volvemos a hablarnos oficialmente. Y
ha sido una revelación porque ahora no puedo dejar de obsesio-
narme con mi nueva teoría sobre Lucky.

Y tengo mucho tiempo para pensar en ella mientras trabajo
los dos días siguientes en el Rincón, donde estamos constantemente ocupadas, pero no tanto como para no poder pensar. Evie
y yo hacemos prácticamente de todo en la tienda menos las tareas más complicadas de gestión. Llamamos a clientes. Cobra-
mos. Hacemos devoluciones. Gritamos a los críos estúpidos que
intentan robar novelas gráficas. Buscamos libros para clientes
que solo tienen una vaga idea del color de la cubierta, pero saben
seguro que lo vieron mencionado en un programa de noticias
matutino la semana pasada. Amenazamos con llamar a la policía cuando el anciano «Tirones» McHenry entra en la tienda antes de que pueda masturbarse con algún libro en el baño.

De nuevo.

—Necesito que me cuentes todo lo que sepas de Lucky 2.0 —le digo a Evie desde la imprenta del Rincón mientras ella se inclina sobre un carrito de metal rodante junto a la estantería de romance—. Me interesa todo lo que le haya pasado a Lucky desde que nos marchamos del pueblo.

—Cuánto interés...

Sostiene dos libros contra su camiseta con un estampado de dos momias besándose. Todavía lleva el brazo vendado por el accidente, así que ha combinado su ropa con la lesión.

—Básicamente, quiero que me lo cuentes todo sobre él desde los trece a los diecisiete, pero sobre todo lo del último año —continúo intentando no mirar por la ventana hacia el Astillero de Nick—. Quiénes son sus amigos. Qué lee cuando viene aquí. Por qué lo han detenido tantas veces. Con quién ha salido que sepas a ciencia cierta. Nada de rumores, solo información de primera mano.

Una sonrisa se expande en su rostro.

—Vaya, vaya, esto sí que es interesante. ¿Es posible que la maldición de las Saint-Martin corra por tus venas? ¿Estás teniendo sueños eróticos que acaban en derramamientos de sangre?

Levanto un dedo.

—No. Para. Nada de bromas, Evie.

—Te lo advertimos, prima. ¿Es que no viste lo que me pasó a mí? Un accidente que acabó en el hospital. Un ex que se pasará en su casa el resto del verano recuperándose cuando debería estar en Cambridge. La maldición en acción.

Un escalofrío está a punto de recorrerme cuando la oigo hablar de la maldición, pero entonces me doy cuenta de que me está tomando el pelo. Eso creo. Espero...

—Mi interés por Lucky 2.0 no es por motivos románticos —insisto—. Es pura investigación.

—Con fines seductivos.

—Exacto. Es decir, ¡no! —Miro alrededor de los libros expuestos en la imprenta para asegurarme de que mi madre todavía está en el mostrador y no nos está haciendo caso—. Solo con fines de investigación.

—Tengo unos cuantos libros que podrías leer... para tu investigación. Un momento. Veamos, sección erótica... Anaïs Nin siempre es un clásico. Hum... ¿Ya te hice leer *Fanny Hill*?

—Me pareció bastante ridículo —admito—. Demasiados muslos carnosos y voluminosos y aparatos grandes.

—¡Ja!

—Para —suplico y me río cuando me toca los costados para hacerme cosquillas—. Y nada de erótica. Es una investigación seria.

—Vaaale —contesta sacando un libro de la estantería—. Pero en realidad no sé nada. Me perdí los años de adolescencia de Lucky. Estábamos en Boston por el trabajo de mi padre.

Cierto. Se me había olvidado que ella también se perdió algunos de los mismos años que yo en Beauty, cuando sus padres se mudaron al estado vecino.

—Además, vais dos cursos por detrás de mí —agrega alargando el brazo por encima de la cabeza para enderezar unos libros que están a punto de caerse—. Solo lo conocía como el chico de enfrente, al que a veces veía cuando venía a visitar a la abuela. Yo estaba en tercero cuando él iba a primero. Salía con otra gente.

—¿Con qué gente?

—Veamos... iba con un chico de Argentina llamado Tomás, pero se mudó a Toronto el año pasado. Ah, y salió con Kasia Painter justo después de que Tomás se marchara. Serían unas semanas. Los veía comiendo juntos a menudo en mi último curso. Creo que hubo algunas chicas más... citas sueltas de vez en cuando.

—¿Entonces no sabes con certeza si dejó a alguna embarazada? —pregunto agachándome junto al carrito de libros para ver si había alguno más de romance por colocar.

—¿Te refieres a lo de Bunny?

—Aparte de eso. Lo de Bunny tengo confirmado que es mentira.

—Interesante —dice pensativa—. No puedo asegurar a nadie más.

Saco dos libros de tapa blanda del carrito y se los entrego a Evie.

—¿Qué más sabes de Lucky? ¿Tienes alguna idea de por qué ha sido detenido tantas veces?

Reflexiona unos instantes.

—Sé que a veces se ha metido en problemas por hablar más de la cuenta en el instituto. Por ir de listillo y corregir a los profesores en clase, ese tipo de cosas.

Recuerdo cuando le presté mis apuntes en clase y me corrigió todo lo que había anotado mal.

—Siempre ha sido algo cerebrito. —Y es algo que siempre me ha gustado.

—No, es solo que es inteligente. Recuerdo que Adrian comentó que habría matado por sacar sus notas. Y, bueno, esto no lo sé exactamente de primera mano, pero... pero he oído que Lucky ha sacado una puntuación altísima en el examen de admisión esta primavera. ¿Tal vez perfecta? O casi perfecta, no importa. Es de los pocos que se examinan y saca tanta nota.

«Nadie de este pueblo me acusaría de ser un cerebrito».

Lo sabía. Siempre era de los listos cuando éramos pequeños. ¡Será mentiroso!

Siento que estoy a punto de llegar a algo, pero no sé a qué. Cuando Evie no mira, me asomo por el escaparate del Rincón y, entre el tráfico que pasa, capto un vistazo de lo que podría ser la Superhawk roja de Lucky al otro lado de la calle.

—Vale, ¿qué más? ¿Desde cuándo tiene la moto?

—Por Dios, no lo sé. Sé que se pasó meses arreglándola. ¿Quizás desde hace un año? Antes de eso iba en bici por el pueblo.

Ahora se me hace raro pensar en ello. Es como que pasó de ser el cerebrito solitario de la librería a ser Fantasma.

—¿En serio? ¿No dices...?

Frunce el ceño.

—¿De qué va todo esto?

—Solo estoy pensando en una cosa que me dijo una vez mamá —contesto mirando por la ventana, hacia el Astillero de Nick.

—¿El qué?

—Incluso los árboles pequeños proyectan sombras grandes cuando se está poniendo el sol.

$$\bullet \ \bullet \ \bullet$$

Pienso en todo lo que me contó Evie. Pienso mucho en ello, de hecho. Y espero a que Lucky se ponga en contacto conmigo para dejarme pagar el escaparate.

Finalmente lo hace.

Aparece misteriosamente un sobre pequeño entre el correo del negocio sin sello, matasellos o remitente. Va simplemente dirigido a mí con una letra clara y precisa y, cuando lo desentierro, lo miro como si fuera un extraño descubrimiento arqueológico antes de rasgarlo y encontrar una notita garabateada en lo que parece ser una hoja de factura en blanco del Astillero de Nick. Dice cortésmente:

Querida Josephine,
Aunque aprecio mucho tu oferta, no puedo aceptarlo. Esto es
algo que he de hacer solo.
Gracias de todos modos.
Tu viejo amigo,
Lucky

La releo varias veces. Tan formal… tan familiar. Luego lo comprendo. Es básicamente el mismo correo que le envié dos meses después de marcharme del pueblo cuando tenía doce años, después de que mi madre se enterara por medio de la tía Franny de que Lucky había salido del hospital, se estaba recuperando de la operación y había vuelto a clase. Todavía tengo el mensaje en la carpeta de enviados de una cuenta de correo gratuita y prácticamente muerta que apenas reviso.

Querido Lucky,

Aunque he intentado contactar contigo varias veces para hablarte de mi actual situación familiar, no me has contestado. Ahora estamos en Boston, en un Motel 6. Supongo que esto es algo que he de hacer sola. Gracias por nada.

Tu antigua amiga,

Josephine

No estoy segura de si quiero reírme por lo desagradable que fui en aquel momento o avergonzarme por mi falta de sensibilidad. Vale… avergonzarme. Definitivamente, me avergüenza. Escribí ese mensaje antes de que mi madre encontrara un trabajo decente, cuando se nos había agotado la mayor parte del dinero. Quedaban días para que nos echaran del motel… y para dormir en el coche una breve temporada. Fue realmente aterrador.

Sin embargo, ahora desde la distancia, me doy cuenta de que, a pesar de que mi familia estaba rota y de que mi madre y yo íbamos pasando de moteles a refugios para familias y apartamentos baratos… todavía nos teníamos la una a la otra.

No obstante, Lucky y yo estábamos completamente separados.

La relación se terminó de golpe. La comunicación se cortó.

Mientras releo la breve nota que me ha mandado Lucky, percibo una parte de su humor oscuro, pero no estoy completamente segura del significado que hay detrás de sus palabras. Dejando eso de lado, no permitiré que él tenga la última palabra. Mi escaparate roto. Mi error. No puede atribuirse el mérito, pagarlo y hacerse el mártir.

Te veo, Lucky 2.0... El señorito No-Tan-Malote proyectando una gran sombra. Con tu familia preciosa y normal y todos esos primos corriendo por las oficinas del astillero jugando con ese adorable perrito y el gato negro de la ventana, el símbolo de tu supervivencia. Con tu padre, que probablemente sea el hombre más agradable de todo el pueblo. Y con Kat, quien siempre deseé en secreto que fuera mi madre porque no hacía cosas como pelearse con mi abuela hasta que alguien llamaba a la policía.

Pienso en todo eso y en la carta formal de Lucky, y empiezo a trazar un plan.

Una estrategia. Un complot. Una artimaña.

Por supuesto, el plan tiene obstáculos y el primero de ellos es mi madre y sus insistencia en que me mantenga alejada de Lucky. Sin embargo, como no me regañó porque él estuviera en el hospital aquel día cuando ella llegó con su «recado» y dado que toda esa experiencia en el aparcamiento fue extremadamente humillante para todas, creo que eso anula su derecho a tener voz y voto sobre con quién puedo o no puedo salir. Además, decido usar mi propio criterio en este asunto. Al fin y al cabo, voy a abandonarla el año que viene, ¿qué sentido tiene hacerle caso ahora?

Así que una tarde después de mi charla con Evie, no le digo a mi madre a dónde voy cuando salgo en mi hora de descanso. Me limito a irme en silencio y me dirijo a la galería de arte Freedom que hay en la puerta de al lado, de donde saco ciento cincuenta dólares de los ahorros de mi cuenta bancaria de un cajero y cruzo la calle para ir al Astillero de Nick.

Ignorando el hecho de que tengo el pulso acelerado porque la moto roja de Lucky está aparcada en el callejón lateral, atravieso la puerta principal en dirección a las oficinas del astillero.

Dentro hace frío y está todo en silencio. Tengo que subirme las gafas de sol y esperar a que se me adapten los ojos a las paredes revestidas de madera. Huele a aceite de motor, a resina de fibra de vidrio y a mi infancia.

Alguien cierra un archivador y me giro hacia el sonido. Kat Karras me mira fijamente con sus penetrantes ojos marrones. La melena oscura se le riza alrededor del cuello de la camisa y se apoya en el archivador con los brazos cruzados delante de ella.

—Eh, hola —dice simplemente.

—Señora Karras —saludo formalmente, acercándome a un mostrador largo y estrecho que separa una pequeña sala de espera con revistas sobre barcos y café de su escritorio—. Cuánto tiempo.

—Mucho. —Me mira con ojos perspicaces—. Vaya, eres igual que tu madre cuando iba al instituto.

Pienso en la foto del móvil de Adrian y me estremezco.

La madre de Lucky parece confundida. Se forma un silencio tenso entre nosotras.

—Fui al Rincón a verte... —dice.

—Lo siento —espeto, pero no estoy segura de por qué me disculpo. Dios mío. Esto ha sido un error. Había olvidado lo intensa que puede llegar a ser Kat Karras. Ojos oscuros y penetrantes... pómulos afilados—. Quería verte. Lamento haberte perdido. Quiero decir... no haber estado ahí cuando te pasaste por la librería, no que te haya perdido. —Suelto una risa nerviosa que suena incómoda y vacía. Tal vez porque es mentira. Me humedezco los labios y vuelvo a probar, esta vez con algo más parecido a la verdad—. En realidad... te he echado de menos y siento no haber venido a verte antes.

Los rígidos ángulos de sus cejas se suavizan.

—Yo también te he echado de menos. Y no pasa nada. Todos estamos ocupados.

—Volver... ha sido raro. Todo el mundo habla. No me lo esperaba. Creía que sería igual. Pero las cosas cambian, ¿verdad?

—Las cosas cambian —confirma en voz baja.

Detrás de la madre de Lucky, hay fotografías enmarcadas de barcos que llenan las paredes como si fuera un restaurante de Hollywood con fotos firmadas por las estrellas. Barcos grandes. Barcos pequeños. Fotos en blanco y negro de mediados del siglo xx. Los abuelos de Lucky. El antiguo negocio de reparación de embarcaciones al otro del pueblo y el de la misma manzana. Antes no reparaban yates lujosos.

—¿Has venido por algo, *koukla*? —pregunta atrayendo de nuevo mi atención a su rostro.

Había olvidado lo guapa que era. E intimidante. En realidad, es más intimidante aún que Lucky. Quizás esto haya sido una idea horrible.

¿Es demasiado tarde para marcharme?

—Ah, sí. —Contesto enderezando los hombros—. Pues... Quiero alquilar un barco para sacar fotos del pueblo.

Parece desconcertada. Confundida.

—No somos una empresa de alquiler. Reparamos y construimos barcos.

—Pero sí que tenéis barcos propios —apunto señalando la gran exhibición de fotos de la pared.

—No son yates de lujo, pero sí.

—Bueno, las cosas han cambiado, pero no tanto... No estoy acostumbrada al lujo, así que me va bien —digo forzando una risita ligera mientras me tiro del cuello de la camiseta—. Es solo que... Este sitio es muy diferente del que teníais antes, ¿verdad? Me he fijado en la furgoneta del señor Karras que hay afuera en la que pone «Pregúntanos. No hay trabajo demasiado pequeño».

Se ríe.

—Sí que pone eso, claro. Pero…

—Este es un trabajo muy pequeño —le aseguro—. Solo quiero alquilar un paseo por el puerto durante una hora para sacar fotos. Sé que estáis muy ocupados, pero me preguntaba si Lucky podría llevarme. ¿Es posible?

—¿Sí?

—A poder ser, una hora antes del crepúsculo porque es cuando puedo conseguir la mejor luz. Para las fotos. —Dejo caer mi dinero en el mostrador y suelto el resto del discurso que he practicado antes de perder los nervios—. He comprobado las tarifas con otras empresas de alquiler del pueblo y creo que esto debería bastar.

Mira el dinero.

Eleva sus ojos llenos de pestañas para mirarme y arquea una ceja oscura.

Respiro hondo y continuo:

—Después de lo de la comisaría, mi madre me dijo que me mantuviera al margen de vuestros asuntos porque le preocupaban los rumores que circularían por el pueblo. Ella en realidad no sabe que estoy aquí…

Su rostro muestra una expresión aguda, pero ilegible. Uf. Es una mujer dura.

En alguna parte de mi mente pienso en Evie burlándose de mí y en mi madre llamándonos Bonnie y Clyde. Ahora me preocupa que la madre de Lucky pueda pensar que he venido a pedirle una cita.

—Bueno, en caso de que eso importe, quiero asegurarte que Lucky y yo seguimos siendo solo viejos amigos, si es que se le puede llamar así. ¿Viejos conocidos? Ha sido muy amable conmigo… un caballero perfecto, en realidad.

Emite un jadeo de sorpresa. Espero no haber empeorado las cosas. Continúo antes de quedarme sin adrenalina o de desmayarme.

—De todos modos, estoy trabajando en mi portfolio para conseguir unas prácticas o quizás para ir algún día a la universidad...

—Ah, tus fotos —dice señalándome con una uña bien cuidada, como si todo acabara de cobrar sentido para ella—. Todas esas fotos de carteles.

Asiento varias veces.

—Exacto.

—¿Y quieres que Lucky te lleve a dar un paseo por el puerto?

—¡Sí! —exclamo, aliviada. Quizás lo haya comprendido por fin y mi petición no le parezca tan extraña, al fin y al cabo—. Hay muchos carteles por el puerto.

Arruga la nariz.

—¿Carteles al nivel del agua? Son señales de los muelles... nada especial.

—Me gustan todos los carteles —le aseguro—. Y no quiero aumentar la carga de trabajo de Lucky. Sé que está muy ocupado trabajando aquí y en los grandes almacenes —le digo—. Y tampoco intento alimentar los rumores, créeme. Ya he sido objeto de todos los chismes que puedo soportar. Pero, como todos los demás, también tengo que vivir en este pueblo y solo quiero sacar unas cuantas fotos de carteles. Eso es todo.

Me mira parpadeando.

Me aclaro la garganta. Hace mucho calor aquí, ¿no? Creo que empiezo a notar que me baja el sudor por la espalda.

Empujo el dinero hacia ella antes de que me entre el miedo y salga corriendo por la puerta.

—Por eso me gustaría alquilar un barco. Es una transacción estrictamente comercial. Para mi portfolio.

Se inclina sobre un viejo micrófono que hay en el mostrador, aprieta un botón y grita:

—LUCKY.

Ups. Parece que lo he metido en problemas.

O tal vez a ambos.

Creo que he cometido un grave error.

Su madre levanta un dedo, rodea el mostrador con unos tacones impresionantemente altos y sale por la puerta trasera. Por un momento, veo una de las gradas de trabajo y a un mecánico soldando algo en una pequeña lancha sobre un elevador. Se oye *rock* clásico. Risas. Martillazos. El puerto azul. Cierra la puerta tras ella.

Vale, podría irme ahora. Inventarme una excusa después. Pero ella vendría al Rincón y eso... no sería nada bueno. No. Estoy aquí atrapada. Tengo que esperar.

En menos de un minuto se vuelve a abrir la puerta. Esta vez, entra la señora Karras con Lucky tras ella... y unos cuantos pares de ojos curiosos se asoman desde el fondo.

Lucky tiene una mancha de aceite en el puente de la nariz y en la parte superior de la mejilla, como la pintura negra de un quarterback profesional. Parce desconcertado y me mira con los ojos muy abiertos. Quizás esté algo enfadado. Quizás esté muy enfadado. Había olvidado lo musculosos que son sus brazos. Esa arrogancia intimidante.

Ahora mismo parece mucho más un malote auténtico que un aspirante a malote.

Tal vez tendría que habérmelo pensado mejor.

Hace calor aquí... muchísimo calor.

—Saint-Martin —saluda con voz tensa.

—Karras —respondo separándome discretamente la camiseta empapada de sudor de la piel pegajosa.

A continuación, le doy la espalda y sonrío a su madre, quien vuelve a rodear el mostrador sobre sus tacones emitiendo un hipnotizante sonido rítmico sobre el suelo de baldosas.

—Vale, ya estamos todos al tanto —dice—. Voy a comprobar el calendario, querida.

—Mamá —se queja Lucky.

—Vas a ayudar a Josie —le dice mientras agarra el efectivo que le he dado y lo agita.

¿Mi plan ha funcionado de verdad? ¡Ha funcionado! ¡Sí!

—Dios mío —farfulla él.

—No hables así delante de los clientes —lo reprende.

—No es una clienta, mamá. Solo es Josie.

¡Vaya! ¡Solo soy Josie! Probablemente, eso no debería alegrarme tanto, pero lo hace.

—Y yo no soy una prostituta de barco a sueldo —añade.

—Un trabajo es un trabajo.

—No hay trabajo demasiado pequeño —le recuerdo.

Su madre reprime una carcajada.

—Al fin y al cabo, puede que las cosas no hayan cambiado tanto. Había olvidado que heredaste el sentido del humor seco de Diedre. —No le diré eso a mi madre porque para ella la abuela Diedre es un saco sin humor lleno de reglas estrictas y que siempre se equivoca en todo—. Por cierto, ¿cómo está tu abuela? Se supone que tiene que traerme un recuerdo de Nepal.

Me encojo de hombros.

—Está bebiendo leche de yak y enseñando a niñas de diez años a leer en inglés. Lleva desde febrero sin darse una lucha caliente.

—Esa mujer no aguantará un año allí —murmura la señora Karras—. Sin ofender.

Uf. *Tic, tac, tic, tac…* La bomba de relojería avanza.

Intento no dejar que esa idea aterradora arruine mi buen humor.

Cuando levanta la mano para hacernos callar y contesta una llamada entrante, Lucky me habla en voz baja y exasperada al oído.

—¿Qué diablos crees que haces?

—Alquilar tus servicios —susurro sintiéndome ligeramente poderosa. Sintiéndome… seductora.

No en un sentido sexy, solo en un sentido poderoso. Creo.

—No estoy en alquiler.

—Mi dinero dice lo contrario.

—¿Por qué no puedes dejar las cosas tal como están?

Me giro y nos quedamos muy cerca. Ambos somos demasiado tercos para movernos.

—No tendrías que haber rechazado mi oferta. Así te habría dado el dinero directamente. Ahora tengo que alquilarte. Por cierto, me encontré a Bunny Perera. Dice que eres el chico más amable del mundo y un auténtico ángel. Totalmente adorable y respetable.

Le doy un golpecito en la mancha de aceite de la nariz y me limpio el dedo en su camiseta.

Entorna los ojos. Está enfadado. Molesto. Puede que algo más.

Probablemente, debería andarme con cuidado. Por lo de la maldición y todo eso.

Pero es que esta seducción en un sentido no sexy, hago hincapié en que no es nada sexy, me resulta maravillosamente agradable. Vale, podría estar un poquito mal porque es mi mejor amigo de la infancia. Solo un poquito minúsculo. Aunque no sea nada sexy.

Porque no lo es. Probablemente.

Sin embargo, intento no darle demasiadas vueltas…

Me limito a sonreírle.

—Creo que estaba haciendo caso a los rumores equivocados sobre ti. No te preocupes. Ahora voy por buen camino. Nos vemos al crepúsculo, capitán.

Capítulo 11

Madre mía, adoro la hora dorada. Es el momento justo después del amanecer o justo antes de la puesta del sol, cuando la luz exterior es ideal para la fotografía. Todo parece agradable y cálido, la luz es difusa y las sombras no están muy marcadas. Es como si el planeta dijera: «Adelante, hazme una foto. Ahora. Recordemos este momento juntos».

Durante una hora dorada particularmente excelente, mientras Evie está en clase en el colegio comunitario y no tengo ni idea de dónde está mi madre, salgo para reunirme con Lucky detrás del astillero de sus padres. Los trabajadores de los Karras ya han acabado la jornada, así que todo está desierto y tranquilo. Y cuando veo a Lucky en el muelle principal de espaldas con los hombros delineados en dorado mientras contempla el agua reluciente del puerto, el pulso se me vuelve algo salvaje.

En un momento de debilidad, cedo a la tentación de esa luz tan espectacular, destapo el objetivo de la cámara que me cuelga del cuello, enfoco rápidamente a Lucky y lo fotografío. Solo unos pocos disparos para calentar. Lleva pantalones cortos. Yo también, pero todavía no había visto a Lucky 2.0 llevarlos.

Sinceramente, no le había visto con nada que no fueran botas de cuero. Pero las zapatillas negras que lleva ahora mismo sin calcetines muestran una gran cantidad de tobillo y puedo captarlos con el objetivo... y también sus piernas, que son largas y musculosas como sus brazos.

Pero antes de que pueda bajar la cámara, se da la vuelta y me atrapa.

¡Mierda! *Noooooooo.*

Eso no es bueno.

Intento mostrar calma y me pongo a fotografiar rápidamente un par de cosas mientras me acerco a él. La grúa del astillero. Una cadena oxidada. Aunque no creo que lo haya podido engañar. Uf. ¿Ves? Por eso no debería sacar fotos de personas, solo consigo meterme en problemas.

—¿Sabes? No sabía que hacer de modelo formara parte de este trabajo extra —comenta mientras me acerco.

—Solo estoy sacando unas pocas fotos para calentar y probar la luz —le digo aparentemente relajada. Ha sonado bien. Puede que me crea—. No te emociones.

—No me gusta que me hagan fotos.

—Antes te gustaba.

—Bueno, pues ya no, así que no malgastes tu carrete conmigo.

—No es carrete, hoy he traído la digital —contesto levantándola para enseñársela—. Supongo que haré muchas tomas en movimiento y, además, no puedo permitirme comprar carrete en este momento, ya que me he gastado todos mis ahorros para alquilar un bonito barco.

—Pues me parece que tienes un problema. Para que lo sepas, el barco claramente no es bonito y no devolvemos el dinero. Así que tu dinero ha de-sa-pa-re-ci-do —articula.

Me encojo de hombros.

—Lo que hace una por el arte...

—¿Eso es lo que es? ¿Por el arte?

Se acerca y me mira con el ceño fruncido. Lleva una camiseta oscura con un diseño de un lobo feroz y un yunque, un anuncio de una empresa local de Lamplighter Lane. Por un momento, la estúpida superstición de mi madre sobre esa calle atormentada inunda mi cerebro. Definitivamente, para ella esto sería una señal. «¡Precaución! ¡No te acerques a este chico!».

—Bueno, eh… —balbuceo intentado recuperar la concentración—. Sabes que me tomo muy en serio mis fotos. De hecho, sabes mucho sobre mí, pero yo no sé tanto sobre ti. Me refiero al nuevo y mejorado tú.

—Me parece que has estado husmeando por ahí y que has hablado con Bunny… —murmura.

Lo ignoro y estiro el cuello para mirar a su alrededor.

—¿En qué barco vamos a ir? No quiero perder la luz.

Farfulla algo horrible en voz baja y asiente con la cabeza. Me conduce por un muelle de madera corto hasta un feo barco naranja. No es un yate. No es una casa flotante. Ni siquiera tiene una lona para protegerse del sol. Es solo un pequeño barco con cuatro asientos, un motor y un volante.

—¿Este barco es tuyo?

—No es mío —responde—. Es un barco. Yo nunca le pondría «Bastante Grande» de nombre a un barco.

No habla en broma. Echo un segundo vistazo a las letras del lateral.

—Vaya. Hace que el Fun N Sun parezca bueno —comento echando la vista atrás para mirar el barco apoyado en unos bloques en el que tuvimos nuestra conversación profunda—. ¿Es un barco familiar?

—«Familiar» no es precisamente la palabra que usaría para describirlo. Pero es el barco que mi padre me ha dicho que podía usar. —Levanta un llavero y se encoge de hombros mientras curva los labios en algo que parece una sonrisa de engreída. Sí, es engreída. Vaya idiota. Aunque es un idiota adorable—. Atracamos muchos barcos aquí. Hay un sistema. Es complicado. No es como poner las llaves en un coche y arrancarlo.

—Me imagino que no —digo.

Otra sonrisa engreída.

—Además, esté tenía una fuga. Lo estamos probando, así que mato dos pájaros de un tiro.

—¿Una fuga?

—La reparamos. Está bien, somos buenos en nuestro trabajo. Pero es mejor comprobarlo.

Otra sonrisita.

—Vale —acepto.

—¿De acuerdo?

Asiento.

—Vamos. Es «bastante grande», ¿verdad? Solo voy a hacer fotos.

Me tiende una mano para ayudarme a entrar.

—Las damas primero. Ahora ten cuidado. No quiero volcar el barco. Hay cuatro asientos, ¿te importa sentarte en la silla del capitán?

—¿Es una frase de ligue náutica?

—No. «¿Quieres montarte en mi bote?» sí que lo sería.

Finjo tener una arcada.

—Una frase de ligue mala para un barco con un nombre malo que, por cierto, me niego a volver a pronunciar durante la salida.

Lucky ríe.

—Es horrible, sí —admite—. El propietario es un imbécil total. No sabe nada de guardar los barcos en invierno. ¿Te acuerdas de ese viejo barco oxidado que había cerca de la Estrella Polar con agujeros en el fondo? Así de malo era.

—¿La Estrella Polar todavía está al final del Harborwalk o Beauty la ha derribado para poner un nuevo museo colonial?

—Creo que sigue en pie. Hace años que no voy. Desde... bueno, supongo que desde que te marchaste. Pasar el rato en un cobertizo para botes abandonado está bien cuando tienes doce años y tienes compañía, pero es algo deprimente cuando tienes diecisiete y estás solo. La gente podría tomarme por un adicto a la metanfetamina o un prostituto.

Suelto una carcajada mientras me siento en una silla de plástico e intento no asustarme porque el barco no parezca estable o porque el agua esté... tan cerca. Me pego los brazos al cuerpo y miro por encima del borde.

—¿Qué es ese olor?

—Pescado. O sellador. O pescado y sellador —supone desatando una cuerda del muelle y arrojándola hacia atrás—. Lo del sellador hemos sido nosotros. Lo del pescado es cosa del propietario.

El barco se hunde bajo el peso de Lucky mientras se deja caer en el asiento junto a mí y estira sus largas piernas al lado de las mías. Se pone un par de gafas oscuras y enciende el motor. Necesita un par de intentos para arrancar. Cuando retrocede, me roza el hombro con el brazo al girarse para mirar atrás, pero no se disculpa. Se limita a maniobrar el barco sin decir nada... y salimos.

Durante varios momentos, solo soy consciente de la luz violeta del sol y de la sensación del viento en la cara. El aire salado del puerto se me mete en los pulmones mientras Lucky navega entre veleros y yates que flotan cerca de la costa volviendo a casa o encendiendo las luces para quedarse en el puerto y celebrar una fiesta de sábado en un crucero. Y nosotros estamos en medio de todo. Es emocionante, agradable y maravilloso y el agua ondea a nuestro alrededor como si fuera tela de encaje mientras Lucky hace girar el barco bruscamente y...

Me da un vuelco el estómago. Golpeo el lateral del barco con la palma de la mano y me agarro para mantener el equilibrio.

—Ay, Dios... —digo.

—¿Estás bien?

—Solo un poco mareada.

Me mira fijamente.

—Has subido en barco antes, ¿verdad?

—Claro. En esos botes en forma de cisne del lago Witch al otro lado del pueblo, donde vomité, no sé si lo recuerdas.

Lucky se ríe.

—¿Lo dices en serio? Entonces teníamos como… ¿diez años? Espera… ¿nunca hicimos ningún paseo en barco? No es posible.

—Estabas en el taller antiguo. Solíamos sentarnos en ese pequeño bote de pesca y fingíamos que pescábamos en el muelle hasta que…

—Hasta que dijiste que te mareabas con las olas.

Gimo.

—Te burlaste de mí.

—Mierda —dice con una ligera risita—. Josie… ¿esta es tu primera vez en un barco de verdad?

—¿Tal vez?

Reduce la velocidad y me mira sonriendo debajo de sus gafas de sol.

—¿De verdad?

—¡Cállate! Ni siquiera sé nadar.

—Claro que sabes. Íbamos a la piscina de Leah todos los veranos.

—¡Y yo me quedaba sentada en los escalones mientras tú te ibas al fondo a chapotear!

—¿Cómo es posible?

—Nunca me ha enseñado nadie, así es posible. Tampoco sé montar en bicicleta. No he tenido una vida normal como tú. Josie la Desamparada, ¿recuerdas? Un Golden estúpido se refirió a mí así cuando estábamos en sexto y luego todos lo adoptaron en clase, aunque no supieran lo que significara. ¡Ni yo lo sabía! Mi madre tuvo que ir a hablar con dirección al respecto.

—Me acuerdo.

—Así que adelante, puedes reírte de mí, no me importa.

—Por Dios, no me estoy riendo. ¿Quién ha dicho que nadar o montar en bici tiene algo que ver con ser una familia normal?

—¡Porque eso es lo que hacen las familias normales! ¡Sale en la tele!

—En la tele también salen cerdos volando y eso no hace que sea realidad. Madre mía, Josie. Si no has subido nunca en barco, ¿por qué has querido hacerlo hoy?

No soy capaz de responder. Estoy demasiado ocupada intentando no inhalar el olor nauseabundo a pescado viejo y sellador nuevo y todo me parece caótico e irritante. Un sudor frío se extiende por mi piel.

No, no, no... No puedo vomitar. No delante de Lucky. No aquí. Sería humillante. Cierro los ojos y trato de evitar que mi estómago se rebele contra mí encogiéndome alrededor de la cámara mientras me inclino sobre su regazo.

—Voy a vomitar.

El barco reduce la velocidad y se detiene. Se apaga el motor. Las olas golpean los costados del barco.

—Vomita por la borda —me dice Lucky con voz tranquila poniéndome su cálida mano en la espalda, entre los omoplatos—. Yo te sostengo. No dejaré que te caigas.

Me quedo un rato sin decir nada. Minutos. Tal vez más. Solo espero a que la terrible sensación pegajosa desaparezca y a que el barco deje de balancearse en el agua. El tacto de su mano en mi espalda dándome un masaje circular me resulta agradable. Muy relajante. Me concentro en eso hasta que recupero el equilibrio y disminuye la sensación de mareo.

—Estoy bien —digo finalmente con una voz que me resulta extraña, mirándome los pies—. Bastante bien.

—Tienes mal de mar. Es un tema interno del oído. Tu cerebro recibe señales contradictorias de los ojos, oídos y receptores sensoriales, así que se revuelve todo en tu interior. Hay gente a la que le revuelve mucho y se marea.

—Vale, estoy revuelta.

—Puede venirte bien incorporarte y mirar al horizonte.

—No puedo.

—Lo digo en serio, Josie.

—He dicho que no.

—Vale, ¿qué sabré yo? Solo llevo toda la vida en barcos y he nacido en una familia de inmigrantes con tradición marinera que se remonta durante generaciones. Nosotros no nos mareamos. Pero adelante, tú haz lo que quieras.

Gimo.

—Bueno, dame un minuto, ¿vale?

—Vale, vale.

Exhala con dramatismo. El masaje circular de mi espalda se ralentiza y se detiene como si acabara de darse cuenta de que me está tocando.

—Eso ayuda —le digo en voz baja.

—De acuerdo —responde a regañadientes, pero empieza a frotarme la espalda de nuevo con suavidad.

—¿Josie?

—¿Sí? —pregunto sin levantar la mirada, acunando la cámara.

—¿Por qué has alquilado este barco si tienes mal de mar?

—Claramente, no lo sabía —protesto—. Quería ayudarte a pagar el escaparate y, como te negaste, se me ocurrió este plan.

—Un buen plan de Josie a la antigua usanza. Los echaba de menos.

—Creía que podría sacar fotos —explico esperando que suene algo menos… raro—. No sabía que me marearía.

Se ríe.

—¿Te estás burlando de mí?

—No, no. Solo estaba imaginándote haciendo prácticas en esa revista la semana de la regata. Eso es todo.

Dios mío.

—¿Esto es algo puntual o la gente es genéticamente propensa?

—Te acostumbras a los bracos. Normalmente. Hay gente que no se acostumbra nunca.

Las gaviotas graznan sobrevolando el Harborwalk. Un pequeño barco pesquero nos adelanta. Finalmente, me atrevo a levantar la cabeza y Lucky aparta la mano. Tras un instante repugnante en el que siento que la sangre vuelve corriendo a su sitio, me siento de nuevo y respiro. Estoy bien. No estoy mareada. ¿Dónde está el horizonte? Ahí. Vale. No estoy segura de que me sirva de algo porque hay demasiados barcos pasando a toda velocidad, pero al menos no nos estamos moviendo.

Centro la atención en un cartel cercano que advierte de la profundidad del agua. ¿La gente necesita un cartel para saber que no tiene que nadar ahí? De verdad, hay gente que pone carteles para cualquier cosa. La gente es rara. Gracias a Dios por esa rareza.

Ojalá Lucky tuviera todavía la mano en mi espalda.

Se ha subido las gafas de sol a la cabeza y está retorcido en su asiento con su rodilla desnuda entre nosotros y los codos apoyados detrás, en el borde del bote. Me mira con los ojos entornados y dice sin rodeos:

—Así que… has hablado con Bunny.

Cierto. Eso.

—Me la encontré. Surgió tu nombre, yo no…

—No pasa nada.

—No estaba chismorreando sobre ti.

—¿No? —Me mira fijamente con cierta diversión curiosa en los ojos—. Me decepciona oír eso.

—Me contó que algunas de las cosas que había oído no eran ciertas… y que parece ser que tú no eras el padre de su bebé.

—No, no lo soy. Ni del suyo ni de ningún otro.

—Ah, eso es bueno. No es que haya nada… —Uf. Qué incómodo—. Quiero decir, si tú… —Una vez más—. Supongo que no sé por qué la gente empezó a hablar de ti y de Bunny en primer lugar.

—Dicen eso porque la acompañé a la clínica de abortos.

Ah.

Se encoge de hombros ligeramente.

—Me la encontré llorando. Necesitaba a alguien que la acompañara y no podía decírselo a su familia. Ninguna de sus amigas quería ayudarla y el idiota que tendría que haber estado ahí no daba señales de vida. Así que la acompañé, esperé y luego la llevé a su casa en coche. Somos amigos, eso es todo.

Asiento.

—Ya veo.

—Alguien nos vio saliendo de la clínica. Así empezaron los rumores.

—Las suposiciones no son hechos —murmuro recordando lo que me había dicho Bunny.

—No, pero a la gente le encanta fingir que sí.

—Y esparcen muchos rumores sobre ti —señalo.

—Sí.

—No parece importarte. Creo que quieres que la gente hable.

—Eso es absurdo, ¿por qué iba a querer eso?

—No lo sé —contesto en voz baja—. ¿Por qué?

Me mira fijamente.

Lo miro fijamente.

Y algo flota en el aire entre nosotros. Algo implícito que casi logro entender, pero no capto del todo. Algo que Lucky quiere que yo entienda. Me está mirando como si estuviera solo en una isla desierta y yo acabara de encontrar su mensaje en una botella. Como si quisiera que lo rescatara.

Pero no puede ser eso, ¿verdad? Porque el que tiene complejo de salvador es él... como dijo Bunny. Es él el que la rescató, el que cargó con la culpa por mí. ¿Por qué iba a necesitar ayuda?

El barco se balancea en el agua amenazando con provocarme otra oleada de mareo y moviéndome el brazo hasta la pierna de Lucky, que está apoyada entre los asientos. Bajo la mirada. El contacto piel con piel me sorprende. Está febrilmente cálido en comparación con la brisa fría que sopla por el puerto. Es demasiado... íntimo. Como si hubiera cruzado una línea accidentalmente al tocarlo, lo cual es ridículo. Solo es una espinilla. Solo es mi antebrazo. No es nada sexy. Por el amor de Dios, me estaba frotando la espalda unos instantes antes, dándome prácticamente un masaje, lo cual todo el mundo sabe que es mucho más arriesgado si hablamos de provocar calor. ¿Verdad...?

Pero cuando aparto la mirada del lugar en el que nuestros cuerpos se tocan de manera muy casual y lo miro a los ojos, veo algo inequívocamente diferente. Él también lo siente. No es casual. No es para nada casual. No es amistad. Nada de viejos amigos poniéndose al día.

¿Qué es esto? ¿Qué está pasando?

Aparto el brazo, el corazón me late de manera salvaje contra las costillas y finjo que no ha pasado nada. Porque en realidad no ha pasado nada.

Creo que el mareo se ha filtrado en mi cerebro y ha causado un fallo temporal. Probablemente, eso sea todo, ¿verdad? Solo necesito respirar y dejar de pensar en ello. Estaré bien.

Lucky se aclara la garganta.

—¿Sabes? Podrías haberme pedido simplemente vernos de nuevo en el Quarterdeck. Con menos náuseas y más café. Y sin madres involucradas en el encuentro.

—Ah, bueno. No quería abordarte en los grandes almacenes ni rondar por el astillero. Tampoco tenía tu número.

—Dime el tuyo.

—¿Qué?

Levanta la barbilla para alentarme.

—Adelante, dime el tuyo.

—¿Ahora?

—Ahora mismo.

Recito mi número en voz alta.

—¿Lo recordarás sin anotarlo?

—Sí. Mi mente es como una trampa de acero, ¿recuerdas? Te ayudaba a hacer trampa en los exámenes de matemáticas.

Por Dios. Es cierto.

—¿Es porque te has convertido en un genio?

Lucky gime.

—Evie me dijo que habías sacado una puntuación perfecta en la prueba de admisión —comento.

—Rumores —contesta quitándole importancia.

—¿De verdad?

—Casi perfecta.

—¡Calla! Entonces ¿es cierto?

—¿Qué más da? —responde encogiéndose de hombros—. Los exámenes no miden el intelecto. Solo demuestran que se te da bien hacer exámenes. ¿Y a quién le importa poder entrar en una escuela de la Ivy League si luego no puedes permitírtela? Ninguna ofrece becas. Todavía tienes que pagar. Y el resto de universidades que sí que las ofrecen quieren actividades extracurriculares y estudiantes con «carácter». Creo que todos estamos de acuerdo en que yo no encajo en eso.

—Pero…

—Ni siquiera es lo que quiero. Nadie se detiene a preguntármelo. Mi madre quiere que vaya a la universidad. Mi padre quiere que me haga cargo del astillero…

—¿Y qué quieres tú?

Titubea.

—Tal vez te lo muestre algún día. Si te interesa…

—Me interesa.

—¿Sí?

—Sí.

—Oye, ¿llegaste a llamar a la mujer de la revista?

—Ah, ella. No me contestó —miento.

Me mira con los ojos entornados y recuerdo su discurso sobre el muro invisible y la honestidad.

—Vale, de acuerdo. Todavía no le he enviado el correo. ¿Y si ha oído lo de la comisaría? O…

—Seguro que no ha visto la foto de tu madre desnuda —dice al cabo de un momento.

—Ahora tengo que añadir el mal de mar a la combinación. Semana de la regata… uf.

—Eso puedes superarlo con la práctica. Escríbele —insiste—. Bueno, si es lo que quieres. Ojalá que no porque, personalmente, creo que no deberías irte a Malibú, pero esa es solo mi opinión terca y mal formada.

—¿Te he hablado de la bomba de relojería que es el regreso de mi abuela de Nepal el año que viene? No podría quedarme en Beauty para siempre, aunque quisiera. ¿Quieres que sea brutalmente sincera? Bueno… pues ahí lo tienes.

Parece dolido por un instante, pero suspira profundamente.

—Lo entiendo, ¿vale? Deberías hacer lo que tú quieras y eso es lo más importante. Escribe a la revista.

—¿Sí?

—Sí. Hazlo. Ábrete camino hasta allí, Saint-Martin.

—Navegando.

Sonríe.

—Navegando.

Nos miramos el uno al otro, parpadeamos y… ahí está de nuevo. Una emoción que no había antes. No es algo que pueda señalar directamente, pero hace que se me erice cada pelo del cuerpo como si una brisa helada se me hubiera metido por debajo de la ropa.

—El sol hace que las pecas se te vean más oscuras —comenta en voz baja y ronca mientras pasa la mirada por mis mejillas y mi nariz, donde el viento me agita los mechones de cabello sueltos.

Se acerca a mí. Abre los dedos. Despacio. Va a tocarme la cara aquí, ahora. Contengo la respiración esperando volver a sentir ese calor impactante.

Pero...

Detiene la mano en el aire y flexiona los dedos, se queda ahí suspendida unos instantes como si se hubiera convertido en piedra. Parpadea rápidamente y retira el brazo murmurando una disculpa en voz baja que apenas logro entender. La decepción que me invade es veloz, intensa y totalmente inesperada.

Aparto la mirada, nerviosa y desconcertada, y finjo contemplar el agua. El sol se está ocultando y el cielo morado proyecta largas sombras. Es demasiado tarde. Se ha acabado la hora dorada.

—¿Tu estómago ha vuelto a la normalidad? —pregunta en voz baja.

—Eso creo.

—Bien. —Se da la vuelta en su asiento para encender el motor—. Se te ha acabado el tiempo.

Ah, gracias a Dios. Necesito algo de espacio para procesar lo que ha sucedido hoy.

O tal vez para olvidarlo.

Dirige la embarcación de vuelta al astillero con mucha calma. Aun así, me aferro con fuerza al borde y mantengo la vista fija en el horizonte. Eso me ayuda. Odio que tuviera razón.

Cuando volvemos al muelle y coloca el Bastante Grande en su sitio, estoy a punto de caerme de frente al subir a tierra firme. Me ofrece la mano, pero la rechazo. Inútilmente, comenta que he de practicar estando en el agua para superar el mal de mar. Salidas cortas y lentas.

Yo tengo otra cura: no volver a navegar nunca más. Y quizás mantenerme alejada de él hasta que averigüe qué ha sucedido ahí fuera…

—Espero que hayas disfrutado del paseo, Saint-Martin —dice hablando como el chico que he conocido estas últimas dos semanas; sarcástico, sombrío y algo distante. No como alguien que hace que se me erice todo el vello del cuerpo.

—La vistas han sido de diez —contesto fingiendo haber vuelto yo también a la normalidad—. El capitán era un poco idiota y conducía como un loco…

—Se conducen los coches, no los barcos.

—Y ha estado a punto de hacerme sacar hasta la primera papilla.

—Parece algo personal.

—Pondré una queja.

—Recuerda que no devolvemos el dinero.

—Deberías poner un cartel.

Curva las comisuras de los labios.

—Lo comentaré a dirección.

Me doy la vuelta para marcharme y levanto una mano por encima del hombro intentando mostrarme tranquila e imperturbable. Definitivamente, no como alguien que está totalmente confundido por lo que acaba de pasar y que quiere largarse en cuanto antes.

—*Au revoir*, capitán Lucky. Si ese es tu verdadero nombre.

—Adiós, señorita fotógrafa.

Lo ignoro.

Cuando estoy en mitad del astillero, grita desde detrás de mí.

—Por cierto, Josie.

—¿Sí? —contesto, parándome de nuevo.

—No has llegado a sacar ninguna foto —señala.

Uf. Esperaba que no se hubiera dado cuenta.

—Supongo que, si no se me dan bien los barcos, no estoy en el pueblo adecuado.

—No te rindas tan pronto —dice mientras amarra el barco—. Al fin y al cabo, podrías aclimatarte. Puede que algún día te sorprendas.

Puede que ya me haya sorprendido.

BIENVENIDOS AL PRECIOSO GREEKTOWN: Un letrero blanco de un distrito que se encuentra en el cruce entre la calle Battery y la avenida Atlantic. Los primeros inmigrantes griegos que se establecieron en Beauty eran pescadores que trabajaban en South Harbor a finales del siglo XIX. *(Foto personal/Josephine Saint-Martin)*

Capítulo 12

No pasó nada.

Nada de nada.

Pero, si eso es cierto, ¿por qué me sigo sintiendo así? ¿Cómo es posible que lleve ya un par de horas en tierra firme, que no haya rastro del mal de mar y que en lo único en lo que puedo pensar sea en Lucky?

Y en cómo me miraba. En cómo ha flexionado los dedos de la mano cuando ha alargado el brazo para tocarme.

En cómo me ha dolido que finalmente no lo hiciera.

Porque esa es la peor parte. Quería de verdad que me tocara.

Pienso en ello. Pienso en su mano en mi espalda cuando estaba tan mareada y en cómo trazaba círculos con el pulgar en mi columna. En lo sorprendentemente caliente que estaba su piel cuando nos hemos tocado. En cómo me miraba. En cómo he notado que todo era diferente entre nosotros.

En cómo hemos hablado cuando nos hemos despedido como si no hubiera cambiado nada.

Puede que, al fin y al cabo, todavía me quede algo de mal de mar...

—Las clases son aburridas, mamá. Quiero que me hables de Nepal —le dice Evie, tumbada en la cama, a la tía Franny a través del portátil.

Estoy sentada en el suelo debajo de ella, fuera del alcance de la cámara, sobre una alfombra de trapo amish trenzada que me está dejando marcas en la parte trasera de los muslos. Son poco más de las once de la noche y mi madre se ha marchado hace una hora para «dar un paseo por el puerto» y «tomar el aire fresco». Teniendo en cuenta que he dado una paseo prohibido en barco un rato antes, no puedo reprochárselo. De todos modos, le estaba contando a Evie la verdad sobre nuestra salida cuando su madre la ha llamado por Skype. En Nepal es por la mañana.

En realidad, no quiero estar aquí escuchando una conversación privada entre madre e hija, pero Evie me ha obligado a quedarme. No suelen hablar mucho rato y quiere oír el resto de mi jugosa historia marítima. No estoy segura de querer contarle todos los detalles. Me parece demasiado reciente. Y ¿cómo voy a explicárselo? ¿Le digo que me ha «mirado» de un modo diferente? Parece ridículo. ¿Tal vez porque lo sea?

Tengo que dejar de pensar en él.

La tía Franny está muy delgada y parece cansada. La he visto un instante en la pantalla antes de sentarme en el suelo. Solo tiene cinco años más que mi madre, pero no creo que lo de Nepal le haya sentado demasiado bien. Supongo que nadie se sorprendería si las postales de mi abuela asegurando que se lo estaban pasando genial resultaran ser una gran mentira. Al fin y al cabo, es el estilo Saint-Martin.

Mientras escucho a la tía Franny hablar a Evie de la escuela de Nepal en la que enseñan ella y la abuela, e intento sacarme a Lucky y el paseo en barco de la cabeza; contemplo la estantería con la extraña colección de taxidermia de Evie (un ratón con un pequeño traje de mago es el único que me gusta realmente) y desconecto por un momento.

Hasta que oigo a la tía Franny decir:

—...me sorprende que haya tenido las agallas de regresar a Beauty, sinceramente, ya que ese comosellame ha dejado la marina y ha vuelto al pueblo.

Un momento, ¿de qué va todo eso?

Miro a Evie en la cama.

Ella me mira con los ojos muy abiertos.

La tía Franny está hablando de mi madre... y de algún hombre. Un hombre de la marina.

—¿Quién es ese «comosellame», mamá? —pregunta Evie cuando la insto tirando de la pernera de su pantalón y articulando la pregunta en silencio—. ¿De quién hablas?

—No me acuerdo de su nombre. Fue en el instituto.

—¿El instituto? ¿Por qué a la tía Winona iba a preocuparle alguien del instituto? —pregunta Evie—. ¿Quién es ese hombre misterioso? Suéltalo, mamá.

Su madre se queda callada unos instantes.

—Nadie, cariño. No tendría que haber dicho nada. Forma parte del pasado y no es asunto nuestro.

—Mamá...

—Evie, ya es suficiente —dice su madre desde la pantalla del portátil—. Si Winona quisiera que habláramos sobre ello, nos lo diría ella misma. Fin de la historia.

Genial. Mi madre nunca me lo contará. Y, definitivamente, tampoco se lo preguntaré. Mi madre cerraría el tema más rápido que un inspector de sanidad lo haría con una pizzería infestada de ratas. Pero ahora siento mucha curiosidad por ese hombre de la marina al que posiblemente conociera en el instituto... ¿Quién sería un motivo de peso suficiente para impedir que mi madre volviera a Beauty?

Ahora recuerdo lo nerviosa que estaba cuando llegamos al pueblo. Creía que era por los rumores que correrían o incluso por la maldición de las Saint-Martin, pero ahora me pregunto si hay algo más...

Reflexiono al respecto mientras Evie le pregunta a su madre por la abuela Diedre, quien se niega a aparecer en las llamadas. No tienen wifi donde se alojan y odia tener que caminar hasta una cafetería local que sí tiene. Y justo cuando estoy planteándome salir de la habitación de Evie para dejarles algo de privacidad, me vibra el móvil en el bolsillo de los pantalones. Es un mensaje corto de un número local que no tengo en mis contactos.

¿Te has recuperado ya de nuestra excursión en el SS Demasiado Grande?

Me da un vuelco el corazón y le sonrío a la pantalla. Vaya... supongo que no mentía sobre lo de su memoria. Lo añado rápidamente a mi lista de contactos y me aseguro de que Evie no pueda ver la pantalla mientras escribo una respuesta.

Yo: Ya entiendo lo que has hecho, graciosito. Tendría que haber optado por Sunset Charters. Prometían *champagne* + *jazz* suave.

Lucky: Te habrías aburrido. Yo te he dado pescado viejo y sellador. ¿Dónde está el amor?

Yo: En el fondo de mi cuenta bancaria.

Lucky: Ya te he dicho un millón de veces que no tienes que devolvérmelo

Yo: Y yo te he dicho un millón de veces que sí.

Lucky: La próxima vez llevaré *jazz* suave y una bolsita para vomitar.

Yo: La próxima vez nos quedaremos sentados en el muelle.

Lucky: ¿Qué te parece cambiarlo por una cenita?

Me quedo mirando la pantalla mientras noto escalofríos calientes y helados recorriéndome los brazos. Me está... ¿pidiendo una cita? No puede ser. ¿Verdad? Destroza mis esperanzas cuando envía rápidamente otro mensaje antes de que pueda contestar.

Lucky: ¿Te acuerdas de las cenas de los domingos? Primos. Tíos y tías. Vecinos. Barbacoa en el jardín trasero. Mi madre me ha pedido que te invite.

Ah, no es ninguna cita.

Pero he sido una tonta al pensarlo. Es mi amigo.

Los amigos no tienen citas.

Sin embargo, una cena con su familia… podría estar bien. Me encantaban las cenas de los domingos en casa de Lucky. Me pasaba la semana esperando a que llegara como una tonta.

Yo: No sé cómo responder a eso de «mi madre me ha obligado a invitarte».

Lucky: No he dicho que me haya OBLIGADO. Concédeme algo de mérito. Estoy ejerciendo mi libre albedrío.

Lucky: Pero si te parece demasiado raro, le diré que estás ocupada.

Yo: No me opongo a lo raro. ¿Le has contado a tu madre que casi vomito en tu barco?

Lucky: Una vez más, no es MI barco. Y sí. *emoticono de manos con las yemas de los dedos unidas*

Yo: Dios mío.

Lucky: ¿Mañana trabajas en el Rincón?

Yo: Hasta las 19.

Lucky: Nos vemos en el callejón de al lado del astillero a las 19:15.

Yo: Todavía no he dicho que sí.

Lucky: Odio tener que suplicar.

Yo: Saber eso ya me compensa. Nos vemos a las 19:15.

Genial. Cena el domingo. En casa de los Karras. Acabo de acceder. No es nada intimidante. No siento que se esté derritiendo todo mi ser. Claro que no. Para nada. Me parece que voy a tener que pensar otra excusa para mi madre mañana por la noche, ya que técnicamente se supone que no puedo ver a Lucky. Mi madre se puso muy firme diciendo que era territorio prohibido y que debía mantenerme alejada de ese chico. «Es un gamberro, Josie». Él, no yo. A estas alturas, necesitaría una bolsa de basura de tamaño industrial para meter todas las mentiras que he ido acumulando.

También tengo que recordarme a mí misma que no quiero encariñarme demasiado, así que dejo a Evie y me meto en mi habitación, donde saco el libro de fotografía de moda de mi padre. Me tumbo en la alfombra y empiezo a pasar las páginas brillantes rememorando los detalles de cada foto, recordándome a mí misma que hay más cosas en el mundo. Cosas más relucientes y brillantes. Y si las deseo con fuerza suficiente, puedo tenerlas. Solo tengo que ceñirme al plan.

Puede que Lucky 2.0 sea un espejismo.

Debería andarme con cuidado con él.

Debería andarme con cuidado con mi corazón.

• • •

Pensar una mentira para la cena del domingo me resulta más fácil de lo esperado. Simplemente le digo a mi madre que me encontré a Bunny Perera en la tienda de dónuts (eso es cierto) y que he quedado con ella en el Quarterdeck para tomar un café (eso ya no).

¿Ves? Solo es una media mentira. Tengo la mitad de culpa.

Estamos teniendo problemas con el ordenador en el Rincón y mi madre está tan concentrada intentando sacar las cuentas del día que podría haberle dicho que iba a colocarme quirúrgicamente unas de las alas de murciélago de la colección de taxidermia de Evie y me habría dicho simplemente: «Vale, cariño. Ten cuidado».

Dejándolas a ella y a Evie para cerrar la tienda, tomo el camino más largo pasando por delante de la galería de arte

Freedom y me mezclo entre los turistas para asegurarme de que no me vean. Cuando me cuelo en el callejón lateral del astillero, llego un minuto tarde. Y me encuentro a Lucky paseándose alrededor de su moto con una camisa de rayas blanca y negra debajo de la chaqueta de cuero. En cuanto levanta la mirada y me ve, olvido toda la culpa y la bolsa de basura llena de mentiras. Lo olvido todo.

Se le iluminan los ojos como si yo fuera un billete de lotería premiado y nos sonreímos el uno al otro como si fuéramos a repartirnos el premio.

—Perdón por llegar tarde —digo finalmente.

—Ha sido solo un minuto, pero no estaba contando.

Me río.

Se le curvan las comisuras de la boca.

—Tengo una sorpresa para ti.

—Vaya. Espero que sea una bolsita para vomitar para mi estómago revuelto.

—Mejor aún. Es un ambientador que huele a pescado viejo y a sellador. Toma —dice tendiéndome un casco pequeño con rayas arcoíris y un caballo blanco alado volando a un lado—. La seguridad es lo primero. No quería poner en peligro mi cabeza dos veces. Ahora estamos los dos cubiertos.

—Guau —comento—. Tiene… ¿purpurina?

—Lo usa mi primo Gabe —explica Lucky—. A veces lo llevo a dar una vuelta los fines de semana hasta casa de mi abuela en el pueblo.

Señalo el caballo alado. Tiene tres cuernos.

—¿Un tricornio?

Se encoge de hombros.

—Ahora está obsesionado con los caballos y quería que tuviera tres cuernos.

—Corrígeme si me equivoco, pero recuerdo a otro chico al que le gustaban los monstruos marinos. ¿El kraken?

—El kraken —repite emocionado—. Sí.

—Un pulpo gigante que destroza barcos.

—Es brutal, ¿eh? Mucho mejor que un caballo volador. En realidad, sigo siendo fan del kraken. Pero a Gabe le da miedo cualquier cosa que tenga tentáculos.

—Ya veo... No recuerdo a tu primo Gabe.

—Se mudó después de que os marcharais. Tiene nueve años, pero tiene la cabeza muy grande para ser un niño. En realidad, este es un casco para adultos que personalicé para él, así que supongo que debería venirte bien. Mejor que el cubo que llevo yo en el cabezón. —Me ayuda a ponerme el casco—. Sí. ¿Ves? Tienes la cocorota protegida por el poder del tricornio. Sube, señorita fotógrafa. Ahora es legal. Podrás volver a presentarte ante mi gran familia griega. Esto es lo que pasa por entrar en el astillero y ponerte a charlar con mi madre.

—Empiezo a arrepentirme.

—Y deberías. Pero ahora es demasiado tarde para echarse atrás. Que Dios te salve.

Siguiendo sus recordatorios sobre cómo montar, me siento a horcajadas en la Superhawk detrás de Lucky y lo rodeo con los brazos fingiendo que no es gran cosa. Ya lo hice cuando fuimos al hospital. Es algo práctico, nada sexy, y no debería estar disfrutando del olor de su chaqueta de cuero o de lo sólido que lo siento entre los brazos... Un momento. Madre mía. Probablemente, note mis pechos presionándole la espalda.

¿Cómo no iba a notarlos?

Dios mío. Creo que me va a dar un ataque de nervios.

Eso es. Pues ya está. Debería bajarme de la moto y echar a correr. Nadie me culparía. Pero tiene razón. Ya es demasiado tarde. Con un rugido del motor, salimos del callejón. Mis tetas, mi ansiedad y yo vamos a tener que aferrarnos a él y rezar para que no se fije en ninguna de nosotras.

La moto rebota sobre los adoquines mientras giramos por el bulevar y nos dirigimos al oeste, alejándonos del puerto. Pasamos por un montón de casas del siglo XVIII con carteles del registro histórico como el de mi casa, por dos estatuas de la Guerra de Independencia y por una iglesia blanca con un gran campanario. Al cabo de varias manzanas, cuando el tráfico de turistas se despeja y las calles se ensanchan, veo el conocido cartel de Greektown.

No hay vuelta atrás.

Los Karras viven en una casa estilo Cabo Cod parecida a todas las demás en esa tranquila manzana arbolada. Son casas sencillas típicas de Nueva Inglaterra, con patios pequeños y limpios rodeados de vallas blancas. Hay coches aparcados a ambos lados de la calle y otros más recorriendo la zona buscando una plaza libre. Lucky mete la moto entre dos camiones del Astillero de Nick y se detiene frente a un garaje independiente pintado del mismo azul claro que su casa.

He estado aquí cientos de veces. Cientos. Literalmente.

Me siento como si fuera la primera vez.

Cuando bajamos de la moto y nos quitamos los cascos, no parece nervioso ni muestra señales de estar pasando por la misma gimnasia mental que he experimentado yo por el camino. Ni siquiera me mira a la cara. Es como si siguiera tan sonriente como en el callejón.

Intento olvidarlo y centrarme en el entorno. Ya veo al otro lado de la acera, entre la casa y el garaje, que el patio trasero vallado está repleto de gente.

—Venga —dice acercando una mano a mi espalda para hacerme avanzar, pero sin llegar a tocarme—. ¿Te acuerdas de cómo funcionaba? No ha cambiado gran cosa. Cada uno se sirve lo que quiere. La gente va y viene, es algo casual. Normalmente no suele haber tanta gente, así que no te asustes.

—No estoy asustada.

—¿No?

Observo sus ojos entornados y recuerdo que me dijo que se me daba fatal mentir. No tiene sentido. Además, es un alivio no tener que fingir a su lado.

—Estoy aterrorizada. Las cenas de los domingos eran uno de mis momentos familiares preferidos cuando éramos pequeños. Me encanta tu familia y los he echado de menos. Pero todo ha cambiado y me da miedo que ya no me acepten. Me da miedo… ¿y si han visto la foto de mi madre?

Suaviza su expresión.

—No la han visto. ¿Crees que mis parientes de clase trabajadora se mueven en los mismos círculos que los Golden del pueblo? No podría importarles menos cualquier tontería que diga Adrian Summers.

Me río ligeramente, todavía estoy algo nerviosa, pero voy mejorando.

Me golpea suavemente el hombro con el suyo.

—No te preocupes. Te aceptarán porque yo lo hago. No ha cambiado nada.

Eso no es del todo cierto. El primer minuto en el jardín es confuso: guirnaldas de luces blancas colgadas en el techo de la pérgola; el olor a humo, a carne asada y a ajo; mi estómago rugiendo de hambre a pesar de los nervios; gente gritando «¡*Yiamas!*» y brindando alegremente en griego con copas de vino de plástico; niños correteando descalzos. Y mientras tanto oigo varias veces el nombre de Lucky mientras me pone una mano suavemente en la espalda y me guía entre mesas de picnic y demasiadas sillas para poder contarlas. Saluda a la gente, asiente con la barbilla, se ríe de algún que otro chiste… pero me sigue guiando entre varios pares de ojos curiosos hasta que llegamos a la jefa.

Kat Karras.

Sentada en la mesa, levanta la cabeza para mirarlo, con un pequeño asentimiento de barbilla.

—Por fin. ¿Por qué no me contestabas a los mensajes? Temía que te hubieras escapado.

—No escribo mensajes mientras conduzco. Y ya avisé de que llegaría pasadas las siete.

—Cierto, sí que lo hiciste. —Sonríe y levanta la mano para darle una palmadita en el pecho—. Y has traído a la señorita Josie. Gracias por venir, *koukla* —me dice.

—Gracias… por invitarme.

—Puede que las cosas cambien, pero siempre serás bienvenida aquí —afirma como si lo dijera de todo corazón—. Durante los últimos dos años, Diedre ha venido alguna que otra vez a cenar con nosotros los domingos.

¿En serio? Guau. Normalmente, mi abuela solo se permite disfrutar del tiempo suficiente para recalentar comida para llevar en el microondas y comer en la encimera de la cocina. Las sorpresas no se acaban.

—Tendrás que decirle que has venido la próxima vez que le mandes un correo —comenta Kat.

Odio tener que darle la noticia, pero la abuela y yo no tenemos una gran relación por correo electrónico. Ni una gran comunicación de ningún tipo, a decir verdad. Odia los mensajes. La veo más o menos una vez al año y apenas nos abrazamos. Supongo que los problemas de la relación entre mi madre y mi abuela son como la gripe, me han contagiado a mí también y ahora estamos todas enfermas.

—¿Dónde está papá? —pregunta Lucky.

—Vigilando la parrilla —responde ella señalando en su dirección—. Espero que tengas hambre, Josie. Las bebidas están allí. Hay un montón de guarniciones diferentes. Y guardad sitio para el postre. Ah, y no os acerquéis mucho a la cazuela azul, la tía Helen ha estado cocinando con sus gatos —susurra poniendo una mueca.

—Mierda —farfulla Lucky—. Gracias por el aviso.

Su madre le da un toquecito en el estómago, lo que lo hace gruñir.

—No hables así delante de la familia.

—Ella no es de la familia, mamá.

—Claro que lo es.

Sus palabras me pillan con la guardia baja. Probablemente, no quiera decir nada especial con ellas, será solo una forma de hablar. Pero me hace anhelar algo que no tengo y ahora estoy más emocionada de lo que me gustaría.

Sacude una mano en dirección a su hijo.

—Venga, saluda a tus abuelos. Ve a buscar a tu padre. Y, ¿Lucky?

—¿Sí?

—Te quiero.

—Ajá.

—Mi hijo, el poeta —comenta guiñándole el ojo y sonriéndole con evidente cariño.

Junto a la parrilla más grande que he visto nunca, de pie entre el humo de la madera y las cenizas, vemos la melena rizada hasta los hombros y las cejas pobladas del padre de Lucky, quien se toma una pausa durante el tiempo suficiente para abrazarme, aunque está demasiado ocupado apagando las llamas con una botella de agua como para ponerse a charlar.

A continuación, nos lleva un tiempo abrirnos paso entre la multitud para llegar a la comida. Vuelven a presentarme a la hermana de Kat. A una pareja de abuelos. A tres primos de Lucky. A un tío por parte de padre. A sus vecinos de enfrente, el señor y la señora Wong. A dos niños que vuelan aviones de papel. Y al perrito negro que vi correteando por la oficina del astillero el día que pasé junto a la ventana…

—Este es Bean, el cachorrito mágico —me dice Lucky mientras se agacha junto a la bolita de pelo y le rasca detrás de una oreja.

—¿Por qué es mágico?

—Lo encontramos deambulando por el astillero y nadie lo reclamó, así que mi madre siguió alimentándolo. Vamos, acaríacialo. No muerde, pero se tira muchos pedos. Ese es su poder mágico.

—Ah, pues paso —digo levantando las manos y riéndome.

—¿Todavía te dan miedo los perros?

—No me dan miedo.

—Desde lo de aquel dóberman cuando teníamos nueve años. El de la escuela.

—Odiaba a ese perro —admito—. No es eso. No lo sé… es que nunca he estado tan cerca de uno. No de una manera tan cercana y personal.

Arruga la nariz.

—No lo recuerdo. ¿Estás segura? ¿Nunca?

—He estado con algunos gatos en alguna de las pequeñas librerías que regentaba mi madre, pero nada de perros. Y nunca he tenido una mascota de verdad. Supongo que nunca he estado el tiempo suficiente en ningún sitio para tener una.

—Bueno, si alguna vez quieres practicar lo que es tener un perro, Bean estará encantado de ayudarte. Y lo bueno es que tiene poca capacidad de atención —añade mientras el perro se aleja corriendo detrás de un avión de papel con la lengua colgando—. Venga, vamos a comer algo antes de que nos arrincone alguien más.

Apilamos platos de comida. Una mezcla de todo, desde *spanakopita* y musaka hasta rollitos de cerdo con huevo del señor y la señora Wong y tres tipos de ensalada de patata diferente. Nos ponemos a buscar una mesa libre. Comer los dos solos es un poco incómodo. No tenemos mucho que decirnos y hay mucho ruido… suceden muchas cosas en ese pequeño patio. Conversaciones. Risas. Y sigue así hasta que uno de sus tíos, George, que está un poco borracho, tropieza con un aspersor. Gracias a Dios, porque eso atrae la atención de todos y Lucky finalmente rompe el incómodo silencio que se ha formado entre nosotros, rememorando historias graciosas sobre su tío George haciendo el ridículo en otras cenas dominicales.

—Odias esto —dice Lucky de repente jugueteando con la anilla de una lata de refresco de uva—. Estar aquí. Te preocupaba mucho venir, te dije que todo iría bien, pero ahora no hablas, así que estoy bastante seguro de que lo estás aborreciendo.

Lo considero unos instantes.

—¿Sabes qué? Lo cierto es que no. Simplemente había olvidado cómo era. Me he acostumbrado a estar mi madre y yo solas. Ha sido un poco raro volver aquí y añadir a Evie a la combinación. No en el mal sentido, pero...

—Has tenido que adaptarte.

—Sí.

—Para mí esto es lo normal —comenta señalando el patio—. Siempre hay ruido y gente yendo y viniendo. En casa, en el astillero... Puede que también recuerdes que mi padre tiene dos hermanas y un hermano, y todos se vinieron a vivir al pueblo hace dos años, así que tengo un millón de primos. Siempre hay alguien que necesita algo. Dinero, ayuda, atención, dormir en el sofá, cenas, recados, favores, dramas, canguros... Acabo cansado de tanto caos. Mataría por tener un refugio como el tuyo. Es mi sueño. ¿Vivir sobre el Rincón? Me parece una maravilla.

—¿En serio?

—Claro que sí. ¿Por qué crees que me gusta tanto ir allí? Es uno de los pocos lugares en los que puedo disfrutar de algo de paz y tranquilidad lejos de mi familia.

—Últimamente no has venido mucho por la librería. No desde...

—Bueno —dice encogiéndose de hombros mientras aparta el plato—. He estado un poco ocupado alquilando barcos y esas cosas.

—Esas cosas —repito con una sonrisa.

Me alegra mucho que estemos hablando y no haya una situación incómoda como cuando nos hemos sentado a comer.

Mira por encima del hombro y dice:

—Oye, ¿quieres ver una cosa?

—¿Vas a enseñarme donde están enterrados los cuerpos?

—Me sorprendería que no hubiera al menos uno.

Me hace una señal con la cabeza y lo sigo en silencio por el borde del patio, a través de un par de arbustos altos, hasta una puerta trasera que lleva a un garaje aparte, donde enciende una lámpara que tarda un segundo en iluminar la estancia oscura.

Miro a mi alrededor mientras él cierra la puerta detrás de nosotros, dejando fuera el ruido del patio. Es un garaje para un coche, aunque no hay ningún automóvil dentro, igual que cuando veníamos a jugar los días de lluvia. Pero eso es lo único que no ha cambiado. Junto a la puerta hay un sofá destartalado y una nevera pequeña que se utiliza como mesa auxiliar, con una pila de libros y una lamparita encima. Sin embargo, no es lo único grande que hay en la estancia.

Piezas metálicas recuperadas.

Por todas partes.

Radios, llantas, tubos, guardabarros, barras, láminas... Las paredes están revestidas de estanterías industriales llenas de piezas metálicas de todas las formas y tamaños imaginables. También cuelga metal de las vigas. Está apilado en una esquina junto a una gran máquina rotativa que parece cortar o triturar, tal vez ambas cosas. Además, hay una gran mesa central junto al equipo de soldadura, reconozco esa pequeña máquina naranja y la mascarilla porque he visto una similar en funcionamiento en el astillero.

En el fondo del garaje, enfrente de la puerta, Lucky enciende una lámpara sobre un banco de trabajo. Hay martillos, sierras y una gran variedad de herramientas extrañas colgando de un tablero perforado. Hileras de cajones diminutos.

Miro a mi alrededor, maravillada, sintiendo su mirada sobre mí. No dice ni una palabra, lo cual me parece raro. Entonces lo comprendo.

—Esto es lo tuyo —murmuro—. Tu fotografía. —Asiente—. La metalistería.

—Sí. —Saca un taburete de acero de debajo del banco de trabajo—. Esto lo he hecho yo.

No es elegante. Son líneas limpias y sencillas. Se pueden ver las soldaduras en las juntas. Pero es precioso. Y no chirría como el taburete que tenemos detrás del mostrador en el Rincón.

Antes de que pueda abrir la boca para decir nada, señala otras cosas y explica para qué es cada una y cómo las ha hecho: una cúpula en forma de cesta alrededor de una lámpara que un día fue una lata, una jaula que rescató de una trampa para cangrejos llena de más piezas, un juego de cajones de un taller de pintura de los años 50 que cortó y volvió a montar. Funde metal, lo corta, lo une y forma algo nuevo.

—Eres un artista —digo finalmente, asombrada—. Como yo.

—Artesano —puntualiza—. Es diferente. Necesito que lo que hago tenga un propósito práctico.

—Para el inminente apocalipsis —digo recordando nuestra conversación en el Quarterdeck.

Se ríe.

—Oye, también me gusta el arte. Y mucho. Pero esto… esto es lo mío. Es una preferencia personal. Igual que tus fotos de carteles. Supongo que esto es lo que me dice algo a mí.

—Sí, lo entiendo. —Miro a mi alrededor—. Aquí reconstruiste tu moto.

—Sí.

—Y sueldas.

—Sí —contesta asintiendo.

Parpadeo mirando los trozos de metal que cuelgan de las vigas. Veo otra cosa ahí arriba. Una espada.

—¿Y eso?

—Eso es lo que estoy aprendiendo —dice mientras la baja y desenvaina una rústica espada negra—. La forja.

—Guau —admiro tocando el pomo—. Qué guay. Ahora puedes enfrentarte a hordas de zombis.

—Quizás pueda cortar un brazo o dos antes de que empiece a mellarse —responde con una tímida sonrisa—. Todavía no se me da demasiado bien la forja. Es un trabajo muy duro, pero me gusta mucho. Puedes martillear el hierro y convertirlo en lo que tú quieras si eres lo bastante paciente. No estoy seguro de serlo, pero tengo un buen profesor, aunque últimamente no he tenido mucho tiempo para que me dé clases, teniendo en cuenta todo lo que está pasando.

Hierro. Martillo. Forja. Yunque.

Herrero.

—Tu camiseta… la que llevabas cuando salimos con el barco…

Asiente y me mira con curiosidad, como si le sorprendiera que me acordara.

—El herrero —continúo—. Hay un herrero en Lamplighter Lane con un lobo de hierro forjado colgando sobre la tienda. Es la imagen de tu camiseta. ¿Él es tu profesor?

—El señor Sideris —confirma asintiendo lentamente y mirándome con los ojos entornados.

¿Por qué me mira de ese modo tan extraño?

Está empezando a ponerme nerviosa, así que me rasco el brazo y suelto:

—Mi madre tiene una extraña superstición respecto a Lamplighter Lane. Recuerdo que cuando era pequeña lo mencionó una vez o dos, pero ahora la asusta de verdad. Bueno, ella cree que hay una especie de nube negra encima de esa calle o un portal al infierno, como si estuviera encantado o algo. No lo sé. No ha puesto un pie en esa calle desde que volvimos.

—¿En serio? —pregunta haciendo una mueca y riéndose.

—Ya sabes lo supersticiosas que somos las Saint-Martin con todo eso de la maldición romántica.

Envaina la espada y la vuelve a colocar en sus soportes.

—Voy a tener que contarle al señor Sideris lo de Lamplighter Lane. Le encantará. Puede que sin saberlo haya abierto un portal en su fragua. El calor es el mismo, eso te lo puedo asegurar.

Hace el calor suficiente para quemar a alguien. Me fijo en las cicatrices de quemaduras que tiene en la frente.

—Hay fuego de verdad en la fragua, ¿no? Quiero decir, no tengo ni idea de cómo funciona, pero después de todo lo que has sufrido por el incendio en la casa del lago me parece bastante fuerte que quieras…

—¿Volver a estamparme la cara sobre un infierno ardiente?

Dejo escapar una risita nerviosa.

—Sí, supongo que sí.

—Después de lo de la casa del lago estuve muchísimo tiempo sin acercarme siquiera a una llama. Me quedaba totalmente petrificado cuando veía la barbacoa de mi padre en el patio. ¿Sabes quién es el viejo Leary, el dueño de la tienda que hay al final de la manzana y que siempre fuma puros apestosos en el rincón? Pues estuve a punto de tener un infarto un día porque encendió un mechero justo cuando yo pasaba por su lado.

—Dios mío… —murmuro.

—Sí. De todos modos, iba a terapia en el hospital infantil del Providence un par de veces al mes y me sugirió que me enfrentara directamente a mis miedos. ¿Qué podía haber más aterrador que una fragua al rojo vivo que alcanza temperaturas de dos mil quinientos grados? Sorprendentemente, funcionó. Me tomó un par de intentos y puede que las primeras veces acabara llorando como un bebé. No se lo digas a nadie.

Los árboles pequeños proyectan sombras grandes.

—Tu secreto está a salvo conmigo —contesto sonriendo suavemente. A continuación, me fijo en sus cicatrices—. Seguro que estás harto de que la gente se te quede mirando. Estabas lleno de vendas cuando me marché, se me hace raro verlas ahora. —Me rasco el brazo y miro al suelo—. Pasé mucho tiempo preocupada por ti después de marcharnos del pueblo. No dejaban de decirnos que no era tan grave, pero yo sabía que mentían.

Él guarda silencio unos instantes y a continuación añade en voz baja:

—Ahora estoy bien. Solo son cicatrices.

Dudo que eso sea cierto. Ni quiero que tenga que seguir pensando en ello, así que niego con la cabeza.

—No quería sacar a relucir malos recuerdos ni nada por el estilo.

Pero en cuanto lo digo me doy cuenta de que ya los tiene ahí, no hace falta sacarlos a relucir. Soy yo la que se siente incómoda por la emoción de la situación. Soy yo la que se siente culpable por no haber estado ahí para él cuando más necesitaba una amiga.

No era yo la que estaba de vacaciones en Massachusetts con mi familia, quien tenía que estar vigilando a mi prima pequeña Chloe mientras mis padres conducían hasta la tienda. Quien, cuando todos los primos quisieron ir a nadar al lago, dijo que no pasaba nada porque ella se quedara en la casita sola…

Quien no pudo nadar lo bastante rápido cuando hubo una fuga de gas y se produjo una explosión.

Él creía que la pequeña seguía dentro. No estaba, la niña estaba bien y a salvo fuera. Pero cuando finalmente llegó a la orilla del lago, entró corriendo de todos modos… y solo encontró un gato negro asustado y atrapado.

El mismo gato negro que vive ahora en el astillero.

El tatuaje que tiene en la mano.

Lucky se quedó traumatizado. Creo que no era capaz de decidir si lo que acababa de hacer no había tenido ningún sentido o si el gato negro era lo más importante del mundo. Tal vez ambas cosas. Estaba confundido y muy dolorido. Pero yo era pequeña y no sabía que hacer o qué decir para mejorar la situación.

Y luego llegó esa gran discusión entre mi madre y mi abuela.

Y entonces nos fuimos. Y Lucky y yo nos separamos. Y me quedé sola.

—Lo siento —susurro.

Sé que no es suficiente, pero es lo único que puedo ofrecerle ahora mismo.

Insegura, me acerco a él y le agarro el antebrazo. Tal vez sea un gesto demasiado íntimo para unos antiguos amigos de la infancia. Parece que hayan pasado mil años desde que nos tocamos de aquella forma en el barco, y quizás todo el significado que le atribuí a ese gesto está solo en mi cabeza.

Me dispongo a soltarlo, pero cuando deslizo la mano, me atrapa las puntas dedos con las suyas y las sostiene suavemente. No se lo impido. Tampoco le impido acariciarme los nudillos con el pulgar, lo que me provoca escalofríos tan intensos en la piel que tengo que cerrar los ojos unos instantes. Y, cuando baja la cabeza y siento su aliento cálido haciéndome cosquillas en el pelo junto a la sien, hace que se me acelere la respiración.

No lo detengo.

Es él el que se separa.

Y cuando lo hace… cuando deja caer mi mano y me da la espalda, siento un horrible y doloroso vacío en mi interior. Se ha cerrado por completo, como si hubiera apretado un botón y hubiera erigido una especie de barrera eléctrica entre nosotros que no puedo atravesar. Apaga la luz del banco de trabajo y lo deja todo donde estaba, se pone a ordenar…

—Será mejor que volvamos fuera —dice con una voz ronca que parece fría y perdida. Una voz que da a entender que ha cometido un terrible error y ahora está intentando compensarlo.

¡No! Abro la boca para ser totalmente sincera, pero uno de sus primos pequeños irrumpe por la puerta trasera del garaje y trae consigo el ruido del patio trasero y el perrito negro… y todas mis palabras sinceras se quedan atrapadas en mi cabeza.

Quiero decirle que me alegro de que me haya traído aquí para mostrarme su trabajo y reunirme con su familia ridículamente agradable y escandalosa. Que no es ningún monstruo. Que en realidad es maravilloso, amable y divertido, y que no me había dado cuenta de cuánto había extrañado a mi mejor amigo hasta ese mismo momento.

No, no solo lo he extrañado. Quiero recuperarlo. A mi niño.

Pero creo que también quiero a Lucky 2.0.

También quiero pedirle si, por favor, podría volver a sostenerme la mano.

También quiero que seamos mucho más que amigos.

Soy una avariciosa, lo quiero todo.

Tic, tac, tic, tac.

¿Qué diablos hago ahora?

Capítulo 13

De todo lo que he heredado de mi madre (el secretismo, mi incapacidad para comunicarme de manera sana, el amor por la comida frita y el odio intenso a las palabras mal pronunciadas) lo único que me gustaría que me hubiera transmitido es su capacidad para charlar en situaciones incómodas. Se le da muy bien e incluso cuando mete la pata es capaz de reírse y salir airosa de la situación. Tiene el don de la palabra.

Me vendría bien parlotear un rato cuando Lucky me lleva de vuelta a casa después de la cena del domingo, tras mandarle un mensaje a Evie y descubrir que mi madre no está porque tenía que hacer otro «paseo nocturno» por el puerto, y me deja delante de la librería. No sé qué decirle, ni siquiera cuando se queda callado y me aparta.

Ha vuelto a mostrarse intimidante y distante y, mientras le devuelvo el brillante casco del tricornio, sopeso si debería intentar ser locuaz como mi madre o seria y comentarle todo aquello que he comprendido en el garaje.

Pero antes de que pueda hablar, un deportivo azul brillante, con un motor desagradable y atronador, frena con un chirrido delante de la librería. Una música hipnótica resuena desde el interior y nos miran tres rostros pálidos de chicos. No sé quiénes son los dos que van delante, pero conozco demasiado bien al chico que asoma el brazo por la ventanilla trasera.

—¿Qué tenemos aquí? —pregunta un Adrian Summers borracho. Todavía tiene la cara vendada por el accidente con Evie y unos moretones horrendos debajo de los ojos. Hay dos muletas en el asiento junto a él—. La Saint-Martin más joven y el único motorista de Beauty. Huele a conspiración.

—Y yo huelo vodka —contesta Lucky con fingida alegría—. ¿Tienes licencia para vender alcohol en un bar sobre ruedas? Porque de lo contrario, tendré que informar a las autoridades.

Adrian le hace un gesto descuidado a Lucky para ahuyentarlo y me señala con una botella de agua, cuyo contenido no está del todo claro.

—¿Está Winona la Salvaje en casa?

Se me tensan todos los músculos.

—Lárgate, Adrian.

—Necesito que me hagas un favor. Sube y dile a Evelyn que baje. No responde a mis mensajes y necesito verla.

No pienso hacerlo en absoluto. Los dos del asiento delantero nos miran riéndose y parecen estar tan borrachos como Adrian. No sé si son Golden o algunos de sus compañeros de Harvard que han vuelto a casa durante el verano.

—Supongo que está en clase —respondo.

—¿Un domingo?

—Tiene un examen —le digo.

Uf, Lucky tiene razón, se me da fatal mentir. Solo tiene una clase este verano y probablemente Adrian lo sepa.

—Será solo un minuto. Dile que baje —insiste dando dos palmadas en la puerta del coche—. Y rapidito.

—Nadie va a decirle nada a Evie —interviene Lucky.

—Tú no te metas —advierte Adrian—. No es asunto tuyo.

—No es asunto de nadie —replico—. Le diré que te has pasado.

—Pero ahora estoy aquí, he venido a propósito hasta su casa. Venga. Ve a buscar a Evie.

—Te estoy pidiendo amablemente que te marches.

—¿Y si me niego?

Lucky baja de la moto.

—Lárgate de aquí, Summers.

—¿O qué? ¿Me pegarás? ¿Llamarás a la policía para que vuelvan a meterte en la cárcel? ¿Y por qué estáis siempre juntos vosotros dos? Creo que os traéis algo entre manos.

—No es asunto tuyo, ¿verdad? —espeta Lucky.

Adrian sonríe con superioridad.

—Es decir, está muy buena sin ropa, pero ya la hemos visto todos. No vale la pena, colega.

Los amigos de Adrian se ríen con él.

Lucky maldice profusamente y se dirige al coche, pero lo agarro del brazo.

—Tú sigue hablando así y me aseguraré de recordarle a Evie qué tipo de imbécil eres y que tomó la decisión adecuada al apartarse de ti —le digo a Adrian esperando sonar más amenazante de lo que me siento en realidad.

Adrian me fulmina con la mirada y luego señala vagamente a Lucky con la botella de agua.

—No me he olvidado de ti. Te voy a hacer pagar por lo de esa ventana, mono grasiento. Ojo por ojo…

Adrian se da por vencido, les hace una señal a sus colegas en el asiento delantero y el coche se aleja. Otro deportivo se ve obligado a frenar bruscamente y toca la bocina cuando pasan por delante sin mirar. A continuación, aceleran y desaparecen en la oscuridad de la noche.

—Golden… idiotas titulados —gruñe Lucky—. ¿Estás bien?

Asiento, ligeramente asustada. Probablemente solo hayan sido tonterías de borrachos, nada más. Mañana no se acordará. Aun así… me extraña que estemos aquí solos. Puede que se refleje en mi cara porque Lucky pregunta:

—Oye, ¿quieres que me quede o…?

Niego con la cabeza.

—Tenemos alarma de seguridad. Cerraré con llave y la configuraré. Le enviaré un mensaje a mamá y vendrá a casa.

—¿Seguro? —pregunta titubeando.

—Sí —contesto esperando sonar más segura de lo que me siento—. Podría volver en cualquier momento, así que será mejor que suba.

Tengo que ver cómo está Evie, asegurarme de que Adrian no la esté acosando por mensaje.

—Estoy a solo unos minutos, si te asustas o necesitas refuerzos, me avisas. No es que no puedas encargarte tu sola, pero… ya sabes.

—Gracias —contesto de todo corazón y espero que él lo sepa.

—¿Y podrías avisarme cuando tu madre llegue a casa? Estaré despierto un buen rato.

—Sí, no hay problema, lo haré —prometo y señalo la casa—. Voy a…

—Sí.

—Buenas noches.

—Buenas noches —repite con aire preocupado.

Todo lo que quería decirle antes se pierde con esta nueva preocupación. Por un momento, incluso me inquieta que parte de eso sea culpa mía, que tal vez Adrian ni siquiera se hubiera parado ni nos hubiera amenazado si yo no hubiera roto el escaparate de los grandes almacenes Summers & Co. Pero supongo que eso no es cierto, que habría vuelto a ver Evie igualmente.

Después de hacer rugir el motor varias veces y echar unos cuantos vistazos a la calle como si no estuviera totalmente convencido de que Adrian se ha ido, finalmente se pone el casco y se aleja por la calle.

Dejo escapar un suspiro, rodeo la librería hasta llegar a la parte trasera del edificio y subo las escaleras a toda prisa. Gracias a Dios, está todo en silencio. Cuando llego arriba y meto la llave en la cerradura, oigo algo desde la distancia que rompe el silencio y me hace detenerme en seco.

Un motor de carreras. Música fuerte.

Vuelven.

Se me disparan los latidos. Saco la llave de la cerradura justo cuando chirrían los frenos.

Entonces oigo algo peor. Un sonido horrible que conozco demasiado bien.

Cristales rotos.

Dios mío. No, no, no…

Bajo los escalones de dos en dos y rodeo una vez más la librería. Veo el deportivo alejándose a toda velocidad en dirección opuesta en la calle oscura con sus luces traseras rojas como dos ojos brillantes. Y, al otro lado de la calle, la ventana de la oficina del astillero ha desaparecido. Esta rota. Destrozada. Los cristales brillan desde el marco del escaparate hasta la acera.

¿Qué había dicho Adrian? ¿Ojo por ojo?

El problema es que ese era el ojo equivocado.

• • •

Es otra vez como lo de Summers & Co, solo que esta vez parece mucho peor porque…

No ha sido un accidente.

Y es la ventana del astillero.

No es un escaparate que exhiba artículos de lujo y que pueda ser reemplazado por el hombre más rico del pueblo solo con un chasquido de dedos. No. Es un sencillo cristal de una ventana a través de la cual ríe una gran familia feliz.

Esto es algo personal.

Un hombre mayor frena su camión cuando ve los daños.

—¡Se han dado a la fuga! —grito.

—Se detiene ante la acera, confundido. Conozco ese sentimiento. Y entonces me acuerdo del gato negro.

¡No!

Cruzo corriendo la calle levantando una mano para detener a otro coche que se acerca y piso los cristales rotos para asomarme al interior de las oficinas. No veo nada. Hay demasiada luz ambiental proyectando demasiadas sombras. Se me retuerce el corazón al pensar en el pobre animal. Lucky se quedará devastado si le ha sucedido algo.

Una de las sombras se mueve… en lo alto. Sobre un archivador.

Gracias a Dios.

Meto la mano a través de la ventana rota y lo atraigo hacia mis brazos abiertos. Sostengo su cálido cuerpo cuando intenta pasar corriendo junto a mí, presa del pánico. Me clava las uñas en los hombros, pero no me importa.

—Te tengo —le digo saliendo rápidamente hacia el callejón lateral donde no hay tanto caos—. No pasa nada. Vamos a llamar a tu hermano mayor.

Estoy temblando cuando saco el móvil y busco a Lucky. Responde al primer tono y digo directamente:

—Vuelve. Adrian ha roto la ventana del astillero y se ha dado a la fuga. Avisa a tus padres, yo llamaré a la policía. Tengo a tu gato.

Ni siquiera hace falta que llame porque enseguida oigo una sirena compitiendo con la estridente alarma del astillero. Me quedo aturdida en el callejón oscuro, acariciando al gato negro inquieto mientras empieza a acercarse gente al enorme agujero del edificio. Y a continuación:

Evie baja corriendo de casa.

Luces de policía.

La Superhawk de Lucky.

Sus padres.

Mi madre.

Una ambulancia que no es necesaria, pero que se queda cerca por si acaso.

Un equipo de mantenimiento municipal.

Y montones de gente boquiabierta bien pasada la medianoche.

Mi madre abre la librería y prepara café para los Karras y para la policía. Kat está furiosa. El gato negro está aliviado por poder retirarse a una de las gradas de reparación de barcos, lejos de todo el caos. Y, por primera vez, me entero de que tiene nombre. Saint Boo. Boo para abreviar. El gato con siete vidas en este momento.

—Tenía doce años —explica Lucky cuando cuestiono su elección de nombre. Es la única oportunidad que tengo para hablar con él a solas en mitad del caos durante unos minutos—. Y juro por Dios que, si Boo se hubiera hecho daño por un cristal o si hubiera salido corriendo hacia algún coche, mataría a alguien.

Lo creo. Y los dos sabemos quién es ese alguien.

Pero ahora que la conmoción se está desvaneciendo, empieza a aparecer otra emoción, sobre todo en el padre de Lucky: preocupación.

—¿Es por el dinero? —pregunto—. ¿Para repararlo todo?

Niega con la cabeza.

—Creo que es más por tener que enfrentarse a Levi Summers. Solo es una ventana, pero estar en guerra contra él podría arruinarnos el negocio.

Se me revuelve el estómago.

Tendría que haber sido nuestra ventana.

Tendría que haber sido nuestra guerra.

No sé qué hacer, pero estoy algo asustada y creo que tal vez sea momento de reconsiderar mi responsabilidad en todo esto. No puedo permitir que un error mío provoque una guerra que acabe arruinando el negocio de toda una familia. Todo era muy fácil cuando llegamos al pueblo. Tenía el plan de tres pasos para irme a Los Ángeles. Graduarme en el instituto antes de que mi abuela volviera de Nepal. Ahorrar dinero. Demostrarle a mi padre que soy digna de ser su aprendiz...

Ahora ya he gastado mis ahorros para ayudar a Lucky a pagar por el escaparate. Y ni siquiera logro reunir el coraje para escribir un correo a la estúpida revista por lo de las prácticas porque soy una gamberra en secreto y por la foto desnuda de mi madre y... y...

Tic, tac, tic, tac.

Respira.

Voy a resolver esto. Encontraré un modo de arreglar las cosas como sea. Sin embargo, sí que sé una cosa. Pase lo que pase, no permitiré que los Karras pierdan su negocio.

Los Ángeles o no...

Mi madre no sabe que volvía de casa de Lucky cuando han roto la ventana, pero sabe que estaba fuera de la librería cuando ha llegado Adrian y ha pedido hablar con Evie. Mi madre está furiosa. Y un poco asustada.

—Si realmente lo ha hecho Adrian... —comenta un día después cuando vemos que hay cuatro personas instalando la ventana nueva al otro lado de la calle.

—¡Pues claro que ha sido él! ¿Quién iba a ser si no?

¿Quién iba a tirar una palanca a una ventana después de emborracharse y amenazar a la gente con un discurso de ojo por ojo? No entiendo por qué la policía no puede encontrar huellas, pero parece ser que es imposible. Debió de limpiarla antes de arrojarla.

O alguien del departamento de la policía lo está cubriendo...

—¿Por qué iba un remero olímpico a ponerse a romper ventanas en Beauty? —pregunta mamá—. ¿Evie? ¿Tú crees que lo haría?

—No sabría decirte —murmuro Evie.

Sí que sabría. Claro que sabría. Evie no quiere que se lo diga a mi madre (supongo que porque le da vergüenza que Adrian sea un acosador tóxico, aunque eso no sea en absoluto culpa de ella), pero me obligó a jurarle que guardaría el secreto cuando me mostró todos los mensajes que le había enviado borracho la noche anterior. Cuarenta y tres. ¡Cuarenta y tres! Además de las once llamadas de teléfono. ¿Quién hace eso? Un maníaco, solo un maníaco lo hace.

Por otra parte, ¿quién lanza una piedra al escaparate de unos grandes almacenes históricos?

Puede que yo también sea una maníaca.

¿Qué maníaco fue primero? ¿El huevo o la gallina?

Después de que insista una y otra vez en que ha sido Adrian y le suplique que confíe en mí esta vez, mi madre cede e intenta llamar al padre de Adrian a su número profesional solo para hablar, pero no él no responde a la llamada. Y no es el tipo de persona a quien puedes acercarte y exigir justicia. No puedes ir y llamar a su puerta simplemente. Supongo que, cuando es su propiedad la que ha sido destruida, sí que está disponible. Cuando su hijo es el responsable de la destrucción... bueno, es un hombre muy ocupado.

Hay que ponerse a la cola.

Cuando llega el miércoles, mi madre cierra la librería a mediodía porque es nuestra tarde libre y va a la galería de arte Freedom de al lado, donde se han reunido varios propietarios de negocios vecinos para hablar de seguridad. Odio tener que decírselo, pero no corren ningún peligro por parte de Rompe Ralph. A Adrian no le importan sus ventanas.

Evie está especialmente callada respecto al tema. Seguro que está mucho más enfadada de lo que transmite, pero dice que necesita tiempo para pensar. Así que le estoy dando espacio. Sin embargo, también pienso en esos cuarenta y tres mensajes.

Puede que todos tengamos nuestras bombas de relojería.

Mientras Evie cierra la contabilidad, yo llevo todos los carros de libros vacíos al almacén y los dejo alineados para el envío de mañana porque se supone que vamos a recibir un gran cargamento de la distribuidora. Al menos, empiezo a hacerlo hasta que alguien da unos golpes en la puerta del almacén, la que se abre a un lado de la casa, entre la calle y el callejón.

Los repartidores no dan golpes, tocan el timbre.

Con cautela, abro ligeramente la puerta y me asomo por la rendija. Cuando veo el rostro de Lucky devolviéndome la mirada sobre una camiseta rojo oscuro, se me aceleran los latidos.

—Hola —saluda y eleva una comisura de la boca—. He visto que Winona ha salido a la reunión de vecinos de aquí al lado. Mi madre también ha ido. No estoy seguro de si todavía tengo el acceso prohibido a estas instalaciones…

—¿A ojos de Winona? No lo sé. En tiempos de crisis es difícil saberlo. ¿Te gustaría arriesgarte y entrar un minuto? —*Por favor.*

—¿No eres tú la que se arriesga? A mí no me han prohibido verte.

Me encojo de hombros intentando parecer casual y abro la puerta.

—Y no se me da bien seguir las reglas. Bienvenido al almacén.

—Lamento decepcionarte, pero ya he estado aquí. Muchas veces.

—¿Sí? —pregunto cerrando la puerta tras él.

—Tu abuela me deja ojear las novedades antes de colocarlas en las estanterías.

A nosotras nunca nos dejaba entrar aquí cuando éramos pequeñas. Nunca. Sinceramente, me sorprende que permita entrar a niños en la librería. Odia el ruido y el desorden.

—También deja que Saint Boo duerma aquí a veces cuando nos vamos del pueblo.

Abro tanto la boca que casi me llega a los pies.

—Empiezo a tener serias sospechas de que la Diedre Saint-Martin que has conocido los últimos años es una especie de impostora —le digo—. La abuela a la que yo conozco y quiero odia los animales. También es una arpía obsesionada con las reglas que le arruinó la vida a mi madre, y a mí por extensión, y que escucha demasiada música de violín.

—Sí que tiene una obsesión preocupante por los violines. Me preguntó si tocarán el violín en Nepal.

—Te has perdido sus postales semanales sobre flautas y cuencos tibetanos.

—Tal vez eso le acabe gustando más que los violines y decida quedarse. Nunca se sabe…

Imposible.

—Bueno…

Me siento aliviada de tenerlo al lado, a un brazo de distancia. Y nerviosa. Y extrañamente ligera. Es la primera vez que estoy a solas con él desde la cena del domingo, aparte del momento del cristal roto y los coches de policía, e intento ocultar todos esos sentimientos que tengo ahora enredados en las nuevas preocupaciones que he desarrollado a partir de la borrachera de Adrian, así que me mantengo ocupada con los carritos vacíos.

—¿Cómo está Saint Boo? ¿Y cómo va el tema de la ventana? Ayer vi que había gente examinándola. ¿Les va a costar una fortuna a tus padres?

¿Debería tener el estómago completamente revuelto? Porque lo tengo.

—Boo está bien. En cuanto a la ventana... —Cierra un ojo con fuerza.

—Ay, Dios. Justo lo que pensaba. Ya se me están acabando los antihistamínicos caducados que encontré en el botiquín de mi abuela y que me tomo para atontarme lo suficiente como para poder dormir por las noches.

—Eso no suena bien —dice con el ceño fruncido—. No lo hagas.

—Evie me dijo que es seguro para gatos, perros y bebés, así que supuse que también lo sería para Josies.

—Mira, la ventana ya está casi instalada y deberían acabar de colocarlo todo mañana. No ha sido barato, pero no se acerca ni mucho menos a lo de Summers & Co, así que puedes dejar de tomar medicamentos para la alergia caducados. En serio. ¿Entendido?

—Entendido. —Doy golpecitos con los dedos en la mesa, algo nerviosa—. ¿Sabes algo de los Summer o de la policía?

—No hay videovigilancia ni nada parecido en Beauty. La propietaria del Regal Cosmetics de la esquina dice que está dispuesta a testificar que vio un coche azul dirigirse aquí a esas horas, pero no vio el delito como tal. Y nosotros tampoco...

—Pero sabemos que fue él. Y a mí tampoco me grabó ninguna cámara rompiendo el escaparate.

—Pero tenían mi confesión —puntualiza—. Y Adrian es capaz de arrancarse la piel antes que de confesar.

—Entonces, ¿ahora qué?

—Sinceramente, no lo sé. Mi padre está algo preocupado. Creo que nuestro seguro cubre parte de los daños, pero lo que más le preocupa es Levi Summers y cómo nos afectará esto a nivel empresarial a largo plazo.

—¿Es el mayor cliente de tu padre?

—Más o menos. Pero no son solo los dólares como tal que nos paga. Si retira su negocio y dice a los demás que hagan lo mismo…

Asiento.

—Sí, lo entiendo. Puede incluiros en la lista negra.

—Es un modo de decirlo. Tiene mucha influencia en este pueblo. Es dueño de un montón de propiedades. Los grandes almacenes, el periódico…

La revista, pienso, aunque no lo digo en voz alta.

—¿Qué van a hacer tus padres al respecto? —pregunto.

Se rasca la nuca, niega con la cabeza y se encoge de hombros.

—Están esperando a ver cómo se desarrollan las cosas.

—¿Lucky? —pregunto en voz baja—. ¿Crees que debería decirles que fui yo la que rompió el escaparate de los grandes almacenes? ¿Te parece que eso ayudaría?

Frunce el ceño.

—Para nada. Dijiste que no lo harías, Josie.

—Pero…

—Ya hemos hablado de esto.

—¿Por qué? ¿No sería mejor para tus padres que Levi Summers supiera que fui yo? No quiero arruinar su negocio… esto es culpa mía.

—¿Y qué hay de Los Ángeles? ¿De que tu padre no te aceptará si tienes antecedentes policiales? ¿De que tu madre te meterá en el coche y te sacará a rastras del pueblo antes de que vuelva tu abuela? ¿Qué hay de eso, eh?

Ah. ¿Le conté todo eso en la comisaría? Un momento…

¿Le preocupa que me marche del pueblo otra vez antes de que mi abuela vuelva de Nepal? Intento atrapar su mirada, pero no me mira. Sus ojos se posan en cualquier cosa que no sea mi cara y en ese momento lo sé con certeza.

Le preocupa que vaya a marcharme.

Bueno.

Para ser sincera, a mí también.

—Vale, vale —le digo—. No les diré que yo rompí el escaparate.

Relaja los hombros.

—Vale.

—Todo irá bien.

—Todo irá bien —repite él.

No estoy segura de que ninguno de los dos lo crea al cien por cien, pero lo intentamos.

Golpea con los dedos uno de los carritos de libros y mira alrededor del almacén, a las estanterías llenas de cajas de suministros y accesorios como sujetalibros, carteles viejos y soportes, hasta que su mirada se detiene en la puerta abierta, cerca del mostrador de recepción.

—Eso es nuevo. Antes solía estar fuera de sus bisagras y el interior estaba todo lleno de basura.

—Mi madre y yo la colocamos en el sitio y lo limpiamos todo. —Me limpio las manos y me acerco a la puerta—. ¿Ves? Es un cuarto oscuro, uno muy rudimentario y pequeño.

—¿Revelas los carretes aquí?

—Sí.

—¿Cómo funciona?

—Así…

Me sigue al interior.

—Vaya, hay poco espacio.

Dios, no bromea. Tendría que habérmelo pensado dos veces antes de dejarlo entrar.

—Bueno, normalmente solo entro yo.

—Sí, claro. Me gusta el reloj —comenta señalando la pared—. ¿Es analógico?

—Es mi cronómetro.

Intento no chocar con su brazo mientras lo rodeo arrastrando los pies para encender una lámpara que hay sobre un escritorio improvisado de madera contrachapada, debajo de la parte inclinada del techo de la esquina. A continuación, paso junto a él, cierro la puerta y echo una cortina que llega hasta el suelo.

—Qué acogedor —dice.

—Es para asegurarme de que no entre luz por ninguna grieta —contesto algo nerviosa.

—Ah.

Será mejor limitarme a los detalles técnicos.

—Ya tenía ventilación porque alguien empezó a convertir esto en un baño en algún momento. Así que este es mi ventilador. Hay estanterías debajo del escritorio para todos los recipientes. Aquí hay herramientas. Y tengo las cosas divididas en una parte seca y una húmeda para los productos químicos, ¿lo ves?

—Parece peligroso.

—Solo si te lo echas en la cara, así que no lo hagas. —Enciendo la bombilla de seguridad que tengo instalada en el techo, y la estancia se ilumina de rojo—. ¡Tachán! Esto es lo que uso para revelar. Magia.

—Vaya —admira girando la cabeza para mirar alrededor. Su camiseta roja se camufla con las paredes—. Es como si estuviéramos en un club de estriptis.

—Eh…

—Evidentemente, no he estado nunca en un club de estriptis.

—Pues ya somos dos. ¿Hay alguno en Beauty?

Lucky resopla.

—Todavía hay leyes estrictas sobre los trajes de baño en los libros del pueblo. Técnicamente, creo que Beauty tiene derecho a enviarte a juicio por bruja si enseñas la barriga en una playa pública.

—Beauty, donde la modernidad es una palabra que solo usamos para hablar de nuestros muebles.

—Beauty, donde IKEA es un poco demasiado progre —añade.

Me río e intento pensar otra ocurrencia.

—Beauty, donde la salsa tabasco es bastante innecesaria, ¿verdad?

A continuación, él suelta:

—He sido uno de tus suscriptores anónimos de Photo Funder desde que te abriste la cuenta.

Abro la boca, pero no sale nada.

—Lamento no habértelo dicho antes —añade con las pestañas cubriéndole los ojos, que miran fijamente al suelo entre nosotros—. Quería hacerlo, pero me preocupaba que pensaras que era raro. Sobre todo, después de lo que dijo Adrian de los desnudos en la fiesta y de que te enseñara esa foto de tu madre.

Intento encontrarle el sentido mentalmente.

—Me abrí la cuenta el verano pasado. Estaba viviendo en… —¿Dónde? Ni siquiera recuerdo dónde estábamos mi madre y yo—. Massachusetts.

—Me lo dijo tu abuela.

Miro fijamente su camiseta, cuyo color desaparece bajo la inquietante luz de seguridad. El pulso me retumba con tanta fuerza en las sienes que no puedo pensar con claridad.

—¿Ella te dijo lo de mi cuenta de suscripciones de fotografía? Llevas siguiéndome… ¿un año?

—Bueno, a tus fotos. En realidad, no cuelgas nada personal… son simplemente las descripciones de las fotos. Ni siquiera tienes una foto tuya reciente publicada, así que no es que te haya estado espiando.

—Eso no me importa. Me importa que hayas estado ahí todo este tiempo y no me hayas dicho nada. ¿Más de un año? ¿Podríamos haber estado hablando todo este tiempo? ¿Por qué no me dijiste nada?

—No lo sé… —Frunce el ceño como si estuviera algo inseguro y finalmente admite—. Quería volver a ponerme en contacto contigo de algún modo, pero no sabía cómo afrontarlo. Cuando me enteré de lo de tu cuenta, al principio pensé que sería el modo perfecto de reconectar. Pero no logré reunir el coraje para hablarte, así que me quedé en las sombras. Lo siento. Tendría que habértelo dicho antes.

—¡Sí que tendrías que habérmelo dicho!

—Estás enfadada.

—No estoy enfadada, estoy...

—¿Qué?

—No lo sé, supongo que me duele que no te pusieras en contacto conmigo y me saludaras —digo poniéndome nerviosa—. En mi familia nadie se comunica con normalidad, así que eso me llevó a creer... Creía que tu familia se había marchado de Beauty, ¿vale? Ni siquiera sabía que todavía estabas aquí. Podríamos haber sido amigos aunque fuera en línea. Mi madre y yo veníamos de visita una vez al año... ¿Estabas en el funeral del padre de Evie?

—Aquel fin de semana estábamos fuera. Fuimos al velatorio la noche anterior.

Ah. Creo que mi madre y yo llegamos más tarde aquella noche, después del velatorio.

Niego con la cabeza.

—Ahora eso no importa. Tendrías que haberme dicho que eras suscriptor.

—Lo siento, ¿vale? —dice algo enfadado... y desesperado.

Estábamos tan cerca y tan lejos al mismo tiempo. Conectados por mis fotos, pero separados por su anonimato. Ese dolor me toma por sorpresa y me oprime el pecho.

—Estuve años revisando mi cuenta antigua de correo electrónico, deseando que respondieras a mi último correo. No sabes lo sola que estaba, Lucky.

—¿Pues igual que yo? —desafía entornando sus ojos oscuros—. O tal vez algo menos, teniendo en cuenta que tú te fuiste y yo me quedé atrapado aquí, solo. Tú estabas viendo mundo, pero yo estaba atrapado.

—Lucky, mi madre y yo vivíamos literalmente en viviendas de protección social antes de mudarnos a Beauty. ¿Sabes qué es eso?

—¿Y? No has estado atrapada. Has viajado. Has visto cosas.

Ah, he visto cosas, claro.

Pero… Pero. Supongo que nunca lo había mirado así. Quizás tenga algo de razón.

Levanta una mano.

—Y ahora mírate. Ni siquiera quieres seguir aquí. Solo piensas en largarte a Malibú para vivir con un hombre al que ni siquiera conoces… ¿tanto odias este sitio?

—¡Oye! —exclamo—. Tal vez debas recordar que la gente está haciendo circular desnudos de mi madre por el pueblo y diciendo que soy yo y me ponen morritos cuando me cruzo con ellos por la calle… ¿de acuerdo? Y esta vida mía de la élite que estás pintando en tu mente ha sido objeto de rumores y críticas en Beauty High desde el día que atravesé esas puertas. Así que no hables como si me hubieran puesto una alfombra roja al llegar aquí.

—Y tú no hables como si no hubieras tenido ayuda para solucionar eso. Porque tanto yo como mi familia hemos asumido una carga por ti.

—No te pedí que lo hicieras. Te he dicho un millón de veces que estoy dispuesta a entregarme.

—Si lo haces, no te lo perdonaré nunca.

El aire sale más rápido por mis fosas nasales.

¿Quiere sinceridad? Vale. Vamos a ello.

—¿Por eso lo hiciste? —pregunto.

—¿Qué hice?

—¿Por eso cargaste con la culpa por mí? ¿Lo del escaparate de los grandes almacenes? ¿Porque te da miedo que mi madre se me vuelva a llevar y estás intentando que me quede aquí?

Se le abren los ojos como platos por la sorpresa... solo un instante. Rápidamente, la ira la reemplaza.

—Lo hice por muchos motivos.

—¿De verdad?

—De verdad.

—Dime uno —lo desafío.

—Vale, bien. ¿Quieres saber uno de los motivos?

—Sí.

—Uno de los motivos por los que lo hice es porque lo que pasó aquella noche en la fiesta fue una mierda, estabas enfadada y eso me hizo enfadar a mí y, evidentemente, Adrian Summers es un imbécil redomado, así que sí. Era injusto que te arrastraran por el barro por un estúpido escaparate que su padre puede permitirse reemplazar un millón de veces. Entonces pensé, ¿qué más daba si pringaba yo? Porque, a diferencia de ti, yo sí que me merezco que me castiguen. No soy buena persona. Soy un monstruo lleno de cicatrices que casi mata a su prima pequeña porque no estaba vigilándola cuando tendría que haberlo hecho, así que ¿qué importa? Ese es uno de los motivos por lo que lo hice —concluye con el rostro como un acantilado rocoso azotado por un mar de emociones oscuras—. Porque me lo merezco.

Parpadeo.

La luz roja brilla sobre nuestras cabezas en la diminuta habitación oscura, pero la luz de mi cabeza es clara y brillante: Lucky no ha superado lo del incendio de la casa del lago. Los rumores. La mala reputación. La actitud taciturna. La detención. Observo las turbulentas emociones arremolinándose en su rostro hasta que se transforman en otra cosa que no logro identificar.

—Debería irme —dice con voz ronca y la mirada fija en el suelo mientras intenta rodearme para salir.

Bloqueo la puerta con mi cuerpo.

Parece sorprendido.

Yo también lo estoy.

—No puedes vivir en el pasado pensando siempre en el incendio de la casa del lago —le digo—. No eres ningún monstruo y no mereces ser castigado por algo que sucedió hace años. Tu prima sobrevivió. Tú sobreviviste.

—Algunos días me siento como si hubiera sucedido ayer y como si todos siguieran culpándome por no vigilarla.

—No puedes creer eso en serio.

Su pecho sube y baja mientras me mira, parpadeando y temblando.

—Ah, vale. Supongo que ahora vas a decirme qué puedo creer y qué no —dice como si quisiera desesperadamente que lo hiciera, pero fuera demasiado orgulloso para pedirlo.

—Si vas a creer estupideces, pues sí. Es mi deber como amiga.

Resopla suavemente.

—Ah, ¿como vuestra estúpida maldición romántica?

—Oye, eso díselo a mi madre. Es ella la que dice que ha arruinado la vida amorosa de todas las Saint-Martin.

—Pero ¿lo ha hecho? —pregunta como si estuviera ansioso por cambiar de tema y dejar de hablar de sí mismo.

—Nunca me he enamorado, así que no tengo ninguna experiencia de primera mano —intento hacer una broma alegre—. Supongo que estaba demasiado ocupada viajando por el mundo… y supongo que tú estabas demasiado ocupado también. Quizás no con Bunny, pero sé que ha habido otras. Venga.

Frunce el ceño.

—¿Me estás acusando de algo o…?

—No. Yo no…

Resoplo. Guau. Parezco una novia celosa acusándolo de haberme engañado. La conversación ha girado en una dirección extraña, él todavía sigue enfadado, lo estoy haciendo todo mal y… ojalá pudiera retirarlo.

—No sé por qué he dicho eso —admito finalmente.

Pero sí que lo sé. Desearía haber sido yo y no esas otras chicas.

Sin embargo, no puedo decirlo. Eso no. No puedo ser tan brutalmente sincera.

Todo está quieto. En silencio. Es casi asfixiante. Llevamos aquí demasiado tiempo, respirando todo el aire del pequeño espacio.

—Necesito salir —dice en voz baja—. Aparta.

—No.

Eso lo sorprende.

Exhala un fuerte suspiro por las fosas nasales. Observa mi rostro en silencio. Cuanto más me mira sin decir nada, más se me acelera el corazón. Intento posar la mirada en cualquier sitio que no sean sus ojos. La sombra nítida debajo de su mandíbula. El bulto de su nuez cuando traga. La línea de su clavícula contra su camiseta.

Unos dedos cálidos rozan los míos.

Me tiembla la mano como si fuera un conejo atrapado en una trampa. Sé que él puede notarlo porque miro y veo el temblor cuando nuestros dedos se entrelazan. Estoy algo aterrorizada. Pero no me aparto.

—Josie —susurra cerca de la parte superior de mi cabeza.

No hay elección.

Cuando levanto la cara, está justo ahí. Tan cerca. Compartiendo los últimos restos de aire de la diminuta estancia. Nuestros rostros se iluminan como si estuviéramos en la última parada del metro a medianoche, ambos nos agarramos al otro como si no quisiéramos bajar.

—Aparta —susurra.

Niego lentamente con la cabeza.

Examina mi rostro con los ojos entornados. Se inclina más y más y murmura junto a mis labios:

—Aparta… Josie.

Y, cuando abro la boca para decirle que no, me besa.

Una vez. Con suavidad.

Y otra vez.

Le devuelvo el beso.

Y ese es el punto de inflexión. Me suelta los dedos para acariciarme la cara y empezamos a besarnos como si realmente no quedara aire en ese espacio. Como si estuviéramos encerrados en una especie de *escape room* luchando por nuestras vidas, como si nuestra supervivencia dependiera de la máxima cantidad de placer que podemos sacar de ese beso largo y profundo y, Dios mío, vamos a resistir.

Podría llegar un huracán. Las placas tectónicas podrían separarse y moverse bajo nuestros pies. Podría alzarse un monstruo marino legendario en el puerto y envolver los barcos con sus tentáculos para intentar ahogar a los habitantes del pueblo, y no nos importaría.

Resistiríamos.

Lo rodeo con los brazos como hago cuando subo detrás de él en la moto, pero abrazarlo por delante es cien veces mejor, sobre todo cuando presiona su cuerpo contra el mío y ambos nos tambaleamos hacia la puerta. Pierdo el equilibrio y me agarro a la cortina del cuarto oscuro, pero una de las anillas se abre y la tela empieza a soltarse de la barra a la que está sujeta… Y luego otra. Una, dos, tres… Y la tela empieza a caer sobre nuestras cabezas.

—Mierda —murmura apartándonos de la tela con una mano en la parte baja de mi espalda para arrastrarme con él.

—No pasa nada —susurro—. Puedo arreglarla, no está rota.

Respira pesadamente. Yo también. Y, por un instante, creo que va a soltarme y estoy a punto de gritarle que no me importa la estúpida cortina, y entonces…

Me acerca más a él. Dios mío, es tan agradable. Me siento tan bien.

Los dos nos sentimos muy bien.

Me acaricia el cuello cerca de la oreja y deseo con todas mis fuerzas que vuelva a besarme. Me ha desaparecido el temblor de la mano. Ha sido reemplazado por una oleada de cálidos cosquilleos que se me extienden por los brazos e iluminan cada una de las células de mi cuerpo desde dentro y...

—¿Josie?

Una voz amortiguada. Almacén. Evie.

Nos alejamos el uno del otro, presas del pánico, respirando como si acabáramos de correr un maratón. Parece que no hemos logrado salir del *escape room* y ahora debemos enfrentarnos a las consecuencias.

Me limpio la boca con el dorso de la mano.

Él se baja la camiseta para ocultar la parte delantera de sus vaqueros.

Bueno.

Evie vuelve a llamarme y no hay modo de escabullirnos del cuarto oscuro. Imposible.

Sabrá lo que hemos estado haciendo aquí y...

Dios mío.

Acabo de enrollarme con Lucky.

Mi mejor amigo.

Y ¿sabes qué? Volvería a hacerlo.

Puede que, al fin y al cabo, sí que esté maldita.

Capítulo 14

L os buenos sentimientos que creamos juntos en el cuarto oscuro persisten mucho después de que Lucky salude fríamente a Evie con la mano y salga del almacén por donde ha entrado como si no fuera gran cosa.

Como si estuviera acostumbrado a besar a su mejor amiga de la infancia hasta hacer que le temblaran las piernas.

Y sé que lo de Lucky y yo debe haber sido impactante porque Evie no me dice ni una palabra después de que Lucky se marche... ni una sola. Se queda mirándome fijamente con la boca abierta como una luna llena, mientras yo intento ocultar rápidamente las evidencias de nuestro crimen metiendo la cortina rota en el cuarto oscuro y apagando la luz de seguridad.

—No se lo cuentes a mi madre —le digo únicamente.

Y, por suerte, no me delata cuando mi madre vuelve pronto de la reunión con los vecinos. Y mi madre, tan ajena como siempre, no nota nada extraño.

—Bueno, señoritas, eso ha sido una pérdida de tiempo —declara.

—¿Sí? —pregunto fingiendo que me importa mientras jugueteo con el cartel de CERRADO de la puerta del Rincón y miro al astillero con el corazón acelerado.

Me ha besado.

Mi madre deja las llaves en el mostrador y se sienta en el taburete chirriante.

—Los propietarios del barrio han decidido que no es posible que Adrian Summers, ese chico tan guapo, talentoso, aspirante a olímpico e hijo de un miembro prominente de nuestra comunidad, haya roto la ventana del astillero en represalia contra Lucky. Que él es demasiado maduro para eso y que no pondría en peligro su carrera en Harvard. El pobre va con muletas.

Evie gime y se frota las suenes con las yemas de los dedos, con cuidado de evitar el maquillaje negro que le enmarca los ojos.

Estoy intentando centrarme en lo que ha dicho mi madre porque solo he podido oír «Lucky».

Me ha besado y le he devuelto el beso.

Creo que necesito tumbarme. O algo.

—Lo siento —murmura Evie.

—No te disculpes —le dice mi madre—. Las mujeres tenemos tendencia a hacerlo por cosas que no son culpa nuestra. Y, definitivamente, esto no es culpa tuya.

Mi madre ha intentado discutir con los demás propietarios, ha intentado explicarles lo que nos dijo Adrian a Lucky y a mí, que estaba en el coche azul con esos otros chicos, bebiendo y recorriendo la calle a toda velocidad. El mismo coche que vio desde su ventana la anciana propietaria de Regal Cosmetics.

—Incluso Kat Karras me ha apoyado, ¿sabes? —dice mi madre.

Teníamos las manos encima del otro.

Me río con nerviosismo.

—¿Estás bien, señorita fotógrafa?

—Estoy muy bien —contesto e inmediatamente lamento haberlo dicho así. Uf.

Me mira con una mueca extraña y sacude la cabeza como si quisiera decir «lo que tú digas, querida».

—La cuestión es que nos han atacado a Kat y a mí. La horda manda y la horda apoya a la familia Summers. Nadie vio a Adrian a hacerlo y todos lo adoran. Por lo tanto, la ventana del astillero debieron de romperla unos turistas alocados. No tiene nada que ver con el escaparate roto de los grandes almacenes. Una persona incluso ha sugerido que podría haber sido el propio Lucky… que quizás ahora tenga fijación por romper cristales. Una especie de incitación de una pandilla.

—¿Qué? —exclamamos Evie y yo al unísono.

—Eso es ridículo —agrego.

Mi madre se limpia sus gafas felinas en la parte delantera de la camisa y entorna los ojos a la luz para comprobar los cristales.

—Sí. Ahí ha sido cuando Kat y Nick han salido de la reunión hechos una furia—explica mi madre—. No puedo culparlos. Este pueblo es el vivo ejemplo de lo que sucede cuando los puritanos y los ricos codiciosos se reproducen.

—¿Qué pasó con todos esos combatientes de la resistencia que lucharon por la libertad y la justicia? —pregunta—. Beauty no ha sido siempre tan malo… ¿verdad?

—Nuestro espíritu revolucionario desapareció del pueblo cuando personas como la familia Summers descubrieron que podían aprovecharlo para sacar beneficio del turismo —responde mi madre.

—Bueno, ¿y qué hacemos ahora?

Mamá se encoge de hombros.

—No lo sé, cariño. Espero que Adrian se mantenga alejado y deje que todo se calme por ahora. Pero Evie, quizás no deberías contestarle si te envía más mensajes.

—Lo intento —contesta ella.

• • •

Dado que Lucky y yo somos prácticamente el epicentro del evento que provocó la reunión del vecindario (con lo de los cristales rotos y eso), cabe pensar que le interesaría hablar de lo que pasó en aquella reunión, con o sin beso. Supongo que tendrá una opinión sarcástica al respecto y que me llegará un mensaje suyo en cualquier momento.

En cualquiera.

Bueno, puede que ahora esté ocupado.

Sigue intentando equilibrar el trabajo en Summers & Co y en el astillero. Y no veo la Superhawk aparcada fuera, así que podría estar haciendo algo con su familia. No sé qué hace cada minuto de su día.

Seguro que me escribe cuando tenga oportunidad.

Pero no sé nada de Lucky esa noche… ni al día siguiente.

Ni al siguiente.

Dos días…

Vale. Dos días es, definitivamente, mucho tiempo y me empieza a invadir un extraño pánico que parece una capa de hielo agrietándose sobre mi piel y volviéndose a formar… una y otra vez.

Vuelvo a repasar todo lo que tengo en la cabeza: la conversación que mantuvimos en el cuarto oscuro antes de que sucediera todo. Me preocupa haber dicho algo mal o no haber dicho suficiente. Me preocupa su estado mental respecto a lo que pasó en el incendio de la casa del lago y quizás tendríamos que haber hablado más sobre el tema.

Dios. Espero no haberlo presionado para que me besara. Es decir, cerré la puerta. Me pidió que me apartara. ¿Fue algo unilateral? ¿Malinterpreté las señales? No lo creo… Al menos, no en ese momento.

O quizás no sea nada de eso. Quizás solo haya cambiado de opinión y haya decidido que besar a su mejor amiga había sido demasiado extraño e incómodo. *Por favor, que no sea eso.*

Podría simplemente preguntárselo. Eso aclararía las cosas.

Ir de cara y ser sincera: ¿estás abrumado por unos sentimientos nuevos y extraños por mí? Porque yo no puedo dejar de pensar en ti, estás arruinando todos mis planes y ahora necesito saber si estoy bajo los efectos de una oscura maldición intergeneracional o si tú sientes lo mismo que yo porque no he hecho esto nunca y no tengo ni idea de lo que estoy haciendo.

Pienso en escribirle varias veces. Incluso redacto un mensaje práctico, pero, antes de que pueda enviarlo, Evie rodea el mostrador de la librería y me pilla con las manos en la masa.

—¿Quieres un consejo de Madame Evie la Grande? —pregunta con unos círculos oscuros debajo de los ojos—. Los espíritus te dirán que no lo envíes. Que dejes que él se acerque a ti. O, mejor aún, que lo dejes ir. Perseguir a Adrian cuando pasó de mí después de nuestra primera cita me ha llevado a donde estoy ahora y me arrepiento enormemente.

Me siento algo insultada porque meta a Lucky y a Adrian en el mismo saco, aunque, por otra parte, ella tiene más experiencia que yo en estos asuntos. Tal vez tenga razón y solo debo esperar. Cuanto más dudo, más insegura me siento… hasta que acabo limitándome a observar a Lucky ir y venir desde la ventana de la librería, preguntándome qué hice mal.

Intento no pensar en ello. Cuando no estoy trabajando, pongo un carrete nuevo en mi Nikon F3 y me paseo por el barrio histórico, sacando algunos planos interesantes de los carruajes tirados por caballos y de uno de los conductores vestido con ropa colonial. Estoy tan concentrada en mi trabajo que soy capaz de ignorar el beso que me lanza un Golden cualquiera desde el otro lado del Harborwalk. *No te conozco, no me importa.* Sin embargo, cuando veo a alguien conocido comiendo en la cafetería (mi profesor, el señor Phillips con sus gafas redondas de Harry Potter reflejando el sol de la tarde) me pongo nerviosa por si se ha enterado de que intenté conseguir por mí misma las prácticas en las oficinas de la revista y me resulta demasiado: le quito el objetivo a la cámara y vuelvo a casa antes de que me vea.

Durante la comida del tercer día sin noticias, sigo preguntándome por Lucky mientras coloco libros en la sección de psicología cuando oigo un par de ruidos que me llaman la atención. El primero es un ladrido de perro fuera de la librería. Nada raro. Mucha gente de nuestra calle tiene perro.

Lo segundo es que oigo a mi madre hablando en la caja registradora. Una vez más, nada inusual. Lo alarmante es el tono de su voz, que no es nada amistoso. Y cuando me asomo desde la imprenta antigua que hay en mitad de la tienda y veo con quién está hablando, cuando veo al perrito negro con correa atado fuera de nuestras escaleras, entiendo el motivo.

Rodeo la imprenta del Rincón con el corazón acelerado.

—Claro que puedes. Este es un país libre —le está diciendo mi madre a Lucky, quien está delante del mostrador, de espaldas a mí, con su chaqueta de cuero negra estirada sobre sus anchos hombros y los vaqueros colgando hasta las caderas como si fuera un anuncio andante de un adolescente sexy, rebelde sin causa—. No voy a echarte de la tienda. Solo te estoy preguntando a qué has venido, eso es todo. ¿No vas a comprar nada? ¿Y por qué ladra tanto ese perro?

—Es Bean, el cachorrito mágico, e intenta decirte que quiere entrar. Odia quedarse fuera cuando ve que hay gente dentro.

—Odio a los perros —espeta mi madre con una mueca—. Se hacen pis en las cosas.

—Está domesticado. Más o menos.

—No. No va a entrar. ¿A qué has venido?

—Estoy intentando decírtelo —dice deslizando algo sobre el mostrador.

Mi madre frunce el ceño.

—¿Qué es esto?

—A mí me parece dinero —contesta Lucky—. Ciento cincuenta dólares, para ser exactos.

Madre mía.

—Hola, eh… Ho-hola. Hola —digo del modo más incómodo posible, acercándome a un lado del mostrador. Un pequeño terremoto me sacude desde dentro al ver sus largas pestañas negras y el movimiento juguetón de su pelo. No estoy preparada para esto. No puedo verlo aquí… no delante de mi madre. Va a saber que ha pasado algo entre nosotros. ¿Acaso no es evidente? Cada molécula de mi cuerpo lo está recordando. Están prácticamente gritando.

LUCKY. LUCKY. LUCKY.

Tengo una maraña de extrañas emociones sobre por qué no me ha escrito y ahora mismo me invade el pánico, pero…

Todavía lo deseo.

Lo peor es que él lo sabe. Ve el anhelo en mi cara y se ilumina como un rascacielos a medianoche.

Arquea una ceja llena de cicatrices. Ah, ese brillo malicioso en su mirada. En toda la historia de la humanidad, nadie ha sonreído como está sonriendo él ahora. Es una sonrisa astuta. Llena de comprensión. Dice: «Sí, te besé la cara y los dos sabemos que fue maravilloso, pero ahora estoy aquí, pagándote con tu propia moneda. Y no puedes hacer nada para evitarlo».

Muerta. Venga, que alguien llame a una ambulancia porque voy a sufrir un infarto ahora mismo. Hasta siempre.

—Buenas tardes —saluda como si fuera un testigo de Jehová que ha venido a salvarme el alma con un folleto y una sonrisa—. Le estaba comentando a tu madre que quiero contratar tus servicios.

—Ah, ¿sí?

—Pues sí. Necesito una fotógrafa.

—¿En serio?

—Sí.

—Es un trabajito rápido. Necesito unas cuantas fotos del astillero.

—Del astillero.

—De la ventana, la de las gradas de detrás. De la grúa. De los muelles.

Bean, el cachorrito mágico, me ve y rasca el cristal de la puerta para entrar, con la lengua rosa colgando de la boca.

—¿Por qué? —pregunta mamá.

Lucky levanta el rostro hasta el suyo.

—Nos acaban de poner la ventana nueva, y el acabado y la pintura son diferentes. Puede que os hayáis dado cuenta.

Las dos lo miramos fijamente.

—De todos modos —continúa—, mis padres quieren actualizar la foto de la fachada del establecimiento de la página web. Así que, ya que estamos, estaría bien actualizar también las otras. Solo tenemos algunas fotos normalillas y estaría bien tener imágenes más profesionales. ¿Josie podría hacerlo?

—Claro que sí —responde mi madre como si nos hubiera insultado a ambas. Como si fuera un desafío y acabara de caer en él.

Un momento. ¿De verdad está aceptando la conspiración de Lucky? Corrijo: *mi* conspiración. Porque a mí se me ocurrió primero. Creo que ahora estoy algo molesta con él. No me importa lo guapo que sea ni lo mucho que deseo meter las manos por debajo de su chaqueta de cuero. ¿Por qué lleva esa prenda? Por el amor de Dios, hace calor afuera.

—Es muy buena —prosigue mi madre—. No sé si has visto su trabajo en internet, pero tiene una página que puedes mirar. Una de esas con suscripción de pago.

—Mamá —digo débilmente.

Ambulancia. 911. Emergencia. Muerte.

—Sí, la he visto —contesta él reprimiendo una sonrisa mientras yo intento darle un pisotón discretamente. Tiene una especie de acero que refuerza la bota desde dentro. Aparta el pie a un lado y añade—: Son todo fotos de carteles. Está muy bien.

Mi madre se cruza de brazos y asiente.

—Sí que está muy bien. Tiene buen ojo. Pero este encargo… ¿es para tus padres?

—Sí —confirma él.

—¿Ellos lo saben?

—Claro. ¿Quieres que llame a mi madre?

Mamá no contesta, lo considera unos instantes mientras cambia de posición en el taburete chirriante y dice:

—Supongo que depende de Josie, no de mí.

La miro. Miro a Lucky.

—Ahora mismo tengo trabajo aquí, en el Rincón —respondo.

—No pasa nada —dice él—. Ahora tengo libre. He acabado hace nada en los grandes almacenes y estoy a punto de empezar un turno con mi padre. Probablemente, será mejor hacer las fotos con el astillero cerrado para que no haya gente por en medio. Y creo que la luz es mejor justo antes del crepúsculo…

—En la hora dorada —concluyo con una sonrisa tensa. *Serás tonto.*

Lucky chasquea los dedos.

—Pues arreglado.

—Es un encargo real, ¿verdad, señorita fotógrafa? —comenta mi madre ajena a todo.

Dios mío. Lucky está acabando con todo. Quiero darle una patada en la espinilla.

Se aclara la garganta y dice con voz alegre:

—Entonces, ¿en la hora dorada? Podemos vernos delante de la oficina del astillero. Te enseñaré qué hay que fotografiar. Creo que no debería llevarnos mucho tiempo. Pero si ese dinero no es suficiente…

Darle una patada en la espinilla o estrangularlo. Tal vez sea él el que necesite la ambulancia y no yo.

—Eso será suficiente.

—Escuchad —interviene mi madre—. Si vais a hacerlo, quiero dejar claro que estaré al otro lado de la calle y que no pienso volver a ir a recoger a nadie a comisaría. Tienes que recuperar mi confianza, Lucky.

—Entendido —dice él—. Nada de comisarías.

—No estarás en contacto con Adrian Summers, ¿verdad? —pregunta—. Porque sé que nuestro vecindario está lleno de bufones y no me refiero a que no crea que Adrian rompió la ventana del astillero. Pero sea lo que sea lo que esté pasando, tengo que preguntar si esto se ha convertido en una guerra territorial o algo por el estilo.

—¿Guerra territorial? Por Dios, mamá. No hay territorios en Beauty. Esto no es un tema de rivalidad entre equipos de fútbol.

—Sí que he oído que hay algo de rencor entre algunos puestos de almejas —dice Lucky.

Mi madre no tolera demasiado bien a los sabelotodo, así que espero que le dirija la mirada fulminante Saint-Martin, pero, en lugar de eso, le dice pacientemente:

—Ya sabes a qué me refiero. No quiero que mi hija quede atrapada entre el fuego cruzado.

¿Y si es tu hija la que ha causado el fuego cruzado? ¿Qué pensarías de eso? Se me retuerce el estómago al pensar en la vieja mentira del escaparate de los grandes almacenes e intento no mirar a Lucky a la cara porque eso solo me hace sentir peor.

—No, señora. No hay ningún tipo de contacto entre Adrian Summers y yo —le dice—. Sin embargo, hoy he oído rumores de que su padre lo ha enviado a Providence para que se quede un tiempo con su abuela. Mamá dice que su padre tiene intención de mantenerlo apartado del pueblo hasta que se calmen las aguas.

Eso sí que es una buena noticia. Por el rabillo del ojo, veo el rostro preocupado de Evie asomando detrás de un estante de postales locales. Estaba escuchando y parece ser que ella tampoco lo sabía, porque interviene y pregunta:

—¿Adrian se ha ido a casa de su tía Cynthia?

—Sí —confirma Lucky—. Mi madre se ha enterado por alguien de la familia.

—Probablemente sea lo mejor —opina mi madre—. Bueno, entonces supongo que lo del proyecto de fotografía del astillero me parece bien. Si Josie tiene tiempo…

Enderezo una pila marcapáginas en el mostrador manteniendo la vista baja.

—Tengo tiempo.

No podemos decir nada más delante de mi madre, así que él se limita a darnos las gracias y sale de la tienda, recogiendo a Bean, el cachorrito mágico, de camino.

Mi madre lo observa marcharse con una mirada de confusión en el rostro.

—Nunca entenderé por qué la gente quiere tener mascotas. Luego se mueren y te rompen el corazón.

—Por Dios, mamá. Es un modo extraño de ver el mundo. En realidad, Bean es adorable.

—Te dan miedo los perros.

—Ya lo sé —gruño.

Mi madre suspira.

—Me pregunto si debería cruzar y hablar con Kat de esto.

Eh, no. ¡Desastre! En absoluto. Así es posible que se entere de que fui a cenar a su casa el domingo o de que contraté a Lucky para que me mareara dándome vueltas por el puerto.

—No creo que sea necesario —le digo.

Dirige la mirada hacia mí.

—Todavía no estoy segura de que debas andar cerca de ese chico.

Sí, bueno.

Estaría menos segura aún si supiera lo que hicimos en el cuarto oscuro.

• • •

Me hago una trenza. Me la deshago. Me cepillo un millón de veces. Me pongo maquillaje oscuro. Maquillaje claro. Me lo quito todo. Lo vuelvo a intentar. Vale, esto es una estupidez porque solo necesito ponerme mis mejores vaqueros, los que me quedan como un guante, y relajarme por completo con ellos puestos. Esos vaqueros. Llevo esos vaqueros y unos zapatos planos negros. El resto no importa.

Solo es Lucky.

Solo fue un beso.

Después de que cierre el Rincón, uso la cámara digital para experimentar sacando algunas instantáneas de la ventana nueva de los Karras cuando para el tráfico. Creo que son algo más artísticas de lo que les gustaría a los Karras. Quieren unas fotos sencillas para una página web, hasta un mono con una réflex podría sacarlas. Pero estoy un poco nerviosa ahora mismo y lo que veo en mi objetivo está muy saturado y lleno de ángulos extraños.

Solo es Lucky.

Solo fue un beso.

Lucky y su chaqueta de cuero me están esperando (esta vez sin Bean) cuando cruzo la calle para llegar hasta él muy tranquila, con la cámara colgando del cuello, con mis mejores vaqueros y unos zapatos planos perfectos… Puedes hacerlo, todo va bien…

—Hola.

Una palabra. Es lo único que me dice. Y, de repente, mi cuerpo se convierte en una cueva llena de mil murciélagos asustados que intentan escapar batiendo las alas y rasgándome las entrañas con sus colmillos de vampiro.

Ay, ¿qué me pasa?

Tengo que calmarme.

Quizás no se dé cuenta porque su mirada se desliza de mí a las ventanas que hay encima del Rincón.

—Bueno... ¿esa es tu madre vigilándonos desde tu casa?

—Sí, lo es —confirmo moviéndome a su alrededor para conseguir un mejor ángulo del letrero del astillero.

—Guau. Vale. No creía que lo dijera literalmente. Lo de que iba a vigilarnos.

—Pues sí.

—¿Qué pasa? —pregunta.

Alas de murciélago. Nervios.

—Nada. ¿Puedes apartarte? Estás tapando...

—Ah, perdón. ¿Así mejor?

—Sí. Gracias.

—¿Josie?

—¿Tus padre quieren estas fotos de verdad o esto es solo una artimaña?

—No —contesta mientras el tráfico de la tarde pasa a toda velocidad a nuestro lado—. Es decir, sí. Le hablé a mi madre de esto y me dijo que estaría bien tener fotos nuevas en la página web. Necesitan imprimir catálogos nuevos, así que las usarán ahí también. Es de verdad.

—Es que no quería perder el tiempo si era un encargo falso.

—¿Igual de falso que cuando me contrataste a mí para que te paseara por el puerto?

—Eso fue una artimaña completamente real para pagarte por el escaparate de los grandes almacenes. Y justo cuando había escatimado y ahorrado lo suficiente para volver a contratar al capitán Lucky...

—Por cierto, los cubos para vomitar tienen un coste adicional.

—...me sales con este truco y vuelvo a estar en el punto de partida. Así que ¿gracias?

—Ha sido un placer.

—Te agradezco tu crueldad.

Se ríe y se apoya en un poste de hierro en forma de cabeza de caballo, uno de los cien que hay esparcidos por todas las calles antiguas del pueblo.

—Bueno… ¿cómo va todo?

Hago un ajuste en la configuración de la cámara.

—Bien, bien. Trabajando en el Rincón para ahorrar un dinerillo —digo con una voz ridícula y lo lamento al instante.

Parezco nerviosa, pero Lucky está completamente tranquilo y relajado, como siempre, así que me pregunto si mi preocupación es unilateral y si los murciélagos solo revolotean en mi pecho.

—Y tú… Has estado ocupado, lo entiendo —digo.

Sale con más agitación de la que pretendía, pero es lo que siento. Incredulidad. Sudor en las manos. Ansiedad.

SoLo eS LuCky.

SoLo fUe uN bEsO.

Frunce el ceño y se rasca la nuca.

—Sí. La situación ha sido un poco rara últimamente.

—¿Te refieres a la ventana del astillero?

—Eso ha sido definitivamente una causa de estrés. Te enteraste de lo que pasó en la reunión del vecindario, ¿verdad? Nadie cree que lo hiciera Adrian.

—Lo oí.

—Vaya —murmura girando la cabeza—. Nos está vigilando como un halcón.

Me fijo en la ventana de nuestra casa, al otro lado de la calle.

—¿Lo sabe?

—¿El qué? —Lo miro a los ojos—. ¿Qué tiene que saber?

Patea ligeramente el poste de hierro con el talón de la bota.

—No importa.

Espera, espera, espera… hemos estado a punto del hablar Del Tema. Y luego ha retrocedido.

—Claro que no lo sabe —contesto ajustando el objetivo—. Ni siquiera le he dicho que fui a cenar el domingo a vuestra casa. ¿Crees que voy a hablarle de…?

—El cuarto oscuro —concluye él con voz ronca y profunda.

—El cuarto oscuro —repito algo mareada—. Se limitaría a decir que he activado la maldición. No. No puede enterarse. Nunca. Antes la enterraré. Es el método Saint-Martin. Ella mantiene su vida amorosa en secreto, así que es exactamente lo que haré yo… —me interrumpo. En cuanto sale por mis labios, me doy cuenta de que he dicho «vida amorosa».

Se supone que solo es Lucky. Mi amigo. El amigo de mi vida, no el amor de mi vida. ¿Puedo volver atrás?

Saco cinco fotos seguidas. Todas innecesarias. Todas mal encuadradas.

Lucky. Beso. Incerteza. Los vaqueros buenos no ayudan. ¡Murciélagos! ¡Murciélagos escapando!

No puedo soportarlo más, así que ahí va la sinceridad. Voy a levantar el muro invisible.

Espero que se alegre.

—Oye —digo en voz baja como si mi madre pudiera oírnos a través de una ventana cerrada al otro lado de la calle, con la carretera llena de coches—. No sé si te arrepientes de lo que hicimos o si tal vez no fue gran cosa para ti, pero para mí significó algo y estoy muy confundida porque hayas pasado de mí estos días. No sé qué estamos haciendo, pero detesto no hablar contigo.

—Guau, vale.

—Aunque sea charlar de cualquier cosa.

—No, para —me dice levantando una mano—. No hagas eso. No vuelvas a levantar el muro… por favor. Solo… dame un segundo. Estoy intentando resolverlo todo. ¿Por qué crees que no significaría nada para mí?

Bajo la cámara y lo miro.

—¿Significó algo?

—Tú primera.

—Yo ya lo he dicho.

Se le levanta una comisura de la boca. Se mete las manos en los bolsillos de los vaqueros y mira al otro lado de la calle, hacia las casas históricas con entramado de madera que dan al pueblo.

—Vale. Puede que sí. Sí. Significó algo… a menos que estemos hablando de «algos» distintos. Si ese es el caso, me gustaría cambiar mi respuesta.

Una oleada de emociones me toma por sorpresa y me impresiona sentir que se me llenan los ojos de lágrimas. Ay, no… Lágrimas de ira. Esas lágrimas estúpidas y descontroladas que me hacen querer golpear algo.

—¡Josie! Oye, era broma.

—Son lágrimas de frustración —contesto mientras me limpio los ojos y recupero el control.

Uf. Giro la cabeza y rezo porque mi madre no lo haya visto.

—¿Estás enfadada conmigo? —pregunta en voz más baja.

—No… —Se me quiebra la voz. Me aclaro la garganta y respiro hondo. Eso es. Mejor—. No estoy enfadada, estoy confundida —explico—. Me besaste y luego me dejaste colgada, no sabía qué estaba pasando. No sabía si habías cambiado de opinión, si lo habías detestado, si te sentías culpable, si había sido horrible… ¿cómo iba a saberlo? Nunca había besado a nadie… no de verdad. No así.

—¿Qué? Venga. —Su rostro se contrae formando extrañas expresiones. Emite un sonido que es casi una carcajada, aunque no llega a serlo del todo. A continuación, me mira parpadeando—. Hablas en serio.

Vacilo y miro a las ventanas de nuestra casa al otro lado de la calle. La silueta de mamá se ha ido, pero vuelve a aparecer. Sigue vigilándonos. Lucky también la ve y maldice profusamente por lo bajini.

—Esto es ridículo. Escúchame —dice con voz tranquila—. Estás haciendo fotos, eso es todo. Ahora vamos a ir atrás a terminar el trabajo, ¿de acuerdo? Ven.

Lo sigo por el callejón. Sus pesadas botas crujen al pisar alguna que otra piedrecita suelta hasta que vemos el puerto y doblamos la esquina a la parte trasera del astillero.

—¿Quieres una foto de las gradas abiertas o cerradas? —pregunto intentando en vano volver a levantar el mundo invisible ahora que estamos solos porque, de repente, me da mucho miedo lo que vamos a decirnos el uno al otro.

—Solo era para alejarnos de Winona. Olvídate de las malditas fotos —dice exasperado, plantado ante mí sobre el cemento manchado, mientras las gaviotas graznan a lo lejos—. Hablemos. ¿Lo decías en serio?

—¿El qué?

—Lo que acabas de decir.

Ah. Eso. Me apoyo en una corta pared de ladrillos que separa las gradas de los mecánicos del callejón y la cámara me da en la pierna.

—¿Por qué quieres saberlo? ¿Porque es raro que tenga diecisiete años y tú eres la primera persona con la que me he enrollado?

Se aparta el pelo de los ojos y contesta:

—No es raro.

—Entonces, ¿por qué? Es porque lo hice mal.

—No.

—Sí que lo hice mal.

—No. —Sus ojos oscuros buscan los míos—. Rotundamente no. Todos los noes del mundo en un pastel gigante sin glaseado.

Sonrío y arrugo la cara.

—Vale.

—Fue increíble —murmura.

Exhalo.

—Vale, bien, porque a mí también me lo pareció. Es decir, no tengo nada con lo que compararlo, pero he recibido algunas ofertas realmente tentadoras… como las de Big Dave. A diario.

—No me obligues a cumplir condena por asesinato, porque lo cortaría en pedazos.

—Qué protector.

—¿Demasiado protector?

—No. —Niego con la cabeza. A continuación, susurro—: ¿Qué estamos haciendo, Lucky? Si tan bien estuvo, ¿por qué no me escribiste? ¿Es porque cometimos un terrible error?

—Porque… —Se rasca la nuca con agresividad. Se da la vuelta, da un par de pasos y vuelve—. Por lo de Los Ángeles. No vas a quedarte aquí en Beauty, Josie. Lo sé desde que te vi buscando vuelos en el Rincón en cuanto llegaste al pueblo. No puedo volver a pasar por eso. No puedo… no puedo perderte otra vez.

—Yo tampoco quiero perderte.

—¿Y qué vamos a hacer ahora? Josie… esto añade un enfoque totalmente diferente a las cosas. Va a doler.

—Lo sé —digo con voz cada vez más débil.

—¿Pero…?

Frunzo el ceño.

—¿Por qué dices eso?

—Porque sé que se acerca un «pero». Estás a punto de hablarme de esa bomba de relojería, de que va a volver tu abuela y de cómo tu madre no puede vivir en la misma casa que ella.

Me derrito contra la pared. ¿Y bien? Todo eso es cierto.

—No puedo hacer que mi madre y mi abuela empiecen a llevarse bien mágicamente. Tengo diecisiete años, no tengo dinero y el único recurso del que dispongo es Henry Zabka. Eso es todo. Es la única carta que puedo jugar.

—No puede ser la única solución.

—Dime una mejor —lo desafío—. Adelante. Solo una. ¿Seguir por ahí con mi madre? Porque la quiero muchísimo, pero no tienes ni idea de lo que es que me arrastre de un pueblo a otro continuamente... ni idea, Lucky. No puedo seguir viviendo así. Ahí no hay un futuro para mí. Me siento constantemente perdida y asustada. E inestable. Me despierto en mitad de la noche y no sé llegar hasta el baño porque no recuerdo en qué casa estoy... ¡no recuerdo en qué pueblo estoy!

—Déjame ayudarte.

—¿Cómo?

—No lo sé. —Suelto un fuerte resoplido—. La verdad es que no lo sé —admite gesticulando ampliamente con ambas manos—. Lo siento. Todavía no he resuelto esa parte. Pero tiene que haber otra solución viable.

Si la hubiera, ya me la estaría ofreciendo. Es un genio. Obtuvo una puntuación perfecta en la prueba de admisión.

—Se me ocurrió este plan antes de saber que estabas aquí —le digo—. No era perfecto, pero era un modo de salir. Ahora todo está arruinado y eso sucedió antes incluso de que considerara... lo que sea esto —añado señalándonos a ambos—. Así que no tienes que decirme que tiene fallos porque eso ya lo sé. Si no los tuviera, ya habría derribado la puerta de la revista *Coast Life* para suplicarles que me reconsideraran para las prácticas.

—Oye, si todavía quieres ir a por esas prácticas en la revista, por mí bien. Adelante... es decir, sí, estarías trabajando en una revista que pertenece al hombre que engendró a Adrian Summers, pero eso es cosa tuya.

—No es justo —replico haciendo una mueca.

—Pero, de verdad, si es lo que quieres, adelante —insiste levantando una mano—. Y si quieres estar con tu padre, si ese es de verdad tu sueño, nunca me interpondré en tu camino. Pero ¿y si no lo es? ¿Y si es solo un medio para un fin? ¿Y si solo es un sitio al que huir? En ese caso, déjame ayudarte a buscar una ruta alternativa.

—¿Por qué mi padre iba a ser un sitio al que huir? Es rico y famoso y es uno de los mejores fotógrafos que hay ahora mismo.

Lucky suspira pesadamente.

—Venga, Josie. Soy yo.

—Necesito pensar en todo esto.

Asiente varias veces.

—Me parece justo.

Una horrible tristeza se apodera de mí y me drena toda la energía. Tiene razón en muchas cosas. Lo sé mejor que nadie: crear vínculos con gente a la que vas a tener que dejar duele. Por eso no lo hago nunca. Jamás. Pero aquí estoy, rompiendo mis propias reglas. Volviendo a las viejas costumbres con él... y cosas peores. Intentando crear nuevas costumbres.

—Quizás deberíamos mantenernos alejados hasta que se resuelva todo esto —propongo algo mareada—. Supongo que es lo que estabas intentando hacer estos días. —Desapego.

—No.

—¿No?

Niega con la cabeza, me aparta los dedos de la cámara y me los pone sobre el muro de ladrillos. A continuación, me rodea con los brazos y me acerca a él.

—Mierda —susurro junto a su camiseta.

—Lo sé —dice junto a mi cara—. Lo sé.

—Si este es un abrazo de pena...

—Cállate. No es un abrazo de pena. Déjame abrazarte un poco, ¿vale? Podrías intentar abrazarme tú también. Si no me mata a mí, tampoco te matará a ti.

Tengo los brazos cruzados entre nuestros cuerpos. Es mi última línea de defensa.

—Eso no lo sabes. Puede que sí. Estoy maldita, ¿recuerdas?

—Ya te dije que no creo en las maldiciones.

—Dudo que a las maldiciones les importe que creas en ellas o no —replico.

Me permito recostarme contra su hombro y su pecho. Solo un poco. Pero mantengo los brazos cruzados como las alas de un pájaro. Puedo oír los latidos de su corazón, firmes y fuertes, más rápidos de lo que esperaba. Intento concentrarme hasta que se me relajan un poco más los músculos. Huele realmente bien. Ya lo había olvidado.

—Vamos a resolver esto, ¿vale? —Su voz profunda resuena a través de su pecho hasta mis huesos—. Tu abuela no vuelve hasta dentro de un año. Un año es mucho tiempo.

—Un año es mucho tiempo —repito.

Me acaricia la espalda. Me aparta el pelo y me abraza con más fuerza hundiendo la barbilla en mi cuello y susurra suavemente contra mi piel:

—El día que entraste en la librería supe que mi vida estaba a punto de cambiar.

—¿De verdad?

—Sí. Puede que fuera la maldición —comenta con ligereza—. O... no lo sé.

—¿Qué?

—Porque te vi y sentí que todo lo malo que me había pasado en la vida acababa de curarse mágicamente... como si hubiera estado fragmentado y de repente mis piezas rotas volvieran a unirse.

—Ah —susurro exhalando suavemente.

Gime.

—Es una estupidez.

—Para nada. Soy mágica —bromeo—. Es lo que has dicho.

—Puede que seamos mágicos juntos.

—Es lo que parece, ¿verdad?

—Sí que lo parece.

—Ay, Lucky —murmuro junto a él—. ¿Qué vamos a hacer?

—No lo sé, pero tenemos que intentarlo.

Descruzo los brazos para poder pasarle las manos por la espalda. Él suspira contra mí cuando lo hago y nos fundimos en el otro durante un largo instante. A continuación, me besa el cuello con suavidad.

—Lo siento —susurra con su sonrisa acariciándome la piel—. No he podido evitarlo.

—¿No has podido?

Me besa otra vez el cuello y me hace cosquillas.

—Ups. Lo siento otra vez.

Me río y subo el hombro por reflejo para apartarle la cara del hueco de mi cuello. O para atraparlo ahí. No estoy segura.

—Lucky Karras, no creo que lo sientas lo más mínimo.

—Bueno… eso no.

—Yo tampoco.

Me echó hacia atrás y les sonrío. ¿Era así de guapo cuando éramos pequeños? Su aspecto ahora, con la luz bañándole la piel y el pelo despeinado y azotado por el viento… Y el modo en el que me mira como si fuera lo único importante en kilómetros a la redonda… no lo sé.

Quizás sea simplemente la magia de la hora dorada.

—¿Josie?

—¿Qué?

—¿Podemos acordar no hablar de la bomba de relojería que supone el regreso de tu abuela de Nepal por el momento? Hasta que hayamos resuelto la situación.

—Perfectamente —accedo—. No lo mencionemos.

—Y, mientras tanto, quiero que hagamos una cosa juntos.

Se me acelera el pulso.

—¿El qué?

Niega con la cabeza.

—No. Vas a tener que confiar en mí. Y reunirte conmigo el sábado por la noche. En el mismo sitio, a la misma hora… cuando los dos acabemos de trabajar. ¿Trato hecho?

—Supongo que tenemos un trato. Ah, casi se me olvida.

Busco en el bolsillo de mi pantalón hasta que encuentro los ciento cincuenta dólares doblados que dejó en el mostrador del Rincón. *Mis* ciento cincuenta dólares… junto con otros ciento cincuenta que he agregado para nuestro acuerdo sobre el plan de pago. Rápidamente, se lo meto todo en el bolsillo delantero de los pantalones antes de que pueda impedírmelo.

—Oye…

—La sesión de fotos es gratis.

—Josie, Josie, Josie… —murmura respirando rápidamente—. No puedes ir por ahí metiendo la mano en los bolsillos de los chicos sin avisar.

—Pues considéralo un aviso. Puede que incluso vuelva a hacerlo algún día cuando mi madre no nos esté vigilando.

—El sábado por la noche.

—El sábado por la noche —repito recuperando la cámara del muro de ladrillos mientras le sonrío.

Me siento cálida y esperanzada por primera vez desde que me dejó sola aquella tarde en el cuarto oscuro. Y quiero seguir sintiéndome así. Quiero creer que, si nos esforzamos lo suficiente, podremos encontrar un modo de desactivar la bomba de relojería… o de conservar lo que tenemos, aunque me vaya a California.

Un año es mucho tiempo.

¿Es tiempo suficiente?

Capítulo 15

Descubro lo que me tiene reservado Lucky cuando me reúno con él de nuevo detrás del astillero. Es última hora de la tarde, pero el calor del verano sigue calentando los tablones del muelle cuando Lucky me convence para que baje un par de escalones hacia el vientre de la bestia.

Y con «bestia» me refiero al Hábil Narval.

Y con «Narval» me refiero a un barco pesquero con cabina que existe desde antes de que yo naciera.

Puede que incluso desde antes de que naciera mi madre, a juzgar por la combinación de los colores naranja zanahoria del interior. Debajo de la parte principal del barco, hay un área habitable con espacio suficiente para que viva un asesino en serie ermitaño con una cocina diminuta, un sofá y un baño que parece una caja de cerillas, prácticamente como los de los aviones.

Tanto el astillero como el Rincón están cerrados y finjo que me interesa el recorrido que me hace señalándome todas las características del barco, aunque, sinceramente, mi mente está a medio camino entre la orilla y la franja de piel dorada que veo por encima de la cintura de sus pantalones cortos de color carbón cuando se estira para encender las luces del techo. Lleva una camisa con las mangas enrolladas de modo que muestran lo suficiente de esos brazos bronceados y sus pantalones no solo son de cintura baja, sino que además tienen un desgarro estratégico que deja al descubierto un muslo musculoso. Quiero decir, en serio...

Enciende las luces. Las apaga... Le indico que me lo vuelva a mostrar. Obedece alegremente. En las caderas tiene ese extraño músculo masculino que forma una V a ambos lados de su tripa y apunta hacia pastos más verdes.

Es algo complicado no mirar.

Y no hemos estado a solas desde aquel día en el que mi madre nos vigiló mientras sacaba fotos del astillero. Algunas resultaron ser muy buenas. Kat está contenta, así que eso es lo importante.

—Y esa ha sido la visita guiada por el Narval —declara Lucky—. ¿Cómo va tu nivel de mareo por el momento?

—Uf. No digas esa palabra, por favor —farfullo con una piruleta de jengibre en la boca que llevo varios minutos chupando para prepararme para la navegación. También tengo una lata de caramelos de jengibre en el bolsillo de los pantalones.

—Se ha demostrado que el jengibre ayuda a prevenir el mareo —me asegura—. Igual que volver al agua varias veces. Practicar una y otra vez. He estado investigando a fondo y he preguntado a un grupo de viejos marineros curtidos. Vas a conseguirlo. Es cuestión de voluntad. Al final lograremos que te conviertas en una amante de los mares.

Me saco la piruleta de la boca.

—Sigo sin entender cómo has podido convencer a mi madre para que nos deje hacer esto.

Se encoge de hombros.

—Le dije desde qué ventana de vuestra casa podría vernos con uno de los objetivos de tu cámara —comenta con aire casual y parece que lo dice muy en serio.

—Eh… ¿qué?

—Mira —dice ignorándome—, si quieres superar el mal de mar…

—Podría quedarme siempre en tierra firme.

—Es mejor empezar por un barco grande. Por eso he pensado probar el Hábil Narval. Mi padre lo compró a principios de este año. ¿Impresionada?

—Si con «impresionada» quieres decir que me siento como si estuviera en *El cabo del miedo*, pues sí. ¿Seguro que no hay algún cadáver escondido en ese sofá?

—Me ofendes, Saint-Martin. Que sepas que me pasé aquí horas frotándolo todo hasta que me sangraron los dedos.

—No te creo. —Dios mío, es adorable.

—Puede que no llegaran a sangrarme, pero sí que limpié. Y no hay cuerpos. Ni roedores. También tiré muchos cadáveres de insectos. De nada.

—¿Y todo esto para qué, si se puede preguntar?

—Así es como voy a convertirte en una rata de agua.

—¿Por qué?

Se señala la sien con el dedo y mueve las cejas.

—Tengo un plan.

—¡Oye! Eso es cosa mía —insisto—. La de los planes y artimañas soy yo.

—Bueno —contesta encogiéndose de hombros—, es el día de todo al revés. ¿Preparada?

—No, no estoy preparada en absoluto. No quiero volver a marearme —digo agarrándome a la encimera naranja zanahoria de la cocinita—. Y no quiero vomitar en ese baño.

—Ya te lo dije, el mareo se origina en el oído interno. Es una especie de batalla entre tus sentidos. Tu cuerpo está acostumbrado a estar en tierra firme y, cuando te subes a un barco, tus ojos ven una cosa, pero tu oído interno detecta otra. Es una gran sobrecarga sensorial y ¡*pum*! Te mareas.

—Pues qué simpática la ciencia. Espero que no haya ningún «*pum*».

—No. Habrá «*pums*» hasta que tu cuerpo se acostumbre al agua. El jengibre es bueno para el oído interno. Igual que los antihistamínicos. En realidad, todas las pastillas para el mareo lo son. He traído por si necesitas. —Se da un golpecito en el bolsillo—. ¿Te acuerdas de la última vez con ese olor a pescado viejo y a sellador? Creo que eso fue un factor importante. Los olores fuertes lo empeoran.

—Definitivamente, no ayudaron —coincido.

—Por eso lo he limpiado todo, ¿ves? Y he ventilado. No hay olores. Hoy empezaremos poco a poco. Vamos a navegar aproximadamente una milla náutica y pararé el barco, ¿entendido?

Vale, adorable o no, no me siento muy segura de esto y gimo a modo de protesta.

—Es cuestión de voluntad.

—Mi voluntad es pegarte por obligarme a hacer esto, Lucky Karras.

Lo único que lo salva es que puedo ver ahora mismo sus espectaculares caderas, que me está lanzando una sonrisa preciosa y que lleva el pelo particularmente despeinado. Todo eso me está volviendo loca. Todo. Todo de él: sus partes adorables, sus partes sexys y las partes que han llevado a cabo la investigación.

Este barco es mucho más grande que el Bastante Grande. No diría que es un barco de fiesta, pero es lo bastante grande para que varias personal salgan a pescar. Aunque desearía que fuera otra persona y no yo. Sobre todo, cuando Lucky me obliga a ponerme un espantoso chaleco salvavidas naranja porque «son las reglas» y me lleva por cuatro escalones hasta una cabina cubierta con los controles del barco y dos asientos. Desde aquí se ve el astillero desierto y la parte trasera de todos los almacenes de ladrillos que bordean South Harbor. Puedo incluso ver la cafetería Quarterdeck, que es donde me gustaría estar ahora mismo.

—Respira hondo —me indica—. Y mira el horizonte.

Eso es exactamente lo que hago mientras Lucky pone en marcha el ruido del motor del Narval. Guardo la piruleta en su envoltorio, me la meto en el bolsillo de los pantalones y elijo el chicle de jengibre más fuerte que tengo. Mastico como un camello y Lucky maniobra el barco alrededor del pequeño muelle de los Karras. A continuación, atravesamos el puerto.

Intento no mirar a nada, pero sé que vamos en dirección opuesta a la que seguimos la primera tarde con el barco pequeño. De vez en cuando, me permito apartar la mirada del horizonte hacia el Harborwalk, las calles adoquinadas y las llamativas banderas que ondean con la brisa. En este barco estamos mucho más altos. Es raro estar aquí, verlo todo desde este punto de vista.

—¿Estás bien? —pregunta.

—No me hables. Estoy intentando concentrarme en el horizonte.

—Ya casi hemos llegado. Lo estás haciendo genial.

Algunos yates más grandes surcan las aguas cerca de nosotros y también hay algunos veleros, pero Lucky los esquiva con elegancia. Al menos, eso es lo que me parece. Cuando observo el último giro, siento que comienzan a invadirme las náuseas, empiezan en la parte posterior de mis mejillas y vienen acompañadas de un sudor frío que me humedece la frente.

—Oh, no —le digo a Lucky.

—Vale, vale —dice—. Estamos casi donde quería llegar. Sí. Vale. Voy a apagar el motor. Mira el horizonte, ¿estás concentrada en eso?

—Uf.

Siento que el barco se balancea y luego se queda quieto. Se para. Después de un fuerte chirrido, Lucky me pone una mano en la nuca.

—¿Estás bien?

—Eso creo.

—¿Quieres tumbarte en la cubierta?

Me lo planteo unos segundos. El mareo está disminuyendo. No ha desaparecido, pero estoy mejor.

—Estoy resistiendo. Sería genial que el agua dejara de moverse.

—Puedo ayudar en eso. Por eso te he traído aquí.

Respiro profundamente y me atrevo a girarme sobre el asiento para mirarlo.

—¿Para matarme y arrojar mi cuerpo al agua? Sabía que esto era como *El cabo del miedo*.

—No. Voy a enseñarte a nadar.

Lo miro fijamente.

—Eh... ¿qué?

—A nadar —dice moviéndose como un perrito—. Tú y yo.

—¿En el puerto?

—En Prucende Beach —indica señalando detrás de nosotros.

Miro por encima del agua del puerto y, en efecto, hay una playa de arena que se extiende por el extremo sur de la costa. No me sorprende. Hay muchas playas en Beauty. De hecho, hay una justo al lado del distrito histórico junto al embarcadero Goodly. Está repleta de turistas y sombrillas brillantes. Sin embargo, esta playa es algo rocosa y ventosa. Está al sur del pueblo. Es la playa más bonita. Está prácticamente vacía.

Hay otro problema. Bueno, hay cientos de ellos, pero uno más grande.

—Está como a un kilómetro de nosotros —observo—. Y no hay muelle.

—No —confirma—. No vamos a la playa. Vamos a nadar aquí. —Aquí. En el puerto—. Aquí es donde mi padre me enseñó a nadar. Es totalmente seguro —promete.

—No tengo bañador.

—No te hace falta, puedes nadar con tu ropa. No se acabará el mundo. Abajo hay toallas limpias.

—Dijiste que mi madre podría vernos.

—Pero ¿puede hacerlo? Dije que creía que podría, pero no sé nada de tus cámaras.

Echo la vista atrás, a los edificios irregulares del pueblo, amontonados a lo largo de la orilla en la distancia. Tengo un teleobjetivo barato con buen zoom para la cámara digital, pero no podría captar detalles desde tan lejos. Probablemente, pueda ver el barco, pero no a nosotros. Además, ¿de qué hablo? Mi madre no podría ponerle un objetivo a una cámara, aunque su vida dependiera de ello. Pero que él le dijera que podría vernos la hizo sentir mejor. ¡Será astuto!

—Pero ¿por qué? —pregunto.

—Ya te lo he dicho, voy a convertirte en una rata de agua.

—No te sigo.

Suspira con dramatismo y explica:

—Estabas molesta por no saber hacer cosas como montar en bici o nadar porque dijiste que eso es lo que hacen las verdaderas familias. Por lo tanto, mi plan es ayudarte a superar tu mal de mar haciendo que te acostumbres al agua en este barco. Y, cuando estés acostumbrada al agua, te enseñaré a nadar. Y, cuando aprendas a nadar, te encantará el agua. Y, cuando te encante el agua, adorarás Beauty. Y, cuando adores Beauty, te olvidarás de la lujosa playa de tu padre en Malibú y empezarás a pensar en formas alternativas de desactivar la bomba de relojería que es el inminente regreso de Nepal de tu abuela.

Lo miro fijamente, asombrada. Es un plan, sí. Una estrategia. Un complot. Una artimaña. Estoy tan conmovida como impresionada.

—Eso, señor, es intrigante y hermoso —digo con una mano en el corazón—. Aunque, básicamente, estás intentando arruinar mis sueños.

—Soy un gamberro, ¿recuerdas?

—Mentiroso.

—De verdad, no intento arruinar tus sueños, así que, por favor, no bromees con eso. Sigo apoyándote en todos tus sueños, de artista a artista.

—Creía que eras un artesano, no un artista.

Finge enfadarse.

—Da lo mismo —continúa levantando un dedo—. Sin embargo, si vas a vivir con tu padre, cosa que todavía apoyo, para que lo sepas, quiero que seas consciente de que hay muchos barcos en la costa de California... muchísimos. Es una playa, Josie.

—Entendido —digo con una sonrisa—. ¿Ups?

—Así que deberías estar preparada. En realidad, te estoy haciendo un favor.

Me río.

—Vale, de acuerdo. Favor aceptado.

Sonriendo, se abre las tiras de su chaleco salvavidas. Se lo quita. A continuación, se saca la camiseta y la deja caer en la cubierta. Si creía que sus brazos eran maravillosos, era una ingenua. Porque ahí tengo su torso entero desnudo forrado de músculos cuyo nombre desconozco, del color de la arena mojada. Una línea oscura le atraviesa la barriga y se mete por sus pantalones, que cuelgan demasiado bajos y provocativos sobre su espectacular cadera. Es demasiado. Si el mareo no lo consigue antes, me voy a desmayar por toda esta emoción.

—A aprender a nadar, Saint-Martin —dice mirándome con los ojos entornados por debajo de sus pestañas negras, como si ignorara por completo el poder que irradia. ¿O es que lo está haciendo a propósito?

¿Me está seduciendo?

Con... ¿la natación? ¿Es eso posible?

NO LO SÉ.

Me va quitando las zapatillas mientras yo me quito el chaleco salvavidas. Los dos nos vaciamos los bolsillos. A continuación, me obliga a levantarme y me lleva a la parte trasera del barco, donde bajamos a una cubierta en forma de medialuna que se curva alrededor de la cola. Nos sentamos uno al lado del otro en el lado interior de la luna, con las piernas colgando sobre el agua templada. En realidad… es muy agradable.

—¿Cómo va el mareo?

—¿Eh?

Una sonrisa le ilumina la cara.

—¿Lo ves? Tus sentidos no están confundidos. Poco a poco, Josie. Poco a poco.

Antes de que pueda responder, se desliza hacia el puerto con los pies por delante. Como una foca deslizándose sobre una roca hasta el mar. Se tapa la nariz y desaparece debajo de la superficie unos instantes. Cuando vuelve a salir, reluce. Tiene el pelo pegado a la cabeza y parpadea para sacarse el agua de las pestañas.

—Hoy está fantástica —dice pateando—. ¿Estás preparada?

—¿Para qué? —pregunto aterrorizada.

Nada debajo de mí y se estira para agarrarme por las caderas con esos brazos bronceados.

—Agárrate a la cubierta con las manos y deslízate. Los pies primero. Yo te sostengo, no te preocupes. No dejaré que te ahogues. Hice un curso de socorrista en la Cruz Roja cuando tenía quince años. Tengo titulación.

—¿En serio?

—Sí.

—¿Tienes bañadores de esos ajustados?

—No. Mi madre quería que me los pusiera, pero en lugar de eso empecé a trabajar en la moto —dice sonriendo y con la respiración ligeramente agitada. Me da una palmada en la cadera con aire juguetón—. Vamos, Saint-Martin. A la de una, a la de dos, a la de tres.

—¡No estoy preparada! —grito, pero me deslizo al agua con un terrible chapoteo.

El agua tibia y salada me envuelve y me empapa la ropa mientras la gravedad tira de mí hacia abajo. Durante un momento impactante, me da miedo hundirme, no dejar de caer por el puerto profundo e infinito, y respiro accidentalmente agua salada, pero...

Unas manos firmes me agarran de los brazos.

—Te tengo —dice—. Deja de resistirte. Pásame los brazos por el cuello. Eso es, bien, muy bien.

Solo le rodeo el cuello con un brazo, el otro lo uso para agarrarme a la cubierta del barco.

—¡No puedo hacerlo! —le digo—. Conseguiré que nos ahoguemos los dos.

—No, no lo harás. Mírame a la cara. Oye, eh. Mírame.

Lo miro y él me sonríe con la cabeza justo por encima de la superficie. Siento sus piernas pateando debajo de mí. Y, cuando dejo de sentir pánico, me dice cómo lo hace, como si estuviera batiendo huevos. Y cómo puedo hacerlo yo también si me agarro a sus hombros desde un poco más lejos. Lo curioso es que sí que puedo hacerlo.

—¡Lo estoy haciendo!

—Sí.

—¡Estoy pateando!

—Estás flotando en el agua.

—¡Estoy flotando!

—*Pum*.

Me río, pero eso me hace perder el ritmo y estoy a punto de estrangularlo cuando vuelvo a entrar en pánico e intento agarrarme a él como si fuera un mono. Mi pérdida de progreso no lo disuade.

—Veamos si puedes flotar.

Me enseña pacientemente cómo agarrarme a la medialuna con ambas manos y dejar que mi cuerpo flote suavemente detrás de mí mientras él me vigila con una mano en la barriga por si me resbalo.

—¿Lo ves? No es tan complicado —me dice después de unos intentos frustrados.

—Buenas últimas palabras.

—Tú quédate ahí e intenta relajarte —indica—. Háblame. Hablar distrae tu mente de lo que estás haciendo.

—¿Hablar de qué?

—¿Qué te parece de cosas evidentes? ¿Has sabido algo de tu padre últimamente?

—Eh, no. Pero tampoco hablamos con regularidad. Estaba esperando a tener algo que contarle antes de llamarlo. Como por ejemplo lo de las prácticas. Pero soy demasiado gallina para escribirle a mi contacto. Redacté el correo, pero todavía no lo he enviado por lo de que hay una foto de mi madre desnuda circulando por el pueblo y esas cosas.

—No creo que ese sea el motivo.

—¿De verdad? No he visto una foto de tu padre desnudo por el pueblo, así que ¿cómo ibas a saber cómo me siento?

—Oye. Mi padre se pavonea por el pasillo desde la ducha hasta su habitación todos los días sin nada puesto porque «solo es un cuerpo, Lucky, todos tenemos uno» —dice imitando a su padre—. Hazme caso, si estuvieran compartiendo ese cuerpo desnudo por el pueblo, podría desencadenar un auténtico apocalipsis. Los edificios se derrumbarían. El portal al infierno se abriría y se tragaría el pueblo entero.

—¡Cállate! —exclamo con una carcajada—. ¡No puedo mantener el equilibrio!

—Lo estás haciendo genial, sigue así —me dice—. Vale, ¿qué más? ¿Y si... me hablas de todos los sitios en los que has vivido?

—Uf, madre mía.

—Venga —dice con tono de broma.

—Son demasiados para enumerarlos. Básicamente, en todas las zonas de Nueva Inglaterra. Es más fácil decirte donde no he vivido.

—Vale, ¿y cuál es tu sitio favorito de todos en los que has vivido?

Se me empiezan a agarrotar las manos en la cubierta. Las estiro de una en una.

—Vermont. Nevaba mucho en invierno y no había nada que hacer, así que mi madre y yo nos pasábamos la noche jugando a juegos de mesa. Vivíamos en un piso extraño que estaba pintado entero con pintura de pizarra, como si el inquilino anterior se hubiera excedido, ¿sabes? Llevábamos un recuento de quién ganaba cada partida en un armario que también estaba pintado con pizarra. Pero mi madre se colaba en el salón y borraba mis victorias y yo tenía que pillarla haciendo trampas... —Me río y estoy a punto de ahogarme en el agua—. Supongo que tendrías que haber estado. Fue un invierno divertido.

—Tu madre siempre es divertida.

—Puede serlo.

—¿Puedo preguntarte una cosa sobre ella? Si no quieres responder no tienes por qué hacerlo, no te enfades.

—Estoy en una posición poco ventajosa ahora mismo —le digo.

Se ríe aferrándose a la cubierta del barco a mi lado y luego se pone serio.

—¿Tu madre de verdad sale... con mucha gente?

—¿Es mi madre la gran perra que todos dicen que es?

—Vaya, yo no he dicho eso. No soy la policía de la moral, no juzgo.

—No pasa nada —digo notando cansancio tanto en los brazos como en la mente—. ¿Sinceramente? No sé qué es normal y qué no. Dice que no le interesan las relaciones, que simplemente le gustan los hombres. Pero ni siquiera sé si eso es verdad porque nunca está contenta.

El año pasado, cuando regentaba una librería en la costa, una de sus asistentas, una mujer a finales de la veintena, tenía una filosofía similar: un chico nuevo cada semana. Marianne lo decía con orgullo y quedaba por primera vez con sus citas en la librería, donde los presentaba a todos los trabajadores que hubiera en el momento y estos levantaban el pulgar arriba o abajo. Era muy gracioso y divertido, aunque me daban lástima los hombres a los que rechazaba, al menos Marianne era sincera al respecto. Al menos, a ella podía creerla cuando decía que era lo que quería.

Pero no creo que eso sea lo que mamá quiere. Ella no es feliz. A veces creo que hay otros motivos por los que le interesan las citas con desconocidos, como si estuviera huyendo de algo, ocultando algo.

—Es casi como... no lo sé —le digo a Lucky—. ¿Como una adicción? ¿Un problema de juego? ¿Algo que hace para no sentirse tan deprimida? Ni siquiera lo sé.

—¿Está deprimida?

—No lo creo... no sé comporta como tal. Simplemente es una persona muy reservada, por extraño que parezca. Creo que en mi familia todas lo somos. Es el método Saint-Martin. Todas mantenemos una parte de nosotras mismas encerrada. Ha insinuado que mi abuela era igual y supongo que yo hago lo mismo con ella porque no le he hablado de mis planes de irme a Los Ángeles.

—Sí —dice Lucky algo triste.

—De todos modos, supongo que no es asunto mío. Solo quiero que esté bien, ¿sabes?

Y me doy cuenta de que es cierto. Aunque no quiera seguir viajando por el país con ella ni seguir siendo arrastrada de un pueblo a otro eso no significa que no la quiera. Quiero que esté bien. Quiero que sea feliz. Me siento mal por no poder ayudarla.

Por no ser suficiente para ella.

—Ojalá me hablara de ello —le confieso a Lucky—. Pero es un tema prohibido, como todo lo que concierne a sus relaciones y su pasado. Así que no puedo ayudarla si no me cuenta qué le pasa —declaro pateando el agua—. Antes creía que quizás mi padre pudiera hacerla feliz y que hacía todo esto como un modo de castigarlo. Como un llamado de socorro. No lo sé. Es una estupidez.

—No lo es.

—De todas formas, a ella no podría importarle menos mi padre. Así que no creo que tenga nada que ver con él. Hay algo más, pero me gustaría saber el qué.

—Tal vez deberías preguntárselo.

—¿Crees que no lo he hecho?

Se queda callado. Yo también me callo. Me quedo en el agua pensando por qué me hace tantas preguntas, hasta que recuerdo algo que había olvidado con los últimos acontecimientos.

—Oye, ¿por casualidad, no sabrás de alguien que haya estado en la marina y que haya vuelto hace poco al pueblo?

Me mira con los ojos entornados por el sol.

—Es una pregunta un poco rara.

—La madre de Evie mencionó algo cuando llamó, pero se calló y no le dijo a Evie quién era. Nos dio la impresión de que era alguien del instituto a quien mi madre quería evitar a toda costa y que tal vez fuera el causante de los reparos que tenía por volver aquí.

—Ya veo —comenta—. Parece un buen drama.

—¿Verdad?

—Quizás deberías preguntárselo a tu madre.

—¿No me has oído ya? No me lo contará nunca.

—¿Y qué hay de tu abuela?

—Parece que no tengo tanta relación con ella como tú —bromeo—. ¿Entonces no conoces a ningún tipo de la marina? ¿A nadie del pueblo? ¿Algún conocido de tus padres, tal vez?

Contrae el rostro.

—¿Crees que esto puede tener algo que ver con la depresión de tu madre?

Guau. No lo sé. Es un modo extraño de considerarlo. También tengo la extraña sensación de que está evitando responder a mi pregunta. Probablemente solo sean paranoias mías. En cualquier caso, me asusta que seguir pensando en este tema nos arruine el día, porque está siendo una maravilla. Y no pienso permitir que mi madre y todos los interrogantes sobre su pasado me lo arrebaten.

Esto es mío.

—¿Has probado ya a flotar sobre tu espalda? —pregunta—. La última prueba de natación del día antes de volver a casa.

—No. Sí. No. ¿Es necesario?

—Depende de ti. Pero es divertido.

—Vale, vamos a probar.

Flotar de espaldas es mucho más complicado que hacerlo de cara. Es tan difícil que estoy casi segura de que no puedo hacerlo y me parece que se está frustrando conmigo. O tal vez sea yo la que me estoy frustrando conmigo misma porque, cuando me entrego por completo y dejo de preocuparme porque el agua me entre los oídos… sucede.

Floto.

Floto sobre mi espalda contemplando el cielo azul, sintiendo que el agua cálida del puerto mece mi cuerpo suavemente. Y floto mientras Lucky chapotea a mi lado. Se suelta y nada a mi alrededor. Floto y él me sonríe, me levanta suavemente la camiseta mojada, pegada a mi piel, y me da un beso en el ombligo, donde se me acumula el agua. Floto mientras él nada por debajo de mí como si fuera un tiburón, fingiendo morderme el muslo y alterando mi equilibrio, para luego volver nadando y atraparme cuando se me hunden las piernas.

—¡Oye! —grito riéndome y chapoteando para agarrarme a su cuello.

—¿Te dan miedo los mordisquitos de los peces?

—¡Me da miedo ahogarme, idiota!

Pero me doy cuenta de que eso no es cierto.

No soy ni la mitad de cautelosa con el agua que cuando hemos llegado. Y cuando me rodea con los brazos, moviendo las piernas para mantenerse a flote junto a las mías, y me besa con esa boca mojada, con el pecho subiendo y bajando por el esfuerzo de nadar y de sostenerme, no pienso en el horizonte ni en la posibilidad de ahogarme. No pienso en los chismes del pueblo ni en la felicidad de mi madre. No pienso en Adrian Summers, los cristales rotos o las bombas de relojería de mi vida.

No pienso en nada que no seamos nosotros dos.

En esto.

En esta alegría.

En el momento presente.

Quizás, solo quizás, puede que sí que acabe siendo una rata de agua.

Pum.

Capítulo 16

L ucky y yo salimos con el Narval prácticamente cada tarde durante un par de semanas hasta el mismo punto. Resulta que Lucky encontró unas pulseras que tienes que ponerte en ciertos puntos de presión y ayudan a contener las náuseas provocadas por el mal de mar. Bueno, eso y el antihistamínico que me tomo antes de zarpar.

Me siento despejada y puedo estar en el agua sin querer morirme.

Curiosamente, ahora me gusta estar en el barco. Es como escapar del mundo durante un par de horas. Un lugar seguro. Solo nuestro. Y, sí, salimos en el Narval para practicar la natación con el bañador nuevo que me he comprado, pero a menudo hacemos otras cosas como:

Hablar de la diferencia entre arte y artesanía.

Hacer fotos.

Poner las manos sobre el otro.

Jugar con Bean, el cachorrito mágico, que a veces se viene con nosotros y ladra a los barcos que pasan.

Criticar a Adrian Summers.

Tramar una venganza que nunca llevaremos a cabo.

Poner las manos sobre el otro.

Hablar de nuestras campañas fallidas de D&D de cuando éramos pequeños.

Considerar una visita a nuestro antiguo cobertizo secreto para botes Estrella Polar para empezar una nueva campaña.

Decidir que el cobertizo podría estar atestado por fantasmas o arañas y cambiar de opinión.

Ver los fuegos artificiales del cuatro de julio.

Tomar limonada bien fría.

Poner las manos sobre el otro.

Esto es lo que no hacemos en el barco:

Hablar de si me voy a ir a California a vivir con mi padre el año que viene.

Ese tema está fuera de los límites. Tal vez si fingimos que no existe, no sucederá nunca.

Esto tampoco lo hacemos:

No le decimos a nadie que somos algo más que amigos.

Es decir, claro, es probable que la mitad del pueblo ya esté hablando de nosotros. Mi madre ha soltado comentarios de Bonnie y Clyde, y los padres de Lucky también sospechan. Y luego está Evie, quien definitivamente sabe que pasó algo en el cuarto oscuro… pero no se lo digo ni a ella.

No es porque no quiera que la gente lo sepa o porque me dé vergüenza lo que estoy haciendo con mi amigo de la infancia. No estoy haciendo nada malo. Simplemente, no es asunto de nadie, eso es todo. Y este pueblo ha demostrado que no es capaz de gestionar la información delicada con elegancia. Ya han susurrado mi nombre, no necesito echar más leña al fuego de los rumores.

Una tarde, cuando se suponía que Lucky y yo íbamos a salir para practicar la natación de espaldas o alguna otra brazada más provocativa, lo encuentro en el astillero con su padre trabajando hasta tarde en un problema de motor de último momento para un cliente.

—Lo siento —me dice—. Nos están pagando horas extra y es un tipo de encargo que mi padre no puede rechazar. No debería llevarnos más de una hora, pero tal vez haya oscurecido demasiado como para salir con el barco. ¿Y si nos quedamos aquí? Podemos pedir pizza, ver una peli en la tele... Mi casa está abarrotada de primos pequeños en este momento, ¿qué hay de la tuya?

—No es mi casa, es la de Evie. Mi madre... no está. Pero puede que haya vuelto cuando termines. —Lo miro fijamente—. ¿Te parecería bien? ¿O es demasiado raro?

—Mientras a ella le parezca bien, a mí también.

Definitivamente, mi madre empieza a abrirse a él y últimamente ha estado entrando y saliendo del Rincón. Pero nunca ha estado dentro de casa. Creo que a mamá le parecería bien.

Lucky en nuestra casa. Vaya. Me pongo nerviosa solo de pensarlo. Otra primera vez. Una cosa es estar juntos en el barco privado, pero en público y con más gente... es algo nuevo. Algo bueno. Pero nuevo. Y emocionante.

—Lo comprobaré para asegurarme de que le parece bien —le digo—. Pero estoy bastante segura de que no pasará nada. ¿Me avisas cuando hayas acabado?

Mira a su alrededor para asegurarse de que no haya nadie mirando y me da un rápido beso en la frente, manteniendo sus manos sucias de grasa lejos de mi camiseta.

—Me parece un gran plan. Champiñones y aceitunas para mí, por cierto. Sin queso.

—Entonces ya no es pizza —contesto con una mueca.

—Y si tienen ostras...

—NO.

Sonríe.

—Te veo en una hora.

Cruzo al Rincón y lo rodeo, subo las escaleras y entro al piso. Parece limpio. Bien. Al menos no tengo que preocuparme por eso. Le escribo a mi madre, pero no me contesta, cosa que no me sorprende. Espero que lo lea antes de que venga.

Atravieso el salón pasando junto a la lámpara de los años cincuenta con la chica *pin-up* y voy directamente a la habitación de Evie. Llamo suavemente a la puerta. Sé que está ahí porque resuena música *postpunk grunge* de los ochenta a través de las paredes. Probablemente, estará estudiando y por eso no me oye, así que llamo con más fuerza, abro la puerta y meto la cabeza.

—Hola —grito por encima de la música.

Me quedo helada.

Evie está ahí, sí. No está sola.

Una cabellera oscura se eleva desde las mantas como si fuera una sirena saliendo del agua y, por unos instantes, hay un revoltijo de extremidades y veo mucha más piel de mi prima de la que quiero ver. Sin embargo, cuando parpadeo, la mayoría de esa piel está cubierta por una manta, y me encuentro un rostro que no quería volver a ver nunca devolviéndome la mirada.

Adrian Summers.

Me mira.

Lo miro.

Evie me mira.

¿Qué hago ahora? Sé que no debería estar aquí, pero ya es demasiado tarde. Ambos me miran, horrorizados. Y yo les devuelvo la mirada. Todo es muy incómodo y la música sigue sonando como si no se diera cuenta de que está enfatizando un momento realmente incómodo para todos.

Ay, Evie. Prima.

¿Por qué?

Me mira parpadeando con sus grandes ojos como si quisiera decirme: «No he podido evitarlo. ¡Es la maldición Saint-Martin!».

La miro fijamente con unos ojos entornados que dicen: «Qué decepción».

Las muletas de Adrian están apoyadas en la cama. Una parte oscura de mí desea correr hacia ellas, agarrarlas y golpearle la cabeza con ellas hasta provocarle una conmoción. Pero, por supuesto, no puedo hacerlo.

Es demasiado tarde para fingir que no lo he visto. ¿Qué hago aquí?

¿QUÉ HAGO? Mis pensamientos corren y tropiezan. Es Adrian.

Adrian.

Cuanto más miro su estúpida cara, más aumenta mi ira.

—Creía que estabas en casa de tu tía.

—Estaba —responde él encogiéndose de hombros mientras se incorpora sobre las almohadas de Evie. Ella tira de las mantas—. Ahora estoy aquí.

—Tendrías que estar en la cárcel. Podrías haber matado a un animal. ¿Lo sabías? Su mascota estaba en las oficinas cuando lanzaste esa barra.

Durante un instante, se muestra desconcertado.

—No sé de qué hablas. Yo no tiré nada.

—Debería llamar a la policía ahora mismo.

—¡Josie! —suplica mi prima.

—No tienes pruebas —replica Adrian—. ¿Y quién dice que no fuera otro coche? O quizás fueran Jam o Crandall.

No tengo ni idea de quién es esa gente, pero supongo que se refiere a los colegas Golden que iban en el coche con él.

—Además —añade—, ¿y si hubiera habido gente en la tienda de mi padre cuando ese mono grasiento lanzó la piedra a nuestra ventana? ¿Se te ha ocurrido pensarlo? Nada de animales, sino gente de verdad. Podría haber asesinado a alguien con esa roca.

—Fue un accidente —insisto—. No sé cuántas veces voy a tener que decirlo.

—¿Por qué lo dices de ese modo?

—¿De qué modo?

Señala en mi dirección.

—De ese modo.

Dios mío. ¿Cómo lo he dicho? Se me acelera el corazón cuando miro a Evie a la cara. Ella niega con la cabeza de manera casi imperceptible, pero lo hace. Me advierte.

—Me refería a que yo estaba allí con Lucky aquella noche —le explico a Adrian—. Estaba delante cuando pasó y fue un accidente. No estaba intentando darle al escaparate, apuntaba al letrero. No fue algo intencionado.

Adrian me mira durante un instante demasiado largo... hasta que frunce el ceño y suspira.

—Lo que tú digas. Dejémoslo en que ambas cosas fueron accidentes. Lo mejor será olvidarlo y pasar página. De todos modos, ¿qué haces aquí? ¿Necesitas algo de Evie? Porque, de lo contrario, tenemos cosas que hacer.

Madre mía. A este tío se la suda todo. Le importa un carajo. Un momento está rompiendo una ventana y al siguiente, en la habitación de mi prima...

No. No quiero ni pensarlo.

Miro a Evie y digo:

—Dentro de una hora tendremos compañía, solo para que los sepas... Igual quieres irte.

Te sugiero encarecidamente que lo hagas.

Mi prima me mira y asiente en comprensión, con el maquillaje estilo Cleopatra ligeramente corrido.

—Bien. Pues en ese caso... —*¿Que tengas una buena tarde? ¿Que te lo pases bien acostándote con el enemigo... literalmente? ¿Que acabes con esta relación tóxica que te está arruinando la vida?*—. No lo sé —farfullo y salgo de la habitación—. Lo que sea, Evie.

Tiro del picaporte y, en cuanto Evie gira la cara, Adrian me pone morritos.

Durante un segundo, considero meter el móvil por el hueco de la puerta y sacarle una foto solo como venganza por todo lo que me ha hecho, pero rápidamente comprendo lo que implicaría esa foto: *está en la cama con Evie.* Además, no pienso rebajarme a su nivel. Que le den.

Doy un portazo al salir.

En un primer momento, me meto en mi habitación, pero está al lado de la suya y los oigo discutir a través de las paredes. Es una situación demasiado extraña, así que me meto rápidamente en la habitación de mi madre y cierro la puerta. Poco después oigo a Adrian saliendo de casa.

Definitivamente, se han peleado. Bien.

No sé si estoy enfadada o decepcionada con Evie. ¿Dolida? Una cosa era que volviera con él aquella primera vez después de la fiesta, cuando tuvieron el accidente, si es que de verdad estaba intentando hacer que hablara con su padre para que arreglara el acuerdo con Lucky por lo del escaparate de los grandes almacenes. Pero… ¿ahora?

Rompió la ventana de los Karras.

Le enseñó a todo el mundo una foto de mi madre desnuda… pensando que era yo.

Eso no está bien. Y me enfada que Evie le quite importancia como si no fuera para tanto. Porque sí que lo es. Y, aunque nada de eso hubiera sucedido, sigue siendo un cabrón. La acosó con todos esos mensajes. Y, si piensa enseñarle a todo el mundo fotos de «mí» desnuda, cuando ni le importo ni me conoce apenas, ¿qué le va a impedir hacerle lo mismo a ella si se enfada?

Está rodeado de señales de advertencia.

¿Por qué Evie no las ve?

No sé qué hacer al respecto. Supongo que hablaré con ella. Tal vez haya llegado el momento de acudir a mi madre… lo cual es una idea bastante rara que considerar. Somos unas comunicadoras excelentes y el vivo ejemplo de la devoción. Uf.

Cuando estoy bastante segura de que él no sigue cerca, miro la puerta del armario de la habitación de mamá. El viejo armario de la abuela. Cerrado con llave. Objetos personales que no quiso almacenar cuando se fue a Nepal.

Tal vez viejas pertenencias familiares.

Algunas fotos antiguas.

Secretos.

Desde que Lucky y yo hablamos de mi madre cuando me llevó a mi primera lección de natación, no he logrado sacarme al tipo de la marina de la cabeza. Tampoco he podido preguntarle al respecto a ella, a pesar de que Lucky me lo sugiriera. Mi madre no gestiona bien las confrontaciones. Y menos aun cuando se trata de su pasado. Nuestras mayores discusiones han sido por Henry o por la abuela… y por preguntas que le he planteado como por qué nunca intentó tener una familia con Henry o por qué no se lleva bien con la abuela.

Hacer esas preguntas solo sirvió para que acabara llorando. No hablamos sobre el pasado.

Así que, si quiero saber algo de mi madre y el marine, tengo que preguntárselo a la abuela (y ahora no está disponible) o pasar a la segunda mejor opción.

Rebuscar entre sus cosas.

Lo sé.

Lo sé.

Pero quizás pueda echar un vistazo simplemente y ver si hay algo que revisar sin resultar demasiado invasiva.

¿Quizás?

Me atrevo a saltar un par de veces para llegar a la parte de arriba del armario y recibo mi recompensa cuando veo caer el metal deslustrado sobre los tablones del suelo.

Bien. Bingo. Al menos, esto me distraerá de la imagen de la estúpida cabeza rubia de Adrian en la cama de mi prima. Un secreto menos en la casa Saint-Martin…

La llave que encuentro es anticuada, probablemente fuera nueva cuando reformaron el edificio en los años cuarenta, pero emite un ruido satisfactorio cuando la giro en la cerradura.

La puerta se abre con un chirrido. Flotan olores de incienso y naftalina.

Enciendo la luz del techo tirando de una cuerda. El armario está lleno hasta los topes. Un abrigo de pelo me da un susto de muerte porque parece un animal agazapado en la esquina. Hay un par de vestidos dentro de fundas de plástico. Hay pilas de cajas etiquetadas con la letra cursiva de mi abuela. Documentos. Talonarios. Nada interesante, en realidad… Es cierto que hay una caja de seguridad que no se podría considerar aburrida, pero no tengo la combinación. La aparto a un lado y miro las cajas del estante superior hasta que encuentro lo que busco.

Una caja con la etiqueta WINNIE.

Nadie llama así a mi madre. Solo la abuela.

Saco la caja, me siento en el suelo con ella en las rodillas y abro las solapas, que están colocadas una sobre la otra. No hay gran cosa en el interior. Una manta de bebé y un sonajero plateado con las iniciales de mi madre grabadas. Un pequeño álbum de fotos, sobre todo con instantáneas de cuando era bebé. Algunas de mi madre como niña adorable, riendo a la cámara sobre los hombros de un hombre desconocido… mi abuelo. Es raro ver a un hombre al que no he conocido nunca.

Al fondo de la caja, debajo de una pila de felicitaciones de cumpleaños y registros escolares, encuentro cosas de la adolescencia de mi madre. Un banderín de fieltro desgastado del instituto con un gran diseño de olas de los Breakers. Una foto de mi madre cuando la votaron como la mejor vestida. Y ahí está. El objeto más codiciado.

El anuario del instituto Beauty.

El último curso de mi madre.

Se me acelera el pulso. Lo abro y tengo que separar las guardas. Hay un viejo envoltorio de caramelo de fresa que todavía conserva ligeramente el aroma y tiene azúcar cristalizado.

Paso la mirada por las firmas y las notas garabateadas de sus compañeros de clase. Arcoíris y corazones. «¡Te quiero!», «¡Viva los Breakers!», «Que pases un buen verano», «¡Por fin se ha acabado!». Y cosas más tontas como... «¿Fiesta loca?». ¿La gente decía eso? Qué raro.

Paso las páginas del anuario hasta que encuentro la foto de mi madre. Dios mío, era guapísima. Se me hace raro verla sin las gafas. Y más extraño aún verla en imágenes casuales por el campus. Pero, cuando busco las guardas al final del libro, encuentro otro par de notas escritas que me llaman la atención.

Primera nota: «Hemos pasado juntas por todo esto, Winn. Desde la cima de la pirámide hasta los chicos de la puerta de al lado. Por salir de este sitio. —Chloe».

Lo de la cima de la pirámide puede que sea una referencia al grupo de animadores. Mi madre no es ninguna animadora, esto está claro. Pero... ¿los chicos de la puerta de al lado? ¿Es una metáfora o se refiere realmente chicos que había en la puerta de al lado?

Nota dos: «Por fin se ha acabado. Ahora solo hay palmeras y playas de arena blanca en el horizonte. Nuestro futuro es brillante y soleado, me muero de ganas de empezar una vida juntos. —Drew».

Me quedo sentada con el anuario abierto en el regazo, atónita.

¿Palmeras y playas de arena blanca? He oído esta frase exacta cientos de veces saliendo de la boca de mi madre. Es su sueño. Florida. El motivo por el que accedió a volver a Beauty y ahorrar dinero, para poder huir finalmente de Nueva Inglaterra y mudarse a un lugar cálido y soleado.

Ahora estoy totalmente convencida de que este Drew es el hombre misterioso que he estado buscando.

El marine que la madre de Evie comentó que había vuelto al pueblo.

En el anuario, habla de empezar un futuro juntos con mi madre. Me pregunto si se trataría simplemente de otra dedicatoria empalagosa más de anuario o si lo decía en serio. Si era así, es evidente que no llegó a suceder. No empezó ningún futuro con nadie llamado Drew del instituto.

Fue a la escuela de arte. Conoció a mi padre. Se quedó embarazada. Dejó la universidad. Volvió a vivir con mi abuela y me tuvo a mí. Vivimos aquí hasta los doce años, cuando explotó la bomba entre mi madre y mi abuela.

Fin de la historia. Al menos, es lo que siempre había creído.

¿Qué le pasó realmente a mi madre en Beauty?

Capítulo 17

—**A**ire. Necesito… aire fresco —dice Lucky mientras salimos de mi piso.

Bajamos por las escaleras traseras y cerramos la puerta. Unas polillas revolotean alrededor de una bombilla que proyecta una luz amarilla sobre los escalones que llevan al callejón oscuro de detrás del Rincón.

—¿Es cosa mía o esta ha sido una de la noches más incómodas y tensas de toda tu vida?

—A mí me ha parecido que *Parásitos* es una película fantástica —comento fingiendo inocencia—. Bong Joon Ho es un gran director y la cinematografía me ha parecido excelente.

Me dirige una mirada intencionada.

Sí, eso. No ha sido una gran noche de cine en *la Maison de Saint-Martin*.

La pizza: no estaba buena.

Evie: no estaba bien.

Mi madre y Lucky… bueno, en realidad, bastante bien.

Pero todo lo demás ha sido tenso. Muy tenso.

—El mal humor de Evie tenía un motivo y no tiene nada que ver con ningún trepidante complot de venganza —le digo a Lucky—. Lo siento, pero no tenía sentido contártelo porque mi madre no dejaba de acaparar la conversación, así que no he podido quedarme a solas contigo...

—Se está acostumbrando a mis oscuros encantos —bromea curvando la comisura de la boca.

—Esto es serio.

—Está claro. He percibido una energía seria entre Evie y tú, eso seguro.

—Eso es porque antes de que llegaras he descubierto a Adrian en la cama de Evie. —Bajo la voz por si mi madre nos está escuchando desde la cocina.

Sus pestañas negras parpadean lentamente en mi dirección.

—Eh... te refieres a...

—Sí —declaro abrazándome a mí misma—. Medio desnudos. Y hemos mantenido una breve discusión durante la cual él ha negado haber lanzado la barra a la ventana del astillero, pero con ese aire de chulería que tiene siempre. Evie estaba totalmente avergonzada. Y he estado a punto de confesarle que fui yo la que lanzó la piedra al escaparate de los grandes almacenes...

—Espero que eso sea una broma —espeta frunciendo el ceño.

—¡Pero me he contenido a tiempo! No pasa nada, lo he disimulado. —Creo.

—Josie.

—No ha pasado nada.

Maldice por lo bajini y niega con la cabeza.

—De todos modos, ¿qué hace Evie con ese cabrón borracho? ¿No fue suficiente que estuvieran los dos a punto de morir en un accidente por su culpa?

—Aparte de todo lo demás. ¿Qué debería hacer? ¿Necesita una intervención? ¿Me toca hacer de mensajera y darle la mala noticia de que tiene una relación tóxica? ¿O no es asunto mío?

Lucky exhala con fuerza.

—Vaya. No lo sé. Por una parte, lo conozco desde hace tiempo. Pero, por otra parte, soy la última persona a la que deberías preguntar porque, cuando se trata de Adrian Summers, no tengo nada de benevolencia. Fantaseo con construir una de esas efigies paganas de mimbre con sus botes y sus remos como si fuera el festival Burning Man y prenderle fuego con él dentro suplicando por su vida.

Está bromeando. Creo.

—Si acabas en la cárcel de verdad, no te lo perdonaré nunca, Lucky Karras —advierto.

—Es solo una fantasía inofensiva —dice levantando las manos con aire ingenuo—. Y en cuanto a qué hacer con Evie... sinceramente, no lo sé. Tiene diecinueve años, va a la uni y es adulta. Y no sé si Adrian es realmente peligroso o solo un imbécil que toma decisiones horribles cuando se pasa con la bebida.

Yo tampoco. Pero ahora mismo estoy preocupada por mi familia. A veces, me da la sensación de que resolver los problemas de los demás es una carga que no sirvo para soportar. Como si fuera un pequeño ascensor hecho para transportar como mucho a una o dos personas, pero en cada planta, alguien aprieta el botón y de repente estoy abarrotada y las puertas no cierra.

—Puede que hable con ella durante los próximos días, cuando la situación deje de estar tan rara entre nosotras. —Miro a Lucky con los ojos entrecerrados bajo la luz del porche—. ¿Tienes algún plan para este finde?

Se cruje los nudillos justo encima de su tatuaje del gato negro.

—Puede que tenga planes para los dos si te interesa. Dos palabras: Isla Rapture. ¿La conoces?

—Me temo que no.

—Está a pocos kilómetros de la boca del puerto. Antes era una colonia, pero ahora es un santuario de aves.

—¿Así que un santuario de aves? Suena realmente… fascinante.

—Espera, que no había terminado.

—¿También hay campo de golf? Porque observar aves y jugar al golf son dos cosas que definitivamente no quiero que tengan nada que ver con mi fin de semana. Las dos cosas que menos me gustan.

Lucky levanta un dedo.

—En primer lugar, las aves están genial, así que, que te den.

Me río.

—Vaya, no sabía que fueras pajarófilo.

—Se dice ornitófilo.

—Tú me has entendido.

Me ignora.

—Y, en segundo lugar, esa isla solo es accesible en barco y no estoy seguro de que viva alguien allí aparte del farero y un puñado de científicos en algunas épocas del año, pero tiene ruinas de todo un pueblo colonial fantasma —agrega acercándose a mí con voz espeluznante.

—Vale, esto cada vez se pone mejor. No sabía ni que tuviéramos un pueblo colonial fantasma.

—¡Ja! Te he enseñado algo nuevo —comenta sonriéndome con ojos cansados.

—Oye, acabo de enterarme de que ahora hay dos puestos de almejas en nuestro barrio y no solo uno.

—Manny's y Clam 5. El de Manny sigue siendo el mejor.

—Bueno saberlo. Entonces, ¿crees que deberíamos ir a la isla Rapture por el pueblo fantasma?

—Y porque hay un cartel fantástico. Te encantará.

—¿Sí?

—Es único. Tu portfolio te lo agradecerá. Y tú me lo agradecerás a mí.

—Vale. Ya lo veremos…

—Y ya llevas un par de semanas sin marearte en el mar, así que he pensado… ya sabes. No está tan lejos. Podríamos ir hasta allí con el Narval y así practicarías sobre el agua.

Me roza el interior de la muñeca con el dedo índice. Es tan solo roce. Contengo la respiración mientras me recorren la piel oleadas de escalofríos.

—Cierto —digo.

—Hace solo minuto, tu madre estaba bromeando acerca de darte la tarde del domingo libre y diciendo que más te valía portarte bien mientras ella trabajaba duro el resto del día, pero se me ha ocurrido, no sé… que quizás no nos portemos bien. Que podríamos escaparnos con el Narval.

Mi corazón se salta un par de latidos y luego tropieza intentando recuperar el ritmo normal.

—¿Y qué hay de la cena del domingo con tu familia?

Me mira moviendo las cejas.

—Puede que nos saltemos la cena del domingo.

—¡Lucky! —exclamo fingiendo asombro.

—Podríamos tener nuestra propia cena de domingo en la isla Rapture. Los dos solos. Un pícnic de almuerzo. Un pícnic de cena. ¿Qué hay entre el almuerzo y la cena? ¿La merienda? ¿Un pícnic para merendar?

—Creo que tu madre se enfadaría con nosotros por saltarnos un encuentro familiar solo para que pueda sacar una foto de un cartel bonito.

—Lo que hace uno por el arte —comenta robándome un rápido beso antes de que mi madre nos espíe por la ventana de la cocina—. Será nuestro secreto —dice mientras empieza a bajar los escalones—. Volveremos antes de que alguien nos eche de menos. Antes de que cierre el Rincón. Y antes de que mi madre se enfade demasiado por que me salte la cena. ¿Te escapas conmigo?

—De acuerdo —susurro—. Me escaparé contigo.

Algo mareada, lo veo bajar las escaleras corriendo hasta la Superhawk. Cuando lo veo alejarse a toda velocidad por la carretera, me doy cuenta de que no he tenido oportunidad de hablarle de lo que encontré en el armario de mi madre. A ella claramente no voy a decírselo. Tendría que contarle cómo he obtenido la información y eso no acabaría bien.

En cuanto veo la silueta de Evie a través de la ventana de la cocina, recuerdo que hay asuntos amorosos más urgentes en la familia Saint-Martin que probablemente necesiten más atención que los que están literalmente enterrados en un armario. Tal vez debería intentar hablar con ella ahora. No mañana.

Vuelvo a entrar en casa y no me cuesta nada evitar a mi madre, que está concentrada con su móvil y viendo anuncios de televisión de fondo, y voy directamente a la habitación de Evie. Sin embargo, cuando llamo a la puerta con los nudillos, no me contesta. No verbalmente. Se limita a enviarme un mensaje.

Evie: Estoy cansada. No quiero hablar. Por favor, déjame sola.

Bueno, un comportamiento típico Saint-Martin. Interrupción de la comunicación. No se puede ayudar a alguien que no escucha. No se puede hablar con gente que se aísla.

Pero ¿de quién es la culpa de que hayamos vuelto a este tipo de comunicación? ¿Suya o mía?

• • •

Lucky está en el muelle de detrás del astillero con pantalones cortos y una sudadera con capucha azul marino. Hay una nevera portátil junto a sus pies.

—¿Preparada para zarpar hacia alta mar? —pregunta con una sonrisa.

—Me he tomado el antihistamínico hace media hora —respondo y a continuación le enseño las pulseras—. Tengo estas y un bolsillo lleno de jengibre. Estoy más preparada que nunca. Por las barbas de Neptuno, he venido en busca de aventuras y viejos piratas.

Él niega con la cabeza.

—No. No vas a poner voz de pirata de Disney durante todo el viaje.

—¿Puedo decir al menos «eleven anclas» cuando zarpemos?

—En realidad, se dice «leven anclas». Da lo mismo. Puedes gritar lo que quieras cuando estemos en el agua siempre que no estés vomitando.

La adrenalina me recorre. Llevo el bikini debajo de la ropa, que es exactamente igual que llevar sujetador y bragas, pero, en cierto sentido, me siento traviesa. ¿Por qué un tipo de tela solo vale para llevarla debajo de la ropa mientras que con la otra es totalmente aceptable mostrarse en público? Es uno de los misterios de la vida.

—¿Qué le has dicho a Winona?

—Que vamos a ir con el barco al mismo sitio de siempre.

—Bien —contesta—. Yo le he dicho lo mismo a mi madre y la he avisado de que igual llegábamos tarde a la cena y que no nos esperaran.

—Uf. Ahora te escribirá para preguntar dónde estamos.

—¿Qué más da? Le diré que hemos perdido la noción del tiempo. No pasa nada.

Gimo.

—No me gusta mentirle a Kat Karras.

—Le mientes regularmente a tu madre —señala—. Es lo mismo.

—Pero me siento como si hiciera algo mal.

Él tiene la familia tradicional con un gran jardín. Eso lo hace peor. Yo solo tengo a Winona quien, la mitad del tiempo, no se preocupa por dónde estoy.

Me mira con los ojos entornados.

—Tengo la sensación de que hay otra cosa que te preocupa. ¿Qué pasa?

—No quiero arruinar nuestra escapada perfecta.

—Si hay otra ventana rota, juro que...

—Para.

—Venga, señorita fotógrafa —bromea—. Cuéntamelo.

Cierro los ojos con fuerza y echo la cabeza hacia atrás.

—Es Evie. Me odia. He intentado hablar con ella. —Varias veces, de hecho. Ahora se ha acostumbrado a cerrar la puerta de su habitación con llave. Y lo entiendo. Pero se niega a mirarme en el Rincón—. Esta es la última comunicación que hemos intercambiado. Mira.

Saco el móvil y le muestro el único mensaje que me ha enviado desde el de la noche de cine en la que me dijo que no quería hablar.

Evie: Lo he dejado. Se ha acabado para siempre. No quiero hablar del tema, así que no preguntes.

—¿Se ha acabado? ¿Lo suyo con el imbécil? —pregunta Lucky mirando la pantalla—. ¿Se refiere a eso? Adrian y ella han roto.

Asiento.

—Sí. También he oído a Evie un par de veces hablando por Skype con su madre y llorando. No era el día en el que suelen hablar, así que me parece que Evie está realmente enfadada por todo este tema. Ojalá me hablara de ello, pero... nada. Estoy preocupada.

—Al menos Adrian y ella ya no están juntos —dice—. Eso es bueno, ¿verdad?

¿Lo dice en serio?

—Lucky, la última vez que rompió con él, Adrian se presentó en una fiesta en la que se suponía que no debía estar, le gritó, borracho, y humilló a mi familia. ¿Y si esta vez hace algo horrible? Lanzó una barra.

—No le hará daño. Es un cabrón, pero no un sociópata.

—¿Estás seguro?

—¿Bastante? Pero entiendo perfectamente que estés preocupada. Ni siquiera puedo imaginarme tener que considerarlo. Es muy retorcido. —Frunce el ceño—. ¿Deberías decirle a tu madre que le eche un ojo a Evie hoy?

—Entonces mi madre sabría que no tramo nada bueno. Además, Evie está estudiando con su amiga Vanessa y otra gente, así que no está sola.

—Bien —contesta. A continuación, me mira fijamente, sintiendo que hay algo mal—. ¿O no está bien?

—Sí que está bien, pero eso no es lo único. Ahora Evie está enfadada conmigo como si la ruptura fuera culpa mía. Yo ni siquiera sabía que él estaba en su habitación ese día. ¿Por qué soy la mala por señalar algo que ella misma no veía?

—El mensajero siempre se lleva la peor parte. Nadie quiere oír hablar de sus fracasos. Pero, cuando tenga tiempo para pensarlo, se dará cuenta de que la mensajera no es su enemiga, sino que está ahí para ayudarla. La mensajera es buena, Josie es buena —concluye.

—Josie siempre es buena, pero está harta de tener que demostrarlo—murmuro.

—Bueno, ¿sabes qué? —dice poniéndome las manos en los hombros—. Lo de hoy es para eso.

—¿En serio? —pregunto deseando creerlo.

—Totalmente. Olvídalo todo. Olvida lo de intentar resolver los problemas de todos y olvida tus planes y artimañas. Evie está a salvo con Vanessa. Tú misma lo has dicho. Hoy va sobre nosotros. Seamos malos los dos.

Subimos al Narval y guardamos la nevera debajo de la cubierta. A continuación, Lucky desamarra rápidamente el barco y, mientras yo mastico jengibre y me pongo el chaleco salvavidas, el cielo empieza a nublarse sobre nosotros. Se nubla mucho.

Claramente, no es el día perfecto de verano. Pero supongo que hay buenas condiciones de navegación.

—Hay probabilidad de lluvia —informa Lucky—. Tenemos que vigilar el tiempo. Espero que se quede por el sur. No me preocupa demasiado.

El cielo, cada vez más oscuro, me pone nerviosa, pero no sé nada de navegación, así que me limito a asentir y tomar aire.

—Salgamos de aquí antes de que alguien nos vea. Vamos a descubrir qué se siente al estar lejos de Beauty por una tarde.

Claro. Portémonos mal.

Pero que no nos descubran.

Capítulo 18

Lucky tenía razón: la isla Rapture es pequeña. Muy pequeña.

Es rocosa en los dos extremos y hay árboles en el centro. Entre los árboles, distingo unos cuantos edificios antiguos... o lo que queda de ellos. En realidad, son solo piedras. Y, en un extremo de la isla, cerca de un muelle estropeado, un faro blanco y rojo señala el agua.

No hay ni un solo ser humano a la vista.

Solo nosotros dos.

Nuestra escapada privada.

Lucky nos lleva al muelle junto al faro y apago el motor hasta que todo queda en un silencio sorprendente. Mientras amarra el barco, salgo y ando sobre unos tablones viejos y grises manchados de excrementos de aves. Los tablones se doblan con cada paso.

Huele bien aquí, a agua salada y a cedro. Cuando me acerco a una casa portuaria cuadrada hecha de tablones grises sobre el terreno arenoso del final del muelle, el dulce aromas de las rosas rugosas de la playa se eleva desde sus ventanas polvorientas.

Hay un letrero pintado entre la casa vacía del muelle y un sendero que separa el faro de las profundidades de la isla.

ISLA RAPTURE

POBLADA EN UN PRIMER MOMENTO POR LAS TRIBUS NARRAGANSETT.

VENDIDA AL PRIMER PATRIOTA ESTADOUNIDENSE, ROBERT HART.

HA SIDO: CENTRO DE INTERCAMBIO COMERCIAL, GRANJA PORCINA Y COLONIA RELIGIOSA.

ASALTADA POR LOS BRITÁNICOS EN 1776.

DESTRUIDA POR TRES HURACANES.

TOMADA POR LAS GOLONDRINAS EN 1969.

LOS HUMANOS CONSCIENTES PUEDEN VISITAR EL SANTUARIO DE AVES DE RAPTURE DESDE ABRIL HASTA OCTUBRE. SE RUEGA QUE ABONEN AL FARERO LA TARIFA POR LA VISITA INDEPENDIENTE A LA ISLA.

PROHIBIDO PERNOCTAR. PROHIBIDO HACER FUEGO. RECOJA LA BASURA. NO ARRANQUE VEGETACIÓN NI ALIMENTE A LOS ANIMALES. MANTÉNGASE EN LOS SENDEROS SEÑALIZADOS.

QUE LA PAZ LO ACOMPAÑE.

—Dios mío —susurro mientras Lucky se acerca a mí—. ¿Cómo es posible que no supiera que esto estaba aquí? Debería ser una gran atracción turística para Beauty. Es… increíble.

—¿Sí? —dice pasándose la correa de la nevera sobre el pecho.

—Sí. —Doy vueltas sobre mí misma intentando asimilarlo todo—. Mira esto. Todo.

—¿Todo?

—Bueno, en primer lugar… me encantan las rosas rugosas. Son mejores que las rosas de jardín porque son las marginadas del reino de las rosas. Y en todos los lugares de Nueva Inglaterra en los que hemos vivido había como una señal de buena suerte que, además, huele de maravilla —explico con una sonrisa.

—Nunca había pensado en ellas de ese modo. Mi madre dice que son rosas de basura.

—Mi madre dice que son imanes para los insectos. ¿Lo ves? Marginadas en el reino de las rosas.

Asiente.

—Puedo ponerme del lado de los marginados.

—Y, en segundo lugar, la página web de esta isla no es ni la mitad de rara que este cartel, así que ahora estoy totalmente intrigada por lo que hay aquí. Pero madre mía. ¡Esta señal! ¡Guau!

Se encoge de hombros.

—Te lo dije.

—Lucky.

—¿Tenía razón o no?

—Tenías mucha razón. Un momento. Necesito sacar tomas desde ángulos distintos.

Él acepta alegre y pacientemente y me observa trabajar mientras inmortalizo la extraña señal. Incluso me ayuda levantándome por la cintura y deja que me plante sobre su rodilla doblada para poder sacar una imagen mejor desde arriba.

¿Cómo es posible que hayan existido tantas cosas en una isla diminuta (el asentamiento Narragansett, la colonia religiosa, la granja porcina, guerras, huracanes) y todo para quedar desierta y olvidada? Es como si fuera una gran cápsula del tiempo de los éxitos y fracasos de la humanidad y lo único que queda es un marcador de lo que sucedió. Un marcador, un cartel y un último comunicado: «No nos olvides».

El mejor letrero de toda Beauty.

Tal vez, el mejor letrero de toda mi colección.

—Es raro y precioso —le digo a Lucky después de cambiar el carrete.

—Tú espera. Este lugar se pone cada vez más raro, ¿te interesa explorar?

—Bueno, no he venido hasta aquí para quedarme en el estúpido Narval, ¿sabes? Me prometiste un pueblo colonial fantasma…

—En efecto —confirma mirando hacia arriba—. Ojalá el cielo estuviera más despejado. El pronóstico decía que la tormenta pasaría sobre Connecticut y no debería alcanzarnos, pero esas nubes empiezan a preocuparme. Me parece que deberíamos preguntarle al farero al respecto. Nadie conoce los patrones climáticos tan bien como los marineros y los fareros.

—Y los meteorólogos tal vez.

—Supongo —responde sonriente—. Venga, vamos a registrarnos.

El problema es que no podemos hacerlo. Cuando andamos hasta el faro, vemos un cartel en la puerta que nos informa alegremente de que el farero se ha ido a pescar. No dice cuándo volverá ni qué hacer respecto a la tarifa. Así que Lucky regresa al barco, busca lápiz y papel, escribe una nota con nuestros nombres y la hora y la pasa por debajo de la puerta junto con el dinero.

—Espero que sea suficiente —comenta con brusquedad—. ¿Tanto les costaría poner a alguien trabajando aquí durante el verano? Quiero decir, es temporada alta para el turismo. Por no hablar de que ese muelle cualquier día se parte. Deberían invertir dinero en este sitio. ¿Por qué no hay nadie?

Guau. Qué rápido se ha puesto de mal humor. ¿Qué le pasa?

—Bueno, nos hemos presentado aquí sin avisar a nadie —le recuerdo—. Se podía reservar por internet.

—Eso es cierto —admite sin dejar de gruñir.

—¿Damos un paseo por la isla? No hace falta que el farero nos dé permiso para eso, ¿verdad?

—Supongo que no —contesta animándose ligeramente.

—Además, se supone que hoy vamos a portarnos mal. Al menos, es lo que me ha dicho alguien.

Se le relajan los hombros.

—Vale, Saint-Martin. Tú ganas. Hoy actuamos al margen de la ley. Hagamos lo que nos dé la gana.

Uf. Crisis evitada.

Dentro de un pequeño soporte de plexiglás que chirría cuando levanto la tapa hay una pila de mapas doblados. Muestran un sendero que rodea la isla y hay señalados varios edificios coloniales como una iglesia y un cementerio.

Estiro el cuello para darle un suave beso en los labios.

—Llévame al cementerio. Quiero sacar un millón de fotos.

—¿Y qué me dices del centro de intercambio comercial embrujado?

—Es una decisión difícil. Pero, espera, no te has dado cuenta de una cosa.

—¿De qué?

—No me he mareado ni una sola vez de camino aquí. ¿Eso me convierte en una rata de agua oficialmente?

—Es verdad, vaya que sí.

Me da un golpecito en la mano y luego me agarra por la cintura y medio me besa medio me mordisquea la nariz, lo que me hace exclamar de sorpresa. Tras estar a punto de caer al suelo de tanto reír, nos tranquilizamos, dejamos de hacer el tonto y se hace cargo del mapa. Empezamos a explorar la isla.

Bajo el cielo gris, recorremos un sendero arenoso, rodeado de pastos altos y más rosas rugosas, hasta el primer lugar histórico, alejado de la costa y de la linde el bosque. El asentamiento de Rapture (colonia religiosa, granja porcina y puesto de intercambio comercial) fue devastado por la guerra y las inclemencias del tiempo, así que solo quedan vestigios de donde una vez hubo edificios, laberintos de piedra sobre la tierra que insinúan habitaciones y lomos de chimeneas caídas.

A medida que el cielo se oscurece, rodeamos el otro extremo de la isla haciendo pausas para sacar fotos de las tumbas y, cuando estamos a medio camino de la otra costa, paramos para tomar un refrigerio en un lugar al que llaman el Stonehenge de Nueva Inglaterra. Es un misterioso círculo de piedras verticales que fue alabado como tal en los años veinte, antes de que el último huracán destruyera varias casas grandes, construidas aquí por unos pocos ricos pioneros que consideraban que Beauty estaba demasiado abarrotada. Esas fueron las últimas personas que vivieron en la isla Rapture: uno de los supervivientes confesó más adelante que él mismo construyó el círculo de piedras como una estafa.

—Hay que admitir que es una estafa bastante buena, a mí me habría engañado —comenta Lucky. Está recogiendo los restos del pícnic, cerca de una de las piedras que está más horizontal que vertical, mientras yo lleno otro carrete—. Creo que el hecho de que lo construyera dentro de un muro de piedra que tiene realmente cientos de años contribuyó a su veracidad, es como una especie de trampantojo. No tendría que habérselo dicho a nadie para que perdurara el misterio.

—Me pregunto si finalmente le reconcomió la culpa —murmuro desde detrás de mi Nikon. Estoy sacando un montón de imágenes espeluznantes esta excursión. Sin embargo, la luz es cada vez más oscura a medida que se acerca la tormenta. No estoy segura de si saldrán bien las fotos de este carrete. Subo el ISO al máximo y digo—: Hablando de culpa... estuve husmeando en el armario de mi abuela.

—Guau. ¿En serio? ¿De verdad?

—Encontré una cosa. El anuario de instituto de mi madre. Y me parece que di con una inscripción de su misterioso amante de la marina. Decía: «Por fin se ha acabado. Ahora solo hay palmeras y playas de arena blanca en el horizonte. Nuestro futuro es brillante y soleado, me muero de ganas de empezar una vida juntos».

—Interesante... —murmura como alguien que sabe más de lo que dice y eso me frustra muchísimo.

—¿Conoces a algún Drew del pueblo que estuviera en la marina?

—Drew... —Se rasca la barbilla y no sé si está pensando de verdad o si finge hacerlo.

Es raro. Él no me mentiría... ¿verdad? Es la única persona en mi vida en la que confío para que no me mienta por ningún motivo. Y un tipo cualquiera del pasado de mi madre me parece un motivo demasiado tonto para mentir.

Así que puede que solo sea mi imaginación.

Puede que esté proyectando en él las mentiras de mi madre. Es todo muy confuso.

El viento sopla con bastante fuerza y oigo las olas rompiendo justo sobre la línea de arbustos de rosas rugosas que hay al otro lado del círculo.

—Mudarse a Florida siempre ha sido su gran sueño. El objetivo final. Todo es mejor en Florida... es lo que lleva años diciéndome. De hecho, por eso estamos ahora aquí en Beauty, para que pueda ahorrar dinero y mudarse.

—Pero tú no vas a irte con ella —señala—. Los Ángeles está muy lejos de Florida.

Noto una presión en el pecho y bajo la cámara.

—Lejísimos.

—Si tu madre está convencida de que se irá a Florida y se establecerá allí, ¿por qué no te vas con ella en lugar de irte a Los Ángeles? ¿No confías en que se quede allí?

Me lleva un tiempo pensar la respuesta.

—¿Recuerdas cómo estaba el escaparate de Summers & Co justo antes de que lo rompiera?

—Pues prácticamente igual que ahora, pero mucho más sucio.

Resoplo, frustrada.

—Me refiero a si recuerdas cómo tenían todos los escaparates navideños y que la gente se paraba en la acera, presionaba la cara contra el cristal y observaba esos artículos hermosos y brillantes dentro del escaparate, que estaban justo al otro lado del vidrio, fuera de su alcance. No podían tocarlos.

—¿Sí?

—Pues vivir con mi madre es así.

Lucky niega con la cabeza, confundido.

—Es preciosa y brillante, pero está fuera de mi alcance. Y soy un pajarillo tonto que a veces se choca con el cristal y se hace daño.

Arquea las cejas.

—Ah… tiene un muro invisible.

—¿Sabes? Creo que sí que podría tenerlo —comento mirándolo pensativamente—. Y, si tuviera que decir cuando lo levantó, sería justo después de esa gran discusión con la abuela hace cinco años, cuando nos marchamos de Beauty. Y, si te soy sincera, no estoy segura de que alguna vez vaya a desaparecer. Ni para mí ni para nadie.

—Nunca me has contado por qué discutieron. ¿Qué hizo que los vecinos llamaran a la policía hace tantos años?

Me encojo de hombros.

—Lo cierto es que ni tan solo sé la mayor parte. Creo que he bloqueado algunos detalles y otros no pude oírlos bien. Yo estaba en mi habitación, no me dejaban salir, y ellas estaban en la cocina. Oí muchas maldiciones y gritos. También oí mi nombre, así que sé que en parte era por mí. Algo acerca de que mi madre se quedara embarazada de mí en la universidad y de las decisiones que tomó. Puede que se arrepienta de quedarse conmigo, no lo sé.

—Venga ya, Winona te adora —me reprende Lucky—. Todo el mundo lo ve. Presume de ti sin parar delante de cada cliente que entra en la tienda.

Eso me sorprende. Tanto que no sé si creerlo.

—Bueno, no he dicho que toda la pelea se tratara de mí, pero, al igual que con todo lo demás, mi madre no hablará al respecto. Es un tema prohibido. Y, si no podemos hablar de ello, ¿cómo vamos a pasar página? Así que puede que tengas razón con tu teoría sobre la pared invisible. Tú y yo ahora estamos bien porque derribamos ese muro. Pero mi madre y yo… no estoy segura de que podamos arreglarnos alguna vez. Si hay un muro permanente entre nosotras bloqueando cualquier tipo de comunicación, el único modo de derribarlo es con una bomba… ¿lo ves? Por eso tuvo lugar esa discusión con la abuela.

—Y por eso no te irás a Florida con ella —concluye tras comprenderlo finalmente.

—Sería como estamparme contra el escaparate de Summers & Co. Solo hay dolor y angustia para los pajarillos, no palmeras y arena.

El cielo se oscurece drásticamente. Huele a lluvia. Es casi como si lo hubiera conjurado yo misma con mi culpabilidad.

—¿Has oído eso? —pregunta Lucky inclinando la cabeza.

Me quedo quieta y escucho atentamente. No oigo nada. ¿Viento? ¿Olas? ¿Qué ha pasado con los pájaros? El cielo oscuro se ilumina de un blanco cegador y un terrible crujido golpea la isla con tanta fuerza que me sobresalto. Me resbalo sobre el suelo rocoso y se me cae la Nikon.

—¡La cámara! —La miro rápidamente, pero parece estar bien. Cierro el objetivo y lo guardo en su estuche de cuero, mientras Lucky me quita la suciedad de la camiseta—. ¿Eso ha sido un rayo?

—Sí, y, claramente, ha caído cerca —confirma—. Puede que en un árbol o en el faro. Es lo más alto que hay por aquí. Para eso sirve.

—¿Y qué hay de nosotros? ¿Nos dará alguno?

El cielo se oscurece de nuevo como si fuera medianoche, pero no son ni las cuatro de la tarde.

Los truenos retumban con fuerza. Hay más rayos. Blancos. Brillantes. Aterradores. Muy aterradores. Pero, esta vez, no abren el cielo. Solo traen lluvia, una lluvia repentina, inesperada y constante.

—¡Mierda! —murmura Lucky—. Vamos al barco, hay que volver al pueblo.

—¿Es seguro navegar con este tiempo?

—No hace viento y los relámpagos ya han pasado. Sí. Nos mantendremos alerta.

Se muestra imperturbable. Sabe lo que está haciendo.

Todo va bien.

Guardamos rápidamente el estuche de la cámara dentro de la nevera porque es impermeable y echamos a correr por el camino embarrado bajo una lluvia suave, pero constante. Hay luz suficiente para ver, aunque no tanta como me gustaría. Me fijo en el faro más adelante, y Lucky dice que es prometedor que no lo haya alcanzado el impacto, sobre todo cuando salimos corriendo del bosque y vemos la pequeña casita del muelle con ese fabuloso y extraño letrero y las fragantes rosas rugosas.

Los rayos vuelven a golpear.

Doy un salto, asustada. Lucky me empuja hacia la casita, bajo el modesto techo que proporciona el saliente de la puerta.

—Tenemos que quedarnos aquí hasta que cesen los relámpagos —comenta señalando un palo de metal que sobresale desde la parte superior del poste de servicios públicos—. Bien, un pararrayos grande. Mejor que caiga ahí que sobre nosotros.

—Sí, por favor —digo mientras la lluvia empieza a caer con más fuerza.

Me acerca a él y mira hacia atrás.

—De hecho, tal vez deberíamos entrar.

—¿Es legal?

—¿Ves algún cartel que indique lo contrario, señorita carteles?

Pues... no. Probablemente, la isla nos maldecirá, pero ¿qué más da? Yo ya estoy maldita.

Las ventanas están oscuras y la puerta tiene barrotes, pero fuera solo hay un pestillo, no hay cerradura. Lo levanto y la puerta se abre con facilidad. No hay interruptor de luz en el interior, pero la luz de emergencia entra por la ventana en un ángulo inclinado e ilumina lo suficiente como para ver una estancia grande y vacía. Suelos de madera. Techo de madera. Paredes de madera con unas cuantas estanterías y un escritorio que parece que en otro tiempo fuera una ventanilla de venta de tickets, quizás de algún ferry que llegaba hasta aquí. Hay un teléfono fijo prehistórico, de esos que tienen una ruedecita giratoria, pero ni siquiera está enchufado, el cable está enrollado a su alrededor como si fuera una soga y falta el panel para encajarlo en la pared. En la pequeña estancia solo hay una silla de madera, unos cuantos manuales viejos, un poco de cuerda de amarre y un paquete de bombillas, probablemente para la luz de fuera.

Lo más importante es que está todo seco y que no hay relámpagos.

Menos mal.

—Oye, esto me recuerda en parte a la Estrella Polar —comento.

Lucky emite un sonidito divertido.

—Sí que se parece… solo que tiene cuatro paredes y no hay ningún árbol retorcido atravesando el techo.

—Cierto. Es como una versión lujosa de la Estrella Polar.

—Y míranos, entrando a la fuerza —dice Lucky apartándose de los ojos el pelo mojado, que se le ha rizado, mientras pone la nevera en el suelo para mantener la puerta abierta.

—Madre mía… ¿qué dirá la gente?

—Ya están esos gamberros haciendo maldades otra vez.

—Habrá que llamar a la policía.

Me pasa un brazo por la cintura.

—Podría llevar a cabo un arresto ciudadano, si eso te deja la conciencia tranquila.

—¿Tienes el poder de arrestarme aquí? Creo que estamos en aguas internacionales o algo así. Probablemente, podríamos incluso apostar y traficar con armas. Transportar ladrillos de drogas extrañas. Algo sobre las leyes marítimas…

—No prestas mucha atención en clase, ¿verdad?

—Definitivamente, en otoño no lo haré, puesto que tengo un novio con calificaciones perfectas —bromeo.

Baja la cara hasta dejarla justo delante de la mía, con los ojos brillantes.

—¿Lo soy?

—¿Qué eres?

—¿Tu novio?

Me quedo quieta, con el corazón acelerado, mientras la lluvia resuena sobre el techo metálico.

—No hagas eso —dice con voz ronca poniéndome una mano en la nuca—. No levantes un muro invisible, Josie, por favor. Si no quieres responder a la pregunta, lo haré yo primero… Esta es la verdad. Eres mi amiga. La única persona con la que puedo hablar sin tener que reprimirme. La que se ríe de mis chistes.

—Eso es porque tu sentido del humor es tan malo como el mío.

—Es peor —confirma apartándome el pelo mojado de los ojos—. Y, cuando te miro a la cara, siento que todo va a ir bien. Porque… a pesar de que puedo ser un monstruo…

—Lucky.

—…hay una persona preciosa, talentosa y brillante a quien, evidentemente, le gusto porque me sonríe y se ríe de mis chistes y ella es lo único en lo que puedo pensar. A veces, incluso sueño con ella y me encanta el modo en el que sus pecas se juntan cuando se enfada conmigo, lo cual es bastante sexy. Y adoro su manera de ruborizarse cuando la miro durante demasiado tiempo…

Me pasa el pulgar por la mejilla y me estremezco.

—Pero, sobre todo, creo que… si a esta persona le gusto, a *esta* persona… es que no debo de ser tan monstruoso. Debo de estar bien. Así que la respuesta es sí. En mi mente, eres absoluta, incuestionable y categóricamente mi novia.

—No cambies la respuesta —le digo atrapando su mano junto a mi mejilla entre los dedos.

—No me rompas el corazón. No te vayas a California —susurra.

Cierro los ojos e inhalo bruscamente. Exhalo, temblando. La lluvia golpea el techo sobre nosotros.

No quiero oír la bomba de relojería.

Pero en mi cabeza resuena un *tic, tac, tic, tac.*

Antes de que vuelva a abrir los ojos, Lucky me besa suavemente, enviándome escalofríos por la piel hasta que los huesos se me ablandan como si fueran de goma. Noto su boca en el cuello, dejándome un rastro de besos sobre la piel como pequeñas bendiciones, murmurándome al oído…

Tic, tac, tic, tac…

Debajo de su camiseta mojada, trazo con los dedos la forma irregular de su columna y me maravillo con los músculos que la rodean. Mil escalofríos me recorren la piel hasta que se me aflojan las rodillas y ya no quiero seguir de pie. Tira de mí con él hacia el suelo seco.

Tic, tac…

Le beso las cicatrices de la cara hasta que se estremece debajo de mí. Me acaricia la parte baja de la espalda, empuja mis caderas hacia suyas y soy consciente de la forma dura que presiona el lugar en el que convergen las costuras de mis vaqueros. Creo que deberíamos quitarnos más ropa.

Tic…

—Josie —susurra—, ¿qué me dijiste aquella noche en comisaría?

Ya tengo piel expuesta. No quiero hablar de ello. No quiero cambiar de opinión.

—Lo deseo.

—Bien. Yo también. —Me sostiene la cara con ambas manos—. Solo para que lo sepas, ninguno de los rumores que corren sobre mí es cierto. Somos iguales, Josie.

Se me acelera el corazón. ¿A qué se refiere? Toda la sangre de mi cerebro está más abajo.

Ah.

Un momento.

¿Lucky es virgen?

LUCKY TAMBIÉN ES VIRGEN.

Espero oír el tictac en mi mente:

Silencio.

—¿Tienes un condón? —pregunto algo temblorosa y abrumada por la emoción.

Asiente lentamente con los ojos entornados y me mira.

No me estoy sonrojando…

Mientras los relámpagos siguen azotando, nos quitamos el resto de la ropa como si quisiéramos ganarle la carrera a la tormenta, hambrientos y temerosos de perdernos el uno al otro. Pero no lo hacemos y no tardamos mucho en darnos cuenta de que perder la virginidad no es algo que suceda de repente. No se trata simplemente de insertar la parte A en la parte B. Se parece más a un triatlón con varias partes que a un *sprint* continuo, y no hay cámara detrás de la que esconderse ni ningún programa para retocar digitalmente los detalles que no me gustan.

Para bien o para mal, está todo ahí. Lucky puede verme entera.

Pero no pasa nada, porque yo también puedo verlo entero a él. A Lucky 2.0 y a todos los Luckys que he conocido.

Puedo ver las cicatrices de su frente y el modo en el que le tiemblan las manos porque no quiere hacerme daño. En su mirada veo los años de soledad, el resentimiento y la amargura, las cicatrices del incendio y cada rumor que corre por el pueblo. Lo veo todo. Lo bueno, lo malo y lo solitario.

Pero lo que más me sorprende es el comentario.

La conversación.

La comunicación sincera que tiene lugar cuando ni siquiera existe la posibilidad de que haya un muro invisible...

Los susurros acalorados...

—Aquí.

Las instrucciones explícitas.

—Así no... ¡Dios! No hagas eso nunca.

Las disculpas rápidas.

—Lo siento, lo siento, lo siento.

Y las simples confirmaciones.

—Eres perfecta. Esto es perfecto. Somos perfectos.

Y durante un instante precioso y jadeante, lo somos de verdad.

El aroma de las rosas rugosas flota desde fuera de la casa con una brisa cálida. Repleta de placer, escucho la lluvia sobre el tejado y el fuerte latido de su corazón contra el mío, nuestros cuerpos entrelazados, sintiéndonos ingrávidos y llenos de felicidad y esperanza.

No me siento maldita en absoluto.

Por primera vez en años, no me siento sola.

Quiero quedarme aquí. Quiero que esto dure para siempre.

Sé que no puede ser.

Pero, cuando la puerta de la casa se ilumina y un estruendo apocalíptico retumba debajo de nuestros cuerpos, me sorprende realmente que ni siquiera hayamos tenido cinco malditos minutos.

Capítulo 19

U na ráfaga de viento aúlla e irrumpe por la puerta, lo que hace que la lluvia entre en la casa. La nevera se desliza sobre el suelo y la puerta se cierra de golpe y nos deja a oscuras.

—¿Qué… qué ha sido eso? —grito por encima de la lluvia.

Parece que se esté librando una guerra sobre el techo de metal. Entro en pánico e intento levantarme, pero las piernas no me funcionan. Tengo piernas de gelatina.

Lucky ya está de pie, desnudo, y se ha llevado con él todo su calor. Abre la puerta para mirar afuera.

No se ve gran cosa, está lloviendo demasiado, pero creo que un relámpago ha alcanzado la casa. Los dioses nos están castigando por nuestra maldad.

—¿Nos ha dado? —grito llevándome una mano a la cara mientras la lluvia entra por la puerta, y Lucky se asoma fuera—. ¿Ha funcionado el pararrayos?

Debe de haber funcionado porque seguimos vivos.

—No veo nada —dice Lucky y vuelve para ponerse la ropa rápidamente.

Yo hago lo mismo, algo aterrorizada. Al cabo de un minuto más o menos, cuando la lluvia se calma lo suficiente para que podamos abrir la puerta y volver a colocar la nevera, los dos sacamos la cabeza para evaluar los daños. Me fijo que en que hay una luz iluminando el cartel. Probablemente sea automática y tenga un sensor que detecta cuando está demasiado oscuro y se enciende. Estoy tan ocupada pensando en eso que no me doy cuenta de que Lucky se ha quedado paralizado.

Está mirando fijamente el muelle.

¿Qué es ese olor?

Dios mío.

No está mirando el muelle porque no hay muelle. Hay un único poste de madera donde antes estaba unido a la tierra y está negro, chamuscado y humeante. Hay trozos de madera flotando sobre la superficie del agua oscura en todas direcciones como si los hubiera alcanzado una bomba. Y el Narval...

Nuestro barco está desatracado y flota en el horizonte a medio kilómetro de la isla, arrastrando detrás de sí la mitad del muelle.

El rayo no ha dado en la casa.

Ha caído sobre el muelle.

Los dos estamos demasiado estupefactos como para reaccionar los primeros instantes. A continuación, otro trueno retumba en la distancia y Lucky se sacude con brusquedad, salpicándome con gotas de lluvia.

Estamos atrapados en una isla.

Nadie sabe que estamos aquí.

Y acabo de practicar sexo por primera vez.

Con mi mejor amigo.

Dios mío... creo que voy a desmayarme. Tiro de mis pulseras para el mareo una y otra vez, como si eso ayudara a mejor la situación mágicamente.

—Vale —murmura Lucky con la voz tensa—. Hay que ser racionales.

—Racionales —repito.

—¿Podría nadar hasta el barco…? —empieza con la voz una octava más alta de lo normal, como si él mismo no pudiera creer lo que está sugiriendo, pero no se le ocurre qué más hacer.

El pánico se apodera de mi cuerpo.

—¿Ahí afuera? ¿Ahí *afuera*?

—Bueno… parece que lo que está afectado es el muelle, no el barco.

—¿A quién le importa? —pregunto enfáticamente—. Ya está a Dios sabe qué distancia. ¡No puedes nadar hasta allí! Podrías ahogarte. Morir. ¡Hay tiburones en la bahía!

—Solo son mielgas y bancos de arena.

—¡A este paso, puede que aparezca incluso tu mítico kraken!

—Josie…

—No, Lucky. Ni pensarlo. No eres Saint Boo. No tienes vidas extra para ir arriesgándolas en una estúpida hazaña varonil, así que puedes ir olvidándote. Llamaremos a tu padre y él vendrá a por nosotros. Tiene un remolcador, ¿no? Aunque el Narval esté perdido en el agua, puede recuperarlo. Es lo que hace.

—No hay cobertura.

—Tiene que haberla.

Lucky se aparta el pelo mojado de los ojos.

—Ya lo he comprobado en el círculo de piedras cuando estabas haciendo fotos. Aquí no llega la señal. No suele haberla cuando pasas de cierto punto del puerto. Por eso hace falta tener wifi a bordo.

Saco el móvil rápidamente y tapo la pantalla con una mano. ¿De verdad no me había dado cuenta en todo el tiempo que llevamos aquí? Debe ser una especie de récord. Pero tiene razón. No hay cobertura. ¡Mierda! Me giro, agitada, intentando pensar qué podemos hacer. Debe de haber una cabina telefónica para llamadas de emergencia. O un bote de remos.

—¿Y qué hay del faro? Esas luces no estaban encendidas antes.

—Probablemente, sean automáticas.

Eso es lo que había pensado yo también, pero «probablemente» no me vale. ¿Y si ha vuelto el farero? Corremos hasta el faro para comprobarlo otra vez, pero sigue cerrado como antes. Tampoco hay puerta lateral. Ni cabina telefónica ni nada.

—Joder —gime Lucky por encima de mi hombro mientras volvemos a la casita—. ¿Cómo puede estar pasando esto? ¿Por qué todo lo que hago acaba siempre siendo una mierda?

Respiro profundamente e intento pensar. No podemos usar los móviles. No hay cabina. El faro está cerrado. No tenemos ni idea de dónde está el farero. El Narval está demasiado lejos para nadar hasta él.

Lucky debe de estar pensando lo mismo. Lo veo en su expresión sombría.

—Seguramente pasará algún otro barco por aquí cuando acabe la tormenta. Además, mis padres se darán cuenta cuando no lleguemos a la cena. Sabrán que hemos salido con el barco. Avisarán al supervisor del puerto —me asegura—. Mi padre se conoce el puerto como la palma de la mano. Nos encontrará. Y el Narval no puede alejarse mucho. Creo… —Niega con la cabeza como si no estuviera seguro, pero intentara convencerse a sí mismo—. La gente de por aquí no robará un barco.

—¡Es lo que hemos hecho! ¿Y si tus padres deciden presentar cargos contra nosotros?

Lucky pone los ojos en blanco.

—No van a presentar cargos.

—Lo siento. Es que… estoy asustada.

—Alguien lo encontrará flotando en el mar. Está a nuestro nombre y todo el mundo conoce a mi familia. Lo devolverán.

Intento que no note lo aterrorizada que estoy cuando volvemos a entrar en la casa.

—Tienes razón. Todo saldrá bien. El Narval estará bien, lo recuperarás y nuestros padres no se enfadarán demasiado por culpa de una tormenta. Eso no ha sido culpa nuestra.

—Hay muchas cosas que no son culpa mía, pero es curioso que siempre acabe tropezándome con ellas —murmura con aire abatido—. Puede que no seas tú la que está maldita. Tal vez sea yo.

—Oye —le digo al cabo de un momento—. Prefiero estar maldita contigo ahora mismo que con cualquier otra persona. Por si te importa.

Levanta la mirada del suelo y me dedica una sonrisa triste.

—Me importa.

—Saldremos de esta. Somos delincuentes, ¿recuerdas? Un par de malhechores.

Lucky resopla.

—Ah, sí, esos somos nosotros. Criminales empedernidos.

—Ni siquiera puedo beber leche una vez pasada la fecha de vencimiento —admito.

—Yo asumo la culpa de delitos que ni siquiera he cometido.

Gimo y vuelvo a comprobar el móvil por si acaso, solo para asegurarme de que no hay cobertura. No la hay. La tecnología es fantástica hasta que es inútil. Me meto el móvil en el bolsillo e intento no llorar.

—¿Josie? —dice en voz baja de manera desprevenida.

—¿Sí?

—Pase lo que pase, no me arrepiento de nada.

Le busco la cara y paso suavemente la mano por sus cicatrices para apartarle el pelo. Estoy abrumada por las emociones.

—Pase lo que pase, no cambiaría nada.

Capítulo 20

A las ocho en punto, la lluvia infernal se ha convertido en llovizna y a la isla han llegado cinco barcos: el bote de pesca del farero, dos patrullas del puerto, un guardacostas y los padres de Lucky, que han traído a mi madre con el remolcador.

Nos han rescatado.

No hay sitio para que atraque ninguna embarcación excepto el farero que en realidad sí que estaba pescando. Ha visto nuestro bote a la deriva y ha avisado al supervisor del puerto. Ha amarrado su pequeño barco pesquero en alguna parte del otro lado del faro, por lo que todos los barcos que han llegado después se balancean en el agua e iluminan la orilla con luces cegadoras. Nos hablan con megáfonos y vienen remando en botes de rescate más pequeños.

Para ser sincera, es un gran desastre.

Después de haberle explicado al farero, a la patrulla portuaria y al guardacostas (¿alguien más?) lo que ha pasado con el rayo, el muelle y el Narval, subimos por fin al remolcador de los Karras. El padre de Lucky le grita instrucciones sobre cómo rodear la isla para ir a buscar el Narval y mi madre me abraza.

Me abraza con demasiada fuerza durante demasiado tiempo, diciéndome que se ha llevado un susto de muerte y bromeando con que no me dejará volver a salir de casa nunca. Me sostiene por los hombros y me mira de un modo un tanto extraño. A continuación, me toca el pelo e intenta colocarlo en su sitio.

—Para —me quejo mientras le aparto la mano.

Abre los ojos como platos e inhala bruscamente. Entonces me doy cuenta: lo sabe.

Sabe qué hemos hecho Lucky y yo.

—Ay, Dios mío —murmura—. Tiene que ser una broma. ¿Con tu mejor amigo?

—Mamá, por favor —siseo.

Usando mi cuerpo como escudo para bloquearla, me inclino sobre la barandilla y fijo la mirada en las aguas oscuras de debajo.

Resopla y me susurra al oído:

—Espero que haya valido la pena.

No contesto. ¿De todas veces que podría haberse comunicado abiertamente conmigo, tiene que elegir este momento? Botón del muro invisible… ¿dónde estás? Quiero levantar el muro. Bien alto.

Pero ella no capta la indirecta y la usa como una excusa para acercarse a mí en la barandilla. Se coloca hombro con hombro conmigo y echa un vistazo atrás para asegurarse de que no haya nadie escuchando.

—Espero que tomarais precauciones. Josie, por favor. Dime que tomasteis precauciones.

Uf.

—Las tomamos.

Relaja los hombros.

—Vale. Pero también espero que haya valido la pena lanzar tu vida por la borda.

—No he lanzado mi vida por la borda. Por favor, no te pongas dramática.

—Sabes que el sexo puede arruinarte la vida.

—Es… muy sano, mamá.

Sobre todo, viniendo de alguien que lo practica regularmente. Es decir, ¿ella intenta arruinarse la vida con el sexo? No tiene sentido.

—Solo digo que no es algo que debas hacer con el primer cuerpo caliente que se te presente. Es un gran paso. Espero que haya valido la pena —repite.

¿En serio? ¿Ahora quiere hacer de madre? Qué ironía. Tengo un montón de comentarios bordes que me gustaría soltarle, pero me limito a decir:

—La ha valido.

—Siempre lo parece en el momento —murmura mirando al otro lado del remolcador—. Hazme caso, he estado en tu lugar.

—¿Qué quieres de mí? —pregunto—. Quiero decir, ¿crees que tendríamos que haber esperado al matrimonio o algo así?

No contesta, pero noto la rigidez de su cuerpo. Está enfadada. Y no lo entiendo. Lucky no es un «cuerpo caliente». Es mi amigo. ¿Por qué quiere estropearme la experiencia? Es casi como si estuviera celosa porque haya podido compartir un momento de alegría con él.

Pero no puede ser eso.

Tal vez sea lo que sospechaba ya de antes sobre su vida sexual: que es una máquina de casino en la que introduce dinero, pero nunca gana. Algo que hace para intentar ser feliz o para distraerse de que su vida no se parezca en nada a lo que había planeado. No estoy segura de si sus planes se torcieron cuando se quedó embarazada de mí en la universidad o cuando discutió con la abuela hace cinco años.

O tal vez la discusión con la abuela fuera porque se dio cuenta de que toda su vida estaba patas arriba.

Sea lo que sea, no quiero discutir con ella. Porque ahora la miro con los brazos cruzados con fuerza sobre el pecho y solo siento tristeza.

Me apena que sea tan infeliz, que se haya pasado estos últimos años resentida con su madre, llevando con ella la carga de una hija y trasladándose de una parte a otra de la costa a coches, moteles y pisos baratos. Y me da lástima que no sea capaz de comprometerse con un trabajo, una persona o una estúpida mascota.

Quizás sea mejor rechazarla completamente de ahora en adelante porque, pase lo que pase el año que viene con mi abuela y el tema de Nepal, tengo que alejarme de ella.

Soy la razón por la que su vida no fue según lo planeado...

La razón por la que sigue apostando en el casino y perdiendo.

La razón por la que tiene grandes peleas con mi abuela.

Soy la razón de que no sea feliz...

Tengo que marcharme.

Por el bien de ambas.

Al poco tiempo, distinguimos el Narval. Nos acercamos a él y me recompongo mientras Lucky salta para comprobar si está lleno de agua (no lo está) y si el motor se enciende (sí que se enciende). El señor Karras grita órdenes para que corte las amarras que siguen unidas al muelle chamuscado. Ahora Lucky está pilotando el Narval de vuelta al puerto con su madre, y yo estoy atrapada en el remolcador tras ellos con el señor Karras y mi madre, Medusa: la amarga mujer convertida en monstruo.

Cuando nos adentramos en el puerto se ha hecho de noche y las luces se reflejan en las aguas oscuras. Cuando llegamos al astillero de los Karras, amarramos el remolcador a un lado de su pequeño muelle y por fin puedo volver a poner un pie en tierra civilizada. Me duele todo lo que mi madre y yo no nos hemos dicho, y estoy ansiosa porque Lucky y yo hemos pasado de estar todo lo cerca que podíamos estar a encontrarnos completamente separados sin haber podido hablar.

—Quizás lo mejor sea que todos nos calmemos ahora mismo —le sugiere Kat a mi madre, mientras nos arrastramos sobre los crujientes tablones del muelle del astillero—. Todos estamos agotados y estresados. Podemos hablar de esto mañana cuando hayamos descansado.

—Estoy de acuerdo —dice mi madre.

Miro a Lucky. Unas horas antes, éramos los más felices en los brazos del otro. Ahora parece que lleve horas nadando en el puerto. Está exhausto. Derrotado. Perdido.

Yo también me siento así. Quiero acercarme a él y abrazarlo, decirle que todo irá bien… y que él haga lo mismo conmigo. Pero lo único que puedo hacer es observar su rostro demacrado por encima del hombro, mientras mi madre me conduce fuera del astillero, lejos de los Karras.

A través del callejón lateral oscuro, junto a su Superhawk.

Al otro lado de la calle llena de baches, con el paisaje húmedo y resbaladizo por la lluvia reciente.

No obstante, cuando llegamos a nuestro edificio histórico, en lugar de continuar hasta la escalera que lleva a la vivienda, nos detenemos las dos delante del Rincón y observamos la puerta.

El interior de la librería está oscuro, lleva un par de horas cerrada, pero siempre hay una luz sobre Sally la Salada, la sirena lectora que se puede ver desde la calle. Ahora mismo, también ilumina una gran imagen que han pegado en la puerta de la librería.

Una fotografía que reconocería en cualquier parte.

Y seguro que mi madre también.

Es una ampliación a tamaño real de la foto de mi madre desnuda.

Se me acelera el pulso y me retumba en las sienes.

Mi madre llora, quebrada y angustiada. Se lleva una mano a la boca antes de girarse rápidamente a un lado y otro de la calle. Ahora está vacía, pero un coche reduce la velocidad al pasar y el conductor se queda boquiabierto.

Eso es lo que me activa. La furia se enciende en mi interior. Saco rápidamente el móvil y pongo la cámara.

—¿Qué haces? —pregunta mi madre, horrorizada—. ¿Estás sacando una foto de esto?

—Necesitaremos pruebas para denunciar.

Levanta la mano y la deja caer, confundida. Tiene las gafas felinas salpicadas de gotas de lluvia.

—Josie, ¿denunciar a quién?

—A`Adrian Summers. O tal vez a su padre. —No sé cómo funciona.

Mi madre emite un extraño sonido. Niega con la cabeza, incrédula, me ignora y corre hacia la puerta del Rincón para agarrar el papel húmedo. Lo han pegado con algún pegamento espeso y la lluvia lo ha convertido en una pegatina gigante.

—¡No sale!

Voy hasta ella y empiezo a rascar una esquina del papel. Tiene razón. Pero se me ocurre una solución rápida. Se arranca a trozos, no va a salir de una pieza.

—Es como el papel de pared —le digo—. Puede que hayan usado eso, pegamento de papel de pared.

—Quizás tengas razón. —Consigue quitar la mayor parte de sus pezones—. Un poco mejor ahora. ¿Qué me dices de esa porquería para quitar pegatinas que tenemos en el almacén?

—No queda casi, pero seguro que hay un poco en alguna de las cajas de debajo del mostrador. Estoy bastante segura de que también hay un raspador de metal. —Puede que alguno de los productos químicos que uso para revelar las fotos—. Venga, encontraremos algo.

Le tiemblan las manos violentamente y se le caen las llaves, así que las recojo y abro la puerta. Introduzco el código de seguridad cuando entramos. A continuación, tomo algunas notas adhesivas que hay junto a la caja registradora, pego todas las que puedo sobre los restos de la fotografía y apago la luz de fuera. Es un arreglo temporal, pero nos concede algo de tiempo.

Mi madre enciende una pequeña lámpara de trabajo cerca de la caja registradora. Aparte de eso, la única otra fuente de luz proviene del letrero de SALIDA que hay sobre el almacén y de las farolas de la calle que iluminan a través de las ventanas, junto con las luces de algún coche que pasa. Saca una caja y la deja de golpe sobre el mostrador. Entonces, se pone a revisarla con aire enfadado.

—¿Por qué Adrian Summers tendría una foto de cuando hice de modelo en la universidad? —pregunta con voz tensa.

—Ni idea —contesto—. Pero la tenía en el móvil en la fiesta que hubo la noche que Lucky y yo acabamos en la comisaría. Se piensa que soy yo.

—¿Qué?

Asiento lentamente.

—No sale tu cara entera… solo una parte que puede confundirse con la mía. Y no sé de dónde la sacó. No sé cuánta gente la ha visto, pero estuvo enseñándola en la fiesta.

—Dios mío —gime abandonado su búsqueda en la caja—. ¿La foto está por todo el pueblo? ¿Por qué no me lo dijiste?

—No quería preocuparte —respondo.

—Ay, Josie.

—De todos modos, seguro que esto es cosa de Adrian, probablemente para recuperar a Evie porque ella ha vuelto a romper con él y…

Y para vengarse de mí.

Esta es su barra a través de la ventana.

No disimulé lo bastante bien… cuando lo descubrí en la cama de Evie y se me escapó lo de la piedra.

Sabe que no fue Lucky.

—No puedo creerlo —murmura mi madre con una expresión de asombro en la cara. Se quita las gafas para limpiárselas con la camiseta—. Tantos años y esas estúpidas fotos vuelven para atormentarme. Es increíble. Te diré a quién hay que denunciar y no se trata de la familia Summers. Tendría que denunciar a Henry Zabka.

Eh…

—¿Cómo?

—Son sus fotos. Debería denunciarlo a él por publicarlas sin mi permiso. Nunca firmé nada que dijera que podía mostrarlas.

Ahora sí que estoy confundida.

—¿No firmaste?

—No.

—¿Pero no eran para clase o algo así?

—Fue una sesión privada en el campus, pero después de que las mostrara en clase como ejemplos, descubrí que no se permite modelar a ningún estudiante y mucho menos si tienen menos de veintiún años. Fingió desconocerlo, como si hubiera sido un error totalmente honesto. Pero él sabía lo que estaba haciendo desde el primer momento. No me sorprendería que hubiera publicado las imágenes en alguna parte de internet.

—Vaya —exclamo—. No lancemos acusaciones. No sabes cómo consiguió Adrian la foto. Quizás Henry las donara a la escuela.

—¿Sin mi permiso?

Uf. Sí, incluso yo sé que eso no es legítimo.

—Estoy segura de que es solo una confusión. Puede que las robaran de la nube o algo así. Pasa a todas horas.

—¿Lo estás defendiendo?

—Alguien tiene que hacerlo —replico—. Todo el mundo está siempre atacándolo, aquí no lo conoce nadie. Tal vez haya que concederle el beneficio de la duda, ¿no? Ahora es cabeza de familia. ¿Por qué iba a publicar fotos de ti desnuda como venganza de repente?

Se ríe sombríamente.

—Cabeza de familia. Lo conoces muy bien, ¿no? Y lo has conocido con esas llamadas que te hace una vez al año y que duran cinco minutos. Porque ya no se molesta en venir a visitarte. La última vez que te vio en persona fue durante media hora en la Estación de la Calle 30, en Filadelfia, hace dos años, cuando estaba esperando un tren. Tenías quince años.

—Está muy ocupado. Y nos escribimos.

—¿En serio?

—Le envío fotos para enseñarle en qué estoy trabajando.

—¿Y te comenta esas fotos?

—Lo hizo una vez... hace meses. —Me dijo que trabajara en el espacio negativo.

—Lo que pensaba —espeta con burla—. Es una rata y voy a demandarlo.

¡Esto es ridículo! ¿Por qué va a por mi padre cuando claramente el enemigo aquí es Adrian? Él es el malo.

Algo se yergue en mi pecho y pienso en el muro invisible entre Lucky y yo. Y en cómo me dijo que también hay uno entre mi madre y yo. Tal vez tenga más control sobre él del que pensaba.

Al fin y al cabo, la comunicación no es unidireccional.

—¿Quieres saber la verdad? —pregunto en voz baja sintiendo que la necesidad oscura y ferviente de hablar intenta liberarse en mi interior—. ¿La verdad más sorprendente y absoluta?

—Cariño —dice con voz tensa—, mi cuerpo desnudo está en la puerta de la librería de mi madre para que lo vea toda Beauty. Ahora mismo, nada de lo que digas va a sorprenderme.

—¿Estás segura?

—Segurísima.

—Vale... —la advierto por última vez.

Se pone de nuevo las gafas, enfadada.

—Suéltalo ya, Josie.

—¡Vale! No quiero mudarme a Florida contigo. Hace tiempo que tengo planeado irme a vivir con Henry a Los Ángeles cuando me gradúe.

Se queda paralizada. Inhala bruscamente por la nariz. Como si le hubiera dado una patada en el estómago.

—Mira, creo que hay algo claramente roto entre nosotras porque nunca me hablas de nada —le digo—. Los últimos años han sido muy complicados, no puedo seguir mudándome de una parte a otra del país contigo. A estas alturas, ni siquiera sé si acabarás en Florida y yo necesito estabilidad. Además, no es justo que me mantengas alejada de toda una parte de mi familia. Eso es muy egoísta, mamá. Es un fotógrafo galardonado. Podría estar aprendiendo cosas de él. Podría tener unos abuelos que no estén recorriendo Nepal. ¡Podría tener una vida normal en Los Ángeles! Y... y...

Intento continuar mi diatriba soltando todo mi enfado, pero se me pasa por la cabeza lo que me acaba de decir mi madre junto con la foto pegada a la puerta de la librería. Es todo muy confuso y me estoy poniendo nerviosa.

—Y ahora... —prosigo, aunque habiendo perdido parte de la seguridad—. Ahora casi parece que lo estés acusando de cosas y no sé qué creer. Es todo muy confuso porque no he oído su parte de la historia y... eso no es justo. No es justo que me hayas alejado de él todos estos años.

—Yo no te he alejado de Henry Zabka —espeta soltando cada palabra como si apenas pudiera controlar la ira en su voz—. ¿Quieres formar parte de su familia? Es más grande de lo que crees. El que se hace llamar tu padre tiene tres hijos en tres estados. Yo no fui la primera adolescente que posó para Henry Zabka, ¿sabes? Era un rarito, Josie.

—¿Qué? —pregunto parpadeando para disipar la conmoción.

—Puede que sea un genio, pero eso no quita que sea un maldito desgraciado. Se aprovechó de mí... no supe que había habido otras hasta años después. Por eso perdió el puesto de profesor, porque era un imbécil que tenía fijación por las universitarias. Así que no te quiere porque él nunca quiso ser padre.

—No puede ser verdad —balbuceo con lágrimas cayéndome por las mejillas.

—Eso es lo que yo pensaba entonces. Henry no quería poner su nombre en tu certificado de nacimiento. Dijo que convertiría mi vida en un infierno si intentaba sacarle manutención... porque él tenía fotos de mí desnuda y ¿qué tipo de madre hace eso? —Le brillan los ojos con las lágrimas a punto de derramarse—. Josie, ¿por qué crees que discutimos tu abuela y yo cuando nos marchamos de Beauty hace cinco años?

—Pues... pues...

Se me acelera la respiración. Pensar en aquella horrible noche es lo último que quiero hacer, pero ahora regresa a mí sin que la invoque voluntariamente. Me desperté en mitad de su discusión. La abuela gritaba. Mamá lloraba... En la calle de abajo parpadean luces rojas y azules que entran por la ventana.

Mi madre me dijo que hiciera el equipaje todo lo rápido que pudiera. Solo mis prendas favoritas y todo lo que necesitara para una semana. Un viaje breve hasta que se resolvieran las cosas. Eso es lo que me dijo. Me avisó de que no hiciera caso a lo que había oído, que nada de eso era verdad.

Me indicó que me diera prisa.

Que no me molestara en vestirme.

La abuela estaba sufriendo una crisis nerviosa.

No iban a arrestar a nadie.

Todo iría bien.

Llamaríamos a Lucky por el camino.

Volveríamos cuando todo se calmara.

Una semana.

Dos semanas.

Un mes.

Cinco años.

Mi madre me mira desde el mostrador de la librería.

—Hace cinco años, Henry Zabka seguía trabajando en la universidad. Tu abuela me presionaba para que le exigiera la manutención y, cuando me negué, actuó a mis espaldas y contrató a un detective privado para que lo investigara.

Un detective privado... Brevemente, se me llena la cabeza con el aroma a Navidad que flota siempre desde la tienda de velas artesanales coloniales del final de la calle... y la puerta vacía de al lado con el brillante letrero rojo de SE ALQUILA. La antigua oficina de Desmond Banks, investigador privado.

—¿Un detective? ¿Cómo en las películas? —pregunto.

Mi madre asiente.

—Y destapó... todo tipo de cosas horribles sobre Henry Zabka.

La discusión.

El gran detonante que nos hizo huir de Beauty en mitad de la noche.

La discusión fue en parte por mí, sí.

Pero en realidad se trataba de mi padre.

Niego con la cabeza mientras siguen cayéndome las lágrimas.

—No, no, no.

—Intenté mantenerte alejada de todo —dice quitándose de nuevo las gafas para limpiarse los ojos—. Lo intenté con todas mis fuerzas. No quería que lo odiaras como lo odiaba yo. Ni siquiera yo quería creerlo. Pensaba que era solo tu abuela intentando controlarlo todo, es algo que ya ha hecho otras veces en mi vida. No es la primera vez que ese viejo murciélago entrometido intenta arruinar mi relación contra persona...

Se le quiebra la voz.

Traga saliva y vuelve a empezar:

—Sin embargo, eché un segundo vistazo a lo que había descubierto su detective privado... y era bastante condenatorio. Unos meses después, contacté con la universidad y logré que lo despidieran. Bueno. Renunció él... o eso dijeron. Me prometieron que nunca se enteraría de que había sido yo quien lo había delatado si accedía a no demandar. En ese momento, volvió a Los Ángeles y su carrera despegó. Cosa que, sinceramente, fue muy deprimente. Parecía que lo estuvieran recompensando y que nosotras... nos hubiéramos quedado atrás apañándonos solas.

—Mamá...

—Así que, que le den. Si tienes algún talento, decido pensar que lo has heredado de mí, no de él. Porque hubo un tiempo en el que yo también tenía talento.

Estoy conmocionada.

Devastada.

No sé qué decir.

Las líneas del rostro de mi madre se endurecen.

—Así que sí, puede que sea una madre horrible. Y sé que no he estado presente. Me odio a mí misma por ello, odio estar deprimida y odio que te des cuenta porque lo que quiero más que nada en el mundo es mantenerte sana y salva en una burbuja para que nunca tengas que vivir nada de esto y para que nunca sufras daño o seas infeliz. Si pudiera pedir un deseo, lo usaría para eso.

—¡No soy una niña, mamá! —exclamo, exasperada—. Hace mucho que no lo soy. Podrías haberme contado esto hace años.

—Puede que sí, pero te equivocas en una cosa —replica señalándome con el dedo—. Siempre serás mi hija y yo siempre seré tu madre. ¿Ves? Esa es la diferencia entre Henry Zabka y yo. No importa lo mucho que la haya fastidiado algunas veces, estoy aquí para ti, aquí y ahora, y siempre te he querido, cada día de tu existencia. Así que siento mucho si esto te decepciona, lamento haberte arrastrado de pueblo en pueblo y lamento no ser la madre que querías. Perdón por no ser una fotógrafa famosa y ser solo la maldita y aburrida Winona Saint-Martin. Pero, para bien o para mal, estás atrapada conmigo. Porque si intentas dejarme, te juro que te perseguiré, Josie. Todavía no eres adulta y, aunque me odies, sigo siendo tu madre.

Temblando y enfadada, vuelve a meter la caja de suministros debajo del mostrador y saca otra, que deja caer junto a la caja registradora con ruido sordo y empieza a buscar bruscamente en su interior. Una de las postales de Nepal de la abuela se despega del ancla a la que está unida con cinta adhesiva y cae al suelo.

Lo único que puedo hacer es mirarla, aturdida, con mi mundo patas arriba. Con el corazón roto. Me siento como si hubiera agarrado una roca y hubiera hecho añicos mis sueños como hice yo con el escaparate de Summers & Co. Pero esta vez nadie puede rescatarme. Ni siquiera Lucky.

Es curioso que una vez pensara que Lucky era un espejismo. El auténtico espejismo era Henry Zabka.

No tengo padre.

No tengo mentor.

Los Ángeles es solo una ciudad, no un lugar utópico en el que desaparecerán todos mis problemas.

Nada es real. Estoy atrapada aquí sin estrategia de salida para cuando estalle la bomba de relojería.

Fue todo mentira.

Ninguna habla durante un rato, mientras ella sigue buscando en la caja de suministros, haciendo ruido en la librería silenciosa y oscura. A continuación, recuerdo algo que ha dicho y encaja con una pieza del rompecabezas que tengo en la mente.

El muro invisible no solo ha desaparecido, se ha derrumbado para siempre. Podría sacarlo todo ahora. Así que, en voz baja, pregunto:

—¿Quién es Drew?

Deja las manos quietas en el interior de la caja, pero no dice nada.

—Vi su inscripción en tu anuario del instituto —comento—. Estoy bastante segura de que estaba en la marina y ha vuelto al pueblo. Sé que a la tía Franny le sorprendió que estuvieras dispuesta a volver a Beauty con él aquí. ¿Quién es Drew, mamá? —vuelvo a preguntar.

Exhala pesadamente y se apoya en el taburete de detrás del mostrador. Le lleva un rato responder, pero finalmente dice:

—Drew era el amor de mi vida. Íbamos a escaparnos juntos después de graduarnos del instituto. Tu abuela nos descubrió y lo impidió. Se lo dijo a sus padres. Se enfadaron mucho. Lo obligaron a alistarse en la marina y lo destinaron casi inmediatamente al golfo Pérsico. Eso fue todo. Un día estaba aquí y al siguiente... se había ido.

—Dios mío —murmuro. Como Lucky y yo.

—En retrospectiva, puede que tuviera razón. Quizás fuéramos demasiado jóvenes para casarnos. No lo sé. Yo no era tan sensata como tú. Era Winona la Salvaje, la que cometía muchos errores y actuaba por impulso. Huir a Florida sin ningún tipo de plan parecía algo divertido, así que ni siquiera sé si lo deseaba por el motivo adecuado. Pero entonces fui a la universidad, donde conocí a tu padre. Y el resto es historia.

Sí. Todo se fue a la mierda después de eso. Ahora empiezo a ver la raíz de los problemas entre mi madre y mi abuela.

—Sigo pensando mucho en él —susurra con melancolía.

—¿Has mantenido el contacto con él?

—En absoluto. Lo vi una vez el año pasado en el funeral de tu tío. No hablamos. Sinceramente, estaba conmocionada por volver a verle la cara. Creo que a él también le afectó verme. Sé que estaba casado con una mujer cuando lo destinaron a una base naval en Japón, pero luego se divorciaron. Ahora no sé qué es de su vida. Me he esforzado por mantenerme alejada de él desde que hemos vuelto al pueblo. La maldición Saint-Martin... —agrega débilmente.

Noto un cosquilleo en los dedos que me sube por los brazos.

—Mamá... ¿a qué se dedica Drew ahora que se ha retirado de la marina?

—Se ha hecho cargo del negocio familiar. —Me dirige una mirada incómoda—. En Lamplighter Lane.

El portal al infierno. El lugar que mi madre evita a toda costa. No es la raíz de la maldad que hay en el pueblo... es el lugar en el que le rompieron el corazón.

Y sé exactamente cuál es ese negocio de Lamplighter Lane.

La fragua en la que Lucky es aprendiz.

—Drew... Sideris —adivino.

Asiente.

—¿Te lo ha dicho Lucky?

—No —contesto—. La verdad es que no. Pero es su aprendiz y creo que debe saberlo porque se ha mostrado reservado cada vez que he sacado el tema.

—La noche que rompieron la ventana del astillero, Kat me contó que Lucky estaba aprendiendo metalurgia, así que lo supuse... —Se encoge de hombros y gira la cara a un lado—. Los padres de Drew viven en la misma calle que los Karras. Han hecho muchos trabajos de forja por todo Beauty. Su padre hizo nuestra Sally la Salada —comenta señalando la puerta de la librería. A continuación, se cruza de brazos y suspira—. Beauty es un pueblo pequeño. Las ramas de todos crecen hasta los jardines de los demás.

Puede que incluso derriben algunas vallas.

—Entonces... ¿Lucky ha sido el afortunado? —bromea, puesto que eso es precisamente lo que significa su nombre.

—Mamá.

—Perdón —dice y gira la cabeza para mostrarme una leve sonrisa—. ¿Quieres… hablar de algo? Usó condón, ¿verdad?

—Sí. Y no, no necesito hablar de nada. Estoy perfectamente bien.

—Quiero decir, sé que estabas enfadada cuando has dicho esas cosas en el remolcador, pero supongo que en parte tenía la esperanza de que te reservaras para el matrimonio o que hicieras las cosas del modo correcto.

—¿Hay un modo correcto?

Levanta las manos.

—¿Me lo preguntas a mí? ¿Cómo iba a saberlo? No obstante, te diré una cosa. Hay un modo que es definitivamente incorrecto. Eso sí que lo sé. Y el modo incorrecto es cuando, inmediatamente después, piensas: «Mierda. He cometido un gran error». ¿Has pensado eso?

Niego con la cabeza.

—No. Ni un segundo.

—Eso está bien. —Tras un largo momento, admite—: Para serte sincera, me alegra que haya sido él. Es un buen chico. Me cae bien.

—Uf. Para nada.

—Es gracioso e inteligente. Y es muy trabajador, eso me gusta. Además, también ha sido siempre bueno contigo incluso cuando erais pequeños. Supongo que lo juzgué mal cuando volvimos a Beauty.

—Duro por fuera, blando por dentro —le digo—. Me gusta, mamá. Muchísimo.

Asiente lentamente.

—Puede que estuviera siendo demasiado protectora contigo porque no quiero que cometas los mismos errores que yo. No quiero que te hagan daño.

Miro fijamente a mi madre delante de la ventana, con las luces doradas de la carretera proyectando sombras sobre ella y es como si la viera por primera vez. Como si me hubiera pasado los últimos años mirándola a través del objetivo de una cámara sucia de grasa y porquería, y la hubiera limpiado ahora para poder verla claramente por fin.

Una mamá pájaro con un ala rota intentando encontrar un nido seguro.

Buscando en aplicaciones, intentando encontrar algo que ha perdido o tal vez intentando olvidar.

Un coche se detiene junto a la acera delante de la librería. He apagado antes la luz para desviar la atención de la estúpida foto de mi madre desnuda, así que, entre eso y la exposición de libros de navegación de la Guerra de Independencia, me cuesta distinguir qué está pasando... pero parece un taxi.

—¿Qué es eso? —pregunto saliendo por detrás de mi madre mientras ella se pone de puntillas para mirar por la ventana.

—Ay, no. No, no, no...

—¿Mamá? Me estás asustando.

—¡Mierda! El póster... todavía está en la puerta.

—No pasa nada. Lo he tapado. —Más o menos.

Se lleva las manos a la cara.

—¿Qué he hecho yo para merecer esto?

El pánico cobra vida en mi pecho y se expande hasta mis extremidades, entumeciéndolas. Se me seca la garganta. Debería hacer algo, pero no sé qué. Así que me limito a quedarme ahí, inmóvil, al lado de mi madre, observando horrorizada cómo la puerta de la librería se oscurece, tiembla y, finalmente, después de que una llave gire la cerradura, se abre.

La bomba de relojería entra en la librería.

AEROPUERTO REGIONAL DE BEAUTY: Un aeropuerto pequeño y privado que usa principalmente la gente que puede permitirse tener aviones o jets privados, y que no se molesta en conducir menos de una hora para llegar al aeropuerto internacional más cercano en Providence, Rhode Island. *(Foto personal/Josephine Saint-Martin)*

Capítulo 21

Diedre Saint-Martin está en la puerta abierta del Rincón con su larga melena plateada recogida en una trenza apretada, metida dentro de una chaquetita gris. Deja caer en el suelo, delante de ella, una colorida y abultada mochila, junto a un mar de botas de montaña desgastadas.

—Por el amor de Dios, ¿qué diablos es eso? —exclama señalando con un dedo delgado la puerta tras ella, por donde está entrando cautelosamente mi tía Franny junto con el taxista que las ayuda a descargar varias maletas con etiquetas del aeropuerto.

—Hola, madre —saluda mamá con la boca tensa—. Me alegro de veros. Hace un año que no respiramos el mismo aire. Por cierto, aquí está tu nieta.

—Josephine —me saluda la abuela y extiende los brazos desde donde está—. Ven aquí. Yo estoy demasiado cansada para andar. El viaje desde el aeropuerto ha sido horrible y llevo más de un día entero sin dormir. Ven a abrazar a tu pobre abuela mientras tu madre me cuenta por qué su cuerpo desnudo está pegado por toda mi librería como si fuéramos un burdel de Ámsterdam.

La tía Franny, que es unos años mayor que mi madre y bastante más flacucha, aunque puede que eso sea porque Nepal le ha pasado factura, finge estrangular a mi abuela desde atrás. No sé cómo reaccionar a eso. La tía Franny siempre ha sido muy remilgada y correcta. Definitivamente, no es Winona la Salvaje. ¿Qué diablos ha pasado en Nepal?

Estoy rota. Quiero abrazar a mi abuela, pero tengo demasiadas cosas que resolver en la cabeza. Además, puede que haya vuelto del aeropuerto, pero ¿se quedó varada en una isla y ha sido rescatada? No lo creo. Y, además, está el hecho de que HE PRACTICADO SEXO POR PRIMERA VEZ.

La puerta de la librería se abre de nuevo y entra Evie corriendo.

—¡Mamá!

La tía Franny toma a Evie entre sus brazos y la abraza con fuerza.

—Hueles raro —observa mi prima.

—Duchas frías y leche de yak —responde la tía Franny—. Ahora mismo, solo necesito mi cama.

—Tu cama está ocupada —le recuerda mamá a su hermana—. Hay una familia de cuatro personas viviendo de alquiler en tu casa. ¿Dónde vais a quedaros?

—Aquí, por supuesto —interviene la abuela.

Una, dos, tres, cuatro, cinco. Cinco personas, tres dormitorios.

Y la mitad no nos hablamos.

—No cabemos —señala mi madre.

—Nos las arreglaremos. Franny, págale al conductor —dice bruscamente la abuela.

La tía Franny gruñe por lo bajini.

—Por última vez y antes de hacer cualquier otra cosa —continúa mi abuela subiendo la voz—. ¿Por qué hay una foto de mi hija desnuda en la puerta de mi librería?

—¡Ha sido Adrian Summers!

Todas me miran.

—¿Adrian Summers? —pregunta la abuela—. ¿El hijo de Levi? ¿Y por qué iba a hacerlo? Está en Harvard. Es absurdo.

Miro a Evie. Ella rompió con Adrian, ya no es su problema. Es el mío. Siempre ha sido el mío. Y ha llegado el momento de reconocerlo.

Inhalo profundamente y le digo a la abuela:

—Porque la encontró de algún modo por internet y se piensa que soy yo.

—¿Y por qué piensa eso? —inquiere.

—No lo sé, pero enseñó esa foto a un montón de Golden en la fiesta, nos insultó a todas las Saint-Martin, así que me enfadé y… —Me giro hacia mi madre—. Tiré una piedra al escaparate de los grandes almacenes de su padre.

—¿Qué hiciste qué? —exclama la abuela.

—Me llevaron a comisaría, pero no me arrestaron —informo—. Lucky cargó con la culpa por mí. La abogada de su familia negoció con Levi Summers un pago por el escaparate. Cada semana, he estado pagándole de mi sueldo. Y lo siento. Tendría que haberte dicho la verdad desde el principio —agrego para mi madre.

A mí madre se le hunden los hombros como si las palabras que acabo de soltarle tuvieran un peso físico.

—Joder —farfulla. No está enfadada, solo derrotada—. Josie…

—Pero ¿qué está pasando aquí? —pregunta la abuela—. ¿A comisaría?

—Mamá, no te metas en esto —advierte mi madre.

—Quería decírtelo —continúo en voz baja—. Lucky me pidió que guardara el secreto porque pensó que si te enterabas de que había sido yo te enfadarías conmigo y nos marcharíamos antes del pueblo. Creo… creo que tenía miedo de que volviéramos a separarnos.

—Winnie —le dice mi abuela a mi madre—. Necesito una explicación, por favor.

Mi madre maldice entre dientes.

Al menos, he sido sincera. Me he comunicado. Pero puede que también haya encendido la mecha de la bomba y no tengo ningún refugio al que correr. Ningún plan.

—¿Me marcho seis meses y se va todo al traste? —exclama la abuela con el rostro contraído—. ¡Seis meses! Es todo lo que habéis necesitado las dos para poner el trabajo de mi vida patas arriba. Fotos de desnudos… ¿Vandalismo? ¿Comisaría? —La abuela mueve la mano en mi dirección—. Y ahora, Levi Summers, el pilar de nuestra comunidad, está metido en el ajo. Su hijo va a ir a las Olimpiadas. Él nunca habría hecho esto.

Dios mío. ¿Tú también, abuela?

—Sí que ha sido él —confirma Evie. Clava sus ojos con delineado egipcio en los míos en solidaridad.

Gracias, prima.

—Yo estaba en la fiesta con Josie cuando se puso a enseñar la foto —continúa—. Está manchando nuestro apellido por todo el pueblo y esparciendo rumores. Y lo sé porque hemos estado saliendo durante meses.

—Luego se enfadó con Lucky y, estando borracho, rompió la ventana del astillero con una barra —le cuento a la abuela—. Nadie del pueblo se cree que fuera él, pero amenazó a Lucky y yo lo vi pasar con el coche. Prácticamente, lo admitió, pero no le importa porque su padre es el dueño del pueblo.

—Y creo que lo del póster de la puerta es su venganza porque ya no me acuesto con él —concluye Evie—. Es un imbécil, pero me ha costado demasiado verlo.

—Suele pasar —añade mi madre.

Mi abuela se lleva una mano al pecho.

—Pero ¿qué…? ¿Qué os está pasando, chicas? Franny, ¿tú sabías algo de esto?

—Por eso quería volver a casa, mamá —admite Franny—. Quería estar con mi hija.

—Bueno, pues bien por ti. —La abuela nos mira a todas, asombrada—. Me cuesta creer todo esto. Todo iba bien hasta que nos marchamos. —Entorna los ojos en dirección a mi madre—. Hasta que volviste.

Guau. Eh. Vale, un momento. Si alguien tiene la culpa, ese es Adrian Summers. ¿Es que no acabamos de explicarlo? POR EL AMOR DE DIOS, ¿POR QUÉ NADIE LO ENTIENDE?

Mi madre se gira hacia mí y la calma se apodera de sus rasgos.

—¿Señorita fotógrafa? Voy a pegar un pedazo de papel de carnicero sobre la puerta para tapar el póster. Tú sube y haz el equipaje. Tenemos que encontrar un motel antes de que sea demasiado tarde.

Todo lo que tengo en la cabeza desaparece de golpe.

Solo hay un gran espacio en blanco. Luminoso y brillante, como la cueva vacía del interior de mi pecho. Únicamente siento una extraña energía recorriéndome todo el cuerpo, una energía tan fuerte que amortigua los gritos de la librería. Puedo oír a medias lo que está sucediendo, pero no lo siento.

—¿Os marcháis? —grita la abuela—. ¿Como cobardes? ¿Es lo que vais a hacer? ¿Meter el rabo entre las piernas y salir corriendo como ya hicisteis anteriormente?

—Mañana puedes hacerte cargo tú sola de la librería, madre —contesta mamá—. Te enviaré un mensaje con el nuevo código de la alarma. Ha sido un placer volver a verte.

Noto demasiado calor en el pecho. ¿Hace calor? ¿Por qué no hay aire acondicionado en esta estúpida librería? Voy a desmayarme. Creía que por fin mi madre y yo estábamos en el mismo punto. He hecho lo correcto y he admitido la culpa. Le he contado la verdad sobre el escaparate. Está todo abierto. No hay muros invisibles.

Sin embargo, aquí estamos. Paso de manera automática junto al resto de las Saint-Martin. Evie se aferra a la tía Franny, la abuela le grita a mi madre y yo salgo del Rincón. Rodeo el edificio y subo la desvencijada escalera hasta el piso de arriba. Atravieso la sala de estar, donde están nuestras pertenencias mezcladas con las de la abuela, y entro directamente en mi habitación.

Puedo hacer el equipaje en diez minutos. Lo he hecho anteriormente. En mitad de la noche, incluso. Igual que ahora. Pero no consigo que mis piernas se muevan. No puedo reunir la adrenalina suficiente para trabajar. El pánico está ahí, pero no alimenta nada. Mi cuerpo solo gira en el sitio. Vacío. Brillante.

Mi mirada se detiene en la Nikon F3 de la estantería.

Mi posesión más preciada. Un regalo de mi padre.

Una puta broma.

No pienso… no puedo. Tengo la cabeza vacía. Voy a la estantería, agarro la cámara y la estampo contra la pared.

Otra vez.

Y otra.

Y otra.

Hasta que el metal, el plástico y el cristal se rompen y se hacen añicos.

Hasta que los fragmentos salen volando y se esparcen a mi alrededor.

Hasta que oigo pisadas sobre los tablones del suelo y mi madre me arrebata lo que queda entre mis dedos temblorosos.

—No, cariño, no —dice dándome un abrazo y dejando caer la cámara en el suelo—. ¿Por qué has hecho eso? No quería que lo hicieras. No quiero que lo odies.

Cierro los ojos con fuerza, pero no hay modo de detener el diluvio.

—No son lágrimas de tristeza —le digo—. Son lágrimas de ira.

—Lo sé... lo sé.

Me abraza durante un minuto hasta que las dos nos calmamos. A continuación, se aclara la garganta, mira el desastre que he provocado y dice:

—Vale. Mira, llévate el bolso y deja lo demás. Ya nos las apañaremos después. Solo busquemos un sitio en el que pasar la noche, ¿vale?

Me lleva un segundo comprender lo que me está diciendo. Entonces lo hago.

Dejo lo demás.

—¿Qué vamos a hacer? —pregunto.

—Señorita fotógrafa, no tengo la más mínima idea.

Me parece bien. Lo acepto.

Agarro el bolso y salimos al aire nocturno. La tía Franny y Evie están acurrucadas cerca de la Pantera Rosa con dos grandes maletas.

—¿Podemos ir con vosotras? —pregunta la hermana de mi madre—. No puedo pasar otra noche con nuestra madre y tengo el coche guardado.

Mi madre extiende los brazos y Franny la abraza. Busco la mano de Evie. No me hace falta decir nada y a ella tampoco. Estamos bien. Me estrecha los dedos y, como por arte de magia, todo se cura entre nosotras, toda la tensión de su ruptura con Adrian desaparece.

La familia es algo curioso en ese sentido.

—Apretaos, señoritas —dice mi madre—. No sé a dónde vamos a ir...

—Yo sí —responde la tía Franny—. A Marblecliff.

—¿Marblecliff? —repetimos todas a coro.

Es un complejo elegante de la vieja escuela, en la parte histórica del pueblo. Es perfecto para turistas adinerados que consideran que el club náutico es demasiado típico.

—Por Dios, Franny —dice mi madre—. Si nos presentamos allí habrá un escándalo en todo el pueblo.

Evie resopla.

—¿Qué más da? Ya somos las brujas del pueblo. Estamos malditas, ¿recuerdas?

—Después de todo por lo que he pasado, si hay algo que mi esposo fallecido querría, es que me diera una buena ducha con agua caliente y que durmiera en una cama de plumas ahora mismo —contesta la tía Franny con la voz temblorosa—. He dormido en suelos de tierra, he escalado montañas, literalmente, y he tenido que tolerar las interminables y mezquinas exigencias de mi madre durante los últimos seis meses. Así que esta noche me gastaré mis ahorros como mejor me parezca y no vais a discutírmelo. Vamos a Marblecliff.

Mamá parece medio sorprendida medio impresionada.

—Ya la habéis oído, señoritas. Allá vamos.

Apenas cabemos en el coche abarrotado, pero nos las apañamos de algún modo. Y mientras nos alejamos con mi madre al volante, el único vehículo en la carretera nocturna, ninguna nos giramos a mirar el Rincón, pero puedo sentir a mi abuela mirándonos por la ventana. Y eso me pone… triste. ¿No es irónico? Creo que ahora mismo debería odiarla, pero no puedo. No sé por qué.

Antes de que la Pantera Rosa tome velocidad, alguien nos grita desde la acera. No viene del Rincón, sino del otro lado. Por primera vez, me doy cuenta de que las luces del astillero siguen encendidas y capto movimiento por el rabillo del ojo. Algo se acerca a nosotras.

—¡Para el coche! —le grito a mi madre.

—¿Qué? —pregunta asustada frenando de golpe—. ¿Por qué?

Bajo la ventanilla mientras Lucky corre hasta la Pantera Rosa, sin aliento.

—¿Os marcháis del pueblo? —grita al coche golpeando la ventanilla con ambas manos antes de que pueda bajarla del todo.

Pasa la mirada por todos los rostros del coche y sé que no se le pasa por alto que la madre de Evie está sentada detrás de mí. Puede que incluso lo haya presenciado todo desde el otro lado de la calle.

—Mi abuela ha vuelto… —intento explicar.

—¡No! —grita—. Me lo prometiste, Josie. No puedes irte.

—¿Lucky? —Mi madre baja la cabeza para asomarse por delante de mí y hablarle—. Aprecio mucho que intentaras ayudar, pero vamos a tener que arreglar el tema del escaparate con tus padres. Josie me ha contado la verdad de lo que pasó la noche de la fiesta.

Se muestra atónito. El color desaparece de su rostro.

—Por favor, no la obligues a marcharse.

—Guau, Lucky… —empieza.

Desde la distancia, Kat lo llama, apoyada en la puerta de la oficina del astillero.

—¡Lucky! Vuelve aquí. Déjalas.

Un coche detrás de nosotras se detiene, toca el claxon y gira bruscamente.

—Tenemos que irnos —dice mamá.

—Oye —le digo rápidamente rodeándole los dedos con los míos—. Mírame. No sabemos qué va a pasar, pero no vamos a irnos del pueblo esta noche. Tienes que confiar en mí. Por favor, Lucky, confía en mí.

Me mira intencionadamente, con el rostro lleno de preocupación y sombras oscuras.

A continuación, mete la cabeza por la ventanilla y me besa. Firmemente. Delante de mi madre y de la suya… nuestra relación al descubierto. Me besa como si fuera la última vez. Como si quisiera confiar en mí, pero lo carcomieran las dudas, porque ¿cómo iba a confiar cuando está lleno de cicatrices y tiene un historial de abandono atrás?

Y lo peor es que no puedo culparlo por preocuparse.

Capítulo 22

No creía que fuera a dormir nada esa noche. No con esos muebles antiguos dorados, la colección de mariposas, un retrato del siglo XIX que parecía observarme en la oscuridad y una chimenea lo bastante grande para quemarnos a las cuatro a la vez.

Pero eso se puede añadir a la lista cada vez más larga de equivocaciones de Josie.

Tomemos por ejemplo las bombas de relojería. Estaba segurísima de que se produciría una explosión cuando la abuela Diedre volviera al pueblo, pero me equivocaba. Por supuesto, hay algo acechando en mi cabeza que sigue esperando que la presencia de mi abuela lo haga volar todo en pedazos, quizás Diedre sea como una de esas bombas enterradas de la Segunda Guerra Mundial que de repente te encuentras en el campo y que estalla tras haber estado años perdida. O tu barco se topa con una en el mar y ¡*pum*! La peor de las bombas.

O quizás la bomba de relojería de la abuela ya no importe porque las verdaderas bombas eran las cosas sobre las que estaba equivocada. Como mi madre. Y mi padre... Porque

318

todavía me cuesta encajar la imagen que me he formado de él de todas las entrevistas que he leído en internet… de las pocas veces que lo he visto en persona. De nuestras escuetas conversaciones telefónicas. Su vida maravillosa. Su familia perfecta. Su casa en Malibú.

Equivocación. Equivocación. Equivocación.

Por Dios, esas estúpidas prácticas en la revista, las que hicieron que me enfadara tanto con Levi Summers por rechazarme… Todo se remonta a buscar la aprobación de mi padre.

Y todo por nada.

Cuesta aceptar que te equivocas en algo cuando sientes en lo más hondo del alma que es así.

Hubo un momento en el que sentí en el alma que Los Ángeles era mi destino.

Que mi padre era mi billete de salida.

Que mi abuela iba a destrozar mi familia.

Que mi madre no me quería.

Pero me equivocaba en todo.

¿En qué más…?

Sin embargo, intento no pensar en ello ahora en nuestra *suite* del Marblecliff, donde no solo dormí como un tronco, sino que lo hice con mi madre acurrucada junto a mí en la misma cama porque solo había una habitación con dos camas individuales cuando llegamos en mitad de la noche. Evie y Franny se quedaron una cama y mi madre y yo la otra.

Una familia rota y muy extraña.

Y no sé, puede que los colchones del Marblecliff estén llenos de drogas tanto como de plumas o puede que fuera por el sonido de las olas estrellándose contra el acantilado rocoso lo que me ayudó a dormir tan bien. O quizás fuera porque toda mi vida se había puesto patas arriba en un solo día y mi cuerpo había dicho: «olvídalo, ya he tenido suficiente». De todos modos, después de agotar toda el agua caliente y los productos de lujo para el pelo en el baño recién remodelado, nos reunimos en la acogedora sala de estar de la *suite* frente a la enorme chimenea, descansando con los albornoces bordados.

—Me siento como si acabara de volver de un fin de semana de locura en Las Vegas —comenta mamá contemplando unas vistas espléndidas del azul del puerto, donde el sol de la mañana se refleja en los barcos esparcidos por las aguas del club náutico de Beauty.

Franny se ríe sombríamente. Parece muy afectada por el desfase horario.

—Intentad vivir en la peor contaminación que os podáis imaginar sin lavabos, electricidad o duchas. Las gente es maravillosa y, cuando salías de la niebla tóxica de la ciudad, era todo precioso. Pero yo estaba intentando lidiar con el duelo, con mamá y con una cultura totalmente diferente y ahora... —Niega con la cabeza—. Ahora creo que necesito un desparasitante porque la tacaña de nuestra madre me obligó a comer unas galletas baratas del mercado más barato de Beauty que llevaban desde que nos fuimos en su equipaje y que olían un poco mal... y hace meses que no tengo el estómago demasiado bien.

—Vaya —dice mi madre—. Te llevaré al veterinario.

—Gracias —contesta la tía Franny sonriendo por primera vez desde anoche—. Ahora estoy bien. Siempre me ha encantado este complejo. Las camas más suaves del pueblo. Podría vivir aquí...

—Sabes de quién es, ¿no? —pregunta Evie girándose hacia mí—. Del padre de Bunny Perera.

—¿En serio? —exclamo—. Qué pequeño es este pueblo.

—Y esa familia sabe elegir la ropa de cama más lujosa —ronronea la tía Franny envolviéndose con el albornoz.

—¿Mamá? Odio tener que estropear tu fantasía en este hotel, pero me estaba preguntando... ¿dónde vamos a vivir?

—Oye, iba a preguntarlo yo primero. Supongo que ahora todas somos unas sintecho.

Mi madre suspira pesadamente.

—Sí, Franny. Me alegro de verte, pero tenemos que solucionar unos problemitas porque Josie y yo no podemos seguir viviendo con ese viejo murciélago.

Se oyen tres golpes rápidos en la puerta de nuestra *suite*. Las tres giramos la cabeza y, como por arte de magia, la voz de mi abuela atraviesa la madera.

—¿Chicas? Soy Diedre. ¿Estáis despiertas? He traído desayuno.

Frenética y con los ojos como platos, mamá nos indica a todas que guardemos silencio, pero Franny niega con la cabeza.

—Sabe dónde estamos, hermanita. Se acabó.

Evie abre la puerta y aparece mi abuela… con tres carritos dorados repletos de comida para el desayuno empujados por camareros uniformados. Mantengo el albornoz cerrado y observo mientras destapan una serie de campanas y un fragante vapor impregna la pequeña *suite*.

¿Pretende seducirnos con bollería recién hecha y café caliente?

Me huele a que es una gran trampa. No me fío.

Mamá tampoco. La tensión se palpa en el ambiente. No me apetece discutir. No quiero que el contador de la bomba vuelva a funcionar delante de la bollería y el zumo de naranja recién exprimido.

—Madre… ¿qué haces aquí? —le pregunta mamá a la abuela con la voz tensa—. Son las diez y media, ¿no tienes una librería que abrir? ¿O has venido a pedir que te devuelva las llaves?

La abuela se pasa la trenza gris por encima del hombro. Tengo que dejar de peinarme como ella. En serio. Me da escalofríos.

—¿Por qué iba a hacer eso? Las ventas están por las nubes desde que te hiciste cargo de la librería. Soy vieja, pero no soy imbécil. He estado mirando los informes de gastos e ingresos, Winnie. Se te da mejor gestionar el inventario que a mí.

—¿Acabamos de entrar en *La dimensión desconocida*? —pregunta mi madre mirando a su alrededor con los ojos entornados—. No he visto el logo ni ninguna señal…

—La tienda cierra por hoy —nos informa la abuela.

Un jadeo colectivo resuena en la estancia.

El Rincón no cierra. Nunca. Solo los festivos. Solo cuando se supone que tiene que cerrar. El Rincón no cierra de manera inesperada.

—Hasta que arregle unos asuntos. Beauty puede sobrevivir un día sin libros. Ya volveremos a abrir mañana… si me apetece. —A continuación, se mira las uñas y añade—: He puesto un cartel de publicidad en la puerta sobre el desnudo de Winnie. Bucky, de la galería de arte, dice que nos prestará un fuerte disolvente industrial para quitarlo, por cierto.

—Señor, dame fuerzas —murmura mi madre en dirección al techo.

La abuela se gira hacia mí.

—Josephine, ¿tienes algo decente que ponerte? Necesito que me acompañes al taxi.

Miro a mi alrededor como si hubiera alguna otra Josephine presente.

—¿Yo?

—Madre, no —espeta mamá bruscamente.

Que no discutan, que no discutan…

—Solo necesito hablar con mi nieta en privado durante cinco minutos. No muerdo y no creo que se vaya a romper.

Mi madre se dispone a protestar, pero intervengo:

—Deja que me ponga los vaqueros. Nos vemos ahora en el vestíbulo.

Tras ponerme rápidamente la ropa del día anterior, escuchando por la grieta de la puerta entreabierta del baño para asegurarme de que no se produjera ninguna discusión en mi ausencia, atravieso la *suite* corriendo y la tía Franny dice:

—Que no te de vergüenza usar el botón de pánico del móvil. Yo lo usé en Katmandú. Y no me arrepiento.

Creo que lo que habla en realidad es el desfase horario.

—Ten cuidado —me advierte mi madre muy seria.

Lo tengo controlado. Solo es mi abuela. No es un arma de guerra.

Es lo que me repito una y otra vez mientras camino sobre la lujosa alfombra del hotel y me dirijo a un ascensor del vestíbulo, que está cubierto de cuadros enmarcados de Beauty del siglo XVIII e iluminado por una preciosa lámpara de araña. Los suelos de mármol, el orgullo de nuestro pueblo costero, brillan bajo la luz del sol cuando enderezo los hombros y me acerco a Diedre Saint-Martin.

—Estás muy guapa —comenta—. Lo de las pecas es una pena, pero puedes tapártelas con maquillaje.

—¿Gracias...?

—Ven conmigo —me dice y señala con la cabeza un conjunto de puertas que llevan a la parte trasera del complejo.

En el exterior, un porche amplio y vacío rodea la planta baja del hotel. Creo que aquí celebran todo tipo de eventos y hacen fotos de bodas, cosas así. Hay unas rocas enormes debajo. El agua azul. El Harborwalk en el que se ven personas del tamaño de conejos dirigiéndose al muelle principal.

Una imagen pintoresca. Un lugar perfecto para una emboscada.

Se me retuerce el estómago.

—¿Sabes por qué me fui a Nepal? —me pregunta la abuela, apoyada en la barandilla del porche para contemplar el puerto.

Es una pregunta extraña.

—Para ayudar a la tía Franny a superar la muerte del tío Ed.

—Es uno de los motivos. Pero también lo hice por Winona.

—¿Te fuiste a Nepal por mi madre? —pregunto arrugando la nariz.

—Correcto —confirma mirándome a la cara—. Me llevó unos años darme cuenta, pero finalmente lo comprendí. Quería a mi hija Winona y a mi nieta en casa. Pero el problema era que mi hija me odiaba. No sabes lo que se siente porque todavía no tienes ninguna hija, pero puede que algún día lo sepas. Y déjame decirte que es la peor sensación del mundo.

—No te odia —le digo.

—Sí que me odia —replica la abuela con diplomacia—. Pero me gustaría que eso cambiara. Y solo puedo lograrlo si está en casa. Y él único modo de conseguir que viniera era marchándome yo.

La miro, parpadeando.

—Te fuiste a Nepal…

La abuela asiente.

—Para que Winnie viniera a casa. Y para que te trajera a ti también. Pero… no soy tonta. Sé que las relaciones llevan su tiempo. Y sé que todo lo que pasó no formaba parte del plan. Me gustan los buenos planes.

—A mí también —añado.

—Pero mi plan se fastidió cuando Franny insistió en volver antes. Así que aquí estamos. Y no podemos vivir todas juntas, por supuesto. Habría cinco cadáveres antes de que se pusiera el sol.

No se equivoca…

—Así que ahora pasamos al plan B. Hay que tener un plan de repuesto. Es casi tan importante como el plan principal. Eso es lo que la gente no entiende. En realidad, son dos planes. Dos planes que están al mismo nivel.

—Al mismo nivel —repito y me doy cuenta de que he fallado estrepitosamente en ese aspecto. Maldita sea. Es buena… malvada, pero buena. Tenaz. Astuta como un zorro.

—Así que este es mi plan de repuesto —continúa—. Winnie y tú os quedáis el piso, yo me mudo.

—Espera… un momento. Es tu casa.

—Es tan vuestra como mía. Somos administradoras. Nos pertenece a todas. Y, si nos ponemos técnicas, lo que quiero es mantener una conversación con tu madre sobre la posibilidad de que se convierta en la propietaria legal de la casa. Pero primero quería hablar contigo para asegurarme de que es algo que tú también deseas.

—¿Yo?

—Tu madre y tú.

—Pero… ¿tú dónde irás?

—Me compré un piso antes de irme a Nepal. —Señala por encima de la barandilla hacia el muelle principal. Hay un pequeño edificio blanco al lado del club náutico—. ¿Ves eso? Son los apartamentos Robin's Nest. Los padres de Nick Karras también tienen un apartamento ahí, así es como lo descubrí, en una de las barbacoas de los domingos en el jardín de Kat después de misa.

Qué. Está. Pasando.

—Hay unas escaleras que dan acceso al Harborwalk y puedo ir andando a cualquier parte, incluyendo el Shanty Pub, donde hay un grupo llamado Yankee Fiddler que toca música tradicional de Nueva Inglaterra todos los fines de semana hasta el otoño y sirven limonada el patio.

Parece una auténtica pesadilla.

—Además, puedo ir en bici hasta el Rincón. O andando. Hay un kilómetro. O podría comprarme un bote pequeño y amarrarlo en Nick y Kat, quién sabe. De todos modos, puede que no necesite trabajar tanto. ¿Una vez a la semana quizás? Me gusta la hora de cuentos de los sábados. —Se encoge de hombros—. Tu madre y yo podríamos acordar algo, estoy segura. Y puedes mantener tu cuarto oscuro tal y como está… siempre que no hagas desnudos como el de tu madre. Ahí pongo el límite.

Uf. Oír esto ahora me avergüenza. ¿Por qué estuve tan dispuesta a creer a Henry Zabka, un hombre al que no conocía, por encima de a mi propia madre? Mi abuela hizo lo mismo al creer que Adrian Summers era un chico perfecto que nunca haría nada malo. Parece que muchas mujeres juzgan enseguida a otras mujeres y perdonan más fácilmente a los hombres.

—Te gustará mi piso —comenta la abuela como si estuviéramos manteniendo una conversación casual y no una que cambia vidas—. Tiene tres dormitorios y ya lo he equipado con lo básico para que Franny y Evie puedan vivir conmigo si lo necesitan hasta que se vayan sus inquilinos.

A la tía Franny no le gustará. Y dudo que a Evie le entusiasme mucho la idea.

Me da vueltas la cabeza. Es demasiada información. Es demasiado bueno para ser cierto. Hay algo que no cuadra.

—En cuanto a esta situación en la que te has metido… —continúa.

Vale. Tendría que habérmelo esperado. La trampa está tendida. Se me revuelve el estómago como la primera vez que subí en barco.

—Abuela… —empiezo, pero me interrumpe con un gesto de mano.

—Ya he hablado esta mañana con Kat Karras y con Levi Summers —dice de manera concluyente—. Le he dicho a Levi que, si no retiraba la demanda contra los Karras, me uniría a Kat y lo demandaría a él por lo que le ha hecho su hijo a nuestro vecindario. También le he dicho que iba de camino al juzgado para denunciar a Adrian por acosar a mis nietas y que los rumores sobre lo que había hecho su hijo llegarían a oídos de todo el pueblo esta misma tarde. Eso ha funcionado.

Intento hablar, pero no me salen las palabras.

Se cruza de brazos y me dirige una mirada de superioridad.

—No ha sido difícil. Conozco a Levi de toda la vida y simplemente le he dicho cómo son las cosas… eso es todo. Lamento no haberte creído sobre lo de su hijo. Supongo que no quería creerlo. A decir verdad, Levi Summers es un hombre decente y no hay muchos hombres de bien con el dinero y poder que tiene. Al menos, en mi experiencia.

—¿Va a renunciar al acuerdo? El escaparate…

—Está olvidado. Su abogado va a hablar con la abogada de Kat y acordarán una compensación aceptable por lo que su seguro no cubra de la ventana rota. Ya está hecho. Puedes olvidarte del tema.

Parpadeo y la miro fijamente.

—No.

—¿Cómo que no?

—No. Eso no está bien abuela. No puedes simplemente presentarte aquí y arreglarlo todo. Es decir, en lo que respecta a los Karras, te estoy muy agradecida —digo llevándome una mano al pecho—. Pero lo del escaparate es problema mío. Yo lo rompí. Y por mi culpa Lucky ha tenido que soportar ser la comidilla del pueblo además de tener dos trabajos para cubrir los gastos. Ha trabajado muy duro en tareas agotadoras y degradantes. He destinado todos mis ahorros a devolverle el dinero, todo lo que he ganado con los suscriptores de mis fotos. Has logrado que todo lo que hemos hecho este verano carezca de significado. No puede haber sido para nada.

Me mira fijamente un largo instante.

—Hablas igual que tu madre, ¿lo sabías?

—Bien. Eso me enorgullece.

Asiente una vez con la cabeza.

—Y a mí me enorgullece que te sientas así, niña. —Exhala—. Vale, entiendo lo que dices. Piensas que Diedre Saint-Martin se ha entrometido en tu vida, ¿verdad? Eso es lo que estás pensando. Es lo que dice siempre Winnie.

Bueno, sí. Pero ahora entiendo el motivo.

—Podrías haberme preguntado primero. No había prisa. ¡Ni siquiera me ha dado tiempo a desayunar!

—No he dormido —admite—. Tengo el horario cambiado por el viaje. Pero sí, puede que tengas razón. A veces cometo errores y tropiezo con mis propios pies. Si la he fastidiado, lo siento. Pero no hay nada grabado en piedra.

¿Quién es esta mujer? No es la abuela que conozco. Puede que sea la Diedre Saint-Martin de la que me habla Lucky, la abuela 2.0. O tal vez la abuela 1.5 con algunos defectos aún por reparar. No es perfecta ni mucho menos, pero todos tenemos un crecimiento por delante, así que supongo que es un buen comienzo.

—Tengo que pagar el escaparate, abuela.

—¿Todavía sientes que estás en deuda? Pues págalo quedándote y acabando el instituto. Tal vez yendo a la universidad también. Hay una gran escuela de arte al final de la calle. Tu madre abandonó, pero creo que le gustaría verte llegar hasta el final.

—No lo creo. Mamá me contó la verdad sobre Henry Zabka... sobre todo. Así que no sé si es el lugar adecuado para mí.

Niega con firmeza y me coloca unas manos delgadas y frías en los hombros.

—Escúchame, no permitas que ese desgraciado te arruine los sueños. Él no inventó la fotografía. Tienes talento, niña. Si no quieres ir a esa universidad, estudia en otra parte. Busca un mentor. Demonios, sé tu propia mentora... hoy en día se puede aprender de todo en internet. Como le he dicho a Evie... haz algo. Decidas lo que decidas, no desperdicies lo que tienes, ¿de acuerdo?

—Lo intento, pero es complicado.

—Lo sé, cariño. Si fuera fácil, cualquier payaso podría hacerlo. Pero a las Saint-Martin nunca les ha dado miedo un poco de trabajo duro.

Me da una palmadita en los hombros y me suelta con una larga exhalación. Por su lenguaje corporal, queda claro que la conversación está llegando a su fin y de repente siento que esta es la conversación privada más larga que hemos mantenido en años… y, aun así, no me ha proporcionado información suficiente.

—¿Abuela? —pregunto—. ¿Kat se ha enfadado porque Lucky cargara con las culpas por mí sobre el escaparate de los grandes almacenes?

—Está… confundida.

Gimo y me pongo las manos en las caderas para mantener la estabilidad, frunciendo el ceño ante la imagen de postal que tenemos delante.

—Creo que será mejor que hable con Lucky.

—Buena idea.

—Antes de que la maldición pueda hincarnos los dientes… —murmuro.

La abuela hace un gesto despectivo con la mano.

—Eso no es más que una sarta de tonterías. Las Saint-Martin no estamos malditas. Solo tenemos que dejar de alejarnos unas a otras, eso es todo. Y esto es un buen comienzo, ¿no crees? —Me guiña un ojo, se dirige al vestíbulo de Marblecliff y pone una mano en el pomo de la puerta—. Piensa en lo de la ventana y dile a tu madre lo de quedaros el piso. Te enviaré la dirección de mi apartamento. Podemos cenar allí esta noche y hablar de qué hacer con el Rincón después de que intente cancelar el contrato de alquiler con los inquilinos de Franny.

—¿Abuela? —la llamo. Noto un nudo de emociones en la garganta—. Te he echado de menos.

—Yo también te he echado de menos —contesta, sorprendida—. Bienvenida a casa.

Entra en el vestíbulo y la observo marcharse. Una mujer con demasiada energía al andar, sobre todo teniendo en cuenta que acaba de volar desde la otra parte del mundo y que ha logrado poner patas arriba la vida de toda la familia antes de desayunar.

Puede que así sean las bombas cuando explotan.

La he entendido mal desde el principio.

Ahora estoy demasiado perpleja para saberlo con certeza. Perpleja, algo temblorosa y muy entumecida. Supongo que no estoy segura de cómo sentirme respecto a todo lo que acaba de soltarme. El móvil me vibra violentamente en el bolsillo. La pantalla está llena de mensajes de mi madre, quien está arriba preocupada por lo que me haya dicho la abuela y quiere que le cuente las novedades.

Estoy bien, pero tenemos que hablar.

Es lo único que le contesto.

No sé de qué otro modo explicar lo que acaba de pasar. Camino alrededor del porche del Marblecliff, mareada, intentando desentrañarlo todo, contemplando el edificio blanco del apartamento de mi abuela.

Me vuelve a vibrar el móvil. *Por el amor de Dios, déjame un minuto para recuperar el aliento, mamá.* Pero cuando miro la pantalla, no es ella. De hecho, es un número que no tengo guardado. Desconocido. El mensaje dice:

Un golpe bajo incluso para una Saint-Martin.

Miro la pantalla, confundida, y contesto rápidamente:

¿Quién eres?

La respuesta llega casi inmediatamente.

La persona a la que su padre ha dejado colgada porque tú has decidido esconderte detrás de tu abuela. Un puto golpe bajo.

Dios mío.

Adrian.

Adrian me está escribiendo. No sé de dónde ha sacado mi número. Tal vez no quiera saberlo. Intento decidir si quiero discutir con él o no, pero me puede la curiosidad.

Yo: ¿Qué quieres?

Adrian: De ti nada. Evie me ha bloqueado, así que quiero que le digas que por ahora daré marcha atrás, pero que todavía la quiero.

Adrian: Dile que la quiero y que lo siento.

Adrian: Y que cuando esté preparada para hablar, estaré esperando.

Yo: No voy a decirle nada de eso. Pegaste esa foto en la puerta de la librería, maldito psicópata.

Pasan unos segundos y empiezo a pensar que la conversación se ha acabado ahí. Pero cuando estoy a punto de imitar a Evie y bloquearlo, me envía un último mensaje.

Adrian: Solo para que lo sepas, la persona que me envió esa foto fue tu pequeño mono grasiento.

Capítulo 23

drian miente.

Tiene que estar mintiendo. Es un mentiroso y un cabrón, no tengo motivos para creer lo que dice la persona que pegó una foto de mi madre desnuda en la puerta de nuestra librería a modo de venganza. A la persona que lanzó una barra a la ventana de los Karras. A la persona que dijo todas esas cosas horribles sobre mi familia delante de un montón de gente en aquella fiesta. A la persona que lleva prácticamente acosando a mi prima desde que rompió con él.

Adrian Summers no es buena persona.

Entonces... ¿por qué noto un nudo en el estómago ahora mismo?

¿Por qué iba a considerar cualquier cosa que él diga sobre Lucky?

Debe de estar mintiendo.

Pero no sé por qué.

Y eso me reconcome mientras mamá y yo salimos del Marblecliff con Evie. Las tres volvemos al piso de arriba de la tienda, mientras la tía Franny se queda unos días más en la *suite* del complejo hasta que pueda recuperar el sueño del desfase horario y averigüe qué hacer con su casa alquilada.

Debería estar más contenta por volver a nuestro piso. Y lo estoy. Total y completamente aliviada. Pero también me estresa la intromisión de la abuela e intento elaborar un plan para contrarrestar sus acciones respecto al escaparate.

Y…

No logro sacarme de la cabeza el estúpido mensaje de Adrian.

Un carruaje de caballos con dos turistas pasa junto a la Pantera Rosa mientras conducimos por delante de un edificio cubierto de enredaderas en flor. El calor de principios de agosto me pone todavía más irritable e incluso con las ventanillas bajadas no podemos sentir la brisa.

—El Día de la Victoria es la semana que viene —comenta mamá agachando la cabeza para ver los carteles que cuelgan de las farolas. Eso significa que llegará una gran afluencia de turistas antes de que acabe el verano—. Supongo que no había celebraciones con flotillas en Nepal.

Pero tampoco habría copisterías donde imprimir fotos gigantescas de desnudos. Uf. Me abruma la preocupación y estoy teniendo un leve ataque de pánico porque no puedo dejar de pensar en por qué Adrian diría que Lucky le envió la foto de mi madre.

¿Por qué?

Porque mi abuela habló con su padre y le dijo que se alejara de los Karras y controlara a su hijo. Es un motivo lógico, ¿verdad? Un último acto de venganza contra mí.

Pero la cosa es que no parecía enfadado. No me estaba amenazando. Vuelvo a consultar los mensajes para asegurarme y sí. Parecía triste por lo de Evie. Y dijo que lo sentía. No sé si es arrepentimiento de verdad o una de esas señales de advertencia de una pareja abusiva después de haber hecho algo horrible. Es un mensaje, así que no puedo interpretar su lenguaje corporal ni captar indicios que podría ver si hablara con él en persona. Cuando se trata de un mensaje... supongo que cuesta saberlo. No estoy segura. Ojalá tuviera más seguridad.

Y ahí está la otra cosa que me mosquea: estaba equivocada en todo. ¿Por qué estoy tan segura de que no me equivoco en esto también?

Porque ahora que lo pienso... Lucky se mostró muy curioso respecto a mi padre. Mencionó que había leído cosas sobre él. Sabía cosas de artículos que había visto en internet. Rumores sobre manutención... definitivamente, se había mantenido al día con el tema de mi padre.

Si estaba husmeando en internet y buscando cosas sobre mi padre, no es extraño pensar que tal vez, solo tal vez, encontrara una de las fotos de mi madre en algún foro de fotografía.

Puede que empezara de forma bastante inocente mientras cotilleaba en internet. No sé cómo llegó a Adrian. ¿Una noche estúpida de chicos borrachos haciéndose los machos? Al fin y al cabo, aquella noche estaba en la fiesta de los Golden.

¿Se sentía mal al respecto?

Culpable.

Se sentía lo bastante culpable para cargar con mi culpa por lo del escaparate.

No.

Es imposible. Me enfado conmigo misma por el simple hecho de pensarlo. Pero aun así...

Mi madre y Evie están hablando de la próxima flotilla del Día de la Victoria en el asiento delantero de la Pantera Rosa mientras nos dirigimos South Harbor, pasando junto a una fila de personas que esperan entrar a un museo de cera de la Guerra de la Independencia. Pero apenas las oigo por encima de los rápidos latidos de mi corazón. Agarro el bolso con fuerza sobre mi regazo. Noto que el contenido se mueve en el interior y tengo que obligarme a abrir los dedos.

Lo bastante culpable para cargar con mi culpa.

Giramos hacia nuestra calle. Pasamos por el puesto de almejas de Manny y por la tienda de rosquillas. Evie está hablando de la sorpresa que ha supuesto lo del apartamento de mi abuela.

Culpable, culpable, culpable.

—¡Para el coche! —grito.

Mi madre da un frenazo. Un camión toca el claxon detrás de nosotros y mi madre se mueve hasta a la acera, evitando por poco que nos alcance por detrás.

—Josie… ¿Qué demonios…?

—Tengo que ocuparme de una cosa —declaro mientras salgo del coche. Espero a que haya un hueco en el tráfico y cruzo al astillero—. Nos vemos después en casa. Lo siento. Es importante. Es un tema de vida o muerte para nuestra relación.

Ignorando las quejas de mi madre, cruzo corriendo la calle llena de baches en cuanto tengo oportunidad. La oficina del astillero está vacía, así que me dirijo al callejón lateral. La Superhawk está aparcada. Se me acelera el pulso. Intento no sufrir un colapso total y continuo hasta que se extiende ante mí el hormigón de la parte trasera del astillero.

Veo a su padre trabajando con otros dos hombres en un gran barco atracado al que están izando con una grúa. Pero hasta que no oigo un ruido fuerte y miro en su dirección, no veo la espalda de Lucky inclinada sobre un motor con chispas a su alrededor mientras suelda algo.

Está solo. Espero hasta que se detiene esa luz brillante y me acerco a la grada mientras Lucky se levanta la máscara de soldador y gira el dial de una máquina naranja. El ruido atronador se silencia.

Me mira con los ojos muy abiertos, sorprendido de verme. Pero rápidamente, lo invade el alivio.

Solo se ve paz en su rostro. Tiene los hombros caídos y las cejas relajadas.

—Gracias a Dios —murmura echando la cabeza atrás un instante. Luego se quita los guantes gruesos y se acerca a mí mientras la máquina se enfría junto a sus rodillas—. ¿Va todo bien? ¿Qué pasa? ¿Por qué no me has escrito? Estaba muerto de preocupación.

—Estoy bien —contesto rápidamente.

Se para y sostiene los dos guantes con una mano. Me mira con los ojos entornados.

—¿Llevas la ropa de ayer? ¿Dónde has pasado la noche?

No le contesto. No puedo pronunciar las palabras. Porque, por un momento, no me siento como una persona entera, sino como un ser fracturado. Está Josie la Recelosa intentando decidir si Adrian pudo haber dicho la verdad. Está la Josie Infantil que nunca jamás consideraría que Lucky pudiera traicionarnos. Está Josie la Confiada que se derrite al verlo. Josie la Confiada se alegra al ver su cara manchada de grasa (*mi cara... mi chico...*) y quiere volver corriendo a él y echarle los brazos al cuello.

Josie la Confiada recuerda todo lo que Lucky susurró en la oscuridad cuando estábamos entrelazados en la casita del muelle en la isla.

Antes de que mi vida se desmoronara.

Lucky sabe que algo va mal. Veo el cambio en él como si fuera un perro erizándose a modo defensivo.

—¿Josie? ¿Qué pasa? —pregunta en voz baja y comedida.

Miro por encima del hombro para asegurarme de que nadie nos esté escuchando. Observo tanto el astillero como el puerto azul durante unos instantes reuniendo el coraje y a continuación me giro hacia él y le pregunto:

—¿Enviaste tú la foto?

Eso no se lo esperaba.

—¿Qué...? ¿Que hice qué?

—La foto —repito, impaciente—. ¿Se la enviaste tú a Adrian?

—¿Eh? —Contrae el rostro y niega con la cabeza firmemente—. Creo que me estoy perdiendo algo. Necesito más información.

No sé si se está mostrando intencionalmente obtuso o si está confundido. Sea como sea, es frustrante. Durante todo este tiempo he asumido que no me mentiría porque era Lucky. Es extraño estar aquí e intentar juzgar si me está diciendo la verdad como si estuviéramos en una especie de concurso y mi capacidad para captar pistas fuera clave para ganar un millón de dólares o para perder la cordura y la felicidad. Es demasiada presión y no se me da bien.

—Por favor, no te hagas el tonto —le digo—. Creo que al menos me he ganado algo de respeto.

Junta las cejas.

—¿De qué diablos me hablas?

—Te estoy hablando de la foto de mi madre desnuda. La que mi padre le sacó a mi madre en la universidad, ¿recuerdas?

—Ah, sí, es difícil de olvidar —contesta con impaciencia.

—En todo este tiempo, no he sabido cómo la había conseguido Adrian. Hasta que finalmente me lo ha confesado.

Lucky se queda muy quieto.

—¿Te ha dicho de dónde sacó la foto?

—Adrian me ha dicho que se la enviaste tú.

Contrae el rostro. Gira a un lado la mandíbula. Se quita el casco de soldar de la parte posterior de la cabeza y lo tira al otro lado de la grada, donde aterriza en el suelo de cemento con un fuerte golpe.

—Adrian Summers... el imbécil borracho que lanzó una barra a las oficinas de mi familia, el que podría haber matado a mi gato... —dice señalando una silueta negra descansando sobre las vigas de la grada con la cola colgando—. El que acosó a tu prima, la hirió en un accidente de coche y le dijo a todo el mundo que tu Photo Funder era un tesoro lleno de fotografías subidas de tono. Ese Adrian.

—¿Y bien?

—¿Y bien, qué?

—¿Qué tienes que decir al respecto?

Me mira con los ojos entornados como si le hubiera preguntado qué hay en el fondo del océano o por qué no se cae el cielo.

En ese momento, me doy cuenta de algo que había olvidado desde la noche en que lancé la piedra al escaparate de los grandes almacenes Summers & Co.

—Creías que la de la foto era yo.

Entrecierra los ojos.

—¿Eh?

—Cuando Adrian estaba enseñando la foto en la fiesta, creías que era una foto mía, como todos los demás. Lo llamaste imbécil por enseñarla. Y luego, en el hospital después del accidente de Evie, cuando Adrian y tú estabais discutiendo, cuando él comentó que lo habías llamado imbécil, lo interrumpiste y nos dijiste que dejáramos de discutir o el personal de enfermería entraría y nos echaría.

—¿Y?

—Puede que te preocupara que Adrian fuera hasta arriba de analgésicos por si confesaba de dónde había sacado la foto… ¡así que intentaste que se callara antes de que pudiera soltarlo!

—Josie, eso es…

—¿Eso es qué? —replico algo delirante e inestable.

Niega con la cabeza.

—Ridículo.

—¿Lo es? —pregunto con voz aguda—. Porque también me he puesto a pensar en otras mentiras inocentes que me has contado.

—¿Cómo cuáles?

—Como que sabías que tu Drew Sideris, el herrero, era el Drew Sideris con el que estuvo mi madre en el instituto... El mismo Drew que luego se unió a la marina porque mi abuela no les dejó estar juntos. ¡El mismo Drew que te pregunté si conocías y afirmaste que no!

Lucky me señala con el dedo y abre la boca, pero no dice nada.

—¡Ajá! —exclamo—. Me mentiste.

—No te mentí en ningún momento...

—Lo sabías.

—¿Qué se suponía que tenía que hacer, Josie? —inquiere levantando las manos—. Estaba atrapado. Me pidió específicamente que no dijera nada de él... dijo que el pasado es el pasado y me pidió que me mantuviera al margen.

Ahora estoy confundida porque eso parece bastante sensato. Pero también me duele porque parece que es bastante cercano al tal Drew, un hombre con el que mi madre estaba dispuesta a fugarse y del que yo apenas sé nada. Mientras tanto, se supone que Lucky y yo tenemos la relación más estrecha que pueden tener dos personas (literalmente, estuvimos unidos en la isla) y siento que eso debería estar por encima de cualquier lealtad que sienta hacia un herrero cualquiera. ¿Verdad?

No lo sé, pero no me gusta cómo me siento.

—¡Apreté el botón! Me dijiste que derrumbara el muro invisible y que fuera totalmente sincera contigo. Se supone que eso debe ir en ambos sentidos.

Me mira en silencio. Las líneas de su rostro se afilan.

—Cuando te pregunté si conocías a un marine retirado llamado Drew y tú sabías de quién estaba hablando, tendrías que habérmelo dicho —insisto, aunque ahora ya no me siento tan segura.

—No era asunto mío, ¿vale? Intenta entender mi punto de vista, Josie. Trato de hacer lo correcto con todo el mundo. Y esperaba no tener que guardar el secreto durante mucho tiempo porque, francamente, no entiendo que Drew y tu madre vivan en el mismo pueblo y se pasen la vida evitándose. —Descarta esa idea y dice—: Pero ¿qué tiene que ver eso con Adrian y la foto?

—Porque si mentiste en eso...

—Una vez más, no te mentí. Me mantuve al margen.

—¿Le enviaste a Adrian esa foto de mi madre o no?

—El hecho de que lo piensas siquiera... que te lo cuestiones durante un segundo me duele muchísimo —murmura—. Yo nunca pensaría algo así de ti... nunca dudaría de ti de ese modo.

—Pues di que no lo hiciste. Júralo.

—No, no pienso hacerlo. Tienes que confiar en mí como yo confié en ti.

De repente, me siento como si un camión me aplastara el pecho y arrojara toneladas de cemento dentro de mi caja torácica. Me presiono el esternón con el puño para aliviar la tensión. Porque lo peor es que tiene razón. Sí que tengo dudas. Me avergüenza tenerlas y también me confunde. Solo quiero que me asegure que él no lo hizo.

—No puedes, ¿verdad? —pregunta Lucky con voz ronca y sombría.

—¡Para ti es más fácil! —espeto sintiendo que se me acumulan las lágrimas en los ojos—. Confiar es más sencillo para ti porque tienes una vida estable en Beauty y una familia normal que te quiere y que te hace sentir sano y salvo.

—¡Y tú también!

—Ahí te equivocas.

—¿En serio? ¿Tu madre no cuenta? ¿Tu abuela no cuenta? ¿Evie no cuenta? Tienes tanta familia aquí como yo. También tienes raíces en este pueblo. Por Dios, Josie, siempre estás hablando de esa estúpida maldición. Tu familia lleva aquí más tiempo que la mía.

—Puede que sea mi casa, pero mi familia no es como la tuya... ¡está fracturada y jodida!

—Vale, sí —contesta con los ojos brillantes y sombríos y las mejillas hundidas—. Ahora es cuando me dices que vas a escaparte a California. Que lo que hicimos ayer es el pasado y que vas directa al amanecer con tu famosísimo padre para formar parte de su familia perfecta.

—¡No!

—Me cuesta creerlo.

—Bueno, pues créetelo porque anoche descubrí que mi padre es básicamente un Humbert al que le gusta jugar al juego de Lolita con universitarias.

Arquea las cejas, preocupado.

—¿Qué?

—Que hay otras Winonas y Josies en su vida y que lo echaron de la universidad por eso. Es un desgraciado, ¿vale? Así que no tengo padre ni mentor y no me voy a ninguna parte. Me quedo aquí. Qué ironía, ¿verdad? ¿Eh? El hombre que sacó esta estúpida foto nos arruinó la vida a mi madre y a mí. Así que gracias, Henry Zabka, por construir un ataúd para mis sueños. Y gracias, Adrian Summers, por cavar el hoyo. Y gracias, Lucky, por echar la tierra por encima.

—¡Eh! No te atrevas a meterme en el mismo saco que a ellos —dice mirándome a la cara y pasando la mirada de un ojo mío al otro—. No...

—¡Cállate! Cierra la boca. —Le doy un empujón en el pecho mientras me caen las lágrimas por las mejillas—. No te he metido en ningún saco, entraste tú solo cuando decidiste compartir aquella foto de mi madre.

Ya no sé lo que me digo. Tonterías. Solo eso.

Porque en realidad no creo que lo hiciera él. En alguna parte en lo más profundo de mí, hay una vocecita que me dice que solo estoy enfadada por todas esas revelaciones sobre mi padre y que lo estoy pagando con Lucky. Pero he olvidado todas las clases de natación... he olvidado a chapotear y a flotar. Me estoy hundiendo bajo la superficie.

Me estoy ahogando en mi propia desesperación.

—Si… —empieza.

—¡Pues niégalo! —solloza—. ¡Dime que no lo hiciste!

—¿Vas a dejarme contestar?

—¡No! No puedes contestar. Porque mi mejor amigo nunca haría eso… ni ningún novio mío.

Jadea de repente y retrocede.

Me mira fijamente. Mareado. Horrorizado. Y luego, en un parpadeo…

Nada. Todas sus emociones desaparecen y adquiere una expresión fría y distante.

No puedo moverme. El cemento se está secando en mi pecho. En cualquier momento, me convertiré en piedra. Me partiré en un millón de pedazos.

No hace falta una bomba de relojería para eso.

Esto es mucho peor. De algún modo, cuando no estaba prestando atención, el muro invisible ha vuelto a levantarse. Y no he sido yo la que ha apretado el botón.

Ya no tengo el control.

Me he quedado fuera.

Capítulo 24

Es curioso cómo la vida continúa después de que haya pasado algo monumental o incluso varias cosas monumentales. La vida no parece notarlo, ni siquiera le importa. Una guerra podría acabar con miles de vidas en un día, pero al otro lado del mundo, una familia seguiría cenando junta.

Una relación puede acabar en el astillero de South Harbor, pero, al otro lado de la calle, hay una madre reabriendo la librería porque nunca la habían cerrado antes de manera inesperada y no va a permitir que suceda en su guardia.

La vida sigue, aunque lo que yo compartía con Lucky ya no lo haga. Aunque esté al otro lado de la calle. Aunque vea su Superhawk roja aparcada ahí día tras día...

Tras día.

Aunque mire por la ventana de la librería esperando distinguir su cabeza oscura cruzando la puerta del astillero día tras día...

día...

Tras día.

No hay nada entre nosotros. No hay mensajes. No hay café en el Quarterdeck. No hay visitas al Rincón ni caricias en mi

343

habitación. No hay pizza barata, clases de natación ni cenas de domingo.

Ha vuelto a ser el marginado. Toda esa preciosa cercanía que compartimos se ha secado en el calor de agosto. Y lo echo de menos. Al viejo Lucky, a Lucky 2.0 y a todos los Luckys que he conocido.

Ojalá estuvieran ahora aquí.

Ojalá no lo hubiera arruinado todo.

—Tal vez deberías intentar hablar con él —dice mi madre cuando salimos del almacén tras contar el efectivo y cerrar el Rincón.

Es el Día de la Victoria y, a medida que las sombras se van alargando en la calle y se acerca el crepúsculo, todos se dirigen al barrio histórico.

—Odio verte infeliz. Ahora mismo están pasando muchas cosas y lleváis mucho tiempo siendo amigos, señorita fotógrafa. ¿Y si tomas la iniciativa y empiezas tú la conversación?

Niego con la cabeza, pero no puedo explicarle por qué no es posible. Ni siquiera le he contado por qué Lucky y yo ya no estamos juntos porque eso implicaría tener que hablar más sobre esa estúpida foto. Y sobre Adrian. Y puede que este verano ya hayamos tenido suficiente.

Quizás lo mejor sea dejarlo estar y pasar página.

Lo más curioso es que creo que podría contárselo. Por lo que respecta a los muros invisibles, las cosas van mejor entre mi madre y yo desde aquella noche después de lo de la isla, cuando se destapó todo lo de mi padre. Saber que, de momento, vamos a quedarnos aquí, ayuda. Mamá y la abuela han estado hablando sobre cómo gestionarlo todo. Ha habido algunos momentos de tensión, pero Roma no se hizo en un día.

Es un proceso.

—Fue una ruptura mutua —declaro.

No es exactamente mentira. Yo fui una estúpida dramática con Lucky y él me dejó fuera: mutuo. Así que ahora he vuelto al enfoque original antirromance que adopté al llegar a Beauty. Desviarme de esa política fue un error, pero no es demasiado tarde para corregirlo. Probablemente…

—No me gusta la Josie Mudita —dice mamá—. Es la peor de los enanitos de Blancanieves.

—No intento derribar la flotilla —le dijo sacando una bolsa de basura de la papelera de detrás de la caja registradora.

Pone los ojos en blanco.

—No podría importarme menos esa estúpida flotilla.

—Venga ya. Te encanta la flotilla.

—Me encanta más que seas feliz.

—Estoy bien —le digo. A continuación, pienso en Lucky diciéndome que sea sincera—. Vale, todavía no estoy bien, pero lo estaré en algún momento. Voy a mejor… más o menos. Lo echo de menos. Pero… ¿lo estoy intentando?

—Todavía no lo entiendo… ¿quién rompió con quién?

—Mamá —suplico.

—Vale, vale. Lo retiro —dice con una sonrisa amable—. Es que hace una semana que no te veo hacer fotos y eso me preocupa.

—No es por Lucky —contesto atando la bolsa de basura.

—Cierto. Me lo temía. —Mi madre exhala profundamente y guarda el último papeleo del día—. A veces desearía no haberte contado la verdad sobre Henry Zabka.

—No. Es lo mejor que me has contado en años.

No es el obstáculo más fácil de superar. Me despierto pensado que ya lo he asimilado, pero me doy cuenta de que sigo amargada.

Evie sale del almacén con un puñado de bolis de sirena y dice:

—¿Sabéis qué? Mi padre era un buen hombre y lo echo de menos todos los días. Si Josie necesita echar de menos la idea del padre que pensaba que tenía, creo que está bien. Llóralo. Pero, en algún momento, tendrás que hacer las paces con ese hecho. —Se encoge de hombros—. Es un consejito de Madame Evie la Grande, directamente desde el más allá. Los espíritus dicen que te des un respiro, señorita.

Mamá y yo la miramos. Madame Evie está dando muchos consejos gratuitos últimamente. Tal vez deshacerse de Adrian la haya aliviado.

—¿Qué le pasa al taburete? —pregunta Evie con el ceño fruncido mientras se balancea sobre él para colocar los bolis en su sitio, al lado de la caja registradora—. Hay algo diferente. Un momento... ¿dónde está el chirrido?

Mamá se ríe.

—Es un taburete diferente.

Evie se inclina para mirar entre sus piernas y una cascada de cabello oscuro se echa atrás cuando vuelve a levantarse. Sus pecas se oscurecen alrededor de su maquillaje de Cleopatra.

—¿Qué demonios...? ¿Cuándo ha pasado esto?

—Esta mañana. Ha sido un regalo.

Miro de nuevo el taburete. Líneas limpias, construcción simple...

Lucky.

Mi madre finge inocencia y yo no digo nada. No puedo. ¿Qué es ese extraño aleteo que siento entre las costillas? Ah, sí. Han vuelto los murciélagos. Cientos de murciélagos emocionales aleteando dentro de la cavidad vacía de mi pecho. No sé por qué iba a hacer Lucky un mueble para la librería, pero me parece demasiado generoso. Demasiado personal. Como arrancarse una tirita demasiado pronto.

O quizás acabo de contraer la rabia.

—¿Estás bien? —pregunta mamá.

—¿Estoy al día con mis vacunas?

Mi madre contrae el rostro.

—¿Qué?

—Da lo mismo —murmuro.

Intento ignorar el regalo de Lucky lo mejor que puedo mientras cerramos la librería. Es un simple gesto de buena fe, no un gran gesto romántico. Y sigo ignorándolo mientras nos dirigimos al distrito histórico para reunirnos con la abuela y la tía Franny. No debería estar pensando en Lucky en absoluto. Al fin y al cabo, el Día de la Victoria en Beauty es una fiesta más importante que el cuatro de julio. Todo el presupuesto del pueblo para fuegos artificiales se reserva para esta ocasión, la última gran celebración del verano. El paseo marítimo está abarrotado de turistas y lugareños. Todo huele a azúcar y humo de barbacoa, y hay una banda de *jazz* muy ruidosa y molesta tocando en un escenario al final del embarcadero Goodly.

—Esto te vendrá bien para distraerte, señorita fotógrafa —comenta mamá mientras nos detenemos para observar la multitud junto al muelle y esperamos a la abuela y a la tía Franny, con quienes hemos quedado aquí, en la zona de las gastronetas.

Ah, claro. Es fácil decirme a mí misma que estoy ocupándome del corazón que me rompí yo y acarreando un pecho lleno de murciélagos rabiosos cuando estoy rodeada de una multitud de desconocidos sonrientes con ropa llamativa, tostándose bajo el sol del verano y agitando bengalas patrióticas.

Que le den a Lamplighter Lane. Este es el auténtico portal al infierno.

Debajo de nosotras, la playa Redemption está abarrotada y solo irá a peor porque la playa y el Harborwalk son los mejores lugares para ver el evento de la noche.

La flotilla anual.

Cualquiera que tenga un barco para lucirlo lo tiene alineado delante del club náutico. Los enormes yates de la semana de la regata lideran el evento. Como la mayor de las ironías, la revista *Coast Life* es uno de los patrocinadores del festival y su logo está en todas las pancartas.

Ya sean elegantes o sencillos, todos los barcos están esperando a que oscurezca lo suficiente para que el gran maestre dé la señal y soltar los barcos de la flotilla en el pueblo, todos adornados con lucecitas blancas. Desfilarán alrededor de enormes antorchas.

Antorchas. Con fuego. Sobre el agua.

¿Por qué? Nadie lo sabe, pero a la gente parece gustarle. No estoy segura de cuándo empezó esta tradición, pero Beauty lleva celebrando una versión de esta fiesta desde que mi madre era pequeña. Evie dice que hace dos años el barco del jefe de policía chocó con una antorcha y se incendió. Me habría gustado verlo.

Sin embargo, ahora mismo desearía darme la vuelta y volver a casa. Se está poniendo el sol, pero aún hace demasiado calor. Estoy sudando y eso que llevo unos pantalones cortos y una camiseta de rayas blancas y azul marino. Cuando me siento lo más desgraciada que podría sentirme, distingo un grupo interesante de gente alrededor de una mesa de café al aire libre, en la mejor marisquería con el peor nombre a las afueras del embarcadero Goodly: La Almeja Jugosa.

En mi cabeza, empiezan a girar engranajes oxidados.

—¿Qué está pasando ahí? —pregunta Evie moviendo un dedo por delante de mi cara.

Miró a mamá, que se ha alejado para convencer a la gastroneta de rollos de huevo y a la de galletas de que unan fuerzas y frían galletas envueltas en huevo, mientras esperamos a que lleguen la abuela y la tía Franny.

—Quédate aquí —le digo a Evie—. Ahora vuelvo. Necesito cinco minutos como mucho.

Antes de que pueda discutir, me abro paso entre la multitud y corro por la pasarela ascendente hasta el embarcadero Goodly, agachándome para colarme entre las cuerdas que acordonan la zona de la cafetería de La Almeja Jugosa. Hay montones de trampas de madera para cangrejos y gruesas cuerdas de muelle decorando la terraza que da al puerto. Todo huele a mantequilla de ajo. Un par de comensales me miran sorprendidos mientras paso entre sus mesas. Sí, lo sé. Se supone que no debería estar aquí. Es grosero. Pero tengo un plan de repuesto.

Una estrategia. Un complot. Una artimaña.

—Señor Phillips —digo deteniéndome en la mesa que había visto desde la pasarela de arriba.

—¿Josie? Vaya, hola. —Parece confundido—. ¿Preparada para volver a clase?

—Casi. Ha sido un verano extraño —admito.

Hay otros dos hombres cenando con él. A uno no lo conozco, es un hombre mayor con coronilla y una larga cola de caballo en la espalda. Pero el otro lo recuerdo vagamente de mi infancia y estoy casi segura de que fue la causa de que perdiera las prácticas en la revista a principios de verano.

Definitivamente, conozco a su hijo.

Es Levi Summers, el rey de Beauty.

Extraordinariamente bronceado, con unos penetrantes ojos azules, el pelo negro y una barba salpicada por una gran cantidad de pelos blancos y grises. Creo que sería lo que la gente llama comúnmente un zorro plateado. También es mi enemigo ahora mismo. Pero está bien. Intento recordarme a mí misma que él no es Adrian.

Y, de todos modos, esto no va de ellos.

Va de hacer lo correcto.

Le tiendo la mano.

—Hola —saludo—. Soy Josie Saint-Martin, la nieta de Diedre.

Arquea una ceja, pero me acepta la mano.

—Conozco muy bien a tu abuela. A gran parte de tu familia, en realidad.

Suelto una risita nerviosa.

—Bueno, probablemente eso no sea bueno. Pero me gustaría disculparme formalmente por lo que sucedió con su escaparate. Estuvo mal y lo lamento. También me gustaría decir que no era mi intención destruir su propiedad, apuntaba al letrero.

El señor Phillips tose. El otro hombre presente en la mesa ríe por lo bajo.

—Bueno, señorita Saint-Martin... —empieza el señor Summers.

—Lo que quiero decir es que fue un momento de rabia por lo que nos hizo Adrian a mí y a mi prima —explico—. Pero, independientemente de lo que él hiciera, actué mal. Me siento horrible porque yo no soy esa persona y, lo más importante, no es quien quiero ser en el futuro. Y sé que mi abuela habló con usted sobre el escaparate y sobre Lucky Karras y el error de que él asumiera las culpas por mí, pero todo eso es pasado.

—¿Ah? —dice y se cruza de brazos sobre su impecable camisa blanca.

—Me gustaría pagarle el escaparate, pero no puedo permitírmelo —explico—. Así que, en lugar de eso, estaba pensando... ¿y si saco fotos de sus escaparates para su página web? Soy una gran fotógrafa. Puede que recuerde que me consideraron para hacer prácticas en *Coast Life*, pero usted decidió que era demasiado joven.

—Es cierto —dice el señor Phillips rascándose la oreja—. También es bastante buena. Tiene un portfolio profesional. Su padre...

Niego con la cabeza.

—Me gustaría destacar por mis propios méritos, si no es molestia.

El señor Phillips levanta ambas manos y sonríe.

—Que así sea.

El señor Summer me observa.

—Admiro tanto tu disculpa como tu oferta, señorita Saint-Martin. No estoy seguro de si necesito una fotógrafa ahora mismo, pero me lo pensaré.

Las luces del patio del restaurante se encienden y un zumbido recorre las mesas de la cafetería. Eso significa que la flotilla empezará pronto. Y ahora que estoy bajo la iluminación ambiental, un camarero de La Almeja Jugosa me ve y viene a echarme.

Es hora de huir.

—Vale, bien... gracias por su tiempo —le digo rápidamente a Levi Summers—. Se lo volveré a preguntar en el futuro. Soy bastante cabezota. Es cosa de familia.

El señor Summers sonríe, pero lo hace con amabilidad.

—No me digas...

Me agacho, me despido del señor Phillips y vuelvo al muelle para buscar a Evie. No ha ido lejos y mamá todavía no ha encontrado a la tía Franny y a la abuela, pero está ocupada charlando en una de las ventanillas de una gastroneta.

—Oye —me llama Evie a través de la multitud—. ¿De qué iba eso?

—Intentaba corregir un error —respondo y le cuento brevemente que estoy intentando pagar por lo del escaparate. Cuando vuelvo a mirar a Levi Summers y al señor Phillips, me fijo en el tercer hombre de la mesa. Tendría que haberme presentado. Puede que haya sido algo grosera al no hacerlo—. ¿Evie? ¿Sabes quién es el hombre de la coleta que está sentado al lado de Levi Summers?

Arruga la cara para entornar los ojos y dirigir la vista hacia la terraza que empieza a oscurecerse.

—¿Ese? Es Desmond Banks.

Desmond Banks... El brillante letrero rojo de SE ALQUILA en la puerta oscura. Al lado de la tienda de velas artesanales que huele a navidad.

—¿El detective privado?

—Exdetective —corrige Evie—. O, más bien, detective deshonrado. Tenía su propia agencia en South Harbor a un par de manzanas del Rincón.

—He visto su oficina.

—Bueno, hace unos años, un Golden anónimo hackeó sus archivos y los trapos sucios de todo el mundo aparecieron en un foro de la Golden Academy. Registros bancarios, fotos de infidelidades... todo tipo de cosas. Solo estuvo en línea una tarde y pudo recuperar la mayor parte cuando arrestaron al chico que lo hizo, pero ¿quién quiere contratar a un investigador privado torpe que fue lo bastante estúpido como para dejarse hackear por un adolescente? Eso dañó su reputación y, tras intentar mantenerse a flote en vano, finalmente cerró para siempre el pasado invierno y ahora está «jubilado».

De repente, suenan varias campanas en mi mente. Pensamientos que se iluminan y se conectan.

El detective privado que contrató mi abuela para que investigara a mi padre hace unos años.

La foto de mi madre desnuda.

—¿Qué pasa, prima? —pregunta Evie.

—¿Alguna vez le preguntaste a Adrian de dónde sacó la foto de mamá?

—Sí, en su coche, justo antes del accidente... Se mostró algo reservado al respecto. Se puso engreído y me habló de un tesoro de fotografías secretas que tienen los Golden de gente del pueblo. Décadas de fotos. Y cuando le dije que era asqueroso, me dijo que solo era una broma. Supongo que, después del accidente, se me olvidó mencionarlo.

Dios mío.

Voy a vomitar.

Por supuesto que Lucky no le envió a Adrian la foto.

Fue el torpe detective de la abuela. Si me hubiera tomado un minuto de mi vida egocéntrica para preguntarle a Evie... Fallo de comunicación número cinco mil ochenta y siete. ¿Por qué no se lo pregunté antes?

—¿Prima? —pregunta Evie colocándome una mano en el hombro—. ¿Qué pasa?

—Oh, nada, nada... es decir, bueno. Una pregunta... ¿Qué haces cuando alguien te pide específicamente que confíes en él y, en lugar de eso, sueltas una retahíla de tonterías y empiezas a hacer acusaciones infundadas? —pregunto. Siento que me van a ceder las rodillas—. Básicamente, si lo fastidias todo de manera definitiva.

—Bueno, la mayoría de las cosas que se fastidian se pueden arreglar —contesta con diplomacia.

—Pero esto no es una cosa. Es una persona —confieso entrando en pánico.

Ajena a todo, mamá vuelve con nosotras con una gran sonrisa en la cara y una bandeja de papel blanca y roja llena de comida caliente.

—Señoritas, bienvenidas al sabor del verano. Galleta con pepitas de chocolate dentro de un rollo de huevo frito y recubierto con glaseado. Y en un palo... —Se le borra la sonrisa—. ¿Qué pasa?

—Lo siento —les digo a ella y a Evie—, pero no puedo esperar a la abuela y a la tía Franny. Necesito hablar con Lucky ahora mismo. Tengo que volver al astillero.

—Probablemente esté por aquí —contesta mamá—. Tienen un barco en la flotilla.

Dios mío. ¡Claro!

—Tengo que ir.

—Pero...

—Te quiero, pero os buscaré después, ¿vale?

Confundida y con los ojos como platos, mamá me mira con su creación de rollo de huevo relleno de galleta mientras yo me giro para tratar de orientarme. Si los Karras forman parte de la flotilla, estarán al final de la línea, no con los barcos más lujosos. Eso significa que tengo que atravesar el Harborwalk, el embarcadero Goodly, la playa y el club náutico.

No llegaré antes de que empiece la flotilla.

Pero tengo que intentarlo.

Me centro en serpentear entre la multitud reunida por el Día de la Victoria. Tengo que llegar hasta Lucky. Puedo conseguirlo. Puedo llegar. Tengo que hacerlo. Porque fui una completa idiota y tengo que decírselo antes de que me explote el pecho. Esta noche. AHORA.

Está oscureciendo mientras corro por el paseo marítimo junto la playa Redemption. Paso por un puesto de almejas, por un carrusel y por otro puesto de almejas. Vuelvo al Harborwalk. Sigo adelante.

Paso por una fila de tiendas. El cemento desciende hacia el agua y se cruza con un muelle delante del club náutico de Beauty. Aquí hay menos turistas y más lugareños. Muchos Golden… reconozco a un par de la fiesta de aquella noche. Puede que alguno de ellos viera la foto. Ya no me importa. Como dice el padre de Lucky, solo es un cuerpo y todos tenemos uno.

Sigo adelante.

Me duelen las piernas. La gente me mira, preguntándose por qué corro. No me importa. Tomo un atajo a través de una zona de césped del club náutico… técnicamente, es privado, pero no hay nadie prestando atención. Mientras el sol se pone tras el horizonte morado, se oye un anuncio por los altavoces del club:

—¡Todo el mundo a bordo!

¡Mierda!

Vuelvo corriendo al Harborwalk e intento ir más rápida. Las suelas de mis zapatillas pisan con fuerza el cemento. Ahora es más fácil correr. La multitud se reduce a nada, solo algunos navegantes y gente extraviada que se apresura a conseguir un lugar en el último momento al borde de la playa.

La alineación de la flotilla empieza aquí, con esos yates enormes y elegantes… Estaría en uno de ellos si hubiera conseguido esas prácticas y habría estado ayudando toda la semana de la regata. Probablemente, el yate de Levi Summers sea el primero de la línea y, si me fijo bien, puede que distinga a Adrian con sus muletas. Pero no miro hacia allí porque él no me importa. Para mí ya no es más que un mosquito.

Las luces se atenúan por el Harborwalk. Se levanta una ovación. Un altavoz anuncia algo desde la distancia. Y, como en un juego de dominó con luciérnagas, miles de luces blancas se encienden de repente en la oscuridad. Una ola de luces de popa a proa, de cubierta a cubierta. Es sorprendentemente hermoso y el rugido encantado de la multitud detrás de mí me recorre la columna.

Los yates se vuelven más pequeños. Ralentizo y empiezo a mirar todos los barcos de la línea buscando a los Karras. ¿Qué barco habrán sacado? Supongo que el Hábil Narval. El problema es que todos los barcos pesqueros parecen iguales cuando están cubiertos de luces blancas. Entorno los ojos con el corazón acelerado, intentando recuperar el aliento. Y entonces…

Una sirena atraviesa el crepúsculo y la muchedumbre vuelve a rugir.

Se han encendido las antorchas. La flotilla empieza a moverse.

Primero lentamente… solo los grandes yates de delante.

Pero, mientras busco a los Karras desesperadamente, mi pánico aumenta. Puede que no estén aquí. Puede que hayan decidido perdérselo. Solo es el evento más grande de todo el verano… debería saber dónde está Lucky. ¡Y lo sabría si hubiera confiado en él cuando me lo pidió!

Entonces…

Ahí mismo.

El Narval. Lo veo.

Lo veo alejándose del Harborwalk, a tres barcos del final de la línea.

Ya en la flotilla.

Ya lejos.

He llegado demasiado tarde.

Capítulo 25

Ya sé que no es racional, pero sentía que esa era la última oportunidad que tenía de arreglar las cosas con Lucky. Viendo el Narval haciéndose cada vez más pequeño a medida que se aleja con los demás barcos de la flotilla, me siento como si se estuviera yendo al otro lado del mundo y no al otro lado del puerto.

Es como si el universo estuviera intentando decirme que lo deje.

Que me rinda.

Que acepte la derrota y que siga adelante.

Y puede que no sea cierto, pero eso me basta para recuperar la sobriedad, dar un paso atrás y pararme a pensar las cosas. Porque tener pruebas de que Lucky no le envió a Adrian esa foto no cambia nada. En el fondo, ya sabía que no había sido él. Simplemente fue como si eso me concediera permiso para ir a hablarle. Como si me hubiera dado un empujón. Y, cuando ese empujón no funcionó, me pareció una señal.

—¿Quieres hablar de ello? —me pregunta mamá unos días después mientras mete dinero el parquímetro donde está aparcada la Pantera Rosa. Es casi la hora de comer y estamos en el centro histórico mientras Evie vigila el Rincón. Tenemos una misión de comida. Hay una taberna colonial emblemática llamada Tambor y Flautín, la taberna más antigua de Beauty. Tienen unos fantásticos rollitos de langosta sobre pan recién horneado y los preparan con las langostas que traen directamente de la costa. La ensalada de langosta está permanentemente en el menú, pero los rollitos son una especie de secreto para el pueblo: solo los venden un día a la semana entre las doce y la una del mediodía de junio a octubre. Son muy baratos y solo venden uno por cliente. Nos dirigimos hacia allí para hacer cola.

—Espero que no sea una langosta barata que nos siente mal —le digo a mamá.

—¿Por qué iba todo el pueblo a hacer cola por comprar una comida que les sienta mal?

—Ahí tienes razón.

—Además, lo divertido es la emoción por lo desconocido —comenta moviendo las cejas detrás de sus gafas felinas.

—Vale, rollito de huevo relleno de galleta.

La masa cruda para galletas del interior nos sentó fatal a todas. Incluso a mi abuela, lo que hizo que valiera la pena porque la tía Franny dijo que era una venganza por las galletas malas que le hizo comer en Nepal.

—Estará bien —me asegura.

Pasamos junto a un par de hombres disfrazados de coloniales con peluca, calzas blancas y casacas rojas de regimientos. Uno de ellos lleva un tambor en el pecho. Cada vez estamos más cerca del bocado de nuestros sueños.

—Cuéntame qué paso entre Lucky y tú el Día de la Victoria en la flotilla.

—No pasó nada. Estaba equivocada, eso es todo.

—¿Sobre qué? Venga, suéltalo. ¿Qué tienes que perder? —pregunta dándome un codazo con aire juguetón mientras camina junto a mí.

—¿Mi autoestima y mi dignidad? —bromeo.

—Están sobrevaloradas.

Es raro que se meta en mis asuntos. No en el mal sentido, solo… raro. Ahora hablamos más a menudo y todavía no me he acostumbrado del todo.

—No es que no quiera contártelo —le digo—, es que está relacionado con el tema de la foto y no quiero remover el asunto cuando ya ha quedado atrás.

Gime.

—Esa cosa es peor que los monstruos que nunca mueren de las películas de serie B. Venga. Suéltalo. Cuéntame qué sucedió.

Lo hago. Mientras nos cruzamos con los últimos turistas del verano, le enseño los mensajes de Adrian y le hablo de mi discusión con Lucky. Se lo cuento todo, todas las estupideces que le dije, las acusaciones que le eché en cara y cómo Lucky me pidió que confiara en él. ¿Cómo pude no confiar en él después de que se fiara cuando le dije que no iba a irme del pueblo? Le cuento incluso que vi a Desmond Banks antes de la flotilla y confieso que podría haber evitado toda esta situación si le hubiera preguntado a Evie en primer lugar.

Todo.

Cuando termino, deja escapar un largo suspiro que le hincha los mofletes.

—Guau.

—Tu hija es una idiota.

—Proveniente de una larga estirpe de idiotas —contesta con una sonrisa dulce—. Pero oye, no olvidemos que hizo un taburete para el Rincón con sus manitas. Un taburete precioso. Una obra de arte.

—Es artesano, no artista.

—Da lo mismo —contesta mi madre ligeramente.

Me río.

—Bueno, vale, entiendo lo que dices. Sí, nos hizo un taburete, eso es algo, ¿verdad?

—Definitivamente. Creo que es una clara señal de que está
intentando hablar contigo.

—¿En serio?

—No puedo leerle la mente, ni a él ni a ti, pero quizás, basán-
dome en lo que me has contado, puede que se haya dado cuenta
de que aquel día estabas pasando por una situación complicada
y que el hecho de que tu padre sea un poco turbio te hizo actuar
de un modo irracional. Hablo desde la experiencia… cuando me
enteré de lo de tu padre, hice el equipaje y me marché de Beauty
durante cinco años.

—Ah —digo y una pieza encaja en mi mente.

—Sí —confirma asintiendo—. Así que puede que a ti te haya
afectado así. No puedo estar segura, pero me parece un chico
inteligente, así que puede que se haya dado cuenta él solito y esté
intentando volver a establecer una línea de comunicación contigo a su modo.

¿Es posible?

—Y —añade mamá—, si está intentando comunicarse contigo a través de su arte… Perdón, de su artesanía…

—Es muy estricto con la terminología.

—Puede que tú debas hacer lo mismo y comunicarte con él a
través de tu arte.

La miro, parpadeando.

—¿Con mis fotos?

—¿Por qué no? —sugiere encogiéndose de hombros—. Es lo
que haces cuando sacas fotos de carteles, ¿verdad? Usas la fotografía para comunicar. Es lo que pone en tu portfolio.

—Bueno, sí…

—Pues esta tu fotografía para comunicarte con Lucky.

Pienso en ello mientras pasamos por delante de Lady Arabella,
una tienda antigua que vende juguetes *vintage* y tiene el escaparate

lleno de frascos de canicas de colores, aros, soldaditos de plomo y muñecos de hojas de maíz.

—¿Quieres decir que debería enviarle una de mis fotos del astillero? —le pregunto a mamá.

—Podría ser —contesta apartándose cuando sale un niño corriendo de la tienda de juguetes con una ballena de peluche—. Envíale un mensaje, empieza una conversación. A ver a dónde lleva. Quizás puedas incluso humillarte un poco porque probablemente es lo que hagan las idiotas.

—Probablemente —contesto con un gemido.

—Pero... ¿señorita fotógrafa?

—¿Sí?

—Si me equivoco y no está preparado para hablar, tienes que respetarlo. No puedes convertirte en Adrian.

Asiento y se me revuelve el estómago cuando se me forma en la cabeza la posibilidad de que Lucky no esté preparado para hablar. Sin embargo, creo que mamá tiene razón. No es el peor de los planes.

Creo que quiero volver a intentar entablar una conversación con él y este puede ser el mejor modo de hacerlo. ¿Quién iba a decir que hablar de mis problemas con personas reales podría proporcionar soluciones reales?

—Mamá, ya que estamos hablando de relaciones, no creas que no me he dado cuenta de que has evitado pasar por Lamplighter Lane de camino aquí. Sabes que no podrás evitar a Drew Sideris eternamente. Este pueblo es demasiado pequeño —le digo tal y como me dijo una vez Lucky—. Tal vez tú también deberías intentar entablar conversación.

Me mira de reojo.

—La última vez que lo comprobé, se suponía que era yo la que debía dar consejos.

—A las Saint-Martin nunca se nos ha dado demasiado bien seguir las reglas. Hay algo en el hecho de romperlas y hacer las cosas del modo correcto... No me acuerdo.

Mamá suelta una carcajada.

—Bien. Me lo pensaré, pero es lo único que puedo prometer. Ven aquí, rebelde.

Al doblar la esquina de la manzana en dirección al puerto, distingo el Tambor y Flautín: techo abuhardillado, paredes de madera de un color azul polvoriento y una puerta blanca con frontón. Lleva ahí desde el siglo XVII y seguramente permanecerá mucho después de que yo me haya ido. Ya hay cola esperando los rollitos de langosta. La gente de Beauty se toma en serio lo del marisco. Tendríamos que haber venido antes, pero si nos damos prisa, aún podemos llegar.

Las dos aceleramos el paso y corremos hasta el final de la cola cuando aparece el camarero del restaurante para contar. Otra pareja intenta ganarnos, pero somos demasiado competitivas y no nos da vergüenza echar a correr por conseguir un rollito de langosta.

—Victoria —dice mamá mientras ocupamos el último sitio disponible en la cola.

Le sonrío y ella me devuelve la sonrisa. A las dos nos falta la respiración.

—Míranos.

—Como un par de viejas amigas comprando marisco barato.

—Y hablando de verdad.

—Eso también. —Siento ternura en el pecho mientras algunos de los nudos que llevan tanto tiempo ahí empiezan a deshacerse—. Gracias por escucharme, mamá.

—No da tanto miedo, ¿verdad? —comenta, pero creo que en el fondo quiere decir: «Me alegro de que no te vayas a California».

—Es casi como si nos cayéramos bien —bromeo, pero en el fondo quiero decir: «No me voy a ir a ninguna parte. Necesitaba esto».

—Imagínatelo —murmura con una suave sonrisa pasándome el brazo por los hombros—. Imagínatelo…

· · ·

Considero la sugerencia de mi madre de contactar con Lucky con una foto durante el resto de mi turno en el Rincón aquella tarde y luego me paso la noche rebuscando entre mis fotos impresas. No parece encajar nada. O quizás no estoy segura de qué quiero decir. ¿Perdón por haber perdido la cabeza contigo aquel día? ¿Perdóname por no confiar en ti, la única persona del pueblo que merece mi confianza más que nadie? ¿La única persona que me ha demostrado una y otra vez a lo largo de los años que es digna de mi confianza?

¿Cómo decir eso en una foto? No estoy segura de poder.

Pero cuando voy a apagar la luz del almacén, veo una caja y se me ocurre una idea. Esa caja contiene todas las postales de Nepal de la abuela, las quitamos del mostrador cuando volvió. Repaso las imágenes coloridas que adornan la parte frontal de cada postal y empiezo a elaborar un plan.

Una estrategia. Un complot. Una artimaña.

Puedo hacerle una postal a Lucky con una de mis fotos.

Y sé exactamente con cuál.

En mi cuarto oscuro, encuentro el negativo adecuado y revelo la foto que saqué de la casita de la isla Rapture. Rodeada de rosas rugosas… antes de la tormenta.

Es una buena foto, pero espero que entienda el significado, lo que representa ese edificio.

Quiero estar segura de estar haciendo lo correcto, así que lo reflexiono. Lo consulto incluso con la almohada. Y, cuando estoy segura (tan segura como puede estar alguien que se tambalea al borde de la incertidumbre), la mañana siguiente antes de desayunar, coloco con cuidado la foto sobre un papel grueso con apliques de esquinas. En el dorso del papel, le escribo un mensaje:

> *Querido Lucky,*
>
> *Aunque intenté alcanzar el Narval antes de la flotilla con la esperanza de poder hablar contigo, no llegué a tiempo. Si tienes un minuto para escucharme, estaré en nuestro antiguo punto de encuentro esta noche después de trabajar. Gracias por la paciencia que tienes conmigo. Siempre seré tu amiga, pase lo que pase,*
>
> *Josephine*

Ya está. Ese es mi mensaje y mi plan. Y, mientras el sol de mediados de agosto amanece sobre el puerto, puedo deslizar la nota sin que nadie me vea en la grieta ligeramente abierta del compartimento trasero de la Superhawk... y echo a correr.

Vale. Ya está. Lo he hecho.

Mi postal del paraíso está enviada.

No puedo hacer más que esperar...

Horas.

Y horas.

Hasta que termine el turno de trabajo más largo de la historia.

Y, cuando por fin llega el momento, desearía que tardara más porque me aterroriza enfrentarme a él. Y me aterroriza que no aparezca. Siento todos los terrores posibles. Pero me esfuerzo por callarlos y, con el sol calentándome los hombros, les digo a mamá y a Evie a dónde voy, cruzo la calle en dirección al puerto y me dirijo al punto más al sur de Beauty.

Los primeros minutos de caminata, miro hacia atrás de vez en cuando al astillero mientras la enorme grúa de los Karras se vuelve cada vez más y más pequeña, esperando ver a Lucky siguiéndome. Pero no lo veo. Las gaviotas sobrevuelan las aguas azules y el cielo adquiere un tono morado en el horizonte. A mi derecha, los almacenes se van espaciando y cada vez hay más plazas de aparcamiento entre ellos.

Entonces veo el sitio, justo donde la orilla rocosa se curva hacia dentro.

El fin del Harborwalk. Se termina el hormigón y hay una señal que ha sido vandalizada. Está muy lejos del área turística del pueblo y nadie se preocupa por limpiar. Paso por una puerta endeble, con los zapatos crujiendo sobre la gravilla, y busco el área boscosa que se abre como un abanico desde las rocas de la orilla.

Primero veo el viejo muelle, casi perdido bajo las olas que le pasan por encima. Y luego lo que estoy buscando. Nuestro antiguo punto de encuentro.

La Estrella Polar.

Es fácil pasar por alto el edificio abandonado de tablones de cedro. En los años cuarenta o cincuenta probablemente fuera un pequeño cobertizo útil construido para el invierno de un barco de pesca. Alguien era el propietario de esa madera… puede que pescaran y cazaran ahí, quién sabe. Pero el muelle y el cobertizo se perdieron en el tiempo mucho antes de que Lucky y yo los encontráramos.

Y parece que ahora solo quedan las dos paredes de los lados. El árbol que crecía atravesando el tejado se ha caído. Tal vez lo derribara una tormenta. Sin embargo, la señal que muestra el nombre del cobertizo sigue colgando de una de las paredes que quedan en pie, un viejo letrero de hojalata con una estrella azul descolorida y dos palabras escritas a mano: ESTRELLA POLAR.

El primer letrero que fotografié.

Verlo me produce una avalancha de emociones brillantes y agudas y una ráfaga de recuerdos: Lucky y yo encontrando este sitio, jugando a nuestras campañas mal planificadas del D&D de Harry Potter y escuchando música después de clase, volviendo a casa juntos después del anochecer. Dejo que me invadan los recuerdos mientras respiro el aire salado del puerto hasta que todo se calma y me tranquilizo.

Una pequeña silueta se acerca a mí. Retrocedo, temerosa de que me ataque una ardilla salvaje, pero veo esa lengua rosada colgando y pertenece definitivamente a la variedad canina.

—Bean, el cachorrito mágico —murmuro con el corazón latiéndome salvajemente mientras le rasco las orejas y sostengo la correa que lleva arrastrando—. ¿Qué haces suelto y sin supervisión?

—Estaba cazando un conejo —responde una voz grave—. Hasta que el conejo ha empezado a perseguirlo a él.

Me levanto lentamente.

Lucky aparece detrás de la sombra de un árbol.

Como un fantasma.

Ha venido. Gracias al cielo, ha venido.

Lleva unos pantalones largos y una camiseta negra. Se queda quieto un momento como si no estuviera seguro de querer acercarse más. Como si pudiera seguir andando junto a mí.

Como si mirarme fuera demasiado doloroso.

Me siento como si me dieran un puñetazo en las costillas y me las apretaran intentando exprimirme.

—Has recibido mi postal… —comento señalando el cobertizo—. No sabía si vendrías.

—He tenido que pensarme si debía venir o no.

Bajo el sol moteado que se refleja sobre el agua, puedo ver las cicatrices blancas que tiene a un lado de la frente y la parte de la ceja que le falta cuando alarga el brazo para quitarme la correa de Bean, con cuidado de no tocarme la mano.

Dios mío. Esto es muy difícil.

Es muy intimidante.

Y lo echo mucho de menos.

Abro la boca y noto que las lágrimas se me acumulan en los ojos. Intento contenerlas, pero no sirve de nada.

—Voy a necesitar que pulses el botón del muro invisible ahora —le digo en voz baja y rota—. Porque estaba equivocada y tengo que decirte que lo siento.

Respira por la nariz y observa el agua mientras su perro olfatea las rocas grises que rodean la orilla.

—No.

—¿No?

—Hazlo tú. El muro no es mío.

—El muro es de los dos —digo entre sollozos—. De los dos. Si queremos hablar con el otro, podemos hacerlo. Pero no se trata solo de hablar y sincerarse. También hay que escuchar... y ahí es donde me equivoqué.

—¿Ah sí?

Asiento y me limpio las lágrimas, pero vuelven a caer con demasiada rapidez.

—Si no quieres escucharme, no tienes que hacerlo. Y si yo no quiero escucharte a ti, puedo seguir hablando por encima mientras intentas decirme que tú no le diste a Adrian esa foto.

—Intenté decírtelo —dice con voz suave y enfática.

—Lo siento mucho. Me dijo que habías sido tú e hice conexiones donde no las había. Saqué conclusiones precipitadas. Me enredé con mis propios pies. Todo lo que sabía sobre mi familia se había puesto patas arriba en un solo día, sentía que nada de lo que había creído era cierto y... estaba confundida.

Suelta un largo suspiro y mueve la mandíbula a un lado. No sé si le he hecho más daño aún o si no es capaz de perdonarme. Ese pensamiento hace que me sienta vacía y desesperanzada.

—¿Josie?

—¿Sí?

—¿Puedo ser totalmente sincero contigo?

—Sí —contesto preparándome mentalmente—. Por favor, Lucky, quiero que seas sincero.

Para bien o para mal, prefiero que sea honesto a que no me hable.

Bean se sienta cerca de un poste en ruinas mientras Lucky pasa la mirada de la orilla a mi cara. Le brillan los ojos y tiene la frente tensa y arrugada.

—Cuando te vi en el coche alejándote de la librería esa noche con tu familia empecé a sufrir un ataque de nervios por si te ibas del pueblo… Y no sabía qué iba a pasar. Mis padres estaban enfadados porque nos hubiéramos llevado el barco tan lejos, hasta la isla, y todo era un completo caos. Solo quería que me dijeras que todo iba a ir bien. Es lo único que quería. Pero en lugar de eso…

—Me enfadé contigo —concluyo, hundida.

—En el calor del momento, no entendí completamente por lo que estabas pasando con tu padre.

—No quiero usarlo como excusa. Ahora no quiero tener nada que ver con él. Puede que algún día cambie de opinión, pero de momento creo que mi madre y yo hemos desperdiciado demasiada energía en él. Ojalá no me hubiera creído nunca sus mentiras, pero lo hice. Me creí las suyas y las de Adrian.

—Cierto, Adrian. —Lucky se rasca la mandíbula apretada—. Después de nuestra discusión, bueno… Yo sabía que no le había enviado a Adrian esa foto. Y me enfadó que lo escucharas, pero no pasa nada. Supongo que puedo llegar a entenderlo. Quizás. Lo que me dolió fue que no confiaras en mí cuando te lo pedí. —Cierra el puño y se lleva la mano libre al pecho—. Me dolió muchísimo.

—Lo siento mucho —susurro—. Estoy avergonzada.

—Nunca —dice dando un paso hacia mí y agacha la cabeza para mirarme a los ojos—. Nada de esto es culpa de nadie. Bueno, puede que tu padre tenga parte de la culpa.

—Y Adrian.

—Y Adrian —acepta—. Y se han cometido muchos errores, algunos míos. Pero lo que intento decir es que hay espacio para muchas cosas entre nosotros, pero no para la vergüenza.

Se me acelera el corazón y lo siento en la garganta.

—¿Y para el perdón? ¿Hay espacio para el perdón?

—Me dijiste que confiara en ti. Es lo último que me dijiste aquella noche en la que te alejaste con tu madre en el coche.

—Me acuerdo.

—Nadie me hace tanto daño como tú.

Noto una puñalada en el corazón.

—Nunca he querido hacerte daño.

—¿Josie?

—¿Sí?

—¿Podemos acordar derribar el muro invisible para siempre? Solo ha servido para mantenernos separados y ya no lo quiero. Prefiero sentir dolor a no sentir nada. Ahora mismo, estoy cansado de echarte de menos. ¿Tú también estás cansada de echarme de menos?

—Muy cansada —susurro.

—Pues necesito contarte una cosa más. Ven y escúchame.

Lucky me acaricia la cara y apoyo la mejilla en su mano sólida, cálida y conocida. La gravedad tira de mí hacia él y me rodea los hombros con el brazo. Se enrosca a mi alrededor y me acerca aún más a él. Nos aferramos el uno al otro. Lo noto pesado a mi lado como una pared de ladrillos y nunca me he sentido tan bien.

No habla, pero dice todo lo que necesito saber. Que me perdona. Que no pasa nada. Que estamos bien. Que nos une un vínculo que se ha convertido en algo diferente y más fuerte.

Mi mejor amigo. Mi amante. Mi chico.

La única persona en el mundo con la que puedo hablar sin decir una sola palabra.

Capítulo 26

Octubre

En mi familia existe desde hace mucho la creencia de que todas las mujeres Saint-Martin estamos malditas románticamente: tenemos mala suerte en el amor y estamos condenadas a acabar tristes y solas.

Pero, tal y como diría mi abuela, eso no es más que una sarta de tonterías.

Nuestra única maldición son nuestras habilidades de comunicación y eso no tiene nada que ver con ningún tipo de brujería. En algún momento del linaje, surgió una Saint-Martin a la que se le daba mal la comunicación y quien le transmitió esa mala costumbre a su hija, quien siguió su ejemplo y se lo enseñó a la suya. Y ahora estamos aquí, tres generaciones de mujeres enfrentándonos al hecho de que llevamos repitiendo los mismos errores que nos pasaron nuestras estúpidas antepasadas.

Lo único que podemos hacer es despertarnos. Admitir cuándo nos equivocamos, intentar arreglar nuestros errores y derribar todos los muros invisibles que podamos.

¿Quién iba a decir que todo empezaría con un escaparate roto?

A veces hacer algo equivocado puede llevarte en la dirección correcta.

A veces puede ser bueno ser un poco mala.

Y a veces los lugares que creemos que son portales al infierno son solo nuestros temores.

—Uf. No estoy segura de que sea la mejor idea… —murmura mamá delante de la vieja imprenta del Rincón, alisándose el vestido por enésima vez—. Tal vez debería cambiarme. O marcharme del pueblo para siempre. ¿Por qué no hago eso?

—No —dice Evie desde detrás de su libro, apoyada en el taburete no chirriante detrás de la caja registradora de la librería—. Ese color te queda muy bien. Hace demasiado frío para el otro vestido. Solo estás nerviosa, lo cual es comprensible. Pero no es más que una cita.

—Ni siquiera es una cita —le aseguro—. Una cita doble no es una cita.

—Es claramente una cita —interviene Lucky apoyado contra la imprenta, mientras hojea las páginas de un libro sobre herrería en la Inglaterra victoriana. Levanta la mirada y nos ve a todas con la vista fija en él—. Solo digo lo que es. Es una cita de verdad. Si sirve de ayuda, Drew también está ridículamente nervioso. Ha estado todo el día paseándose de un lado a otro del estudio murmurando frases de positividad y volviéndome loco.

Mamá se agarra el estómago.

—Voy a vomitar. No puedo hacerlo.

—Claro que puedes —la anima él—. Mis padres también estarán ahí para animar la conversación.

Lo de la cita doble fue idea de Evie y era el único modo de que mi madre aceptara. Es curioso que una mujer que se ha pasado los últimos años quedando con desconocidos anónimos tenga tanto miedo. Pero se ha borrado las aplicaciones de ligue y nunca la había visto tan nerviosa como está ahora.

—Todo irá bien —le digo—. Solo vamos a pensar en el rato tan divertido y agradable que vais a pasar en la feria renacentista…

—Feria de la Independencia —me corrige Lucky—. Recuerda que estamos en Beauty.

—En la Feria de la Independencia —repito—. Un rato divertido y agradable riéndote de la gente que va vestida de la Guerra de la Independencia, mezclada con personas con disfraces renacentistas comiéndose gigantescos muslos de pavo y vitoreando en las justas. Todo es perfectamente raro y excéntrico y solo vas a… reconectar con un viejo amigo.

—Que puede que esté locamente enamorado de ti o no después de tantos años —agrega Evie.

—Sin presión —bromea la abuela pasando junto a nosotras de camino a la sección infantil, con una pila de libros para la hora de los cuentos—. Dile que lamento no lamentar haber impedido su estúpido plan de casarse contigo en el motel Candy's Honeymoon en la Ruta 138 en mitad de la noche, antes de que se secara la tinta de vuestros graduados escolares. Si todavía te quiere, ahora tendrá más clase.

—Lo digo en serio, voy a vomitar —susurra mamá.

—No hagas caso a sus locuras —le dice Lucky—. Sé que es algo importante, él está igual de nervioso que tú y puede que te resulte más fácil de lo que crees. Si no os lleváis bien, no pasa nada.

Mamá asiente.

—Puede que tengáis razón. No es una cita. Solo es un paseo por el bosque mirando lo que venden los puestos. Eso puedo hacerlo.

—Y estará lleno de gastronetas —le recuerdo—. Estará también el tipo de los rollitos de huevo del día de la Independencia por si quieres volver a probar suerte. Comer algo de un palo… es tu comida preferida.

—Sí que me gusta la comida que viene en palos —admite.

—Y mi madre sabe que es una situación con mucha presión, ella te cubrirá las espaldas —la tranquiliza Lucky—. Tanto ella como mi padre estarán ahí por si necesitas una escapatoria. En serio, todo irá bien.

—Solo necesitas una palabra de emergencia por si la cita se tuerce —comenta Evie—. Algo para indicarles a Kat y a Nick que intenten sacarte de ahí. Como por ejemplo... ¡hurra!

—¿Sabes cuánta gente habrá gritando «hurra» en la feria de la independencia? —pregunta Lucky—. Seguro que vais a oír un montón de veces «hurra», «moza», «patrón», «milady», «milord», «retoño»...

—Disculpadme, milord, Fantasma —le dice Evie a Lucky con un acento horrible—. ¿Cuál es el aceite de su preferencia para el pulido su espada?

—A veces me pregunto por qué vengo tanto aquí —responde Lucky volviendo a hundir la nariz en su libro—. El servicio al cliente es atroz.

Le paso un brazo por la cintura y él me estrecha los hombros.

—Probablemente, porque somos la única librería del pueblo.

—Cierto —murmura sonriendo y me da un rápido beso en la frente.

Evie nos mira parpadeando dramáticamente desde el mostrador.

—Me hacéis querer vomitar arcoíris en el mejor de los sentidos. Madame Evie dice que los espíritus están encantados... por favor, no paréis.

Le saco la lengua con aire juguetón y me giro hacia mi madre.

—No uses «hurra» como palabra de emergencia. Usa «cornucopia». Así: «Vaya, hay toda una cornucopia de gastronetas aquí hoy». Avisa a la madre de Lucky cuando llegue para que sepa que tiene que ayudarte si te oye pronunciarla.

—No necesito una palabra de emergencia —replica mi madre—. Evie, volveré para cerrar la librería.

—No pasa nada si no vuelves. Es sábado y soy perfectamente capaz de cerrar sola. La abuela está aquí para la hora de los cuentos y mi madre llegará en cualquier momento. Además, he quedado después aquí con Vanessa, así que no estaré sola.

Vanessa de Barcelona ha quedado con Evie prácticamente todos los días desde que empezó el semestre de otoño en la universidad comunitaria. Es agradable. Puede que sea más que agradable... Empiezo a sospechar que la amistad entre Evie y Vanessa pueda ser un poco como la mía con Lucky.

Mamá se gira hacia mí.

—¿Estáis preparados? También es un gran día para ti.

Puede que sí. Puede que no.

Lucky y yo vamos a hacer una pequeña excursión con la Superhawk a un pueblo de las afueras de Providence. Resulta que una de mis medio hermanas vive ahí. Tiene dos años menos que yo y Henry Zabka tampoco ha sido un gran padre para ella. Puede que no nos llevemos bien, pero pensé... ¿por qué no?

Tengo que intentarlo, ¿verdad?

Además, estoy experimentando con fotos nuevas y un viaje por carretera es una buena oportunidad para la cámara. Las hojas están preciosas y hace buen tiempo. Todavía hago fotos de carteles... sigue gustándome mucho la poesía de las vallas publicitarias y los folletos olvidados pegados en cabinas de teléfono. Pero voy a seguir el consejo de Lucky e intentar incluir a personas en mis capturas. No es tan difícil como me lo parecía antes. La luz es algo complicada en las caras, pero ya se sabe, como me dijo una mujer muy sabia una vez: si fuera fácil, cualquier payaso podría hacerlo.

—No te preocupes por nosotros —le digo a mamá—. Volveremos antes de las nueve.

—O las diez —agrega Lucky—. Los dos llevamos el móvil encendido. Prometo de todo corazón que no iremos a la isla Rapture en barco ni a ninguna otra isla.

Mi madre le hace jurar lo mismo cada vez que salimos de los límites del pueblo. Es casi una broma… casi.

—¿Y conducirás con cuidado hasta Providence?

—Con mucho cuidado —le asegura Lucky—. Llevaremos el casco puesto.

Señala el mostrador donde están nuestros cascos, uno al lado del otro. Ya no llevo el tricornio de purpurina de su primo Gabe. Lucky me ha conseguido uno de cabeza completa (la seguridad es lo primero) y en la parte trasera, con letras plateadas y compactas, pone: SEÑORITA FOTÓGRAFA.

Mamá asiente.

—Ve despacio en la curva del hombre muerto en la autopista, que es donde Evie tuvo el accidente.

Evie. No Adrian. Porque ya no pronunciamos el nombre de ese imbécil. No lo hemos visto últimamente, pero dicen por ahí que ha vuelto a su piso en Harvard, aunque no va a ninguna clase. Mientras se mantenga fuera de Beauty y lejos de Evie, no me importa lo más mínimo.

Evie dice que tendría que aprovechar lo del incidente del póster en la puerta y esparcir mi propio rumor por la Golden Academy de que en realidad mi servicio de suscripción sí que ofrece desnudos. Que se suscriban y paguen y luego ¡pum! Se encuentran con fotos de mis carteles. A desplumar a los Golden.

Por muy tentadora que pueda parecerme esa estafa, no necesito ese tipo de energía ahora mismo en mi vida. Además, este mes he conseguido ocho suscriptores nuevos sin recurrir a engaños. Tengo la fuerte sospecha de que pueden ser miembros de la familia Karras, pero tal vez un día se suscriba el propio Levi Summers. Todavía no he renunciado a convencerlo de que me deje hacer fotos para pagarle el escaparate de los grandes almacenes. Algún día acabará diciendo que sí...

Se abre la puerta de la librería y aparece la cabeza de Kat Karras.

—Hola, Winona. ¿Estás lista?

Mi madre parece a punto de desmayarse, así que me aparto de Lucky un momento para hablar con ella y le estrecho la mano mientras le sonrío y la animo.

—Puedes hacerlo —susurro—. Las Saint-Martin no estamos malditas.

—No estamos malditas —contesta también en un susurro—. Definitivamente, no estamos malditas.

En gran parte, no estamos malditas.

Pero no pasa nada, podemos romper la maldición solas. No hace falta ningún hechizo mágico. Ningún encanto especial. Lo único que tenemos que hacer es decidir que estamos listas para derribar unos cuantos muros invisibles.

Y eso es exactamente lo que hacemos.

Agradecimientos

Ay, lector. Este libro ha estado a punto de romperme. No es broma. Han hecho falta muchos borradores, unos cuantos lloriqueos, muchas dudas y las excelentes habilidades de la maravillosa Nicole Ellul, la mejor superheroína con capa (¡y editora!), para darle vida a esta historia. Así que, primero que nada, gracias, Nicole, por tu paciencia. Seguro que has querido darme una bofetada en más de una ocasión.

Otras personas importantes que cuentan con mi gratitúd: Laura Bradford, mi agente. Taryn Fagerness vende mis libros a hermosas editoriales a través de los mares. Laura Eckes creó la preciosa cubierta de este libro. Ni siquiera conozco a la gran cantidad de personas que hay detrás de Simon & Schuster defendiendo mis libros, pero algunas de ellas son: Mara Anastas, Lauren Carr, Savannah Breckenridge, Emily Hutton, Emily Ritter, Liesa Abrams, Rebecca Vitkus, Elizabeth Mims, Clare McGlade, Lauren Forte, Jessi Smith, Tom Daly, Caitlin Sweeney, Alissa Nigro y Anna Jarzab. Hay incluso un equipo de gente en Simon & Schuster de Reino Unido que hacen maravillas por mí y que incluye a Olivia Horrox y Laurie McShea.

Un saludo a mi equipo de apoyo personal: Brian, Luna, Iorek, Karen, Ron, Gregg, Heidi, Hank, Charlotte, Patsy, Don, Gina la Superviviente, Shane y Seph.

Los rumores son ciertos: al igual que los personajes de estas páginas, fui librera durante casi una década. Hice de todo, desde limpiar baños hasta administrar tiendas y tomar decisiones de compra para una cadena nacional. Así que, a todos los bibliotecarios que han recomendado mis libros a sus clientes, os lo debo todo. Gracias.

Y si eres uno de los lectores que hizo caso a su librero y compró este libro siguiendo su consejo… gracias por confiar en los libreros y libreras. La gente del libro es buena gente.

¿TE GUSTÓ ESTE LIBRO?

Escríbenos a

puck@uranoworld.com

y cuéntanos tu opinión.

ESPAÑA /MundoPuck /Puck_Ed /Puck.Ed

LATINOAMÉRICA /PuckLatam

/PuckEditorial

¡Gracias por vivir otra
#EXPERIENCIAPUCK!